W9-AHB-433

Mujeres errantes

Mujeres errantes

Pilar Sánchez Vicente

S

Rocaeditorial

Primera edición: abril de 2018

Av. Marquès de l'Argentera 17, pral.
08003 Barcelona
actualidad@rocaeditorial.com
www.rocalibros.com

Impreso por Egedsa
Roís de Corella 12-16, nave 1
Sabadell (Barcelona)

ISBN: 978-84-17092-39-9
Depósito legal: B. 5225-2018
Código IBIC: FA

RE92399

VOCES

Amadas voces ideales
de aquellos que han muerto, o de aquellos
perdidos como si hubiesen muerto.

Algunas veces en el sueño nos hablan;
algunas veces la imaginación las escucha.

Y con el suyo otros ecos regresan
desde la poesía primera de nuestra vida
como una música perdida en la distancia.

KONSTANTINOS KAVAFIS

Índice

Con las cenizas a cuestas

Un pitido me hizo volver a la realidad. El testigo de la gasolina parpadeó amenazante. Miré el reloj. Las once de la noche. Lancé una maldición cuando los faros alumbraron el cartel de la siguiente gasolinera: «Cerrada de 22.00 a 06.00 horas». Para colmo, me estaba meando. El móvil sonó de nuevo. Sabía quién era antes de mirar la pantalla, debía ser su décimo intento.

—¡A la mierda, Hänsel!

Reduje la velocidad, paré en el arcén, bajé la ventanilla y lancé el teléfono a la cuneta. Me reincorporé a la calzada y pisé el acelerador, aumentando instintivamente la distancia con el autor de la llamada. El coche derrapó y casi me empotro contra el letrero de bienvenida a suelo francés, envuelto en bruma como la carretera. Aunque ya había recorrido unos cien kilómetros desde mi punto de partida, para alcanzar el destino programado en el GPS faltaban más de mil. Me sentí alicaída al pensar en la distancia pendiente y a punto estuve de regresar a Suiza. Lo habría hecho si hubiera encontrado en ese momento una salida de la autopista. El coche de atrás hizo sonar el claxon y le correspondí levantando el dedo corazón cuando me adelantó. Los insultos del conductor me llegaron en sordina a través del cristal y pude distinguir la furia en su rostro. Me desquité con un sonoro «Fuck you!» mientras lo sobrepasaba pitando, guiada por su luz trasera antiniebla. Pese a llevar las largas puestas, apenas distinguía las rayas de señalización y regresé de golpe al carril derecho obligándolo a frenar en seco. Convencido de enfrentarse a una psicópata, empezó a aminorar la velocidad hasta que perdí sus faros de vista. Una niebla tan densa como mi ánimo lo envolvía todo; estaba loca de remate si pensaba llegar en esas condiciones a ninguna otra parte que no fuera a la tumba. Adiviné una salida y de un volantazo me incorporé a ella. El ángel de alabastro, sujeto por el cinturón de seguridad en el asiento del copiloto, estuvo a punto de volcarse.

—¡Joder, mamá! —Miré rencorosa el recipiente ya enderezado—. Tú estarás muerta, pero yo voy a acompañarte como sigamos así... —Atisbé las luces de un pueblo y hacia él me dirigí—. Y encima, no eres mi madre, hay que tener valor...

No pude evitar una sonrisa, pese a la crispación, intentando extraer de la implacable realidad el material para una nueva novela. Sobraba, en este caso, la ficción. Había regresado al nido hacía poco más de tres meses y ya lo abandonaba para nunca jamás volver. Tres meses largos como tres años de sequía. Detrás de mí quedaba una tierra tan quemada como el cuerpo de Eloína Fernández, cuyas cenizas viajaban a mi lado en aquella urna barroca.

Y un móvil hecho trizas en un perdida cuneta.

La hija pródiga

—¡Greta! ¡Cómo se va a alegrar tu madre!

Lo peor que te puede pasar al llegar a casa arrastrando la maleta tras un viaje de siete horas y encontrar la puerta cerrada a cal y canto, es que te aborde la vecina más cotilla del barrio. Previsible también, por otra parte, pues Lissette siempre había formado parte de su ventana más que los visillos. Años atrás yo cruzaba la calle con la velocidad de un gamo para evitar que me detuviera con sus chismes, pero esta vez no me acordé de esquivarla a tiempo. Aunque hubiera intentado mi antigua táctica, arrastrar aquella pesada maleta me habría privado de la agilidad necesaria. Lissette me concedió el honor de bajar y salir a recibirme a la puerta de mi casa, contigua a la suya. Vivíamos en lo alto de un centenario edificio de tres plantas, la baja convertida en tienda de artículos de regalo, con la fachada llena de flores rojiblancas y banderitas suizas.

—*Guten tag,* Lissette. ¿Qué tal? Estás como siempre... —la saludé alegrándome de su notorio envejecimiento—. ¿Por qué está cerrado?

Sobre la doble hoja de roble de entrada al establecimiento, un cartel anunciaba: «Geschlossen / Closed».

—¡No te esperábamos! ¿Te avisó Úrsula?

—¿De qué?

Se tapó la boca asustada.

—¿No sabes nada? Eloína está ingresada en el hospital de Visp.

Dejé caer la mochila al suelo y me agaché con lentitud a recogerla, intentando asimilar la impresión sin delatar el susto.

—Sí, sí lo sé. Allá voy en cuanto deje el equipaje…

—¿Entro contigo y te ayudo?

Le lancé una mirada que la hizo recular y, por primera vez, se largó sin decir la última palabra. No deseaba confesarle mi ignorancia; nadie me lo había comunicado y me negaba a que fuera ella la informante. No pensaba darle ese gustazo, añadir un nuevo hito a nuestra desestructurada familia. Helada por un frío insólito en aquella tarde de primavera, me temblaron las manos mientras buscaba la llave en el bolso. Me costó introducirla en la cerradura. Dejé a Lissette con la palabra en la boca, cerré la puerta de golpe y me senté en el suelo, acompasando los latidos de mi corazón. Olía a cera, a madera, a especias. Ni una mota de polvo, todo en su sitio, perfectamente ordenadas las estanterías y, en el suelo, las ofertas agrupadas en grandes cestas de paja trenzada. Sobre el mostrador impoluto solo estaban la caja registradora, el cartel con las tarjetas de débito y crédito admitidas, el bote para las propinas y el timbre de campanilla.

Un rayo de sol se coló por el ventanuco iluminando los objetos, que formaban un cementerio de cruces blancas sobre fondo rojo. Un oso de felpa vestido de esquiador, con la bandera suiza bordada en el jersey de lana, me lanzó destellos con sus ojos de cristal desde una balda. Crecí rodeada de peluches, navajas multiusos, calcetines de lana basta, bufandas, gorros, camisetas, tazas decoradas, ceniceros, abrecartas, vasos de fino cristal y menaje de madera tallada, cencerros, figuritas de cerámica y bolas de cristal con el monte Cervino dentro y sus casitas alpinas o el trenecito, que se cubrían de copos blancos cuando las agitabas. Detalles típicos que viajarían en las maletas de los turistas a lejanos destinos, recordándoles años más tarde que en alguna ocasión estuvieron en Zermatt, paradigma del lujo helvético. Los *souvenires* constituían nuestra forma de subsistencia, de aquellas ventas dependían nuestros ingresos.

Subí las escaleras reconociendo cada peldaño por su crujido al poner el pie, el anormal silencio los hacía más audibles. La estructura de madera gozaba de vida propia y, cuando el temporal la azotaba, sus quejidos se sumaban a los susurros del viento colándose por las rendijas. El tejado, cubierto de nieve, se deshacía en lamentos por el peso soportado y el deshielo añadía el ritmo de las gotas a aquella sonora orquesta sin instrumentos. Me detuve en un escalón, dejando que la sinfonía me saludara de nuevo, recuperando sus andantes y allegros, su tempo imparable y detenido. De niña yo hablaba con la casa, era mi amiga, pero me enfadaba cuando se ponía violenta, aullaba y sus gritos me impedían el sueño, sus paredes me amenazaban y sus plañidos me obligaban a ocultarme bajo el edredón, a taparme los oídos. Sin embargo, en esta ocasión se mostró indiferente a mi presencia y, en correspondencia, me sentí una extraña violando un espacio desconocido.

Un nuevo escalofrío me empujó a seguir subiendo. En el primer piso, dedicado a almacén, no percibí cambio alguno. Me alegró comprobar que aquel caos armónico seguía produciéndome un efecto balsámico. Subí al segundo despacio, sintiéndome observada por la quejumbrosa estructura. La cocina y el salón ocupaban el espacio más amplio, y el resto quedaba para el único dormitorio. Teníamos una cama grande, y al principio mi madre y yo dormíamos juntas. Me trasladé al altillo, a modo de protesta, cuando me envió al internado.

La buhardilla estaba como la había dejado, limpia como una patena, con sus cortinas bordadas y el edredón de flores sobre el que reposaba Lis, mi vieja muñeca de porcelana con su vestido blanco de organdí y las mejillas coloradas a juego con sus labios de color rubí. Olía a lavanda y sus ojos azules pestañearon al moverla. La emoción del tiempo detenido me embargó. Sacudí los recuerdos que pugnaban por invadirme y bajé a paso rápido.

El próximo tren salía en diez minutos, el tiempo justo para llegar a la estación. Aún conservaba la tarjeta de residente y no necesitaba sacar billete. Mientras aceleraba el paso, las preguntas se precipitaban en mi cabeza: ¿Habría sido un accidente?, ¿estarían operándola?, ¿se trataría de una enfermedad grave? La hora que duró el viaje se me hizo eterna y lamenté no haberle sonsacado a Lissette más información.

Al llegar al hospital, el olor del antiséptico inundó mis fosas nasales y me mareé de golpe. Siempre tuve un olfato muy desarrollado, ventaja y desventaja de tener una nariz tan grande. Me preparé para lo peor cuando en Recepción me indicaron la planta donde la habían internado: Cuidados Paliativos. Estaba tan aturdida que al salir del ascensor tropecé con ella sin reconocerla.

—¡Greta!

—¡Úrsula! —Mi cara reflejó el mismo pasmo que la suya.

Nos estrechamos en un prolongado abrazo. Seguía oliendo a pino, a miel, a chimenea, a romero. Pese a sus sesenta y cinco años y el pelo blanco, conservaba el cutis redondo y terso, sonrosado, brillante. Úrsula era la persona que mejor nos conocía y la que más había sufrido nuestro distanciamiento. Me alegró encontrarla, su presencia siempre me resultaba reconfortante.

—¿Qué está pasando? ¿Qué tiene? ¿Por qué no me llamaste cuando ingresó? —la apremié dolida.

Titubeó, algo impropio de ella, siempre tan segura. La miré de nuevo y noté el agotamiento como una segunda piel debajo de su buena apariencia. Un halo de tristeza la envolvió, alcanzándome.

—Yo quería ponerte al corriente y tu madre se negó hasta confirmar el alcance de su enfermedad. Te llamé a sus espaldas, pese a todo, pero me resultó imposible dar contigo, nunca tenías el móvil operativo… —Por suerte no reparó en mi gesto de culpabilidad—. Le estuvieron haciendo pruebas hasta ayer… —Sus ojos se llenaron de lágrimas.

—¿Y ya os han entregado los resultados?

—Ponte en lo peor… —Movió la cabeza apenada—. Habla con ella, serás su mejor medicina, ella te lo contará todo…

Me dio otro abrazo. El ascensor abrió sus puertas de nuevo y se coló dentro deshecha en llanto, ante el compungido silencio de sus ocupantes.

Cuando entré en la habitación, no la reconocí. Miraba hacia la ventana y solo pude ver una cabeza blanca, apenas distinguible entre las sábanas. Cuando se volvió hacia mí, me sorprendió tanto que no pude evitar una mueca de horror.

—¿Mamá? —Por un momento dudé que fuera ella.

—¿Greta? ¿Eres Greta?

—Sí, mamá, soy yo.

—Estaba pensando en ti y apareces…, es un milagro…

Su rostro se iluminó confiriéndole un aura espectral. Había envejecido cien, mil años. Su piel translúcida dejaba adivinar los huesos y le habían desaparecido hasta las arrugas. Tragué saliva y abracé aquel frágil cuerpecillo, intentando disimular la impresión. Se quedó pegada a mí como una lapa y tardamos en romper aquel lazo. Cuando nos separamos, se reclinó de nuevo y me miró desconcertada.

—Te iba a llamar y ahora estás aquí... —repitió con estupor.

—Me alcanzó tu pensamiento... —Le lancé una sonrisa desvaída mientras me sentaba al borde de la cama apretando su mano con las dos mías—. Vine a casa para quedarme una temporada, pensaba darte una sorpresa. ¿Qué te pasa? ¿Qué te han dicho los médicos?

Sus ojos se inundaron de lágrimas..

—¡Dios! No me has abandonado... —Los cerró y quedó como muerta, con las mejillas humedecidas.

—¡Mamá! ¿Qué demonios tienes? —Contuve las ganas de zarandearla.

—Fue todo muy rápido, iba a llamarte hoy para contártelo y pedirte que vinieras, fue mágico verte aparecer... —hablaba con dificultad y le acerqué un vaso de agua de la mesita. Tuve que darle de beber, era incapaz de sostenerlo—. Ayer me dieron el diagnóstico, es un sarcoma óseo, una variedad maligna; no caben la quimioterapia ni la radio.

—No puede ser, algo podrán hacer....

—¡¡Quiero que me operen!! Dicen que no servirá para nada, pero yo estoy convencida de que sí. Úrsula no hace fuerza suficiente, siempre fue una blanda. Tú seguro que lo consigues... —Y me clavó sus dedos en el brazo como garfios.

—Hablaré con los doctores, solicitaremos otra valoración, iremos a una clínica especializada..., no te preocupes, mamá, yo me ocuparé de todo.

Aunque no lograba asimilar la noticia, estaba decidida a cumplir mi promesa, por eso la conversación con el equipo médico me sumió en la desolación.

—No hay nada que hacer. Nada. No fue diagnosticado a tiempo. Un año antes, tal vez dos, lo habríamos intentado. Por lo visto hubo síntomas, pero no la alertaron. Achacaba el dolor en las articulaciones a la artrosis, una persona hipocondríaca habría tenido más suerte. O no, nunca se sabe.

—Mi madre evitaba pisar una consulta si podía. Nunca la vi enferma, ni un catarro le recuerdo. ¿Cómo es posible?

—Con el cáncer todo es factible. Su caso lo han visto los mejores especialistas, solo podemos aliviar su final con morfina.

—Le he prometido que la sacaría de aquí si no la operaban —amenacé.

—No la intervendrán en ningún otro centro, hemos consultado a los mejores.

—Tienen que hacer algo, no puede ser… —El mentón me temblaba como un flan.

—Engáñala si quieres, dile que la medicación para el cuadro de ansiedad es un nuevo tratamiento… y reza, si sabes, para que lo crea; es importante que el organismo esté tranquilo y relajado.

—¿De cuánto tiempo estamos hablando?

El jefe del equipo, que hasta entonces había llevado la batuta, titubeó y cruzó su mirada con su asistente.

—Uno, dos meses a lo sumo.

El coro de batas blancas asintió dándome el pésame en silencio. Regresé a la habitación como una zombi. Su lucidez reclamaba franqueza, pero yo no estaba todavía en condiciones de manejar una situación tan desbordante. Así que intenté engañarla con una optimista perorata sobre el progreso y las medicaciones experimentales. No se creyó una palabra.

—No vas a hacer nada…, te convencieron, como a Úrsula. Es el fin… —concluyó con dos enormes lagrimones.

—¿Cómo pudiste ocultarme la enfermedad, mamá?

—La última vez que hablamos por teléfono fue hace más de un año…, pensé que no te volvería a ver…, me insultaste y te pusiste como una fiera…

—Lo sé, mamá, reñimos, como siempre y por lo mismo. —Me ruboricé al recordarme gritándole: «¡Muérete!»—. Pero eso ya pasó. Luego me di cuenta de mi estado crítico y permanecí internada casi doce meses en un centro a las afueras de Londres. —Obvié decirle que no por voluntad propia—. Vine a pedirte perdón, a decirte que tenías razón y que estoy limpia.

—¿Qué me dices? —Saltó como un resorte, incrédula.

—Me trató una excelente terapeuta, ¿sabes? Nada que ver con los psiquiatras anteriores y menos con aquel al que me mandabais de pequeña, que me atiborraba de pastillas. Se llama Lisbeth y recurro a ella todavía por correo electrónico cuando flaqueo. Me felicitó al darme el alta, cree que si consigo mantener unos hábitos estables no recaeré. Hablamos mucho de ti, de nuestra relación. Y de mis problemas con Hänsel, por supuesto. Con él he pasado página, se acabó para siempre. Pero contigo necesitaba reconciliarme e imaginé que si volvía a casa y vivíamos juntas, podríamos comenzar de nuevo. Había calculado instalarme en mi vieja habitación en la buhardilla y retomar mi faceta literaria, ya sabes que siempre me resultó terapéutica. Además, le he prometido una nueva novela a la editorial.

—Greta, son las mejores noticias que podías darme... Que hayas regresado, que estés limpia, que tengas un nuevo proyecto... Instálate en casa, estarás muy tranquila. Lo malo es que te encontrarás tan sola...

—Ese no es el problema, llevo sola muchos años aunque haya estado rodeada de gente. Tengo tantas ganas de escribir que podría hacerlo hasta en un estercolero. Pero eso será después. Ahora me toca cuidarte. Alquilaré una habitación en la ciudad para ahorrar desplazamientos. —Le sequé con cuidado el sudor de la frente—. Ahora eres mi única prioridad, mamá.

Me instalé en un hotel cercano donde todos los huéspedes teníamos parientes ingresados en el hospital. Iba solo a dormir y envidiaba a los que cerraban el día ahogando su pena en alcohol. Yo no podía pisar el bar, era consciente de las consecuencias y no pensaba cometer ese error. Compraba un bocadillo en la cafetería y lo comía junto a su cama, pendiente de sus mínimos deseos, considerándolo no como un sacrificio, sino como una oportunidad de purgar mis pecados, de compensar mis ausencias, aun sabiendo que la deuda contraída era impagable. Terapia tras terapia me había ido dando cuenta de que el memorial de agravios contra mi madre no era más que una lista de pruebas de amor malinterpretadas y estaba muy arrepentida por mi ingratitud y absoluta falta de empatía. Las enfermeras al pasar decían: «¡Qué suerte tienes con esta hija, Eloína, cuánto te quiere!» y yo les respondía con una sonrisa desganada, aguantándome las ganas de gritarles cuán engañadas estaban. Nunca tuvo suerte conmigo, más bien sufrió desgracia tras desgracia.

—Ahora tenemos intercambiados los papeles, nena —me dijo con una sonrisa desvalida y una voz cada vez más afónica.

—Cierto, mamá. Te corresponde en justicia, por el tiempo que no estuvimos juntas.

—Nunca debí permitir que te alejaras. Y ese Hänsel… es un demonio. Él te metió en las drogas, ahora que has logrado salir no vuelvas con él jamás, solo busca tu perdición. Tus ojos ya no tienen ese brillo artificial, tienes buen color, te has transformado…

—Se acabó, mamá. No habrá más infierno, he cambiado, lo he conseguido, he ganado la batalla, no han podido conmigo.

Le enseñé los brazos, en la clínica me habían tratado con láser las oscuras manchas, y la piel, aunque perdida la tersura, estaba uniforme. Ni una huella visible, ni siquiera para el ojo de una madre.

Era nuestro lugar común. Al echar la culpa a las drogas, en cierto modo me la quitaba a mí, como si no hubiera sido yo quien se lanzó de cabeza y eligió paso a paso esa forma de vida y no otra. A mí me convenía usarlas como cabeza de turco, justificaba con mi adicción cualquier error pasado.

—¡Le pedí a Dios tantas veces que el milagro se produjera! Lo malo es que me exija la vida a cambio y no podamos disfrutar juntas el resto… En fin, se la doy con gusto si vuelves a tu ser.

—No es tu vida por la mía, mamá, no seas melodramática, te pondrás bien. —Me sentí ridícula al decirlo, las dos sabíamos que era mentira.

—Mi viaje llega a su fin, el puerto está cercano. ¿Sabes? Nadie te enseña a morir, me da miedo, no puedo afrontarlo sola. ¿Permanecerás conmigo hasta el final? ¡Quédate, hija, por favor!

Su voz se quebró de angustia y la mía se ahogó al confirmárselo:

—No me moveré de tu lado, mamá. Nunca más.

Obsesionada con la terapia, me empeñé en aprovechar aquel trance para continuarla por mi cuenta. Lisbeth me felicitó cuando le di el parte por correo electrónico: «Estoy oreando las habitaciones cerradas». Pero Eloína esquivaba hábilmente mis intentos por repasar las ofensas y alcanzar su perdón. Le gustaba más retrotraerse a la temprana época de mi infancia y su juventud, cuando hizo realidad sus ilusiones.

—Nunca apreciaste lo afortunada que fuiste al crecer en un lugar maravilloso, único en el mundo.

—De sobra sabes mi opinión sobre Zermatt. Es un lugar pretencioso y elitista, un enclave natural hermoso artificiosamente decorado. Su encanto lo convierte en especial, pero vivir dentro de una postal puede convertirte en un objeto.

—Si no te hubieras alejado…, ¡habríamos sido los tres tan felices! —Ni me escuchó, inmersa en sus propias reflexiones—. Yo siempre estuve muy orgullosa de ti. Tus dos primeras novelas me parecen muy buenas, excepcionales. Aunque en la primera no me dejas muy bien, si el personaje de la madre de la protagonista es trasunto mío… —Sonrió con cierta picardía y no pude desmentírselo—. Así y todo, conseguiste emocionarme y hacerme llorar con el final. La última no es tan redonda, pero no dejes de escribir nunca, Greta, lo haces extraordinariamente bien, sabes usar las palabras adecuadas para tocar las fibras sensibles…

—Gracias, mamá. —Enrojecí con el halago—. No sabía que las hubieras leído…

Nunca me lo había comentado y estaba segura de no habérselas enviado. La primera porque, efectivamente, salía malparada y preferí evitar otra fuente de conflicto. La segunda, porque no estaba incluida en el directorio de envíos. Y de la tercera no estaba orgullosa, así que la olvidé pronto.

—Me enteraba de la publicación por los periódicos y la librera las pedía directamente a la editorial según salían. ¿Sabes?, Paul y yo estuvimos en Lausana cuando presentaste la primera novela aquí, en Suiza.

—¡Mamá! ¡No os vi! ¿Por qué no me avisaste de que ibais?

—Tú tampoco me llamaste para decir que venías, supuse que no querías vernos; por aquel entonces discutías con Paul por niñerías, era insoportable. Pero no me lo hubiera perdido por nada del mundo, eres mi hija. Estabas tan crecida, rodeada de gente tan importante, con aquella cola de personas esperando tu firma… Me hubiera gustado comentarles a los de alrededor que era tu madre y no pude, Paul había accedido a ir con la condición de mantener el incógnito.

—No puedo creerlo… ¡No te acercaste siquiera a saludarme! —Revisé mentalmente el salón. ¡Había tanta gente! Y yo estaba tan emocionada…

—No nos habías invitado y, conociéndote, igual nos dabas cuatro voces… Paul se negaba a soportar un espectáculo, así que entramos los últimos y salimos los primeros; estuvimos sentados al final de la sala. Luego fuimos a cenar para celebrarlo, los dos solos, fue una cena triste… —Sonrió apenada por el recuerdo—. No había mucha comunicación entre nosotras entonces…

¿Por qué no les hice partícipes de mis triunfos? ¿En qué momento decidí apropiarme de todos los méritos, como si no hubieran sido fruto también de su esfuerzo, como si hubieran sido posibles sin ellos? ¿Quería hacerles daño deliberadamente o pensaba con ingenuidad que no les importaba? Eran tantas las afrentas acumuladas, tantas las conversaciones nonatas, que habríamos necesitado hablar más de mil días para compensarnos y no llegaron a cien los que estuvimos juntas. Tres meses y dos días duró exactamente, la mayoría con la consciencia limitada. En su delirio, intentaba arrancarse los goteros y pellizcaba las sábanas compulsivamente. Una doctora me explicó que era una reacción llamada «flocilación». Aquella hiperactividad me ponía histérica y aunque me resistí a que la ataran, terminé cediendo. Bajo los efectos de los alcaloides, el presente se le iba diluyendo y su pasado remoto, ignoto para mí, cobró fuerza y presencia. Una vez comenzó a gritar confundiendo los aguijonazos del dolor con picaduras de insectos:

—¡Me están abrasando! ¡Sacude la manta! ¡Sacúdela!

Aireé las sábanas por complacerla y le masajeé la piel con crema hidratante, pero las alucinaciones eran terroríficas a tenor de los gritos y el desasosiego, que no huyeron sino mediante más calmantes.

—Soñé que estaba en mi cama de niña y me devoraban las chinches… —me explicó.

—¿Chinches en tu cama? —pregunté extrañada.

Eloína no soportaba la presencia de un mosquito, ni una

cucaracha, ni una polilla. No conocí casa más desinfectada que la nuestra.

—De niña pasé muchas privaciones, no puedes imaginar... —Y se cerró en banda sin dejar de tiritar ni soltar prenda.

Su última tarde el sol brillaba sobre un cielo plomizo creando un arcoíris que iluminó la estancia con su cálido espectro. Conservaba su mano entre las mías, mientras observábamos juntas la extraordinaria paleta de colores. Estaba ya libre de ataduras, apenas se movía y respiraba con dificultad: un sonido ronco y profundo seguido de un silbido y una apnea angustiosa. Y vuelta a empezar. Una infinita pena me embargaba: a aquella puesta de sol no seguiría otro amanecer; cuando cruzara la última raya del horizonte, sus ojos no me mirarían más, ni ella vería el nuevo resplandor. Y ese momento estaba ya muy cercano. Llevaba un buen rato con los ojos cerrados, su pelo ralo pegado al cráneo, la boca seca, los labios agrietados, la frente empapada de sudor y la mueca inquieta del dolor contrayendo su gesto, agitando su pecho como un fuelle bajo las sábanas. Dejó de inhalar durante un tiempo muy prolongado y pensé que todo se había acabado cuando noté cómo sus tirantes facciones se suavizaban. Apreté sus dedos fríos imaginando que se iba a lomos del arcoíris, y me alegré por ella. Era una forma hermosa, serena, de despedirse. Contuve la respiración intentando aprehender su último pulso, captar el último suspiro. De repente, se agitó entera y abrió los ojos de golpe, dándome un susto de muerte.

—¡Greta! ¡Hija mía! —Me miró horrorizada antes de sacudir la cabeza desesperanzada—. No me digas que tengo la desgracia de seguir en este mundo...

—¡Mamá! ¡Qué susto me acabas de dar!

—Es una señal, está claro... —Se quedó pensativa y, de repente, como si hubiera sufrido una iluminación, hizo ademán de incorporarse—. Es una oportunidad que me da Dios para redimirme, eso es. —Si no la conociera, habría creído que desvariaba, pero por primera vez en aquellas semanas sus palabras sonaron firmes—: Te llevo mintiendo toda la vida, Greta, nunca podrás perdonarme y me lo merezco...

Tras varios días dormitando semiinconsciente, su voz tan clara me hizo pensar en el canto del cisne.

—Mamá, lo hemos hablado mil veces, las dos actuamos como supimos, quizá no de la mejor forma, pero ahora estamos en paz. —Quise abrazarla y me separó con inusitada fuerza.

—Déjame hablar, no sabes nada, no puedo estar en paz... Yo cometí un delito, tú eres su fruto...

—¡Mamá, por Dios! Quedarse embarazada soltera no es un delito..., y menos de Paul, ¡era un buen partido! —Le guiñé un ojo. En nuestra particular catarsis habíamos llegado a hacer risas con eso.

—Paul no es tu padre —negó con ahínco.

—¿No? —La confesión me pilló desprevenida.

—Él creía que sí, murió sin conocer la verdad..., tú debes saberlo, Dios no me llevará hasta que descargue este peso de mi conciencia... —Su voz sonaba quebrada, sin embargo la mirada había perdido la turbiedad de las últimas semanas.

—¿Y quién es mi padre entonces? —Decidí seguirle la corriente.

—¡Qué más quisiera que hubiera sido Paul! ¡Pobre Paul! —Las lágrimas afloraron como centellas en sus ojos resecos—. Dios me libró de ser descubierta, de ser juzgada, y ahora se cobra el castigo. Había pensado llevarme el secreto a la tumba, pero debes saber la verdad. ¡Te has portado tan bien estos días! Necesito tu perdón.

—Por favor, mamá, te culpabilizas en exceso. —Intenté serenarme ante aquel arrebato de última hora—. Si mantuviste una relación con otro hombre, tampoco es nada dramático. No soy yo quién para juzgarte...

—¡Júrame que no te hundirás! —me interrumpió sin escucharme— ¡Prométeme que no recaerás si te lo digo! —Me hincó las uñas en el antebrazo con una fuerza sobrehumana.

—Prometido, tranquila, no tengas miedo, las drogas se acabaron. —Me intranquilicé ante su mirada acuciante—. ¿Quieres que llame a la enfermera?

—¿Me aseguras que puedo confiar en tu entereza?

—¿Acaso lo dudas?

Le sostuve la mirada con todo el énfasis posible hasta que se relajó. Dejó rodar entonces dos gruesos lagrimones y dijo con una voz apenas audible:

—Yo tampoco soy tu madre, Greta.

—Recuéstate, mamá, no digas necedades... A ver si a estas alturas me vas a decir que soy adoptada...

—¡No, no! —Se agitó como una loca—. Nunca hubo adopción legal, a todos los efectos eres nuestra hija, la única heredera. —Tosió atragantada—. Voy a morir y debes saberlo..., no mereces otro engaño más..., tienes que perdonarme...

Intenté levantarme para avisar a las enfermeras pero me retuvo con la mermada fuerza que le restaba.

—Escúchame, hazme caso por una vez. —El agudo silbato de su voz se elevó en un gallo—: No soy tu madre, pero te quise, te quiero como a mi propia hija...

—¡Estás loca, mamá! —Sentí la tierra temblar, hundirse los cimientos, pero me negué a creerlo.

Se recostó de nuevo cerrando los ojos y un ronco suspiro elevó su pecho.

—Perdóname, Greta..., te he mentido..., os he mentido a todos...

—Estás hablando en broma... ¿Quién es entonces mi madre? ¿De quién soy hija?

—Que Dios me perdone... y tú también... —Jadeó compulsivamente—. Llama a un sacerdote, corre, llama a un cura...

—¡Deliras, mamá, deliras! ¡Enfermera!

—No eres hija mía..., te lo juro en el lecho de muerte, por lo más sagrado: no soy tu madre. —Echó la cabeza hacia atrás y exhaló su último suspiro.

Esas fueron sus palabras de despedida.

Y percibí en su forma de apretar los labios, en el frunce de su mentón, que era verdad y que Eloína Fernández, persona poco elocuente, ya había dicho cuanto procedía al respecto. Tras un historial de desencuentros y el cálido reencuentro final, habría esperado que su frase postrera, el epílogo de su vida fuera otro.

Vivimos a base de certidumbres efímeras y engañosas, sin ser conscientes de que hasta el río más manso tiene desbordamientos capaces de arrasar cualquier apacible existencia. Y allí estaba yo, rama tronchada de golpe, enterrada bajo el aluvión de la incertidumbre, deshecha en filamentos de nada.

Fui expulsada de la habitación por un ejército de enfermeras alertadas por los pitidos de los monitores y me senté en una silla del pasillo, junto a la puerta, intentando asimilar lo sucedido, obnubilada, doblemente huérfana. ¿Quién acababa de morir en mis brazos? ¿De quién era yo hija? Úrsula me encontró en el mismo sitio, con la cabeza apoyada contra la pared, consumida por una pena seca, yerma de lágrimas. A partir de ese momento las escenas se solapan.

Me veo recogiendo sus pertenencias en una bolsa de papel. Respondiendo a la atenta despedida del personal del hospital, estrechándoles la mano, dándoles las gracias. Eligiendo como una autómata el ataúd, la corona de flores y el texto de la cinta. Dictando la esquela, lacónica, un solo renglón:

«Su apenada hija, Greta».

¿Quién eras, Eloína Fernández?

¿Quién soy yo?

Reconocí el cadáver ante el horno crematorio, pero su rostro cerúleo me resultó ajeno. Elegí para sus cenizas la urna más aparatosa, llamativa y cara: un ángel barroco doliente con el que me resultó fácil identificarme. Sonámbula, atendí los numerosos pésames y las condolencias de rigor, Eloína era una persona querida y conocida, protagonista de la historia de la villa durante más de cincuenta años. Asistí a las honras fúnebres en primera fila pero ausente, mientras algunos maledicentes cuchicheaban de forma audible asociando mi abatimiento con mi tormentoso pasado. «Pueblo pequeño, infierno grande», le gustaba repetir a ¿mi madre?

—¿Esa es la hija? ¿La famosa escritora? ¡Milagro que haya venido! Todavía me acuerdo del disgusto que se llevó Eloína cuando no se presentó en el entierro de Paul... ¡Mira que dejarla sola en aquellos momentos! Con lo buena mujer que era, tuvo muy mala suerte. Morirse así el marido y que la única hija te salga descarriada...

—¡Tampoco tanto! Es una autora de éxito, tuvo un par de novelas en las listas de los más vendidos.

—Si no hubiera sido por las drogas, habría llegado lejos. Mira qué delgada está... ¡Con lo gordita que era de joven! Y ese aspecto cadavérico..., ¿creéis que está drogada?

—¡Qué pinta va a tener! Si yo hubiera hecho a mi madre tanto daño como ella, estaría muerta de vergüenza y arrepentimiento. ¿Crees que el cáncer no se lo provocaron los disgustos?

—¡No la he visto llorar ni una vez! Estará tomando tranquilizantes.

—¡No seáis injustos! Cuando yo fui al hospital a visitar a Eloína, tenía buen aspecto. Lógicamente afectada, pero limpia y aseada. Y no se separó de la cama de su madre ni un momento. Al final se portó como es debido.

—Una drogadicta nunca deja de serlo. ¡Mira! Casi se cae si no la sujeta Úrsula…

—Habrá que preguntarle a ella.

—¿A quién? ¿A Úrsula? ¡Sería la última en soltar prenda sobre los Meier! Esa sí que fue fiel a Eloína toda su vida…

Tenían razón quienes loaban su lealtad, tan grande como su discreción. Finalizado el funeral, regresamos taciturnas a casa, yo acarreando aquel estrambótico recipiente con los restos de una mujer desconocida. Abrí con mis llaves la pesada puerta y un gélido aire nos golpeó las mejillas. Úrsula no pudo menos que santiguarse.

—Tantos días cerrada, la tienda está helada. —Deposité el ángel de alabastro sobre el mostrador mientras encendía los calefactores.

—¿Qué harás con sus cenizas? —preguntó Úrsula descalzándose.

—Si Eloína fuera mi madre, no dudaría en arrojarlas desde una cabina del Glacier Paradise —contesté retadora para cogerla por sorpresa.

—¿Cómo que «si fuera» tu madre?

—Tú eras su mejor amiga, ella te lo confiaba todo… ¿De quién soy hija, Úrsula?

—¡Greta! ¿Estás bien? ¿Qué has tomado? Ya te veía yo rara…

El susto reflejado en su cara me desconcertó tanto que decidí hacerla partícipe de la confesión.

—¡No puede ser! Habrá sido fruto de una alucinación, en aquel estado…

—¡Te aseguro que estaba tan lúcida como tú y yo ahora!

Me miró con desconfianza negándose a tomarme en serio, pero enseguida cruzó por sus ojos la sombra de una sospecha.

—Ahora que lo pienso, a mí me gustaba contarle anécdotas de mi niñez en Nendaz, sin embargo nunca oí una suya. No hablaba de su infancia, de hecho la suponía huérfana. Quedé perpleja cuando, al recibir el diagnóstico, lamentó morirse antes que su madre. Llevo a vuestro servicio tantos años como tú tienes y jamás imaginé que Eloína tuviera familia y menos una madre viva. ¡Nunca fue a verla ni vino ella!

—¿Tengo una abuela? ¿Qué me estás diciendo?

—Indagué un poco más sin resultados. Se cerró como una ostra y jamás volvió a mencionarla.

—¿Y a qué esperabas para darme la noticia?

—Me exigió que no te contara nada, supuse que quería decírtelo ella. No me acordé más hasta hoy.

—Ahora resulta que tres meses de confesión diaria y no me mencionó lo más importante, no puedo dar crédito. ¿Cómo voy a poder llorar? Estoy noqueada...

—Tú madre fue siempre muy reservada, demasiado... ¡Imagínate cómo me puedo sentir yo, que nunca tuve secretos para ella!

—¡Llevaba razón cuando me largué! No era mi madre, era una impostora, una farsante, una hipócrita...

—¡Greta! ¡No consiento que hables así de ella!

—¿Cómo se puede vivir manteniendo un secreto de semejante calibre, representando un papel hasta con tu propia hija?

—Si fue así, debió de pasarlo muy mal, ponte en su piel. Tuvo que existir una poderosa razón...

Callamos las dos intentando encontrarla, rebuscando en el basurero de los recuerdos el desecho que nos diera la clave de una puerta trasera, de una grieta en su modélica existencia. Úrsula se sobresaltó de repente, llevándose una mano a la boca para ahogar un grito. La miré expectante.

—La noche anterior al ingreso me ordenó quemar una carpeta con papeles amarillentos y viejas cartas. Igual la respuesta estaba dentro. Lo siento, no podía imaginarme...

—¿Quemar? ¿Te mandó destruir documentos y tú lo hiciste? ¿Sin consultarme? —Sentí crecer la ira—. ¿No soy nadie en mi propia casa?

—Greta, tu madre tenía cáncer, no demencia; estaba perfectamente bien de la cabeza cuando me lo pidió. Y tú no estabas ni se te esperaba.

—¿Es un reproche?

—No seas cría. Me dijo que eran cartas de Paul, recuerdos

de su relación que nadie más debía leer. Yo no había visto nunca la susodicha carpeta y tampoco me enseñó su contenido en ese momento.

—¡Seguro que había cosas importantes!

—No era nada de valor, no temas, todo lo concerniente al testamento está en poder de su abogada.

—Voy a llamarla, que venga ahora mismo, quizás haya dejado escrito algo.

—Me temo que no, Greta. Yo fui su testigo, lo redactó ante mí y, si no lo cambió a escondidas a última hora, no hay nada que ponga en duda tu procedencia. Encontrarás una copia en la caja fuerte, en ella figuras como hija de Paul Meier y Eloína Fernández, reconocida a todos los efectos. Dentro están también las escrituras de la propiedad de esta casa, los permisos de la tienda y tu partida de nacimiento; esa ya la conoces, en ella estás anotada como hija de madre soltera. Conservaba la documentación bien organizada, estos días la estuve revisando y puedo confirmarte que el secreto de tu nacimiento no se encuentra en esa caja, donde, por cierto, hay también una importante suma en metálico. Por supuesto, no toqué un franco, los libros de contabilidad están a tu disposición.

—¡No te ofendas! Lamento haberte hecho daño con mis sospechas. No desconfío de ti, todo lo contrario, de pocas personas me puedo fiar más. Te recompensaré el sacrificio de tantos años.

—Tú madre ya fue generosa en vida y en sus últimas voluntades me legó una cantidad que me permitirá vivir con desahogo. No quiero más. Pero me gustaría saber quién era. La incertidumbre minaría el afecto que le tuve, los hermosos recuerdos de tantos años. Intentaré ayudarte a esclarecer el misterio.

Nos dimos un conciliador y renovado abrazo. La abogada nos confirmó que no existían otras voluntades ni instrucciones posteriores. Defraudadas, vaciamos armarios y cajones en busca de alguna prueba escondida. El dolor me quebró cuando encontré un álbum con recortes amarillentos de periódicos de toda Europa, en todos los idiomas, que recogían artículos sobre mis novelas: críticas, entrevistas, actos… No pude imaginar cuánto le habría costado seguir mis pasos cuando no había

Internet y conseguir un periódico atrasado de otro país por correo suponía una odisea. Aun así, allí estaban, pulcramente recortados y pegados, con el nombre del diario y la fecha anotados al pie. ¿Cómo alguien que me quiso tanto no iba a ser mi madre? Deseaba borrar sus palabras, pero había tanta sinceridad en ellas... Y si había decidido librarse de aquellos papeles, seguramente era porque escondían una huella comprometedora. Mis temores se confirmaron cuando encontramos cartas de Paul en una caja de zapatos en el altillo.

—No era correspondencia... ¿Qué quemaste entonces? ¡Joder, Úrsula! ¿No miraste dentro antes de echarla al fuego? No puedo creerlo...

Me tiré de espaldas en el sofá mordiéndome las uñas, tan poseída por los demonios como cuando el camello se retrasaba. Me dolían las sienes y me ardían las venas como no recordaba en el último año, casi desde el inicio del tratamiento. Me senté con las manos en los muslos y respiré hondo. Respirar era parte fundamental de la terapia, me costó mucho aprender a hacerlo bien, a concentrarme en inhalar y espirar y olvidar el resto. Sin embargo, la mente me pedía un chute, un aguijonazo que me catapultara al vacío dejando atrás la montaña de agobio que me enterraba. Deseé con una intensidad olvidada meterme algo. Úrsula no me quitaba ojo y su expresión resultaba indescifrable.

—Lo siento, Greta. Arrojé la carpeta al fuego con ella presente. No abultaba mucho... —dio un grito, sobresaltada por una evocación—. ¡Espera! Ya no me acordaba de una cosa, verás qué sorpresa, voy hasta mi casa y vuelvo.

Mientras la esperaba me metí otro ansiolítico en la boca, me hacían el efecto del azúcar en el chupete de un bebé. Absteniéndome de todo, había dejado hasta el tabaco, un mal menor. Era el momento de volver. Subí a la buhardilla y rebusqué inútilmente, hasta que recordé que Eloína fumaba rubio —como las artistas de Hollywood, decía ella— y encontré su pitillera de plata. Era un regalo de Paul, la llevaba siempre encima, tuvo que resultarle doloroso dejarla atrás para ir al hospital. ¿Presentiría que era el fin? Decidí quedármela. Me asomé a la ventana con el cigarrillo, aspirando su humo como un hambriento el aroma de un asado.

Los últimos rayos de sol sobre la nieve conferían a las afiladas aristas del monte Cervino una luz rosada. Por todas las esquinas, las cámaras y los móviles intentaban inmortalizar ese momento. La villa empezaba a encender sus faroles y escaparates; un derroche de luminaria que convertía el bullicio montañero del día en magia nocturna de cuento de hadas. Zermatt era una luciérnaga en un bosque de montañas y yo, de pequeña, creía que vivíamos dentro de una bola de cristal nevada, como las que vendíamos. Por aquel entonces nos visitaba el «tío Paul» y yo me apellidaba Fernández como Eloína, la bella española que regentaba la tienda de *souvenires* en la planta baja y a la que, hasta ese momento, había considerado mi madre. Úrsula me halló con el filtro quemado en los dedos, tan ensimismada que no la sentí abrir la puerta de la calle ni subir al trote la escalera.

—¡Mira esta fotografía! —La blandió en la mano jadeando.

—¡Vas a matarme de un susto! —dije sacudiendo la ceniza.

Me tendió una foto pequeña en color sepia.

—Se cayó al suelo durante la quema y me permitió quedármela de recuerdo.

—¡Nunca la había visto antes!

En nuestra casa las fotografías no se guardaban en álbumes, formaban parte de la decoración colgando de las paredes en marcos dorados. Para deleite del público, en la planta baja se mostraban las de Eloína y Úrsula con los clientes famosos: Carolina de Mónaco, George Clooney o Rania de Jordania, entre otros muchos. Esa costumbre inaugurada por Eloína con una cámara Kodak a mediados de los sesenta convirtió nuestro bazar en un referente, una visita recomendada en las guías, con el incremento de ventas consiguiente. Las fotos más familiares se encontraban cubriendo las paredes de la escalera y los pisos superiores. En la que Úrsula me mostraba, dos mujeres desconocidas de mediana edad flanqueaban a una jovencísima Eloína, las tres ataviadas con bata blanca y gorro del mismo color. Estaba hecha delante de un edificio perfectamente identificado por el letrero: la factoría de Nestlé de Vevey. La fecha escrita a pluma en la parte de atrás tampoco dejaba lugar a dudas: 1963.

—¡En ese año nací yo! Y esa es Eloína, no cabe duda. Ya debería estar dentro de su barriga, ¿no?

—Naciste en diciembre, y por los tilos en flor, la foto está hecha en primavera, quizá no se le notara todavía.

—Desde luego estas mujeres parecen más españolas que suizas.

—Déjame pensar… Tu madre se instaló en Zermatt en el verano de 1964 y tú ya venías con ella. El misterio tuvo que suceder entre esa foto y vuestra llegada aquí… —Se dio una palmada en la frente—. ¿Cómo no se me ocurrió antes? La hija de una amiga trabaja en las oficinas de la Nestlé, tal vez pueda consultar en el archivo el expediente de tu madre. Tiene que figurar su procedencia si eran emigrantes.

—¿De verdad? ¿Lo harás?

—De inmediato. ¡Vaya! Alguien tiene que llamar por teléfono precisamente ahora, ¿respondes tú?

Levanté el auricular creyendo que sería algún pésame tardío.

—¿Greta?

Me quedé de piedra al oír su voz.

—Hänsel…

La última vez que lo vi yacía en el suelo ensangrentado e inconsciente y yo no estaba en mejores condiciones. Cuando la Policía, requerida por los vecinos ante el alboroto, forzó la puerta harta de tocar el timbre sin obtener respuesta, me encontró en la cocina, sentada sobre él a punto de clavarle un cuchillo, el mismo con el que Hänsel había intentado rebanarme un brazo. Se salvó porque a duras penas conseguí levantarlo, muy debilitada por la pérdida de sangre. La imagen debía ser lamentable. Hänsel lo había vendido todo, sillones, cuadros, muebles de cocina… La casa estaba hecha una porquería, el suelo alfombrado de colillas, papel de plata, jeringuillas, botellas vacías, pañuelos de papel usados. Al desorden se sumaba el olor, la Policía lo describió muy bien en el atestado: era infecto. El blanco original de los sanitarios estaba sepultado bajo una capa de roña y en los restos de moqueta no arrancada se mezclaban el vodka y el orín, el vómito y unos churretones de mayonesa de los pocos bocadillos que solíamos comer.

En el hospital me acogí a un programa de malos tratos que incluía rehabilitación y una ambulancia me trasladó hasta la clínica. No le comuniqué el ingreso a mi madre. Eloína odiaba a

Hänsel, le atribuía a él todas las desgracias y lo acusaba de dominante y manipulador: «Silba y sales corriendo detrás como una perra en celo. Te tiene subyugada…, vas a terminar mal si vuelves con él». Lo último que deseaba era darle la razón.

Tras mis anteriores intentos fallidos, este ingreso resultó ser el definitivo. No existe tratamiento que funcione sin voluntad y en esa ocasión me sobraba. Tuve la suerte de encontrarme con una profesional como Lisbeth, imprescindible en mi nueva etapa. En nuestras sesiones diarias me dio la vuelta como un calcetín y, punto a punto, fue enhebrando los hilos y remendando los rotos. Al final, la Greta perdida en algún recodo del camino reapareció entre los escombros dispuesta a no ser enterrada de nuevo. Le envié una larga carta a Hänsel para zanjar definitivamente nuestra relación y poner fin a cualquier tipo de contacto: «No volveré a ceder ante tus chantajes», escribí como despedida. Cerré mis cuentas de correo electrónico y mis perfiles en las redes, borré sus correos, sus chats, sus mensajes, sus fotos. Cambié el móvil y no le di a nadie el nuevo número: por eso ni mi madre ni Úrsula habían logrado localizarme. El secreto y el aislamiento formaban parte del protocolo de la terapia. Mi cambio pasaba por desprender a Hänsel de mi piel y había conseguido mudarla a fuerza de arrancármela a tiras. Había corchado firmemente la botella con su nombre y la había sellado con lacre, enterrándola en lo más profundo de mi bodega.

Y aquí estaba de nuevo su voz cargada, lenta, como la onda producida por una piedra lanzada al lago de la memoria.

—Gretel, Gretel, me acabo de enterar de lo de tu madre, lo siento mucho, cariño…. Yo te perdono, perdóname tú, estoy curado, quiero que vuelvas…

Me enfurecí al escuchar la vieja sarta de mentiras y hubiera debido colgarle, pero un necio impulso me mantuvo pegada al aparato.

—¿Cómo adivinaste que estaba en Zermatt?

—Supuse que irías después del funeral, vi la esquela en Internet. ¿Sufrió mucho? Estarás hecha unos zorros, con lo llorona que eres…

—No era mi madre, Hänsel, ni Paul mi padre. Y llevo sin llorar desde que me enteré.

—Eso es una tontería, Gretel. ¡Cómo no iba a ser tu madre esa vieja bruja! Con perdón hacia los muertos; ya sé que, pese a todo el daño que te hizo, la querías. ¡Y no se te ocurra comentar con nadie esa chifladura de que no son tus padres! A ver si te vas a quedar sin herencia…

—Eso sería preocupante, ¿verdad? —No sabía si reír por su interés tan transparente o llorar por su desapego.

—Déjate de sandeces. Tú y yo hemos nacido el uno para el otro y si no estamos juntos es porque tu madre se interpuso entre nosotros. Eso que me decías en la carta sobre que yo te anulaba y te explotaba no es más que una milonga de psicólogo barato. ¿Y lo alto que volamos? ¿No recuerdas los años felices?

—Es tiempo pasado, ninguno de nosotros es el mismo. ¿Todavía no lo has comprendido? ¿Adónde quieres llegar?

—Mira, este asunto es demasiado serio para hablarlo por teléfono. Viajaré hasta Ginebra en el primer vuelo y aterrizaré ahí mañana, pasado como mucho. He estado meditando y creo que ha llegado la hora de sentar la cabeza. Entre nosotros hubo de todo, mejor y peor, es verdad, pero no me negarás que el fuego existe, siempre ha existido. Y la llama permanece…

—En mi hoguera no quedan ni los rescoldos.

—Lo dices porque no me tienes delante. Te voy a proponer una cosa: si quieres, nos casamos y nos quedamos a vivir en Zermatt. Es el lugar idóneo para una pareja de escritores, podríamos mantener abierta la tienda y vivir de ella. A tu madre le daba para mantener a una empleada, jubilamos a esa Úrsula y contratamos a alguien joven con experiencia…

Yo estaba atónita ante su propuesta. Jamás habíamos contemplado el matrimonio, ambos éramos reacios a las ataduras. Como todas las parejas, habíamos hablado sobre casarnos y tener hijos; en nuestro caso, para desecharlo.

—¿Qué te has metido?

—Nacimos para ser uno, Hänsel y Gretel, ¿ya no te acuerdas? —repitió machacón—. Ahora no tienes a nadie más que a mí, nos necesitamos. Estamos limpios, nos conocemos y ya somos mayores, querida, debemos hacer el final del camino juntos, no separados…

—Ya no soy tu querida y soy bastante más joven que tú, Hänsel, te lo recuerdo. Doce años, en concreto.

—¡Tampoco eres una niña! ¿Te consideras mucho mejor que yo?, ¿es eso?

—No sé por qué me estás llamando, te dije que no quería verte, ni oírte, ni saber de ti. Estoy recomponiendo mi vida y tú ya no formas parte de ella. Tengo empezada una novela…

—No volverás a escribir, estás seca, el borrador que enviaste era una mierda impublicable, me lo dijo tu agente, te piensan rescindir el contrato en cuanto te localicen. ¡Estás acabada, Greta Meier o Fernández o como te quieras llamar! Además…

—¡Que te jodan! —Colgué enrabietada.

Me temblaban las piernas, pero me sentí más fuerte. Había sido capaz de decirle que no, de rechazar su chantaje, sus amenazas. Respiré profundo varias veces, llenando y vaciando los pulmones. Un ejercicio de relajación culminado con una sonora carcajada. ¡Lo había dejado con la palabra en la boca!

—¿Qué tal estás? —Úrsula me miraba expectante.

—Mejor que nunca. —Y era cierto.

—Era Hänsel, ¿no? ¿Sigues con él? —La inseguridad latía en su voz.

—Todo está bien —insistí con sequedad.

—De acuerdo —asintió aliviada. Y me dio un abrazo y un sonoro beso.

—Anda, haz esa llamada —dije emocionada por su espontánea muestra de cariño.

Tras ser derivada a cuatro extensiones, Úrsula pudo contactar con la hija de su amiga en la Nestlé. Le planteó su consulta como una urgencia relacionada con herencias y mucho dinero en juego, eso a los suizos les conmueve en el alma. Después de una breve conversación quedó a la espera de recibir un correo electrónico con los datos solicitados. Incapaz de estar mano sobre mano, se puso a limpiar el polvo de las estanterías. Verla inmersa en aquella actividad cotidiana me decidió a confesarle mi plan. Puestas a cerrar puertas y a embotellar estados emocionales, la casa de Zermatt era una bomba de relojería que me convenía desactivar cuanto antes.

—No te molestes, Úrsula, déjalo como está. Voy a vender la tienda con todo su contenido, lo he meditado mucho en las largas jornadas de hospital. Liquidaré mi herencia y con ello cerraré esta etapa de mi vida. Comenzaré de nuevo donde sea una perfecta desconocida. O me dedicaré a recorrer el mundo. Mi terapeuta dice que viajar es el estado natural e ideal de la persona. Coincido con ella.

—No lo dirás en serio... —Se detuvo incrédula con el plumero en la mano—. La tienda todavía da mucho dinero y si inviertes un poco en remodelarla...

—¡Nada de reformas! Jamás he hablado tan en serio. Odio este pueblo de postal, a los turistas invadiendo las calles, a los visitantes de postín y el lujo escandaloso de las tiendas y hoteles; odio a los ricos por ostentosos y a los pobres por pretenciosos. Está fatal comunicado, es carísimo, endogámico, artificial..., es como vivir en un parque temático.

—No sé de dónde sacas esas cosas ni si tomármelo a bien o a mal... —Úrsula se rio con ganas—. En parte, comparto tu opinión. Ahora que tu madre ha muerto, me mudaré a Visp con mi hermana, a mí tampoco me apetece quedarme aquí, y si cierras el negocio, me ofreces la excusa perfecta.

Esbozamos una sonrisa de compromiso. Ya nada nos unía. Úrsula siempre se había mantenido en la sombra, jamás había intervenido en nuestras fricciones, si acaso para suavizarlas. Si hubo dos bandos, ella se posicionó en el de Eloína. No podía reprochárselo. A sus ojos, ella era un mirlo blanco y yo una oveja negra; por mi parte, solo mirarla me hacía sentir culpable. Habría calculado que tras la muerte de Eloína debería hacerse cargo de mí y mi planteamiento la tranquilizó. Sin embargo, un nuevo lazo se había creado: nos unía la curiosidad.

—¿Te apetece tomar algo? —preguntó solícita.

Preparamos entre las dos un picoteo mientras me hablaba de su hermana y sus sobrinos. Entretuvimos la espera rescatando lugares comunes y evitando pensamientos fúnebres. La primera respuesta nos llegó un par de horas más tarde mediante un correo electrónico que Úrsula leyó en voz alta:

> Eloína Fernández llegó en marzo de 1963 desde España con un grupo de mujeres remitidas por el cura de la parroquia de Cimavilla, en Gijón, un tal Guillermo Expósito. Figura como hija de Genara, vendedora ambulante de pescado y madre soltera. Viajan juntas y comparten destino, así que no consta permiso paterno.

—¡Genara! ¡Madre soltera! Jamás me habló de ella, por lo menos no lo recuerdo…

—Es la primera noticia que tengo, estoy tan desconcertada como tú, Greta.

—¿Por qué habría de ocultárnoslo? Imposible que se avergonzara de ella, pasaron las dos por lo mismo. ¿Por qué «mi madre» y «mi abuela» dejarían de existir la una para la otra y más si tenían ese vínculo en común? —Observé detenidamente la fotografía—. ¿Me parezco a alguna de ellas?

—No podría decirte… En realidad, tampoco te pareces a tu madre, por lo menos en esta foto.

—Parecen muy amigas las tres…

—Seguramente viajaron juntas y puede que hasta vivieran en la misma pensión, era lo habitual.

—¿Esta está también embarazada?

—Con la bata no se ve bien. —Úrsula buscó una lupa—. Parece una señora gorda sin más, mira qué piernas tan enormes tiene. ¡Y el tamaño de la nariz! —Me miró de reojo—. De las tres, es a la que más te pareces, desde luego.

—Si Eloína no era mi madre, carece de sentido, se tratará de una coincidencia —rechacé cabizbaja.

—Es el único hilo del que disponemos para tirar, yo seguiría su pista.

—Si aún vive…, ¿residirá en Suiza? —pregunté más animada.

—Espera, sigo leyendo. —Se puso las gafas y bajó el cursor.

> En 1963, según figura en sus expedientes, se dieron las dos de baja. Eloína en julio y Genara en diciembre. Se supone que regresaron a su país sin cumplir el año de contrato, es infrecuente. En esta fábrica, por lo menos, no consta que volviera a trabajar ninguna de las dos.

—¡Qué curioso! Yo nací el 21 de diciembre. Eloína debió de quedarse embarazada al poco de llegar… ¡Igual no conocía todavía a Paul!

—Puede ser…, pero Paul estaba convencido de ser tu padre. La incógnita está en la madre de Eloína… —pensó Úrsula en voz alta.

—¿Tú dejarías a tu hija sola con un bebé recién nacido? ¡Siendo madre soltera también! Algo muy gordo tuvo que pasar entre ellas, y ese algo debo de ser yo... En mi partida de nacimiento figuro como hija de Eloína Fernández, no hay mención de incidencia alguna, y si hubiera sido adoptada habría papeles que me acreditaran como tal, no me lo habría ocultado hasta su muerte. ¿Seré un bebé robado? ¿Me habrán comprado en el mercado negro?

—¡Mujer, no seas bruta!

—Algo tuvo que suceder acá o allí... ¿Dónde queda Cimavilla? —Al ver su mueca de ignorancia, me lancé a sacar el portátil de la mochila—. Si mi abuela regresó a su hogar, puede estar allí. Igual tengo tíos y primos...

—Greta..., si tu madre no lo era, esa tal Genara, su madre, tampoco sería tu abuela.

Aterricé de nuevo, pero no pensaba rendirme.

—En un caso u otro, seguro que sabe de dónde procedo, esa conjunción de fechas no puede ser una coincidencia... ¡Mira! —Señalé la pantalla, donde Google Maps marcaba un punto concreto. Acerqué más la imagen hasta llegar al detalle panorámico—. Parece un pequeño cabo en Gijón, una ciudad costera del norte de España. Te leo esto:

> Cimavilla es el barrio más antiguo de Gijón / Xixón. Enclave fundacional de la villa, conserva restos arqueológicos romanos y tiene varios siglos de tradición marinera. En la actualidad es un barrio residencial y de ocio cuyo viejo puerto comercial se ha convertido en deportivo.

—¡Genara era pescadera, eso concuerda! —Úrsula contuvo la respiración.

—Iré a Cimavilla. Buscaré a mi familia. Tengo que saber quién soy.

—¡Es una idea insensata! Ha transcurrido mucho tiempo, quién sabe si quedará alguien que conserve la memoria de Eloína...

—Si esa persona existe, daré con ella. ¿Te ocuparás de poner esto en venta durante mi ausencia? No quiero demorarlo más, es el último favor que te pido.

—¿Seguro que vas a vender Matterhorn Paradise? ¿No te dará pena desprenderte de esta casa? ¿No quieres pensarlo en frío? Hay tiempo, no te precipites… —De repente ahí estaba Eloína, rediviva, discutiendo mis decisiones.

—Ya está sobradamente pensado —me ratifiqué impaciente con el ceño fruncido.

—¡Me parece una locura! —Úrsula se quedó pensativa pero enseguida me sonrió—. Seguramente yo haría lo mismo en tu lugar. ¿Qué harás con ella? —Señaló la urna con un dedo.

—Llevaré las cenizas conmigo. Fuera quien fuera Eloína Fernández, agradecerá descansar en su tierra.

—Voy a echarla mucho de menos…

—A ti también te engañó todos estos años, ¿ya la has perdonado?

—No me cuesta trabajo si pienso que sus razones tendría para ocultarlo. Y la más importante, seguro, fue no hacerte daño.

—Se pasó la vida ignorándome, jamás me hizo partícipe de las decisiones importantes… —enumeré rencorosa—. ¿Debo agradecerle haber vivido cincuenta y dos años en una mentira? ¿Alguna vez has sentido la tierra abierta bajo los pies, incapaz de encontrar asidero? Nunca te conté qué pasó, cómo acabé en la clínica esta última vez. No voy a hacerlo ahora tampoco, no se lo dije ni a mi madre en sus últimas horas. Pero supe que había tocado fondo y ya no podía caer más abajo. Ver tan de cerca la muerte me hizo amar la vida. Me juré empezar de nuevo. ¡Y tanto! En fin, me dará tiempo a digerirlo durante el viaje.

—Es un trayecto muy largo para recorrerlo sola… ¿Y si te pasa algo?

—¡Úrsula! ¡Eres peor que Eloína! Si supieras cuánto llevo rodado por caminos peligrosos…, y no sobre cuatro ruedas. No sufras por mí, sé arreglármelas bien. Además, me servirá para distraerme: me encanta conducir, me relaja. Cuando encuentre la solución al enigma, te llamaré.

La vi dudar antes de darme el último consejo:

—Por la memoria de la persona que más te quiso en este mundo, no vuelvas a recaer.

—Vine a buscar la paz con mi madre y a reencontrarme conmigo misma. Si no sé quién es ella, no sé quién soy yo. Si no la perdono, nunca podré perdonarme. No descansaré hasta conseguirlo.

—Espero que aciertes...

Nos despedimos cariñosamente. Lamenté no haberle sido franca acerca de Hänsel cuando vi el nombre de mi exnovio en la pantalla ya de camino a España. Era el teléfono nuevo, solo Úrsula conocía el número. Me lo imaginé dándole toda clase de explicaciones plañideras para conseguirlo. Lo había tirado, pero cuando a Hänsel se le fijaba una idea...

¿Le habría dicho también adónde iba?

La Chata Cimavilla

Llevaba ya dos semanas en Gijón, en el barrio de Cimavilla, donde los nativos se llaman *playos* y hacen gala de un peculiar sentido del humor, argamasa de iconoclastia, confianza y lenguaje cáustico. ¡Y lo emplean contigo sin conocerte de nada! Por más esfuerzos que hacía, me costaba sentirme *playa,* forma de ser diametralmente opuesta al estirado e independiente estilo *british.* Mientras que al casero de Londres lo había visto dos veces en un montón de años, la mujer que me había alquilado el apartamento procuraba dejarse caer día sí, día también, con un afán entre servicial y fisgón que me dejaba perpleja. El apartamento era nuevo, un ático de un solo dormitorio y salón, con una azotea que duplicaba los metros cuadrados interiores. Enfrente justo se levantaba el *Elogio del Horizonte,* una escultura de Chillida conocida como «el water de King Kong» por los vecinos.

Al principio la ciudad me pareció harto fea, carente de bulevares y avenidas, de edificios nobles. Por contraste, la fachada marítima resultó una postal encantadora, al igual que el barrio viejo de pescadores, Cimavilla, sito en una pequeña península que se abre desde la plaza Mayor, flanqueado su istmo por sendos castillos, el de Valdés a la derecha y el de Revillagigedo a la izquierda. A un lado del cabo, el puerto deportivo y la playa de Poniente, y, al otro, la concha dorada de San Lorenzo. En una subida sinuosa, las casas se agolpan en estrechas e intrincadas callejuelas, sobre las que se abre el imponente espacio verde de L´Atalaya o cerro de Santa Catalina, un antiguo polvorín. Aún guarda restos de la antigua fortaleza, cañones y un búnker abruptamente enfrentado al Cantábrico. Frente a ese cerro asenté mis reales, sintiendo mis raíces próximas. Me sorprendía no haber intentado jamás buscarlas. Ni siquiera cuando estuve un mes entero rodando por España con Hänsel. Visitamos Barcelona, Madrid, Toledo, Sevilla y Granada. Bailamos flamenco, rumba y chotis; bebimos vino, sangría y cerveza. Y pasamos un calor mortal. En ningún momento mi vista se dirigió al norte, entonces no sabía que tuviera ascendientes en esta tierra, pariente de Suiza por lo montañosa y, a diferencia de ella, tan marinera.

Había aprovechado el tiempo desde mi llegada. La región era pequeña y diversa, bien comunicada, y en quince días había tenido ocasión de recorrer sus cuatro puntos cardinales para situarme. Siempre había sentido una atracción indefinible por los mares y océanos. En mi país natal el agua se presenta en forma de hielo o nieve y en los lagos: es dura o está quieta, no fluye como en el espacio marítimo. Había vivido en el Mediterráneo, en el Egeo, en el Atlántico y ahora el Cantábrico se abría ante mí ofreciéndome un nuevo vínculo con las mareas. Pleamar y bajamar, un trasunto de mi existencia. Los Picos de Europa son las últimas estribaciones del plegamiento de los Alpes y ese pico emblemático, el Urriellu o Naranjo de Bulnes, *mutatis mutandis*, se asemeja al Cervino en su geométrica y aislada majestuosidad.

Una Suiza en miniatura.

Tras realizar unas cuantas pesquisas en el Registro Civil, descubrí que Genara había fallecido apenas unos días antes de mi llegada. Una coincidencia interpretable, pero que no me aportaba nada, más bien reducía mis expectativas. Más trabajo me costó localizar a la tercera mujer de la foto, mi última oportunidad. De un sacerdote a otro, supe que estaba ingresada en una céntrica residencia geriátrica perteneciente a una orden religiosa, y hacia ella me encaminé resuelta a poner punto final a mis tribulaciones.

—¡Julia, tienes visita! Pase, ha tenido suerte, está despierta —me dijo la hermana Francisca.

—¿Quién es? —Una mujer enjuta y arrugada me recibió en una silla de ruedas. Olía a enfermedad y a medicina, y arrugué la nariz inconscientemente—. ¿Huele mal? —me preguntó dándose cuenta—. No cambian mucho las sábanas estas brujas, y eso que se quedan con la pensión.

—Lo siento. —Enrojecí por mi falta de tacto y eso le debió resultar cómico, pues no vaciló en reírse de mí.

—Ponte a la luz, déjame verte. Generalmente no recibo visitas. Si vienes de la funeraria, todavía no me pienso morir.

—Es una escritora suiza que quiere hablar contigo —le explicó la monja con paciencia.

—¿Escritora? ¿Suiza? ¿Conmigo? ¿Por qué?

Decidí ir al grano. Procuré hablar alto, claro y despacio con mi mejor acento español, mientras le mostraba una ampliación de la foto.

—He realizado un largo viaje para encontrarla y esta fotografía es el motivo. Fue realizada en Vevey, en Suiza, en 1963. En ella aparecen tres mujeres, estas dos se llaman Genara y Eloína, y la tercera me han dicho que es usted, Julia.

—¡Las Tiesas! ¡Genara viene a joderme desde el más allá! ¡La muy puta!

—¿Las Tiesas? —pregunté sorprendida.

—A Genara siempre la llamaron la Tiesa. Era ruina y menuda, pero el apodo no se lo pusieron por las patas de alambre, sino a raíz de quedar huérfana. Su hija salió con otra planta, a la Tiesa la dejó preñada un ricachón bien alimentado y eso se notaba. Eloína —señaló a mi supuesta madre con el dedo— fue más lista que su madre, se tiró a un suizo importante y se quedó a vivir allí. Conservó con honores el mote heredado de su madre, siempre fue orgullosa y estirada.

Me quedé atónita, había dado en el clavo a la primera. La monja me dio un codazo ufana, guiñándome un ojo. Tosí para aclarar la voz:

—Entonces, ¿recuerda el momento en que se hizo la foto?

—Antes solo se hacían retratos en ocasiones especiales, cómo no voy a acordarme... Debería tener una copia pero la rompí cuando nos enfadamos. —Me miró furiosa tensando el cuerpo como un arco—. Tú no tendrás nada que ver con las Tiesas, ¿verdad? ¡No te habrá enviado aquí Eloína! ¡Si vienes de su parte, ya puedes dar la vuelta! ¡¡No quiero saber nada de ella!!

Tragué saliva con miedo de haber tenido algún desliz delator.

—¡No, no! Sus nombres figuran en el expediente que la empresa me facilitó.

Me miró aviesamente durante un rato, todavía recelosa, antes de situar el contexto:

—Fue el último día de trabajo de Eloína. Por aquel entonces, la Tiesa y yo todavía éramos amigas, lo habíamos sido desde niñas. ¡Mira, yo estaba embarazada!

Esperé a que dijera: «Y Eloína también», pero no lo hizo, y por las fechas debía estarlo aunque no se le notara. Julia, asomada al balcón del pasado, contemplaba la foto con un leve temblor en la barbilla. Me pesó haber sido tan directa. ¡Quién me iba a decir que esa mujer las odiara! Por lo menos las conocía, ya era algo por donde empezar. Necesitaba con urgencia un plan B, una excusa que me permitiera interrogarla para esclarecer mi origen. La hormigonera empezó a funcionar a toda velocidad. Cuando dio por finalizada la introspección con un hondo suspiro, yo ya había definido mi estrategia.

—Nestlé ha contratado a un equipo de escritores por todo el mundo para recoger las historias de vida de sus empleados. En los años que usted trabajó allí la empresa llegó a tener más de trescientos mil, en Suiza la mayoría mujeres llegadas de fuera. Este proyecto intenta recuperar aquella dimensión internacional de la compañía, cuya expansión significó mucho para países en vías de desarrollo como España. Encontraron esa foto en sus archivos y la seleccionaron para, a través de ella, recuperar el hilo de las emigrantes españolas, saber qué las llevó a salir de su país, cuáles fueron sus sensaciones en Suiza, cómo fue el regreso, si les sirvió de algo la experiencia y en qué invirtieron el dinero obtenido.

—¡Qué raro! —Me miró suspicaz—. No la hizo la empresa, sino una compañera para estrenar su cámara. Juraría que solo nosotras tres teníamos una copia…

—¿No dijo que una de ustedes continuó viviendo en Suiza? Tal vez la donó…

—Es tan extraño… —No lograba hacerla confiar ni con toda mi solemnidad ni haciéndome la cándida, lo notaba en su ceño fruncido—. Si vienes con intención de estafarme, ya te digo que dinero no tengo, estas ladronas se quedan con la mitad de mi pensión y la otra mitad se la lleva Andresín, mi hijo. Entre las unas y el otro, de mí nada vas a sacar.

Sonreí ante su prevención y corté con un gesto las protestas de la hermana Francisca.

—No pretendo timarla. Intentamos reflejar la historia de una época, de un siglo. Me lo encargaron a mí por mi dominio del castellano: soy traductora e intérprete, además de escritora.

—¿Y por qué no le fuiste con el encargo a Eloína, que sigue en Suiza? ¡Seguro que la Tiesa estará encantada de contar de dónde viene! ¡Apuesto a que se inventa un origen más digno! ¡Menuda bruja!

—Lo siento, de las tres es usted la única que sigue viva.

—¿Eloína murió? ¿La hija de Genara? ¡Si era muy joven!

—Me han dicho que un cáncer se la llevó en poco tiempo. —La había pillado desprevenida y procuré aparentar indiferencia.

Su contestación me dejó helada.

—¡Las castigó Dios! —Y su cara reflejó tal convencimiento que me estremecí.

En el pecado callado de Eloína, si alguien tenía la respuesta, era aquella mujer. Por fuerza debía conseguir que confiara en mí.

—Usted podría ayudarnos, y además la felicito, parece tener buena memoria.

—¡No empieces a dorarme la píldora! Siempre me cayeron fatal los lameculos.

—¡Julia! ¡No seas blasfema! —exclamó horrorizada la religiosa—. Mira, Chata, esta señora ha viajado desde Suiza con un cometido importante. Si no quieres colaborar, se va ahora mismo.

—¡No! No me importa, busco a una persona sincera y con coraje, que no tenga miedo a enfrentarse al pasado. ¿Estaría de acuerdo en contarme su historia? Si no tiene inconveniente, vendría a las horas que me dijera y…

Me interrumpió con un mueca maléfica:

—Así que te interesan los cuentos de esta vieja… ¡Hay que estar loca! Venir desde tan lejos para eso… ¿Y cómo dices que te llamas?

—Greta Meier. —Por primera vez me alegré de haber perdido el Fernández.

—¿Greta? ¿Cómo la Garbo? ¡Qué mujer, la Garbo! Decían que era un poco marimacho porque fumaba y bebía, pero todas lo hacíamos y de marimachos nada. ¡Si me vieras ligar en mis años mozos, como decís ahora! —Se calló, de nuevo amoscada—. ¿Y quién te envió a mí? ¿Cómo me localizaste?

—El lugar de procedencia de las tres, Cimavilla, figuraba en la documentación facilitada por el archivo de Nestlé. De la muerte de Eloína supe en Suiza y ya aquí pude comprobar que Genara también había fallecido hace poco. Intenté localizar al cura que firmó la acreditación para el traslado a Suiza, por si seguía en activo y conocía el paradero de la tercera mujer, usted. Fue el actual párroco de la iglesia de San Pedro quien me indicó dónde podía encontrar al padre Guillermo Expósito.

—Guillermo… —Sus ojos glaucos brillaron con las lágrimas.

—¡Sí! —contesté entusiasmada—. ¿Lo recuerda? Vive en una residencia para sacerdotes, fui a visitarlo.

—¿Sigue vivo? ¿Aquí? ¡No puedo creerlo! ¡Si estaba en Nicaragua! —Empezó a dar vueltas en redondo con la silla—. ¿Estás segura de que era él? ¿Totalmente segura? —Se detuvo frente a mí, desafiante, con el puño en alto.

—Lo vi en persona. Lleva aquí los últimos años, tuvieron que internarlo porque ya no se arreglaba solo…

—¿Cómo lo encontraste? ¿Está bien? Guillermo… era el mocín más guapo de Xixón, yo soñaba casarme con él antes de que se metiera a cura. Guillermo… ¡Ay, Dios, tarde vienes a verme! —Las lágrimas le fluían como un manantial y me resultaba difícil entenderla.

—Bueno…, está muy deteriorado físicamente y además padece alzhéimer. Según me explicaron, su cerebro empieza a tener grandes lagunas, olvida las funciones básicas. Recobra la lucidez por momentos, tuve la suerte de encontrarlo en uno de ellos. Lo incorporaron en la cama y no dudó al ver la foto, dijo los nombres de las tres de corrido ¡y luego no me la quería devolver! Se empeñó en quedársela como un crío pequeño, menos mal que llevaba varias copias encima y le regalé una.

—¿Qué más dijo? ¿Dijo algo más? —me apremió.

—Estuvo mucho rato mirándola y repitiendo los nombres como una letanía, sobre todo el suyo, Julia. No conseguí sacarle nada coherente. Le dejé mi teléfono al director del centro por si recordaba algo más y me llamó a la mañana siguiente para darme esta dirección... Quiero decir ayer —corregí—, ya no sé ni en qué día vivo....

—Todo esto es muy raro... ¿Traes algún papel de la Nestlé que te avale?

—Es cierto —dijo la monja suspicaz—. ¿Trae una carta de presentación o algún documento acreditativo?

—Bueno... —Las miré alternativamente intentando arreglar el embrollo—. No contaba con que hiciera falta.

—Vete —me interrumpió Julia desabrida.

—¿Qué?

—Vete de aquí.

—Pero... yo pensé...

—¿Qué pasa, Julia? ¡Anda, Chata, no seas una cría! ¡Mira que te gusta hablar y la verborrea que tienes! ¡No sé cómo te pones así! —Sor Francisca la riñó sin contemplaciones.

—No se preocupe, no pasa nada, me iré sin problema. Siento mucho haberla molestado...

—¡Espera! ¡No te vayas! —gritó la vieja de repente y tuve ganas de salir corriendo sin saber a qué atenerme. Sacó un pañuelo de la manga y se sonó estruendosamente—. ¿Quieres que te cuente mi vida? ¿De verdad has venido a eso?

—S...sí —musité casi arrepentida.

—Dile a esa bruja que salga de la habitación, tú y yo vamos a hacer un trato.

La monja la miró con cansancio.

—Como no moderes ese lenguaje, me voy, sí, pero me llevo a la escritora y no la vuelves a ver.

—Perdone, hermana, si no es molestia, ¿le importaría dejarnos a solas un instante si me hace el favor? Por favor... —lo dijo con tanta ironía que no pude reprimir una sonrisa.

La religiosa me miró buscando mi asentimiento y salió.

—¿Qué desea a cambio? —le pregunté en cuanto cerró la puerta.

—Lo primero, que me trates de tú. Soy vieja, pero tú también tienes tus arrugas.

—De acuerdo, Julia, seremos amigas…

—Me llaman la Chata, y lo seremos si me sacas de aquí.

—¿Cómo? No puedo alojarla, yo vivo en un apartamento alquilado…

—¡No, mujer! No pretendo irme a vivir contigo, lo que quiero es salir de esta puñetera residencia, perder de vista a estas petardas por unas horas. Solo puedo ir en silla de ruedas y las cabronas apenas me sacan al jardín para tomar el aire. Cuando viene mi Andrés, me lleva al bar de la esquina y, mientras él se toma un cacharro, yo me enfilo un par de vinos y me atiborro de callos bien picantes, que me los tienen prohibidos. Así que tú me llevas de paseo, me invitas a fabada y sidra y yo te canto hasta tonada. Si no, no hay trato. ¡Y sin decirles nada a las monjas! ¿Está claro?

—Acepto. —Como para no hacerlo. ¡Menudo carácter de mujer!

—Pues mañana, lo primero, me llevas a ver a Guillermo. Tengo que comprobar con mis ojos cómo está. ¡Mira que no haberme avisado de su regreso!

—Tal vez no la reconozca.

—¡Qué me trates de tú, rapaza! Y sí, ya te digo yo que me reconocerá.

Pasé la tarde sentada en la terraza, contemplando el horizonte y las posibilidades que se abrían ante mí. ¿Era esta la tierra de mis antepasados? ¿Estaba siguiendo una pista o inventándome una historia porque era escritora y ya no sabía sobre qué escribir?

—Todo culpa tuya —dije rencorosa.

Había colocado la urna con las cenizas a mi lado. Al fin y al cabo, Eloína me había metido en el lío y allí estaban sus restos.

—¡Así que te llamaban la Tiesa! ¿Cómo me ocultaste el mote? No te gustaba, ¿eh? ¡Claro que no! Aunque dice Julia que le hacías honor… ¿Lo sabía Paul? ¿O borraste tu pasado también para él? ¿Por qué te callaste que tu madre vivía? ¿Sabes qué disgusto me llevé al comprobar su fallecimiento? Se produjo, concretamente, el mismo día que el tuyo. ¡A miles de kilómetros de distancia! ¡Madre e hija! Ni en las tragedias griegas…

Una sincronía asombrosa que me incitaba a beber. Me bajé

un litro de zumo de pera; hubiera dado un dedo de la mano por aderezarlo con un chorro de ron, pero, de momento, conservaba la lucidez necesaria para no echar al traste mis esfuerzos. Encendí un cigarro y seguí interrogando a la urna:

—¿Genara era mi abuela? ¿Por qué no dio señales de vida en todos estos años? ¿O sí mantenías contacto con ella? ¿Qué le hicisteis a la Chata para que os odie de esa manera? ¡Vaya nombrecitos, por cierto! ¿No le gustó que te liaras con el jefazo? ¿O no sabía que era Paul? ¡En esa foto se os ve tan felices a las tres! ¿Le ocultaste a Julia el embarazo? Si no soy yo, ¿quién está dentro de ti? ¿O ni siquiera estabas preñada? La Chata, hasta el momento, solo ha mencionado a un hijo, ese tal Andrés. ¿Era él quien estaba en esa barriga? Si se confirma, abandonaré las indagaciones; mientras, espero aclarar tanto secreto. Las monjas me han prevenido contra la Chata, ya he visto que tiene un genio indomable, incluso estando en silla de ruedas. Era tu amiga y tú lo sabrás mejor…

No esperaba contestación, claro está, pero tampoco por eso dejaba de dialogar con la urna. Se lo había comentado a Lisbeth, mi terapeuta, en los compulsivos correos que le enviaba a diario, y ella me aconsejó que continuara haciéndolo si me reconfortaba. Al fin y al cabo, aquellas cenizas seguían siendo de mi madre hasta que no diera con la verdadera y no dejaba de ser un factor de estabilidad disponer de una oyente cautiva.

—Buenas noches, Eloína. Tú ya descansas en paz pero a mí la ansiedad me está matando.

Al día siguiente fui a buscar a la Chata temprano. Me esperaba en la puerta, acicalada, oliendo a colonia y demasiado pintada para mi gusto. Fui incapaz de convencerla para ir en un taxi adaptado; para un día que salía, quería ver escaparates. Nos fuimos parando en cada uno hasta llegar a la residencia de los sacerdotes. Por más que le rogué al director que nos dejara estar con Guillermo a solas, como Julia pretendía, se empeñó en estar presente junto al cuidador.

—Cualquier novedad lo altera, para esta enfermedad la rutina es muy importante. ¿Por qué tanto empeño en verlo si no son familia?

—La señora viene en busca de su bendición, eran amigos desde niños y él fue cura en Cimavilla muchos años.

—Efectivamente. Abandonó la parroquia a principios de los sesenta y estuvo de misiones en Nicaragua casi cincuenta años, atendiendo a los más necesitados. Existe una fundación que lleva su nombre, trabajaron en ella cooperantes de todos los países del mundo, pero sin él está a punto de desaparecer por falta de ayudas. El Estado español aprovechó a retirar la suya con la excusa de los recortes en la época de mayor crisis.

—Yo creí que había muerto por allá... —nos interrumpió Julia con un hipido.

—¡Julia! —Le tendí un pañuelo—. No llores, mujer. Lo quería mucho, eran como hermanos...

—Tranquila. Seguramente hubiera preferido regresar a Dios entre los campesinos de su comunidad, pero la Orden me envió a recogerlo cuando el deterioro cognitivo empezó a afectar a sus capacidades. En mi breve estancia en Nicaragua, comprobé que la pobreza sigue siendo extrema, no se nota que la revolución haya cundido demasiado. Es un país increíble, de una belleza y una riqueza incomparables, pero muy mal repartida, todo sigue estando en manos de unas pocas familias. Saqué algunas fotos. Si quieren, se las enseño.

Las imágenes mostraban unas casas de ladrillo gris con tejados de zinc rodeadas de vegetación selvática. Un grupo de mujeres, niñas y niños rodeaba al sacerdote, con barba, guayabera blanca y un raído pantalón. Su beatífica sonrisa revelaba una satisfacción empañada ya por la enfermedad. En otra fotografía, tomada desde el agua, se veía una isla formada por los conos de dos volcanes.

—Esa es la isla de Ometepe, donde Guillermo sirvió a Dios durante más de medio siglo. La llaman la Isla de la Paz y es la sede del proyecto. ¡Lástima que tanto esfuerzo quede en nada!

—¿La Iglesia no continuará con su fundación? —pregunté sorprendida.

—Bueno, resulta difícil conseguir financiación permanente, es un pozo sin fondo. Él empeñó hasta sus objetos personales. Cuando embalé sus pertenencias, no tenía más que un par de mudas, un viejo crucifijo de metal, un libro de poesía y un machete roñoso. Ni siquiera la moto en que se desplazaba era suya; jamás conocí a nadie menos afecto a los bienes terrenales. Un hombre de otro siglo, sin lugar a dudas.

—¿Y si dejamos de dar el palique y lo vemos ya? —interrumpió Julia abochornándome por su falta de modales.

El viejo sacerdote no dio señales de reconocimiento al ver a Julia, seguramente en nada le recordaba a la mujer de la foto. La Chata se puso muy alterada y se arrojó contra la cama haciendo chocar su silla.

—Soy la Chata, Julia, ¿recuerdas? —Lo agarró por la muñeca—. Guillermo, soy yo, la Chata...

—Julia... —Una cortina quería descorrerse—. Julia... —Su mirada bailaba de ella a mí sin reconocer a ninguna de las dos—. Julia...

—Necesito tu perdón... —Desde que entramos, no había dejado de llorar, sin hacer ruido, mansamente.

—Dele la bendición, hermano Guillermo —resolvió el director poniendo la otra mano de él sobre la cabeza de ella y recitando en su nombre—: «Ego te absolvo a peccatis tuis in nomine Patris...».

De repente, Guillermo giró la cabeza, lo apartó y, con sonrisa de niño pícaro, me guiñó un ojo.

—Te guardé una rosquilla, no se lo digas a nadie...

La Chata dio un hondo gemido y aquel hombrecillo, diminuto bajo las sábanas, se empezó a alterar. Primero imitó el sonido y luego soltó unos alaridos aterradores. Sin miramientos, el enfermero que lo custodiaba lo ató a la cama y le inyectó un tranquilizante. Lo dejamos musitando incoherencias y el director nos acompañó a la salida.

—Se lo dije, es un milagro que reconociera a las mujeres de la fotografía. Suele pasar que la memoria funciona mejor respecto a un tiempo lejano.

—¿Y cómo se explica que supiera dónde localizarme? —preguntó la Chata dolorida.

—En realidad, fui yo, por pura casualidad —contestó sonriente—. Al decir su nombre, recordé un archivador que conserva con sus papeles, a veces lo repasamos juntos para ejercitar la memoria. En uno sale usted en una entrevista que le realizaron hace años, cuando ya estaba ingresada en la residencia.

—¡La recuerdo! —Me agarró por el brazo—. La tiene mi Andrés enmarcada, me la hicieron por ser un personaje popular. «La Chata Cimavilla», decía el título, ni más ni menos. Fue hace cuatro años… ¡Y él ya estaba aquí entonces!

—Por esas fechas lo traje y él mismo la recortó de un diario al poco de llegar. Debería estar contenta, es una señal de aprecio.

—Mejor me hubiera ido a ver, sabiendo donde estaba —dijo enfurruñada.

—Quizá lo hizo. —Meneó la cabeza—. Un par de veces se nos escapó y lo recogimos extraviado, tal vez era su intención visitarla. De haberlo sabido, yo mismo lo habría acompañado.

La comprensión del sacerdote fue un alivio para las dos, sobre todo para mí, que no sabía cómo finalizar la visita.

—Le agradezco mucho la atención, ahora tenemos que irnos.

—¿Podremos volver otra vez? —preguntó Julia ansiosa.

—Ya ven cuál es su estado, no es muy recomendable.

La Chata asintió rendida. Al regreso, la silla me resultó más liviana, como si su ocupante hubiera menguado. Quiso que nos detuviéramos en un banco frente al mar y aproveché para saciar mi curiosidad.

—Ese hombre ha tenido una vida muy interesante. Es extraño que no supieras nada de él en tantos años. ¿Cómo pudo ser, si erais tan amigos?

—En realidad…, sí. Bueno, no. A medias.

—¿Sí o no? Dijiste…

—No importa lo que dije.

Sacó con parsimonia de su bolso un abultado fajo, atado con un lazo, de alargados sobres de correo aéreo con los bordes fileteados en azul y rojo y, tras besarlo sonoramente, lo apretó contra su pecho moviendo los labios con los ojos cerrados.

—¿Qué es eso?

—Las traje para que Guillermo viera que las conservaba —aclaró mostrándome el mazo de cartas. Los sobres tenían manchas amarillentas y estaban escritos a pluma—. Me escribía una al año, siempre por Navidad. Las conservé escondidas porque el bruto de mi marido las quemaba si me las encontraba. ¡Hasta del cura estaba celoso! ¡Qué desgracia de hombre!

—Déjame verlas, por favor. ¡Las sabrás de memoria!

Se quedó callada y una sospecha cruzó por mi mente.

—Julia…

—No sé leer, nunca aprendí.

—¿Entonces? —Mi perplejidad aumentó varios grados.

—Me bastaba saber que seguía vivo y que se acordaba de mí.

—Y no le contestabas —deduje.

Negó con la cabeza.

—Le mandaba recuerdos y noticias a través del cura de la parroquia, que también se carteaba con él. Aunque nunca fui de pisar la iglesia, conocía nuestra amistad. ¡*Probe* Guillermo! Nunca me olvidó y ahora ni me reconoce…

Sentí un súbito impulso.

—¿Me las dejarías leer?

—Si me las devuelves.

—¡Claro que sí! No temas, las cuidaré como joyas.

—Esas cartas son todo lo que queda de la persona que fue…

—Haré copias, no te preocupes.

—Quiero ir a la residencia. La visita me ha hecho daño, no es justo este final para un hombre como él. Con la cabeza que tenía, preferiría verse muerto antes que convertido en un pelele.

Regresamos en silencio hasta que, al ver de lejos el edificio, empezó a soltar palabrotas y maldiciones tan contundentes e ingeniosas que no soy capaz de reproducirlas literalmente. Aquel torbellino de mujer era capaz de ciscar a los santos en fila de a uno. Éramos todo un espectáculo rodante: ella gritando desaforada y yo empujando la silla mientras sonreía como una tonta a izquierda y derecha, no fueran a pensar que la estaba secuestrando. Afortunadamente Dios no andaba cerca y ante la presencia de sor Francisca, Julia se mordió la lengua.

—¿Qué tal la salida? ¿Lo han pasado bien?

—Muy bien, sí —contesté aún pálida.

—Llévame a la habitación —me ordenó sin dirigirle la mirada.

Le guiñé un ojo a la monja, que me correspondió con un encogimiento de hombros, palmas abiertas y elevación de ojos.

—¿Siempre fuiste tan gamberra? —le pregunté a Julia.

—Tendrías que haberme conocido de joven —dijo impulsándose con arremango de la silla a la cama.

—¿Por qué te apodan la Chata?

—¿Lo dices en broma? ¿No te has fijado en mi napia? —Se la movió a un lado y a otro.

—¿Es por eso? La mía también es grande...

—Si fuera por la nariz, podrías ser mi hija. —El corazón me dio un vuelco—. ¿Cuántos años tienes?

—En diciembre me caerán los cincuenta y tres.

Calculó un rato antes de contestar.

—Esos tendría la mía...

—¿Tuviste una hija? —Noté el corazón latir desacompasado y el calor subiéndome a la cabeza.

—Sí. La perdí. Se llamaba Olaya. Ahora debería estar con ella y no en esta maldita residencia. A veces se me aparece en sueños y me pregunta cuándo iré a su lado. Largos fueron los días sin verla crecer. ¡Ay, mi Olaya! ¡Cuánto la echo de menos!

—¿Cómo... la perdiste? —casi no me atrevía a preguntarlo. Sudaba frío.

—Para ser el primer día, estás escarbando más de la cuenta en mis congojas. Con ver a Guillermo por hoy ya tuve bastante, a mi edad hay que dosificar las emociones y los recuerdos. Ya no soy la que era...

Su evidente dolor me encogió el corazón y me dejó sin valor para preguntarle más detalles. Aquella noche indagué por Internet. Los bebés robados durante la dictadura ocupaban la primera plana de los periódicos y cada vez estaba más convencida de que yo era una de ellos. ¿Era Olaya? ¿Eloína me sacó de España con mi destino ya decidido en Suiza o tomó la decisión allí mismo? ¿Me había arrebatado a mi legítima madre? O peor...

—¿Me compraste a esta mujer? Si es así, ella jamás reconocerá el delito y este viaje habrá sido en balde. ¿Qué entraña me dio a luz si no fue la tuya? ¿No podías haber dejado una pista?

La urna me contemplaba impasible. A veces me apetecía lanzarla al vacío. Me levanté por enésima vez a mirarme en el espejo de la entrada.

—¿Es una coincidencia o su nariz ganchuda y la mía aguileña proceden de un gen común?

Aquella noche sopesaría cien veces esa hipótesis mientras

me examinaba en el espejo comparándome con la Julia de la foto, cada vez más convencida.

—¿Y si provengo de este barrio? Sería una ironía del destino que al final yo no fuera suiza, con el empeño que pusiste en ello...

Eloína había llegado conmigo en brazos a Zermatt, eso lo sabía por Úrsula, a través de las largas conversaciones mantenidas en el hospital.

—¿Dónde está el verso suelto, Eloína? ¿En qué orilla perdida me encontraste? Y sobre todo: ¿por qué lo hiciste?

Matterhorn Paradise

La pequeña se había quedado dormida en sus brazos.

Eloína la apartó de sí sonriendo con ternura. Al separarla de su pecho gorjeó, se revolvió y lanzó un grito agudo, desproporcionado para un ser tan diminuto. Acarició su cabecita para calmarla. Era una niña feúcha e inquieta, pero era la suya. Palpó su vientre, colgante aún a consecuencia del parto; según la sabiduría popular, la lactancia ayudaba a recuperar la figura, así que la acercó de nuevo al pecho. La criatura se aferró al pezón con desespero, como si aquella boquita tan pequeña tuviera el hambre atrasada de varias generaciones. No habían transcurrido ni dos horas desde la última toma, de seguir así tendría el cuerpo estilizado en menos de un mes.

—Mi pequeña tragaldabas —murmuró.

—Dirás nuestra pequeña —le susurró una voz cálida al oído.

Paul se había acercado por detrás. No había tardado en adaptarse a su reciente papel, descubriéndole a Eloína una nueva faceta que la colmó de ternura y la ratificó en la decisión adoptada: de ningún modo podía permitirse perder a un hombre tan bueno como aquel.

—Déjame meterla a mí en la cunita, anda. ¿A quién ha salido? —le preguntó cuando ya la tenía en brazos—. ¿A ti o a mí?

Eloína no pudo evitar un fugaz sonrojo mientras guardaba el pecho.

—Aún es muy pequeña…

—Pues yo la veo igual que mi padre. Cuando lo conozcas te darás cuenta del asombroso parecido…

—¿Me lo vas a presentar? —preguntó irónica.

—Todavía no... —Esta vez se sonrojó él—. Me divorciaré, pero no ahora, ya te lo dije, mis hijos son muy pequeños. En cuanto crezcan, me separaré de mi mujer y formaremos una familia, ella, tú y yo. Y los niños que vengan.

Eloína le dio la espalda para arreglar el serón.

—Paul, estamos bien así, no quiero deshacer tu matrimonio ni depender de tu dinero. Volveré a trabajar en unos meses.

—En la fábrica no, está decidido. Si todo va bien, tendrás la oportunidad de empezar una nueva vida en Zermatt.

—¿Zermatt? —No acertó ni a pronunciarlo bien, de lo asustada que estaba—. ¿Dónde está eso?

—Es una estación de esquí tan famosa o más que Saint Moritz o Gstaad y está aquí al lado, en el cantón de Valais. Es un pueblo idílico, debería ser considerado una de las maravillas del mundo. Desde hace años voy allí a esquiar y es el único lugar adonde puedo desplazarme solo sin levantar sospechas en casa.

—¡Pero yo no sé esquiar!

—No seas chiquilla. —La atrajo hacia sí—. Un conocido mío es dueño de una tienda de recuerdos en la Bahnhofstrasse, la calle principal, y desea traspasarla para irse a vivir a Ginebra. Me llamó para ver si yo conocía a alguien interesado y no lo pensé dos veces: he puesto los papeles a tu nombre.

—¿Y has cerrado el trato sin consultarme? —Intentó asimilar la sorpresa sin mostrarse ofendida.

—Falta tu firma, lógicamente. ¿No te parece bien?

Eloína sopesó los pros y contras con rapidez. Le disgustaba no haber participado en la elección y entre sus sueños dorados no figuraba el de ser tendera. Pero un negocio le permitiría empezar de nuevo. ¡Qué más le daba dónde fuera!

—Me fío de tu criterio, aunque hubiera preferido verla.

—Atrapé la oportunidad al vuelo y el sitio te va encantar. Además, no podemos quedarnos aquí y arriesgarnos a que se enteren en la fábrica o que mi mujer nos descubra. No vería más a mis hijos...

Eloína sabía que los adoraba y no podía forzarle a dejarlos, pues no lo haría; o aún peor, la abandonaría para volver con ellos. Su estrategia pasaba por dejarse querer y dejarlo vivir, sin interferir en su matrimonio. La mujer de Paul era muy celosa; él le había contado que, en una ocasión, se presentó a la puerta de la fábrica a poner en su sitio a una chica con la que supuestamente mantenía una aventura. No bastó con que lo negara, Paul tuvo que despedirla y devolverla a su país. Eloína estaba segura de que si llegaba el enfrentamiento, ganaría la esposa. En ese sitio de nombre impronunciable podría partir de cero, dejando atrás su pasado y su país.

Cualquier cosa antes que retornar a España.

Lo tuvo claro desde el primer momento, al cruzar la frontera y encontrarse aquel paisaje tan limpio, aquellas casas tan bien cuidadas con su césped afeitado, aquellas paredes siempre recién pintadas y aquella riqueza y elegancia que nada tenían que ver con su Cimavilla natal, ni siquiera con los domicilios ricos donde servía. Fue una suerte conocer a Paul y una decisión calculada quedarse embarazada. Realizar su sueño exigía mantener a aquel hombre a su lado y aquella pequeña era el firme adhesivo que los unía más allá del sexo clandestino.

Cuando Paul ya había dejado a la niña en la cuna, Eloína se reclinó contra él.

—Creo que tienes razón, es lo más acertado. Al fin y al cabo, vas cada poco, tú mismo lo dices...

—Cierto. ¿Seguro que quieres ponerle Greta? ¿No prefieres un nombre español? El tuyo es muy bonito...

—Mi hija ha nacido en Suiza y quiero que sea suiza, piense como una suiza y se integre en este país. —Omitió decirle que quería borrar de ella cualquier rastro de su humilde procedencia, cualquier indicio de miseria, y eso incluía darle un nombre extranjero y, a la larga, quién sabe si hasta un apellido—. Y ahora, ¿quieres cenar?

—¿Hay derecho a postre luego? —dijo acariciándole el mismo pecho que acababa de guardar.

La feliz madre asintió con la más dulce y zalamera de sus sonrisas.

Al día siguiente, Eloína corrió a la oficina de turismo para hacerse con un folleto de la exclusiva estación de esquí. Zermatt estaba en un valle a 1620 metros de altitud, alfombrando la más famosa de las cumbres suizas, fronteriza con Italia: el Matterhorn o Cervino, Le Cervin, Mont Cervin... La mítica montaña piramidal, colmillo blanco rasgando el cielo azul, estaba presente en todas las fotografías de la localidad, era la típica postal suiza: techos de pizarra, calles estrechas, suelo empedrado, chalés de madera, maceteros con flores y la torre de la iglesia de San Mauricio con su tejado de aguja sobresaliente. Un díptico del Matterhorn Glacier Paradise le mostró su majestuoso paisaje helado con lagos y lenguas glaciares visitables desde cabina o plataforma. «A casi cuatro mil metros se encuentran el teleférico, el telesquí, el ascensor y la gruta de hielo más altos de Europa». Se enamoró inmediatamente de aquel universo inmaculado, prístino. El pueblo evocaba una aldea encantada, donde el tiempo se hubiera congelado. Se imaginó a sus habitantes con la vestimenta tradicional y pensó en hacerse una larga falda de paño y blusa de satén, con sus cintas negras al cuello. Nunca había soñado con tener un negocio propio y menos con vivir en un lugar tan bonito. Cuando leyó que a Zermatt había que acceder en tren o en helicóptero y que solo estaba permitido circular en calesas y trineos de caballos, lejos de parecerle incómodo, lo encontró conveniente: no se encontraría jamás con sus compañeras de trabajo y, salvo a ellas y a Paul, a nadie más conocía en Suiza.

—Allí todo el mundo domina por lo menos tres idiomas: alemán, francés e italiano, aunque tendrás que saber también algo de inglés, hay turismo británico y empieza a estar de moda entre los norteamericanos —le advirtió Paul.

—Me defiendo en francés, tendré que aprender el resto... —No quería mostrarse amilanada, aunque el reto la atenazara.

—Puedes contratar una ayudante local que sepa algo de español y te sirva como intérprete. En cuanto llegue el verano y Greta cumpla seis meses, cerraremos este piso y os trasladareis.

El plan le producía escalofríos de placer y, a la vez, miedo. Aún no había terminado de asumir su maternidad y debía afrontar tantos cambios que a ratos se sentía mareada.

—Para ti es muy fácil, hablas cuatro lenguas sin esfuerzo, pero yo no sé si podré conseguirlo...

—La práctica es lo importante y puede que no hayas tenido oportunidades, pero eres mucho más inteligente que el resto de tus compañeras. Si alguien puede aprender, eres tú, Eloína...

El traslado a Zermatt fue rápido, tenía pocos muebles y deseaba dejar casi todo atrás. Aparcaron el coche en Visp y subieron en el Glacier Express para disfrutar de una larga hora de trayecto. Paul quería que la primera impresión fuera buena y lo consiguió. Eloína, pegada al cristal con Greta en brazos, no articuló palabra ante aquel espectacular panorama de estrechas gargantas y profundos abismos, de lagos y abetos, verdes, azules y blancos tan intensos que cegaban. El gris norteño de su tierra natal se desvaneció en algún recoveco del camino y, al bajarse del tren, supo que había llegado a la tierra prometida. Allí la esperaba su futuro. Era libre para escribir sus días, por fin dejaba atrás los dictados del hambre. En Zermatt estaba la cumbre de su ambición: el hogar soñado.

Avanzando por sus calles se sintió transportada a un mundo exquisito y cosmopolita, rodeada de personas guapas y bien vestidas, parejas de edad avanzada y cartera llena y grupos estrafalarios con ropas de montaña de materiales plastificados y colores chillones que jamás había visto. También existía el viajero pobre que subía a pasar el día con el bocadillo, consumía un café y se marchaba con un llavero, pero eran cientos de miles los visitantes anuales que pugnaban por exhibir su riqueza en las tiendas exclusivas, en los elitistas hoteles y restaurantes, incluso en los refugios de montaña. Aquellos iban a ser sus clientes. Aprendería a hablar en sus idiomas, fueran cuales fueran.

—Vendemos un poco de todo, sobre todo artesanía y gastronomía locales, objetos de recuerdo…

El anterior dueño seguía dando explicaciones, en francés por deferencia hacia ella, pero Eloína apenas lo atendía, fascinada por aquellas pequeñas piezas cuya existencia ni imaginaba, quizás porque jamás tuvo dinero ni oportunidad para comprarlas. Se escandalizó con los precios que figuraban en las etiquetas: ¡El de un queso de 250 gramos equivalía a diez centollos! Calculó que el margen de ganancia era muy alto: aunque el transporte a Zermatt lo encareciera, en origen el queso valdría una cuarta parte o menos. Si la gente estaba dispuesta a pagar ese importe, ella aumentaría el margen adquiriéndolos más baratos. Ya encontraría cómo y dónde. Se sintió crecida, segura de sí misma. Greta estudiaría, no le faltaría de nada, sería rica. Lamentó que su madre no estuviera para verlo y procuró concentrarse antes de que su recuerdo le aguara la felicidad del momento.

—El inmueble no está preparado para acoger a una familia; yo vivía arriba, pero era una persona sola —estaba comentando el vendedor.

La planta destinada a vivienda, además de la cocina y el salón, disponía de un diminuto baño con lavabo y ducha y una habitación con una cama, un armario y una mesita por todo mobiliario. El ático, al que se accedía mediante una escalera exenta, estaba lleno de trastos y telarañas. Eloína abrió los grifos del fregadero y cuando vio salir el potente chorro no pudo evitar un gorjeo de satisfacción. Para ella, era la viva imagen de la opulencia y confirmó su decisión de no regresar a España. Odiaba las fuentes públicas, los recipientes que nunca llegaban llenos a casa, el tránsito de calderos, los charcos, los niños salpicando.... Su sonrisa feliz se reflejó en el cristal, sobre la triangular imagen blanca del Matterhorn al fondo.

—¡Se ve el Cervino desde la ventana! —La abrió de par en par emocionada—. Es un lugar maravilloso... ¡Paul!

—Dime...

—Viviré en esta casa, podré arreglarme tal como está. Bien organizada, sobra espacio para la niña y para mí.

—¿Y cuando yo venga?

—Déjalo a mi cargo —aseguró Eloína con firmeza.

—Es mucho más cómodo vivir en Visp o Täsch, la mayoría lo hacen así. Se puede dejar allí el coche y subir en tren —insistió el propietario.

—No me importa, así tendré un horario más amplio, abriré y cerraré en función del público.

Paul aplaudió su iniciativa y los dos hombres llegaron a un acuerdo mientras Eloína planificaba su futuro hogar. Pronto se las arregló para dotar a aquel habitáculo de todo lo necesario, incluyendo una cocina de gas. Organizó sus escasos enseres y separó los espacios con gruesas cortinas de cretona. Solo le faltaba un detalle, quería cambiarle el nombre a la tienda, necesitaba sentirla suya.

—Llámala La Española, al fin y al cabo es como te conocen aquí —propuso Paul.

—Sí, pero este negocio no es para los del pueblo, sino para los visitantes. Creo que ya me he decidido, en cuanto tenga dinero encargaré un rótulo luminoso.

Ella misma colgó el letrero: «Matterhorn Paradise», toda una declaración de intenciones. El siguiente paso fue buscar a una muchacha que chapurreara castellano y francés para poder entenderse con ella. Fue la vecina, Lissette, quien se la recomendó.

—Es una chiquilla encantadora y le gustan mucho los niños. Ya ha cuidado a otros antes. Su familia veraneó siempre en las islas Baleares y es de ascendencia francesa, aunque habla alemán.

Cuando Eloína contrató a Úrsula como canguro, la primera tenía diecinueve años y la segunda era una quinceañera. A Eloína le cayó bien desde el primer instante. Su incomunicación con el entorno se atenuó y, como a Úrsula no le gustaba estudiar, en cuanto observó que el negocio empezaba a producir ganancias, se postuló para trabajar además como dependienta. Pronto ambas mujeres se convirtieron en amigas y confidentes, al fin y al cabo solo las separaban cuatro años.

Gracias a Úrsula y con ayuda de un diccionario, Eloína no tardó en dominar los nombres de los artículos. Todos los días a primera hora, antes de abrir, dejaba sus folletos en la estación del tren y visitaba los principales establecimientos hosteleros para asegurarse de que tenían ejemplares en sus expositores. Se hizo el traje típico, como había imaginado, y recibía a los clientes engalanada con él y con su mejor sonrisa. Poco a poco fue cambiando de proveedores, aumentó el catálogo y añadió nuevos artículos adecuados a todos los bolsillos. Sin perder el lujo anterior y, guiada por su buen criterio, saldó el *stock* anticuado y los productos a punto de caducar a precios irrisorios. Visitantes y lugareños formaron colas para comprar las ofertas. Todo ello, unido a la céntrica ubicación del bazar, supuso que recaudara sus buenos francos en caja durante las casi doce horas al día que permanecía abierta.

La hábil española empezó a frecuentar la iglesia los domingos, dispuesta a ser aceptada en sociedad cuanto antes. Nunca había experimentado una fe extrema, mas con sus donativos pronto conquistó fama de piadosa. Al llegar su primera Navidad en Zermatt, cuando miles de bombillas decoraban calles, casas y árboles, Eloína ya disponía de prendas de abrigo adecuadas y la chimenea calentaba todo su edificio. Habían pasado seis meses y tenía la sensación de haber vivido allí toda la vida.

El problema era Greta, intrépida y revoltosa, incapaz de estarse quieta y con una peligrosa tendencia a partirse la cabeza. Una noche la niña se asomó al borde de la cama, aprovechando que su madre se había levantado para atender el teléfono. Al otro lado del pequeño abismo, la cara sonriente de un osito tirado en el suelo la llamaba con sus ojos redondos de cristal y una sonrosada lengua fuera. Ella estiró su bracito y lo agitó como un ala, pero no volaba. Rodó sobre sí misma, el mundo al revés, una, dos, tres veces. La alfombra amortiguó su caída y quedó muda tras el impacto; los gritos procedieron de su madre, lívida del susto. Tenía siete meses.

Otro día, por la mañana, la dejó dormida y bajó a abrir la tienda. No había sacado a la calle los cestos de reclamo con artículos rebajados cuando un torbellino de manos y pies bajó rodando la escalera. Greta se abrió una brecha en la sien. A esas temerarias incursiones siguieron otras y la amenaza de descalabro se hizo patente. Le montó un corralito improvisado y procuraba no quitarle ojo, pero privada de libertad de movimientos, la chiquilla no paraba de llorar y resultaba desquiciante. Paul sugirió que quizá tuviera un problema de vista y la llevaron al oftalmólogo, que descartó cualquier lesión o deficiencia. Lissette comentó con Eloína la existencia de una guardería gratuita que el municipio de Zermatt ponía a disposición de las madres trabajadoras y, sin conocer muy bien su funcionamiento, decidió matricularla cuando Greta cumplió los dieciocho meses. Paul aceptó, no sin cierta reticencia.

—¿En España las hijas no se crían con sus madres? Una cosa es mandarla al colegio cuando tenga la edad y otra ingresarla tan pequeña en el jardín de infancia. No me fío de que una maestra con tantos niños los atienda a todos por igual.

—Paul, si queremos que Greta crezca como una suiza, lo primero es que se adapte a vuestras costumbres. Yo no puedo estar pendiente de ella y atender a la clientela al mismo tiempo, no causa un buen efecto.

—Con Úrsula en la tienda dispones de más tiempo libre…

—Úrsula es mi ayudante, no lleva las riendas del negocio. Y nuestra hija estará mejor con otros niños que poniéndose en peligro a cada instante. He protegido la escalera con cancelas en cada planta para impedir que se dé batacazos. ¿Crees que no las acabará saltando? ¿Que mañana no se subirá a una mesa y alcanzará la ventana? Un descuido lo tiene cualquiera y esta chiquilla es un terremoto.

Greta sintió que le arrancaban un pedacito de corazón cuando su madre la depositó a la puerta de la guardería y despidió a Eloína con un llanto incesante y agónico hasta perderla de vista. Así se sucedieron los primeros días, hasta que una mañana se soltó de su mano y sin darse la vuelta para mirarla, entró muy digna con pasitos tambaleantes sujetando con fuerza el cabás.

Eloína sonrió dando la batalla por ganada.

La disciplina aplacaría el inquieto carácter de la chiquilla, pero esa indefinible atracción por el abismo la acompañaría el resto de su vida, permaneciendo aletargada dentro de ella como un virus letal y antojadizo.

Nacida para maceta

Había ido a recoger a Julia temprano a la residencia y salí con ella tras un sinfín de recomendaciones de las monjas que apenas pude entender, mezcladas con sus improperios.

—... y tenga cuidado también con...

—¡Dejad de darle la murga a esta mujer! ¡Ya le diré yo lo que tenga que saber! ¡Que soy mayorcita! ¡Ni que tuviera impedida la cabeza en lugar de las piernas!

Su vozarrón nos iba abriendo camino por los pasillos, mientras yo sonreía a discreción para compensar. Se estaba convirtiendo en un hábito.

—¿Adónde quieres que nos dirijamos? —le pregunté una vez sorteado el último obstáculo en forma de hermana portera.

—Vamos a la plazuela San Miguel. De camino hay una panadería que hace las mejores empanadas de Xixón, al estilo gallego, de esas con abundantes trozos de tocino y chorizo.

Consideré una barbaridad comer algo así a aquellas horas, pero no iba a empezar el día llevándole la contraria.

Cuando llegamos a la plaza, los bancos estaban todos ocupados por gente que aprovechaba la soleada mañana, y encontrar un hueco nos supuso un verdadero combate. Pugnamos por el único asiento libre con una fiera ucraniana, dispuesta a un duelo de sillas de ruedas con señora incorporada por ver quién ocupaba el campo en liza. Ganamos la posición no por mi habilidad ni dominio de las lenguas, sino por el vocabulario procaz de la Chata, que desarboló al equipo contrario. Una vez instaladas, ella devoró aquel increíble pedazo de pastel frío y ahora estábamos rodeadas de palomas atraídas por las migas. La incertidumbre sobre cómo canalizar mi ansia de información me mantenía en tensión permanente. A fuerza de leer y practicarlo, había mejorado mucho mi castellano, pero la Chata usaba unos giros y unas expresiones que sumadas a su cerrado acento y a su terrible carácter, amenazaban mi misión.

La tarde anterior, tras valorar cómo otorgaría mayor «oficialidad» a nuestros encuentros, había hecho acopio de material y, en mi papel de reportera, iba provista de una grabadora y una cámara fotográfica, además del ordenador portátil y mi inseparable libreta Moleskine. También había elaborado un cuestionario amplio y de apariencia profesional para guiar la supuesta entrevista: modos de vida, usos culturales, educación, biografía familiar, profesión… Por nada del mundo quería que, bajo esos aspectos etnográficos, sospechara mi interés personal. Ya sabía que La Chata no era una mujer fácil de engañar.

—¿Y seguro que no eres española? —me preguntó antes de empezar—. Hablas muy bien nuestro idioma, nunca conocí en Suiza a nadie que lo entendiera y menos que lo dominara.

—Domino varias lenguas: castellano, inglés y alemán, bien. Francés, suficiente, y el griego y el italiano los tengo casi olvidados, pero me defiendo

—¡Nunca traté con alguien que supiera tantas! —se admiró.

—Ay, Julia, lo difícil no es saber idiomas, sino separarlos, pensar en uno y escribir en otro respetando su estructura.

—¿Y cuál es tu lengua materna?

—Alemán y francés, el resto los aprendí por mi cuenta —mentí parcialmente—. Yo nací en Zermatt, distrito de Visp, en el cantón de Valais. ¿Lo conoces? —arriesgué.

—Jamás lo oí mencionar.

Mi incredulidad aumentó. ¿Desconocía Julia dónde vivía Eloína, la hija de Genara la Tiesa, su gran amiga? Imposible. ¿Me había calado? Opté por seguirle la corriente.

—Es una estación de esquí sibarita, una babel internacional. Aunque la lengua oficial sea el alemán, cualquiera que se establezca allí necesita varias para comunicarse. Y más si trabaja con público, como era nuestro caso.

—¡Menudo sitio para vivir!

—Es famoso por sus vistas al Matterhorn, al monte Cervino, ¿no te suena tampoco?

—¿Cervino? —Frunció el ceño—. ¿Un pico así como un triángulo?

—Más bien una pirámide egipcia —maticé sonriente.

—Recuerdo las postales, blanco sobre un cielo azul y al pie un pueblecito con los tejados cubiertos de nieve. ¿De verdad te criaste allí?

—¡Exacto! —afirmé sorprendida por su memoria.

—Si es así, te sorprenderá mi relato, pues nada tenemos en común —dijo abruptamente.

«Quizás más de lo que crees», pensé y apreté el botón de la grabadora.

—¿Empezamos?

Se puso muy seria y carraspeó.

—Vine al mundo la madrugada del 8 de marzo, ahora lo llaman el Día de la Mujer Trabajadora y yo creo que le pusieron ese nombre pensando en mí, porque no paré de trabajar desde que nací, y para nada me sirvió, ya ves, ni vivienda tengo en propiedad. «La que nació para maceta no sale de la ventana» y «Si naciste para martillo, del cielo te caen los clavos». Yo soy muy dada a los refranes, a los dichos, nunca me falta uno, los aprendí en la escuela de la vida, no tuve otra.

Me recordó a Eloína, también proclive a las sentencias. ¿Había extraído sus moralejas de la misma «academia» que mi interlocutora? Julia hablaba con gracejo, gesticulando con ojos y manos, algo que me dificultaba seguir el hilo. Quise atenerme, por lo menos al principio, al guion establecido.

—¿Cómo se produjo el parto? ¿En casa o en el hospital? ¿Fuiste la mayor?

—Sí, fui la primera y excuso decir que mi madre careció de atención médica. Me parió en su cama una noche de tormenta a la luz de unas lámparas caseras, por decir algo, que ni de velas disponían. Llenaron unas cuantas tazas de aceite, pusieron corchos con bramante prendido flotando ¡y arreando! ¡Cómo no voy a tener arte! Lo primero que dijo la partera cuando me sacó fue: «Nieves, esta niña tiene la nariz del padre». «¡Ay, *probe*!», exclamó mi madre pensando que no resultaría muy favorecedora en una cara femenina. A mí nunca me importó, la verdad. —Observó la mía con curiosidad—. ¿Y a ti?

—De mayor, no; pero de adolescente me molestaba bastante.

—¿De quién la heredaste?

—De mi abuelo paterno. —Eso decían en casa, que me parecía al padre de Paul, nunca llegué a verlo y no puedo confirmarlo. Para mí, la familia de Paul fue siempre una absoluta desconocida.

—¡Por lo menos a tu padre no le entrarían dudas sobre su paternidad!

Intenté poner cara de pez para corresponder a su sonora carcajada. De una palmada en el hombro casi me lanza la grabadora al suelo. Tras secarse las lágrimas de risa, continuó:

—Cuando lo fueron a avisar, mi progenitor estaba enfrente de casa, en la taberna de Carrizo, donde solía pasar el tiempo que no estaba en la mar. Me contaron la escena cientos de veces cuando ya fui mayor, y así te la repito. «¡Chato! ¡Que tienes una hija!» «¿Una niña?» «¡Igual que tú, manda narices!», le dijo el otro con coña y los parroquianos se partieron de risa. En lugar de ir a casa a verme, invitó a una ronda. «Y para mí, ¡doble ración!», añadió entre aplausos, hurras y bravos. «¡Segis! Va a matarte la mujer, vete a casa ya», le riñó Ángela, la mujer de Carrizo. Él le contestó: «Un día es un día. ¿No puede beber un vaso un hombre el día que ha sido padre? ¡Trae otra, te digo!», y dio un golpe en la mesa con la jarra de barro. Carrizo se puso a servirle mientras su mujer bajaba del cielo a todos los demonios y renegaba contra los hombres: «¡Para hacerlos, en cualquier esquina! ¡Para cuidarlos, su puta madre!». Ajeno a los bayetazos que le propinaba la fiera de Ángela, mi padre siguió trasegando morapio hasta caer dormido bajo la mesa. Él quería un chaval que lo ayudara en la faena, por eso nunca miró mucho para mí, para él fui una decepción. A las mujeres no las llevaban en la barca y un hombre solo únicamente podía dedicarse a la pesca de bajura; ir con otro a medias suponía repartir la miseria, y trabajar por cuenta ajena era convertirse en un esclavo sin sueldo.

—¿Cuántos años tenía él cuando naciste?

—Veinticuatro, un crío de ahora, de aquella un paisano hecho y derecho, tan «rojo» que se había ido a vivir con mi madre sin casar y se había hecho pescador por cabezonería, contra la voluntad de su familia.

—¿Recuerdas a tus abuelos? ¿Los conociste?

—A mi abuela, no; murió antes de que yo naciera, pero a mi abuelo sí. Se llamaba también Segisfredo y a mi padre lo llamaban Segis para diferenciarlo de él. Era muy presumido, muy guapo, muy putero... y muy autoritario. Lo recuerdo siempre inmaculado, con sombrero y gabardina blanca, zapatos bicolor, el pelo engominado y su «bigote de lapicero», como él decía, que luego adoptaría el franquismo como «bigote español». Empezaba su jornada ante el limpiabotas en la calle Corrida y, después de recorrerla saludando a izquierda y derecha, iba a sentarse en el café Dindurra a comentar el periódico con su tertulia, mientras inspeccionaban de reojo «el material» que salía y entraba del teatro, que estaba al lado. Presumía de cepillarse a las artistas y cabareteras, y me vas a perdonar las expresiones, pero él mismo las utilizaba. ¡Era un dandi consumado!

Advertí cierta veneración de la Chata hacia esa figura masculina, a pesar de todo.

—¿En qué trabajaba?

—Tenía una platería cerca de la plaza Mayor. Empezó a hacer a mano figuras decorativas para vender en joyerías y tiendas de regalo, una o dos al mes por encargo, y terminó con varios aprendices y tienda propia gracias al éxito de los motivos asturianos, hasta entonces nunca comercializados: barcas, hórreos, madreñas, el Picu Urriellu, la Cruz de la Victoria... Ganó dinero a espuertas y lo dilapidó con igual facilidad. Fue un patricio del régimen franquista como lo había sido del de Primo de Rivera: cualquiera que pusiera orden y mano dura le servía. Las discusiones entre padre e hijo estaban a la orden del día y el punto de ruptura se produjo cuando Segis le soltó a bocajarro: «Viviré del sudor de mi frente, no explotando a otros como tú». Eso enfureció a mi abuelo, que solo pagaba a sus empleados la manutención y una propina los sábados, pero se alteró mucho más cuando mi padre le anunció que pensaba mudarse a Cimavilla. «¿Vas a subir al barrio alto? ¿Pretendes ser pescador? ¿Tú, marinero?». Sus carcajadas martilleaban los oídos de mi padre cuando se emborrachaba, aún de viejo.

—¿Y no lo ayudó con la boda? ¿No lo apoyó en su decisión?

—Mi padre ni lo pensó cuando decidió abandonar la casa paterna para irse a vivir con aquella moza que portaba sobre la cabeza cajas de sardinas más grandes que ella. La llevaba viendo desde niña, con sus piernecillas de alambre y unos ojos brillantes como estrellas que lo elevaban al firmamento. Y no al de las estrellas de Hollywood, sino al de L´Atalaya, donde se reunía con ella a escondidas para robarle un beso cuando la luna asomaba.

—¡Es una historia muy romántica! ¿Cómo se conocieron?

—Mi padre estudió en los Baberos, donde aprendió a escribir de maravilla, todos los que pasaron por esas aulas tenían una excelente caligrafía.

—¿Los Baberos? ¿Era una escuela infantil? —Imaginé a los niños y niñas con sus delantales atados al cuello.

—¡No, mujer! Eran religiosos de San Juan Bautista de la Salle, y se les llamaba así porque su hábito tenía un alzacuellos blanco en forma de babero. Regentaban el colegio San Eutiquio, en la subida a L´Atalaya.

—¡Está en la misma calle donde me hospedo! ¿Y ella estudiaba allí también?

—¡Qué va! Mi madre nunca fue a la escuela, se consideraba que para una niña no era importante saber leer ni escribir. Era pescadera y, por entonces, se ubicaban al lado del Consistorio, justo donde se levantaría el edificio de la Pescadería Municipal. Mi padre, al subir y bajar del colegio, pasaba por delante de Nievines todos los días. A veces le compraba y ella siempre le colaba alguna sardina de más. Él le regaló un recorte de plata del taller de su padre con su nombre grabado y la enterramos con él, no se lo quitó jamás. Adorando el santo por la peana, se hizo amigo de unos marineros y, con la mayoría de edad, abandonó su cómoda existencia para meterse en faena. Conoció el oficio embarcado en una trainera; allí, con la habitual retranca marinera, le pusieron el alias de Chato por su narizota. Siendo mi padre el Chato, a mí me apodaron la Chata y como siempre fui muy famosa en el barrio, la Chata Cimavilla. Así salió en el periódico, como si fueran nombre y apellido.

—¿Y de quién había heredado él la nariz? —pregunté con verdadera curiosidad.

—De Segisfredo, pero a él nadie hubiera sido capaz de ponerle un mote así. Cuando era joven, se batió a duelo de navajas por otra mujer que no era mi difunta abuela. Ganó, dejó al otro malherido y cuando murió, él rompió relaciones con aquella amante. «Veo la muerte cada vez que te miro», dicen que le dijo, como en un folletín, y se quedó tan ancho. Ese era mi abuelo.

—¿Un ligón de playa o un *playu* ligón? —pregunté luciendo mis habilidades lingüísticas locales.

—¡Las dos cosas! —Se rio con ganas—. Me vas a perdonar, pero yo siempre dije que los hombres se dividen en dos tipos: pollas descerebradas y cerebros con polla; mi suegro era de los primeros. Cuando se vino a morir a casa y le cambiaba los pañales, le cantaba para tomarle el pelo: «Pues no hay que hacerse ilusiones, que hasta al charro más valiente, si se le arruga la frente se le arrugan los...».

Se llevó las manos a la entrepierna con gran alborozo, muerta de risa. Lo hizo adrede, seguro, para escandalizarme, pero la secundé y nuestras carcajadas levantaron el vuelo de los gorriones. Hacía mucho que no disfrutaba tanto con una conversación, aunque esa era, más bien, un viaje en el tiempo.

—Tengo sed. ¿No podrías ir a buscarme algo? —me dijo cuando conseguimos serenarnos.

—Te traeré una botella de agua, perdona, es lógico que estés quedando seca...

—¡Ay, no! El agua me hace mucho daño a la vesícula, tráeme mejor una cerveza.

—¿Sin alcohol?

Me lanzó una mirada demoledora.

—¿Tú no entiendes, criatura? Una cerveza. Del tiempo, que el frío no me sienta bien a la vesícula. Y no hace falta que me lleves, aquí te espero guardando el sitio.

Dudé al comprarla en un supermercado cercano. ¿Una cerveza? ¿Después de aquel pedazo de empanada? ¿No le haría daño? Sentí envidia al ver cómo se la bebía con fruición. Los pájaros no habían dejado una miga en el suelo y Julia tampoco desperdició una gota de la botella. «¡Menuda pájara!», anoté. Sonreí por mi juego de palabras y con su sexto sentido me miró suspicaz, así que me puse a ojear la libreta.

—Decías que tu padre empezó a familiarizarse con la mar en una trainera. Deduzco que era un tipo de barco pesquero, no la actual embarcación utilizada en las regatas...

—Era muy parecido: una barca grande con doce hombres en dos filas remando y el capitán. Llegaban hasta el banco de peces, echaban las redes y, cuando llenaban el fondo y las jaulas colgantes, volvían a tierra a descargar.

—¿Cuáles eran sus condiciones laborales?

—Tenía seguro y un sueldo ajustado. El dueño se hacía cargo de las reparaciones del barco y del aparejo y se llevaba el cincuenta por ciento de las ventas, el resto se repartía entre los marineros. El patrón les daba un justificante al finalizar la rula del pescado y el domingo recorría los bares —el Planeta, Casa Pin, Las Ballenas, El Playu— para liquidar cuentas con ellos. Mi padre solía llevarse también el quiñón, que era un suplemento por hacer más trabajo, baldear la cubierta después de descargar las cajas del pescado, pintar… Él no estuvo mucho tiempo trabajando para otros, enseguida se hizo con barca propia.

—¿Y no lo ayudó su padre a comprar la lancha?

—¡Qué va! Sin ayuda alguna y a fuerza de grandes privaciones, consiguió juntar las pesetas para comprar un viejo bote que, después de reparado y pintado, quedó como nuevo. Lo bautizó *Nieves* por mi madre, y con él iba y venía a la mar a diario, salvo cuando se encrespaba mucho. Un marinero de bajura dependía de sus capturas exclusivamente.

—¿Tu madre siguió trabajando después de casada?

—¡Sí, claro! Nunca dejó de hacerlo. Y cuando no estaba vendiendo, andaba por el Muelle descabezando sardinas, picando hielo o haciendo portes a las bodegas del pescado para obtener unas perras. Sin su imaginación para ganar dinero cuando la mar estaba mala habríamos muerto de hambre.

—Me llama la atención que utilices el género femenino para referirte al mar. Lo he buscado mientras hablabas y acabo de comprobarlo: es masculino. —Le señalé el diccionario en la pantalla—. El mar, los mares….

—*Dame* lo mismo lo que diga ese cacharro. «El mar» se dice tierra adentro; en Cimavilla, de siempre, se llamó «la mar», en femenino, como la mujer. Las mujeres damos la vida y la mar nos proporciona el sustento. Los hombres la aman y la temen, mueren por ella. Es la madre pródiga, la madre colérica, nuestra diosa del bien y del mal.

—De acuerdo, tú ganas, respetaré esa licencia. Siendo tu madre pescadera y tu padre marinero, y dependiendo vuestra economía de la mar, entiendo esa visión cercana, tan familiar.

—Oye, guapa, pescadera y marinero, pero no creas que éramos el escalafón más bajo, ¡todavía había otro! ¿Qué te crees?

—¿Quiénes?

—¡Los carretadores! —contestó muy ufana—. Empezaban a trabajar a las cinco de la tarde, cuando los primeros barcos llegaban a puerto y terminaban a la una de la mañana de sacar el pescado. Llenaban cestos de mimbre con casi cuarenta kilos y, acarreándolos a la espalda, subían la empinada Cuesta del Cholo a repartir por los chigres.

—¿Qué es un chigre?

—En Asturias se llama así a los bares y sidrerías. ¡Ay, *fía*, das pena! Tantas lenguas y no sabes andar por casa..., ¡no entiendes nada!

—¿«Fía»? Es un latiguillo que repites con frecuencia. ¿Proviene de fianza, fiar, confiar?

—*Fía* significa «hija» en *playu,* no te lo pienso decir más veces. Y si interrumpes tanto, no acabamos. ¡Mira que no saber lo que *ye* un chigre! —refunfuñó.

Me prometí conseguir un diccionario de lengua asturiana e incluirlo en la mochila para no andar aclarando términos cada rato.

—Volvamos a los carretadores.

—Los llamaban «focas» y, a cambio del transporte, la chigrera o el chigrero les entregaba una chapa en la que constaba el nombre del establecimiento. Hacían tantos viajes como podían porque cada chapa se pagaba a veinte céntimos. La mayor parte de estos trabajadores murieron reventados y pobres como ratas. Cuando no había pescado que acarrear, dependían de la solidaridad del barrio para comer o cenar.

—Me describes Cimavilla como un pueblo pequeño, con relaciones estrechas, casi familiares entre sus habitantes...

—Pues sí, así es. Dependíamos los unos de los otros como los nudos de una red. La desventaja era el control pero, en contrapartida, nunca estabas aislado; cuando la mala fortuna se cebaba en ti y caías en picado, la malla amortiguaba el golpe. Había uno, le llamaban el Parala, que había nacido con una parálisis lateral y pronto quedó huérfano. Ese, por ejemplo, se ganaba el jornal de despertador.

—¿De despertador? —Creí haber entendido mal.

—Ningún marinero tenía reloj, entonces solo lo tenían los ricos, así que a las cuatro de la mañana empezaba a vocear por las calles para que se despertaran: «Gelu, a la mar», «Segis, a la mar». Al Parala le daban unos duros fijos en los barcos de arrastre por levantar a la tripulación y por una peseta despertaba también a los de bajura, como mi padre. En ese mundo nací yo y estoy muy orgullosa de él, más ahora que la villa ha perdido su esencia marinera. Por cierto, no dejes de ir a ver el Retablo del Mar.

—¿Dónde está?

—En el museo Jovellanos. Salgo yo y salimos todas: las Tiesas, la Peñes Pardes, la Tarabica, la Vexiga, Chelo la Mulata, la Gala, la Gaviota, el Balanchu, el Candasu, la Gallega, la Roxa, la Quinta, las Monroya, la Campanerina, el Pintu, la Tremañes, la Crespa, Pimpón, Montes el Anarquista, María los Neños, la Guapa, la Sardina, la Cachucha, la Malvaloca...

—¡Menudos apodos! —Sonreí divertida.

—Todos los motes son por algo y la mayoría vienen de muy lejos, ya de los abuelos o bisabuelos. En Cimavilla, casi todo el mundo tenía uno. La Niña de Fuego, por ejemplo: estaba friendo pescado en la sartén, una chispa le prendió el pelo y salió a la calle gritando «¡Ay! ¡Ay! ¡Ay!». La gente creyó que cantaba bulerías o algo andaluz y... ¡mote al canto! Vivía en el callejón de las Fieras, una ciudadela donde no entraba ni la policía. Todavía está tal cual era, podemos subir a comprobar si aún conserva el rótulo en alguna fachada. Aquellos eran otros tiempos...

Lanzó un hondo suspiro y yo continué avivando sus recuerdos personales:

—¿Qué hizo tu madre contigo cuando naciste? ¿Siguió trabajando por las calles? ¿Te puso en manos de una cuidadora? ¿Había guarderías?

—¡Guarderías! —Me miró como a una marciana—. ¿De qué estás hablando? ¡Tú no sabes en qué mundo vives! Esto no es Suiza, guapa. A los pocos días de nacer me fajó a su espalda, se arremangó y salió de casa con una mano en la cadera y con la otra apuntalando la caja de pescado por si fallaba el equilibrio o tenía un tropiezo. Para subir las rampas la arrastraba por el suelo con ayuda de un bichero y, para ir a vender, la colocaba sobre una almohadilla en la cabeza. Cargó conmigo hasta que empecé a caminar, que ni carro tenía.

—¿Carricoche, te refieres?

—¿Carricoche? —Entre grandes carcajadas se llevó un dedo a la sien indicando que estaba turuta—. No, *fía,* no. Desconocíamos la existencia de los cochecitos de bebé. Te hablo de un carretón para llevar las cajas de pescado, que con el hielo pesaba lo suyo. Tener un carro era signo de prosperidad: portabas más cajas, vendías más, la cuenta era simple.

—¡Y te llevaba a cuestas a vender el pescado! —Me costaba imaginarlo.

—Así es. Me enganchaba a ella en una frazada, equilibraba el género y salía hacia el oeste antes de las ocho de la mañana, la hora de entrar a trabajar en las fábricas. Cuando venía alguien a comprar, me dejaba en sus brazos, le servía las sardinas y luego me volvía a poner al cuello o me echaba al costado. Lo sé bien porque yo hice lo mismo con mi hijo.

—¿Me puedes indicar el recorrido?

Abrí el mapa de la ciudad en la pantalla y, una vez que logró situar Cimavilla en él, me fue señalando con el dedo.

—La zona fabril empezaba en el Natahoyo y continuaba por La Calzada hasta El Cerillero. No solo había factorías industriales y astilleros, en esa zona había fábricas de todo: conserveras, textiles, de sombreros, de cuerda, de vidrio, de loza, de alimentación… Todo se producía localmente: cerveza, azúcar, harina, aceite…

—¿Y ahora queda algo de esa industria?

—Una chimenea testimonial y el nombre de las calles —concluyó con amargura.

La consolé con los manidos tópicos sobre capitalismo y globalización antes de volver a consultar mis notas.

—¿Le compraban el pescado antes de entrar al turno, decías? ¿Con qué fin? Porque guardarlo luego en la taquilla…

—Lo hacían así las más escogidas para llevarse lo mejor, aunque lo pagaban también más caro, que lo último casi se vendía perdiendo dinero. A las doce del mediodía, cuando la sirena anunciaba la salida, volvía a ponerse en la puerta. Entre tanto, callejeaba por aquellos barrios pregonando su mercancía. ¡¡¡Saaaardinas!!! ¡¡¡Saaaaardinas frescas!!! ¡¡¡Tooomai sardinas, andaaai!! —gritó a todo pulmón.

Los paseantes frenaron en seco con sus berridos.

—¿Así se voceaba? —le pregunté ignorando el corrillo formado.

La Chata Cimavilla, convertida en el centro de atención, no dudó en darme la espalda y ofrecer a su auditorio una espontánea aclaración:

—Cada una tenía su propia melodía y entonación, reconocibles desde lejos. Cuando enfilábamos una calle, solo con oírnos las vecinas sabían quién se acercaba y qué portaba. No hacía falta que bajaran a la calle, se asomaban a la ventana, regateaban el precio y, cuando se ajustaba, lanzaban un cesto amarrado con una cuerda, con el dinero dentro. Comprobabas el importe, le metías el pescado y lo halaban. Mirad, así era nuestro grito de guerra. —Y empezó a cantar con distintos tonos ante el regocijo del círculo de curiosos, cada vez más amplio, que nos rodeaba—: ¡Sardiiiiiiiiiiines! ¡Sardiiiiiines fresques! ¡Sardiiiiiines vives, tengo el bocartín vivu, hay sardiiiiiines, llevo parroches, hay potarros…! ¡Haiiiiiii sarrdiiiineeeeeess, compráimeles, hooo! ¡Téngolo fresco, compráaaimeloooo! ¡Sardiiiiines, sardinoooones, parrochines que reblinquen! ¡Andai, muyeres, mirai qué sardines d´abareque, vives y fresques! ¡Halai sardines!

Los móviles no habían parado de grabar y el público rompió espontáneamente en aplausos. Solo faltó que empezaran a echarnos monedas. A petición popular, repitió la interpretación. Una señora me dijo por detrás:

—¡Carajo con tu mami, nena! La que tuvo, retuvo, está claro.

Obvié decirle que no era mi madre.

Si Eloína hubiera podido estar presente habría huido, horrorizada por llamar la atención. La obsesionaba el qué dirán y presumía de fina y distinguida. ¡Eran tan distintas ella y Julia! ¿Sería posible que, al final, fuera mi verdadera madre esta escandalosa mujer? ¿Me parecía en algo a ella además de en la nariz? Continuaba cantando su mercancía imaginaria. Le brillaban los ojos y las mejillas lucían colorete natural. Según fluía la narración, podía verla con siete, diecisiete y veintisiete años, todas las edades seguían coexistiendo dentro de ella. Le sentaba bien que le hicieran caso... ¿Acabaría yo como ella, sola y aburrida, en régimen de internado, a expensas de la improbable aparición de una Greta que me sacara de la rutina?

—... para nosotras, salir de Cimavilla, aunque fuera a Bajovilla, era ir a vender «*pol* mundo» y aunque nos llamaban sardineras, vendíamos otro menudo como el bocarte, la parrocha, la bacalada, chipirones y *potarros, oricios,* marisco, bonito, salmonetes... En Cimavilla también nos conocían como «las morrongueras», porque regateábamos mucho al hacer las compras en la Rula. ¡Qué remedio! Éramos famosas por nuestro desparpajo, pero es que trabajábamos en unas condiciones como para que encima te viniera a discutir la listilla de turno que el pescado no estaba fresco. «¡Más podre está tu coño!», era la respuesta merecida que solían llevarse. ¡Buenas éramos!

Esperé a que la última persona se fuera y retomé la entrevista:

—Era una forma de vida muy precaria, tuviste que pasar muchas estrecheces.

—Te resultará increíble, pero nunca tuve la sensación de que nos faltara nada. Mi madre me inculcó como principios básicos: trabajar, ser buena persona, respetar a todo el mundo y ayudar al prójimo. Aunque no tenía militancia política como mi padre, comulgaba con las ideas de libertad e igualdad y ejercía la fraternidad de hecho, no de boquilla como otras. Y eso lo mamé desde pequeña. Si volvíamos con pescado sobrante, lo llevaba a las Casas de la Mar, unas viviendas muy pobres de madera situadas en la playa del Arbeyal, donde vivían del aire. Cuando la veían llegar a lo lejos con la caja encima de la cabeza, empezaban a rodearla los chiquillos cantando: «¡Ahí *vien* Nievines *coles sardines*!», y ella les decía a las mujeres: «Sacad el plato, que hoy es gratis».

—¿Y tú padre? ¿Cómo era?

Intentaba reconocer algún gen caprichoso, encontrarme reflejada en alguna característica, además del olfato y la nariz. La caridad y bondad de Nieves, por el contrario, no debieron intercalarse en mi ADN.

—Muy bromista y dicharachero, no solía reñirnos salvo cuando no conseguía traer pesca para casa, entonces iba directo al chigre y valía más no cruzarse en su camino. El vino lo hacía muy cagamentero, pero enseguida lo tiraba. A otros, por el contrario, les soltaba la mano antes que la lengua. Con ser tan diferente ideológicamente de Segisfredo, heredó de él lo presumido: podía vestir los pantalones con remiendos, pero siempre llevaba planchada la raya, de eso se encargaba mi madre. Y era meticuloso con la gorra, tenía una de piqué para los fines de semana, aunque a la mar iba con la boina calada hasta las cejas. Nunca nos dejó ir desnudos, que la mayor parte de las niñas y niños del barrio andaban con el culo al aire, únicamente cubierto con mugre y moratones.

—¿Cuántos hermanos tuviste?

Si mi «tío Paul» había sido un timo, tal vez tuviera tíos y tías de verdad aún vivos.

—De sangre fuimos cinco, yo la primera. La siguiente fue Begoña, dos años más tarde, no veas qué mal le sentó a mi padre que fuera otra mujer. Luego vino Alfredo, el primer varón, Covadonga y, por último, Andrés, nacido en plena Guerra Civil. Fredín y Bego murieron de tifus en la posguerra; Covadonga estuvo gravemente enferma de lo mismo, aunque tuvo más suerte y logró salvarla el doctor Nespral. Era el médico de Cimavilla y no cobraba a nadie: a cualquier hora que lo llamases venía en pijama, bata y zapatillas. A la hora de pagar le preguntabas cuánto y él te contestaba: «Ya lo pagan los ricos por vosotros». Era un santo para los pobres.

—¿Cómo era la vivienda? ¿Cabíais todos o hubo que ampliarla al aumentar la familia?

—Las casas las levantaban los mismos vecinos como cajas chinas, con madera o ladrillos y tejado de hojalata o zinc. La nuestra era un bajo con tres habitaciones bien pequeñas y llegamos a vivir en ella diez personas. Había un retrete tan diminuto que tenías que entrar de espalda, si no, una vez dentro casi no podías darte la vuelta. Además, la mesa estaba tan arrimada a la puerta que quien se sentara en aquel lado a comer no tenía otro remedio que levantarse si alguno quería pasar a hacer sus necesidades. A continuación estaban el fregadero y el fogón, seguidos de la carbonera. Las tres habitaciones daban a la cocina, una de ellas estaba reservada para las artes de pesca de mi padre cuando no estaba en la mar y estaba llena de redes, nasas, boyas, anzuelos… ¿Te estoy aburriendo, verdad?

—No, estoy disfrutando, ¡me resulta todo tan desconocido! —contesté sinceramente.

—Vamos a ver, estamos en 2016 y yo nací en 1926, tengo ahora 90 años. Te parecen muchos, ¿eh? Pues a mí no, el tiempo es un engaño. Tengo mal las piernas, claro, toda la vida acarreando cajas de pescado encima de la cabeza. Si te enseño las varices no das crédito. —Estiró una pierna hacia mí arremangando la falda—. Toca, toca, ¡igual que sarmientos! ¡Con el éxito que tuve siempre con los hombres! El médico dice que me sobran kilos, pero a mi edad no voy a pasar *fame*, con la que llevo sufrida. Aunque las monjas se empeñan en ponerme a dieta, yo me arreglo para saltarla. Y el reuma me mata, y la artritis o la artrosis, tengo las dos; todo esto viene de la humedad que pasé de cría, no te puedes imaginar. Y padezco alguna cosilla más sin importancia. En fin, achaques de vieja, pero de cabeza bien, escogiste una buena para conocer cosas de esa época, en dos generaciones ya no quedará nadie que recuerde cómo se vivió en Cimavilla. Te hubiera encantado conocer al Guillermo de los buenos tiempos y platicar con él. Y la Tiesa te habría contado también lo suyo, pero me adelantó en dejar este mundo, que se joda, por puta. Por mí, como si no hubiera existido. —Le dio un ataque de tos y me di cuenta de que había refrescado considerablemente.

—¿Estás cansada? Podemos dejarlo por hoy.

—Sí, además nubló y no tardará en llover —contestó estremecida arrebujándose en el mantón.

—¿Qué te ha parecido este sistema de preguntas? ¿Te ves animada a continuar? —pregunté con prudencia.

—Por supuesto, ¡no acabamos ni de empezar! Eso sí, cuando quedemos vamos a otro sitio, esta plaza siempre fue muy pija.

Me hizo gracia el tono despectivo y la mirada por encima del hombro que lanzó alrededor.

—La próxima vez, te sugiero Cimavilla —le propuse a sabiendas de que aceptaría—. Aunque estoy hospedada en el barrio, no logro reconstruir los escenarios. ¿Mañana te viene bien?

—Los fines de semana viene Andrés, mejor el lunes. El cabrón nunca sé si se va a acercar el sábado o el domingo, al final me embarca los dos días. Solo tengo ese hijo vivo y se lo perdono todo, hasta que me internara en la puta residencia cuando quedé sola. ¡A mí, que pasé la vida cuidando viejos! y encima de monjas, que son unas meapilas.

Todavía antes de volver tuve que invitarla a un chocolate con churros y dejar que se comiera los míos también.

De camino a casa me puse los cascos y fui escuchando su voz, embrujada por las estampas marineras que me había contado. Me hubiera gustado poseer una máquina del tiempo y dar marcha atrás unos cuantos decenios. Encontrarme paseando por aquella Cimavilla poblada de pescaderas y pescadores, heroicos en su lucha contra las inclemencias, ajenos a la indiferencia y a la codicia, con la nobleza de las ilusiones truncadas y el anhelo de una vida mejor. El edificio de la antigua Rula se había convertido en sala de exposiciones y restaurante. Frente a él, los centenarios bares donde los marineros se reunían seguían abiertos, solo que decenas de jóvenes fumaban y bebían sentados en la Cuesta del Cholo, seguramente desconocedores de que por aquella rampa arrastraban los marineros los cuerpos de las ballenas, las lanchas y subían las *focas* con su carga. Tenía razón la Chata, era una pena que fueran muriendo las personas depositarias de la historia del barrio alto y llegara a olvidarse su esencia marinera. Otra razón añadida para mantener la farsa, ¡quién sabe qué podría hacer con tanta información! ¿Una novela costumbrista? Abandoné el bullicio y me interné por las calles solitarias buscando en las ventanas los fantasmas de Genara y Eloína.

Era viernes, tarde para pronto y pronto para tarde. El sol declinaba enrojeciendo el cielo. *Memento mori. Carpe diem. Hic et nunc.* Mis frases favoritas lo surcaron en un vuelo de gaviota. ¡La tarde era tan hermosa para encerrarse en casa! La zona aún estaba tranquila. Decidí vencer mis reparos y con firme voluntad entré en el Abierto, un pub cercano a mi apartamento, a tomar la primera cerveza en un año, cuatro meses y veinticinco días. Sin alcohol, por supuesto. Ya me había fijado en el local, un tugurio apenas visible desde fuera donde sonaba siempre Janis Joplin, una de mis cantantes fetiche. Me parecía a ella en mi temprana juventud por el pelo y la nariz, decían, ¡ya quisiera yo la suya! Janis formaba parte del selecto Club de los 27 años, formado por los cantantes fallecidos a esa edad: Brian Jones, Jimi Hendrix, Jim Morrison, Kurt Cobain y, más recientemente, Amy Winehouse. Artistas geniales, insatisfechos, únicos, aplastados por el éxito y enganchados en una espiral de creación, alcohol y drogas que se los llevaría por delante. Ese cóctel fatal casi acaba también conmigo, coincidía con ellos excepto en una cosa: les doblaba la edad.

Y seguía viva.

Le había escrito a Lisbeth preguntándole si sería prudente entrar y me contestó que podía ser hasta conveniente para ir recuperando la normalidad, mientras no me entregara de nuevo a la bebida y otras hierbas, claro está. Crucé la puerta mientras sonaba *Cry Baby*. El desgarrador lamento de Janis me introdujo: «Oh, cariño, bienvenida de nuevo a casa», interpretó su voz para mí. Olía a lejía y el suelo estaba húmedo, acababan de abrir. Las paredes, pintadas en lila, estaban llenas de fotografías y fetiches musicales de la artista. Pese al abigarramiento, no resultaba recargado. Observé a la camarera mientras vaciaba el lavavajillas siguiendo el ritmo. Tendría unos treinta y pocos años, recogía un racimo de cuidadas rastas con un turbante jamaicano, llevaba un aro de plata en la nariz y varios en los lóbulos, sin rastro de maquillaje. Era menuda, puro nervio. Al percatarse de mi presencia, me miró con curiosidad.

—Buenas tardes —saludé afable.

Me puse en una esquina de la barra y vino rápidamente con un paño a limpiarla:

—¿Te sirvo algo? —Tenía una boca grande que amplificaba su sonrisa y unos ojos castaños francos y directos.

—Una cerveza bien fría. Sin —recalqué.

—No eres de aquí, ¿verdad? —me preguntó perspicaz mientras abría la botella.

—No, ¿tanto se nota?

—Por el acento. Es muy guapa la chupa. —Señaló la desgastada cazadora de piel negra con remaches que llevaba puesta.

—Londinense. —Sonreí—. Se la pillé rebajada en Covent Garden a un paquistaní.

—¡Vaya! Yo estuve viviendo en Londres un tiempo. —Se abrió otra botella para ella y aclaró—: Sin alcohol también. Regresé a operarme de un cáncer de ovarios y decidí quedarme, aquella ciudad no se hizo para mí. Creo que el tumor me salió del estrés: vivía en un barrio, estudiaba en otro y trabajaba en un tercero. Al final, me gastaba lo ganado en transporte y pasaba el día corriendo. Ahora llevo una vida tranquila, puse con mi novia este local y lo atiendo por las tardes; las noches son suyas, salvo que haya conciertos, que estamos las dos. Me llamo Alicia, por cierto.

—Greta. —Nos dimos dos besos siguiendo la costumbre española—. Estoy alojada en un apartamento en el edificio de al lado, un ático con vistas al *Elogio del Horizonte.*

—¡Entonces eres tú la guiri que lo alquiló! —Soltó una sincera carcajada—. Perdona, ¡esto es tan pequeño! ¡La dueña es mi tía! ¿Vas a estar mucho tiempo en el barrio?

—Estoy realizando una entrevista para un proyecto sobre emigrantes financiado por la Nestlé. —Decidí mantener la mentira para darle coherencia a mi estancia. Quién sabe, tal vez no era tan mala idea y algún día la podía vender.

—Si te quedas mucho tiempo, le diré a mi tía que te haga un precio especial.

—¡Muchas gracias!

—Con la condición de que pares más por aquí, las tardes son un aburrimiento. —Chocamos las cervezas con simpatía y sacó una cajita—. ¿Fumas? Hierba rica.

—Fumaba. Y otras cosas. Hace mucho. Me quité.

—Yo no fumaba, ¿sabes? Me lo recomendaron como terapia para paliar los efectos de la quimio y funciona, vaya si funciona —reconoció mientras liaba un canuto con maestría.

—¿La cultivas? —le pregunté recordando la etapa del instituto.

—¡Qué va! Carezco de infraestructura. La compraba en la calle, pero el camello me colaba alfalfa, era un canalla y un quinqui. Ahora pertenezco a una asociación cannábica del barrio, La Parrocha. —Me reí sin poder evitarlo, el barrio no renunciaba a su pasado marinero—. Pago una cuota y eso me permite consumir regularmente, con garantías y sin tener que depender del capullo de turno. Mucho mejor. Y fumo mucho menos: uso vaporizador o me hago infusiones, galletas, bizcochos…

—Me parece fantástico y desde luego es una ventaja. No sabía que aquí existieran esos clubes…

—Yo confío en la pronta legalización de la marihuana. Si para Estados Unidos ya es un negocio, para nosotros lo será en breve. Mientras no se haga Monsanto con el cultivo comercial…

Salimos a la acera.

—¿Recuerdas los tiempos no tan lejanos en que se podía fumar en los bares? —preguntó mientras me ofrecía encenderlo.

—Ahora no, quizá otro día. ¿Hay mucha coca por aquí? —pregunté por inercia.

—¡Lo llaman coca y no lo es! Hay mucho derivado sintético, anfetaminas y otras sustancias químicas de origen y efectos muchas veces desconocidos. La peña se pone ciega sin medida ni conocimiento. ¡He visto cada mandíbula desencajada que no darías crédito!

—Las drogas hacen mucho daño. —No me reconocía a mí misma diciendo tales cosas.

—¿Te pongo otra cerveza?

—No, me voy a retirar, tengo que pasar unas notas a limpio.

—¡No trabajes tanto, que es fin de semana! ¡Y vuelve pronto!

Me despidió con tanto entusiasmo que me marché enternecida pensando que había encontrado una amiga, hacía eones que no me pasaba. Nada más llegar, di fiel parte del descubrimiento a las cenizas de Eloína, ahora que podíamos hablar con entera libertad.

—Siempre tuve pocas amigas, mamá. —Había decidido seguir llamándola así hasta que el misterio se aclarase—. Lisbeth me decía que tu sombra era muy alargada, a lo mejor buscaba alguien equiparable a ti. Siempre quise emularte, me parecías la mejor madre del mundo. Hubo un tiempo en que fuimos grandes amigas, ¿verdad, mamá? ¿Lo recuerdas?

Una infancia dulce

En el jardín de infancia había unos veinte niños y niñas de varios países: españoles, italianos, franceses, chilenos y, los menos para disgusto de Eloína, suizos. En cambio, para su sorpresa y alivio, el material facilitado era gratuito: libretas, gomas, sacapuntas, lápices de colores, libros…, todo lo necesario. Y cuando algo se les acababa o estropeaba, les daban otro. La guardería era grande, con muchísimos juguetes y unas paredes de pizarra sobre las que podían dibujar con tiza. Las maestras les hablaban en alemán, francés e italiano, los tres idiomas oficiales en el país. A media mañana les distribuían un cartón pequeño de leche y unas galletas. Eloína consiguió, a través de Paul, que la Nestlé donara también chocolate una vez a la semana y aquel gesto aumentó su consideración entre la comunidad educativa.

El primer curso todo fue sobre ruedas.

Greta crecía y aprendía, sus maestras la definían como «más creativa que participativa». Tenía la sociabilidad justa para no ser apartada pero era más frecuente encontrarla en un rincón concentrada en un rompecabezas que jugando a la pelota con los demás. En el segundo curso aumentó su capacidad de aprendizaje, pero también su tendencia al aislamiento y las observaciones sobre su peculiar carácter. A la mitad del tercero la directora convocó a Eloína a una reunión.

—Greta es una alumna aventajada, muy lista. Ha aprendido ya a leer y tiene una facilidad innata para las lenguas, pero a veces nos desconcierta…

—No entiendo muy bien qué me quiere decir…

—La he mandado venir porque a veces tiene comportamientos extraños, fuera de lo normal. El otro día estaban jugando durante la merienda y un compañero le arrancó el tirante de la mochila...

—Sí, lo vi, pero no le di importancia.

—¿Qué le dijo ella al respecto?

—Que un niño se lo había roto sin querer.

—¿Nada más?

—No, nada más.

—Se tiró sobre él gritando que iba a matarlo.

—¡Vaya! Sí, a veces tiene arranques de genio.

—Lo amenazó con un tenedor en el cuello. La senté castigada en una esquina y empezó a darse cabezazos contra la pared, es imposible que no lo notara.

—¡Me dijo que había tropezado en el patio!

—No, ella misma se propinó los golpes.

—¿Y qué hizo usted?

—La estreché entre mis brazos hasta que se calmó y sin transición, se quedó dormida. Cuando despertó se tocaba extrañada la cabeza, debía dolerle muchísimo. Hasta entonces nunca se había mostrado violenta, se transformó de repente mostrando una reacción impropia de cualquier niña a esa edad. ¡Por Dios, si tiene cinco años! ¿Ha ocurrido algo estos últimos días en su casa que hubiera podido trastornarla? Ya me entiende, tan pequeños..., cualquier cosa que se salga de la rutina los afecta, una discusión...

Paul estaba pasando unos días en Zermatt y cuando esto sucedía, Greta se iba a dormir a casa de Úrsula. Delante de la chiquilla no gritaban ni discutían, pero... ¿podía sentirse desplazada, acostumbrada a disfrutar de su madre en exclusiva? Paul había llegado con el consabido libro de cuentos y las chocolatinas, y Greta lo había recibido con saltos de alegría. El tío Paul era uno más de la familia, y siempre evitaban mostrarse como pareja delante de ella. Eloína intentó recordar algún hecho significativo, sin encontrar nada extraordinario que justificase los temores de la maestra. La situación familiar sería más o menos falsa, pero era la misma desde el principio.

—No se me ocurre nada...

—No se lo tome a mal, ¿usted le pega a la niña?

—¿Pegarle? ¡Jamás! Si acaso, estará demasiado mimada.

—Usted es madre soltera, ¿no? ¿Puede sufrir maltrato o abuso por algún miembro de su familia o amigo cercano?

Eloína nunca olvidaría aquel interrogatorio exhaustivo sobre sus hábitos, relaciones, capacidades y cualidades maternales. Después de ponerlas en entredicho y comprobar que su ausencia de malicia era genuina, la directora concluyó:

—Tranquila entonces, consideraremos que este ha sido un episodio aislado, antes de interpretarlo como un síntoma de algo más serio. La tendremos en observación, esté usted también atenta a cualquier nueva perturbación de su carácter.

Eloína salió de la reunión sumamente alterada. A su juicio, aquello era «un antro». ¿No tenía más delito el niño que le había roto la mochila? Al fin y al cabo, Greta solo se había defendido de una agresión. Si la calificaban de problemática, le colocarían la etiqueta de bicho raro y no pensaba consentirlo. Puede que lo fuera, pero ella domaría aquella cabecita loca, la convertiría en una señorita. Como el negocio ya daba ganancias y Úrsula se encargaba de atender a los clientes, sacó a la niña de la guardería dispuesta a dedicarse por completo a enderezarla.

Greta siempre recordaría el año siguiente como el mejor de su vida.

Descubierto el sentido de las palabras, pronto se hizo evidente que la lectura la tranquilizaba y Eloína decidió utilizar los libros infantiles como premio y castigo. Si armaba alguna trastada, le requisaba sus favoritos y, si se portaba bien, le regalaba uno nuevo. La paz y el sosiego reinaban en la casa cuando florecían los cuentos, regados con su desbordante creatividad. Las escaleras se poblaban de princesas y mosqueteros, la bañera de náufragos y piratas, las niñas perdidas corrían con sus zuecos por las vigas, con unos rodetes dorados, tan distintos de su pelo negro como ala de cuervo. Alguna noche se la pasó despierta temiendo el ataque del feroz ogro de las calzas verdes o del abominable monstruo de las nieves, con su hechura piramidal, a imagen y semejanza del Cervino. Cuando empezó a confundir las ficciones con la realidad, Eloína lamentó haber dado bríos a su imaginación y pasó a considerarla un defecto, no una virtud. Entonces le contó la historia del *Quijote,* el caballero español que se volvió loco por el exceso de lecturas.

Fue Úrsula quien tuvo la genial idea:

—Le vendría bien estar ocupada, puede ayudarme a ordenar la mercancía en las baldas y practicaremos las cuatro lenguas con cada objeto.

Empezó siendo un juego infantil, acompañado de canciones y adivinanzas, y terminó siendo su colaboración en el negocio familiar. Enseguida se consideró la dueña del almacén: su misión consistía en reponer las baldas y mantener ordenado aquel fantástico mundo de colores, olores, sabores, sonidos y tactos. Soñaba con anaqueles que se abrían con claves secretas y ocultaban escondidos tesoros o puertas a reinos exóticos. Santa Claus dejó al pie del árbol un globo terráqueo y algunas noches se sentaba en el regazo de Eloína y lo giraba con los ojos cerrados. Cuando paraba, posaba su dedito en una porción de tierra y preguntaba quiénes habitarían ese país, qué lengua hablarían, cómo serían sus caras y qué cosas raras comerían. A Eloína le costaba trabajo satisfacer tanta curiosidad.

En una ocasión Paul la llevó a esquiar y ella fue a regañadientes, solo por complacerlo: odiaba el frío, la ropa húmeda, tantas personas haciendo cola, chocando con los esquís, el peligro de ser arrollada... Pero en cuanto llegó a la cabecera de la pista, Greta se lanzó cuesta abajo con una actitud temeraria. Regresó con un brazo roto y Paul jamás volvió a invitarla. A la niña no le gustaba salir de casa, no soportaba aquel clima desapacible ni las riadas de gente. Durante el día Zermatt se llenaba de multitudes deambulando por sus estrechas callejuelas, y Greta prefería estar calentita en casa leyendo, colocando mercancía o jugando con sus amigas imaginarias: era su entorno seguro, la felicidad permanente en forma de bola de cristal con nieve. Solo alteraban su rutina las visitas del «tío Paul». Nada más llegar, le entregaba sus regalitos y se entretenía con ella hasta que Eloína cerrara la tienda. Entonces, su madre la ponía en manos de Úrsula.

Una de esas noches, cuando ya se marchaban a casa de la canguro, Greta los vio besándose en el umbral, antes de cerrar la puerta.

—¿Por qué mamá me echa de casa cuando viene el tío Paul?

—¡Estás tonta! ¡Cómo te va a echar! ¿Qué pasa?, ¿no quieres venir conmigo?

—Sí, claro. Me das salchichas y me dejas ver la tele, pero yo preferiría estar en mi casa. ¿Crees que mamá quiere más al tío Paul que a mí?

—¿Eso piensas? ¡Si está contigo todo el día! Él viene poco a Zermatt y los mayores necesitan estar solos para hablar de sus cosas, debes entenderlo.

Aquella noche no quiso cenar ni sentarse ante el televisor, pese a que echaban su serie favorita de dibujos animados. Se acostó nada más llegar y, al día siguiente, se negó a levantarse de la cama. Asustada, Úrsula llamó a Eloína, pero entre las dos no consiguieron moverla ni sacarle una palabra. Al ver que tardaban, Paul salió a buscarlas alarmado. Greta se hundió más entre las sábanas al verlo entrar y comenzó a gritar histérica, dándose con la frente en el cabecero. Las dos mujeres se quedaron paralizadas, jamás la habían visto en ese estado. Fue él quien la sujetó con fuerza, soportando sus puñetazos y patadas. Cuando la hubo reducido, les indicó que la tranquilizasen y abandonó la habitación sin decir palabra.

—¿Ha tenido otro ataque como este antes? —le preguntó después Paul a una consternada Eloína.

—Una vez, en la guardería...

—¿Por eso la sacaste? ¿Cómo no me lo dijiste?

—Tú ya tienes bastantes problemas...

—¡Por Dios, Eloína! ¡Es nuestra hija, tan mía como tuya! Sangre de mi sangre. La quiero tanto como a mis otros hijos y si padece alguna enfermedad debo saberlo.

—Son las pataletas propias de la edad...

—No le quites importancia, conozco bien los berrinches de niño malcriado, tengo dos, pero Greta es calmada, observadora y nunca se ha comportado así. ¿Te fijaste cómo se golpeaba contra la madera? ¡No sentía dolor! ¿Será autista? ¡Recuerda cuando se tiraba escaleras abajo! O cómo se lanzó cuando la llevé a esquiar, tú no lo viste...

—Paul, no seas exagerado. Nuestra hija es normal, simplemente cogió una *perreta* descomunal por cualquier razón.

—¿Le habrá hecho algo Úrsula?

—¡Por Dios! Es la mujer con más paciencia que conozco y Greta la quiere como a una hermana.

—Quizá la ausencia de figura paterna... —siguió rumiando Paul—. ¿Deberíamos decirle ya que soy su padre?

—Lo hemos hablado muchas veces. Te ha conocido como «tío Paul» y así debe seguir siendo mientras no medie el matrimonio. Imagina que te cansas de nosotras... no, déjame seguir, no me interrumpas. —Eloína levantó un dedo—. Para ella sería un drama que su padre la abandonara, pero si un día el tío Paul no vuelve..., no importa tanto, ¿sabes?, como que te abandone tu padre de verdad.

—¿Y nunca ha preguntado por qué no tiene padre?

—No, hasta la fecha.

—Y si lo hace, ¿qué le dirás?

—Que lo sabrá cuando llegue su momento.

—Igual está demasiado pegada a ti o esos arrebatos sean síntoma de algo peor... No creo que hayas hecho bien sacándola de la guardería, deberías haberme consultado.

—¡Por favor, si solo tiene seis años! ¿No decías que donde mejor estaban los hijos era con sus madres?

—Va a hacer siete, ¿no se atrasará en los estudios si continúa en casa?

—Quiero lo mejor para mi hija..., nuestra hija —corrigió al ver su mirada airada—. El curso que viene retomará las clases, te lo prometo.

La matriculó en el colegio público de Zermatt para que pudiera ir y volver andando sola. Las maestras no tenían más que buenas palabras para la chiquilla y Eloína respiró tranquila, sin relajar mucho el control. Velaba por su hija, pero también por su relación. Esta duraría mientras para Paul aquel refugio siguiera siendo el paraíso. Soportaba mal la presión de mantener una segunda familia. No estaba lejos el día en que Eloína fuera independiente económicamente, pero en ese momento solo era capaz de cubrir los gastos mensuales y ahorrar unos pocos francos. Sin la ayuda de Paul, no hubiera podido afrontar el sueldo de Úrsula ni adelantar pagos a proveedores. Zermatt era muy muy caro también para sus habitantes.

Y elitista.

—Mamá, un niño me llamó Greta *die Spanierin* en el patio. ¿Es un insulto?

Eloína enmudeció.

La primera vez que oyó esa palabra acababa de poner los pies en tierra suiza y el comentario, acompañado de un esputo al suelo, la pilló desprevenida. Formaban un grupo llamativo, mujeres de un amplio abanico de edades con la miseria que obliga a la emigración reflejada en sus ropas raídas, procedentes de la caridad en muchos casos. Les urgía la necesidad de un salario mensual que no naciera empeñado por las deudas y urgencias cotidianas. Aquel *Spanierin* la identificó como española, como emigrante pobre, y Eloína enrojeció y se apartó de sus compatriotas deseando pasar desapercibida. Ni en las casas de los señores había sentido tanto desprecio como el que destilaba aquella palabra, en principio inofensiva. Con el tiempo le aplicarían otros calificativos como *ausländer* —«extranjera»— o «zíngara», que metía en el mismo saco a españolas, italianas y gitanas: las morenas en una tierra de rubias.

—No es un insulto... En realidad, no eres... suiza del todo. Aunque hayas nacido aquí, yo soy española de origen.

Le costó más trabajo a la madre explicarlo que a la hija entenderlo. Eloína conocía a través de las revistas los magníficos centros educativos suizos y se empeñó en matricularla en uno de ellos para cursar la secundaria y el bachillerato.

—Es muy caro, Paul, pero sería lo mejor para Greta. Se trata de la residencia femenina más prestigiosa del país, en ella se codeará con las mejores familias de Europa.

—Comprendo que en algún momento debemos romper el vínculo protector, pero internarla tan lejos...

—Cariño, ¿no deseas convertir a nuestra hija en una ciudadana suiza de pies a cabeza? Está sacando excelentes notas y la independencia puede beneficiar su rendimiento. El único problema es que yo necesitaría vender el triple para afrontar los gastos.

—Si es un problema de dinero, olvídate: yo me haré cargo de su educación, también es mi hija —zanjó Paul.

—Solo hay un problema... Ella no quiere, deberías intentar convencerla.

Paul habló con Greta, que había dejado clara su oposición a ir a semejante colegio.

—No puedes seguir viviendo bajo las faldas de tu madre, es una oportunidad única. Si lo aprovechas, te abrirá muchas puertas en el futuro…

—¿Quién la va a ayudar en el almacén? ¡Lleva horas desembalar y ordenar! ¡Soy imprescindible en Matterhorn Paradise!

—Sobrevivirán sin ti, no temas. Además, es por tu bien, tu madre lo considera muy conveniente y yo también.

Al final, Eloína matriculó a Greta a sabiendas de que la traicionaba.

—¿Por qué tiene que pesar más la opinión de tío Paul que la mía? ¿Quién es él para decidir? —le preguntó a su madre por enésima vez cuando ya no había vuelta atrás.

Hubiera sido el momento.

Eloína abrió la boca para decírselo, «Es tu padre», pero la cara de Greta reflejaba tanto rencor y animadversión que lo descartó. «Encontraré otra ocasión mejor», pensó.

Se arrepentiría siempre.

San Juan del Sur, 1964

Mi muy querida Julia, hermana en Cristo:

Te envío estas cuatro letras desde mi nuevo destino, Nicaragua, en la población de San Juan del Sur, al borde del océano Pacífico. Cuál no sería mi sorpresa, tras un largo viaje de más de diez mil kilómetros, al encontrarme con mi pequeña Cimavilla. ¡Qué sorprendentes son los caminos de Dios! En lugar de castigar mis pecados, su designio me ha guiado a esta villa marinera poblada por gentes humildes como los *playos,* curtidos y resistentes, ahí al frío, aquí al calor extremo, en los dos casos al hambre. Bien de mañana salen con sus barquitas, cuatro tablas, a pescar con red, o, al igual que en Gijón, se embarcan en pesqueros grandes y se pasan semanas persiguiendo bancos de peces. A veces, el Pacífico no hace honor a su nombre y se torna tan violento o más que el Cantábrico. Suenan entonces acá, como allá, las campanas anunciando el desastre y corren las buenas gentes a lo alto del monte a atalayar la mar, como tantas veces hicimos de niños, enfrentándonos desde nuestra tierna incomprensión al misterio de la vida y la muerte.

Abarco veinticinco comunidades, y he encontrado en ellas peores condiciones que en Cimavilla. Aquí no existe la posibilidad de superación, no hay caminos, ni escuelas, ni médicos, ni medicinas, ni trabajo, ni comida. Esta pobre gente me produce más indignación que lástima, pues sobrellevan los palos y las injusticias con mansedumbre, creyéndose predestinados a la miseria. Les han inculcado que la rebeldía es pecado mortal, pero mayor pecado es la ignorancia. A mi congregación le han dado licencia para levantar una capilla en cada comunidad, procuraremos darle uso de colegio y comedor.

> Si un hermano o una hermana están desnudos y no tienen nada para comer, y uno de ustedes les dice «Váyanse en paz, abríguense y coman», pero no les da lo necesario para su cuerpo, ¿de qué sirve? Así también la fe: si no tiene obras, está completamente muerta. (St 2, 15-17)

Mi objetivo es instruir a estas buenas gentes. ¡Espero tener mayor predicamento que contigo! No conseguí que aprendieras a leer y escribir pese a intentarlo tantas veces, eres mi espina clavada. Mujer, ¿cómo no aprendes aunque sean las cuatro letras con Genara? Andando por el mundo, y me refiero incluso a Bajovilla, es fundamental para que no te engañen. Hasta ahora disponías de mí para leerte los papeles, en mi ausencia acude al párroco de San Pedro a preguntarle si tienes duda con cualquier trámite; dudo que Benjamín te solucione la papeleta, Dios me perdone.

Que este año que comienza te traiga la tranquilidad y la paz que tu familia merece. Y recuerda que la honradez es la mayor virtud de los pobres. Que el Dios de la Paz te acompañe cada día y te haga vivir con alegría y sencillez.

Quedo a la espera de tu respuesta,

Guillermo

La Corrada

Aproveché el fin de semana libre para etiquetar fotografías y pasar a limpio las notas. Reproduje varias veces las grabaciones de la Chata para familiarizarme con su manera de hablar. Estaba claro que transcribir sus diálogos tal cual no era de recibo, con tal proliferación de tacos y su simplicidad lingüística. Esto, sin contar el argot *playu,* mixto como un queso de mil leches, atractivo por su expresividad pero tan confuso cuando se carece de las claves culturales. Transcribirlos en un discurso inteligible me iba a suponer un esfuerzo titánico. En compensación, disponer de su testimonio oral era un lujo al alcance de muy pocas personas. No quería desaprovechar ese material una vez conseguido mi objetivo.

Su voz sonó de fondo ininterrumpido en mi grabadora durante los dos días festivos y, en ocasiones, le subía el volumen:

—Ahí la tienes, Eloína. Escucha lo que dice de vosotras, no tiene desperdicio… ¿Qué sientes al saber lo que opinaban de ti en tu barrio?

También me dediqué a ordenar cronológicamente las cartas conservadas con celo por Julia y, después de digitalizarlas, empecé a leerlas sin saber hasta qué punto cambiarían mi vida.

La primera era de 1964, cuando el padre Guillermo llegó a Nicaragua.

—Desde luego, el cura promete ser un buen narrador… ¿Te acuerdas de nuestros viajes alrededor del globo terráqueo que me trajo Santa Claus, mamá? Será un enorme placer recorrer contigo este país.

Le leí las cuatro siguientes, recreándome en alguna descripción como esta:

Cuando llegué aquí, no me sacabas del humilde gorrión y la gaviota en el Norte o la golondrina y la cigüeña en la ancha Castilla. Sin embargo, ahora distingo el carpintero, el colibrí, el zanate, zopilotes, loros, pocoyos…, por no contar los pelícanos, las garzas o la variedad sin fin de monos que saltan de rama en rama por los árboles.

El domingo me acosté agotada y dormí de un tirón soñando con plataneros y pájaros exóticos, barcas pescadoras y nativos desnudos de cuerpo bronceado. Cuando desperté el lunes, lucía un día precioso, fresco y soleado, que me imbuyó de vitalidad durante el paseo hasta la residencia.

Entré saludando con alegría:

—¡Buenos días, hermanas!

Las monjas me contestaron como si fuera ya de la familia.

Julia debió sentirse contagiada también por la luz, pues estaba ya vestida y sentada en la silla con el bolso sobre las rodillas. Se había arreglado especialmente ante la posibilidad de visitar su querido barrio natal y olía a una fortísima y mareante colonia. En cuanto salimos, le pregunté sobre una cuestión intrigante:

—Si no podías leer sus cartas, Julia, ¿cómo me dijiste de qué hablaban? Eso significa que sí conoces su contenido…

—Bueno… La Chela me las leía por cinco pesetas cuando llegaban y luego las escondía. Total, nada más contaba cosas de allá…

—¡Es tan emocionante y directa la visión que ofrece! —protesté ofendida—. Acabo de empezar a leerlas, voy despacio para saborearlas… ¿Por qué nunca aprendiste a escribir?

—La escolarización no era obligatoria y tras un año en la escuela apenas distinguía las vocales. Yo no ponía interés y el maestro tampoco lo ponía en mí. En nuestro ambiente ser analfabeta no suponía un problema, tener educación no se consideraba algo ventajoso ni merecedor de esfuerzo, sobre todo para una mujer: era más importante trabajar y empezar cuanto antes.

—Eso es indicador del atraso de un país… Tuviste que tener problemas en algún momento, no entiendo cómo llegaste hasta aquí sin saber leer…

—A mi Andresín lo mandé pronto a la escuela de los Baberos y, desde bien temprano, él se ocupó de mis papeleos. Con Guillermo me daba vergüenza cada vez que lo intentábamos: prefería que me calificara de cabezota que de burra.

—Pero tu padre estaba instruido, ¿tampoco le preocupaba que no supieras leer ni escribir?

—¡Qué sé yo, *fía*! Si hubiera salido hombre como él quería, igual sí; siendo mujer, se desentendió de mí. Además, las *morrongueras* presumíamos de que no lo necesitábamos porque nadie se atrevía a engañarnos. En mi caso, me salvó también el ojo que tengo, es fijarme en un nombre y me queda grabado. «Pescados Campillo», por ejemplo, da igual que lo vea pintado en una furgoneta o en un letrero, lo distingo perfectamente.

—Eso se llama memoria fotográfica. —Reconocí en ella esa facultad mía con un escalofrío—. Y cuándo tu amigo el cura empezó a cartearse contigo, ¿no te apeteció aprender para contestarle?

—¿Que *cojona* iba a decirle? —se encolerizó ante mi insistencia—. ¿Tú a qué viniste? ¿A escuchar mi vida o a ponerla en solfa?

—Perdona, Julia. Me he dejado llevar por la pasión, recuerda que soy escritora, me cuesta entenderlo. Tienes razón, retomemos la entrevista.

—Entonces llévame a la plaza de La Corrada, allí empezó todo. He pensado la ruta para que podamos recorrer de paso el resto de escenarios de mi infancia.

Realizamos la primera parada en la plaza Mayor.

—Aquí estaba una confitería que frecuentábamos mi madre y yo cuando veníamos de vender pescado: por dos reales daban un vino de mistela y media luna de almendra. A continuación estaba una carnicería y después el hotel Asturias. Sale en la película de Garci, *Volver a empezar.*

—No me suena… —comenté mientras fotografiaba su fachada.

—¡Pues ganó un Oscar, guapa! El dueño de entonces era muy caritativo: durante la guerra y la posguerra, algunos días a la semana daba un cazo de comida gratis a todos los pobres de Xixón en el exterior del hotel. ¡Menudas colas se montaban!

Desde allí mismo, me señaló el palacio Valdés con sus dos torres y la iglesia adosada:

—Ese es un colegio de monjas para ricos, el Santo Ángel.

Anoté su nombre y características, aquella noche iba a necesitar más que nunca mis apuntes para ordenar tantas fotos de edificios.

—¡Mira, mira! —gritó mientras gesticulaba como para detener una carrera de bólidos y levanté la vista para ver a quién saludaba tan efusivamente.

Nos habíamos asomado al Campo Valdés, así llaman a la explanada frente al palacio, y el Senado en pleno se había levantado para recibirnos. Los *senadores* eran los jubilados de Cimavilla reunidos allí a diario para comentar los sucesos de actualidad, siguiendo una costumbre casi centenaria. No eran menos de diez y, por supuesto, tuvimos que pararnos un rato y realizar las convenientes presentaciones. Algunos me estrecharon la mano, otros me la besaron y un par de ellos, más rumbosos, me dieron sendos besos en las mejillas. Nos rodearon hablando todos a la vez.

—¿Viene de Suiza, entonces? ¡De la bella Helvecia! ¿Qué le parece Gijón? —me interrogaba uno.

—La Chata es una mujer famosa sin necesidad de haber escrito un libro —se jactaba otro.

—Aquí se formó también un grupo coral —rememoró un tercero.

—Cantar no cuesta nada, lo recuerdo con nostalgia, a pesar de la pobreza que había la gente cantaba a todas horas, bien o mal. Los hombres cantábamos solo en el chigre o dando la serenata cuando volvíamos moñas, mientras que las canciones de las mujeres alegraban la calle convirtiéndola en una romería.

Cuando les vi aclarar la garganta, argüí una repentina urgencia y arranqué sin dilación, dejándolos con la tonada en la boca. No quería resultar descortés, pero presentía que iba a ser una jornada larga y sentarnos a escuchar su repertorio, como proponían, no era la mejor forma de iniciarla. Empujé con dificultad la silla de ruedas cuesta arriba y al llegar a unos árboles frente a la casa natal de un ilustrado prócer de la villa, Jovellanos, me ordenó sentarme en uno de los muretes.

—Este es territorio de los Remedios —me dijo bajando

tanto la voz que apenas la oía—. Yo soy de La Soledad. —Se señaló ufana el pecho con el dedo dándome a entender la diferencia.

—Me lo tendrás que explicar... —le pedí armada de paciencia. Menos mal que teníamos todo el día.

—El barrio está dividido en dos bandos: el de la Virgen de los Remedios y el de la Virgen de la Soledad. Cada uno hace sus fiestas en un sábado distinto de septiembre. La divisoria empieza en la casa de Paquet y termina, cuesta arriba, en la Tabacalera, a la derecha hasta el mar. —Ante mi gesto de ignorancia, se detuvo a aclararme quién era Paquet—: Un consignatario de buques pudiente, cónsul de Francia también. La casa es un edificio monumental que hace esquina con una torre en chaflán. La inauguraron pocos años antes de nacer yo.

—Paso a diario por delante —caí en la cuenta.

—Entonces, sigo. Los de La Soledad abarcábamos desde esa línea trazada hasta el Muelle, un territorio más grande y donde la mayoría éramos pescadores; los de los Remedios ocupaban el otro lado hasta la iglesia de San Pedro. Para las fiestas, nosotros poníamos el escenario en el Muelle y venía gente de Bajovilla y otros barrios incluso. Las guirnaldas y banderas de papel las confeccionaba manualmente el Chino, en el tiempo que le dejaba libre el bar.

—¿Era un apodo o era chino?

—¡Era chino de verdad! El único que hubo en Xixón durante años. Hacía unas guirnaldas que llamaban la atención. ¡Fíjate si sería manitas que las mandaba a la China! Ahora, en cambio, todo viene de allá y la villa está llena de chinos. ¡Quién lo iba a decir! Pues no tenía coña el Chino, a mí me gustaba mucho parar allí, siempre había ambiente.

—¿Y el sentido del humor es común a los dos bandos?

—La coña marinera era igual, sí; a fin de cuentas, todos éramos de Cimavilla. Cada parte tenía su santa patrona y en su nombre nos agarrábamos por el moño, porque cada cual decía que la suya era la más guapa. No te lo creerás, esto provocaba conflictos incluso durante las procesiones. Sin embargo, ¡las imágenes aún están intactas en sus capillas! Las peleas eran continuas entre la chavalería de uno y otro bando por las cosas más nimias.

—¿Y estos árboles ya estaban plantados?

Fotografié desde varios ángulos la plaza y los frondosos ejemplares rodeados de muretes circulares de piedra.

—Los llamábamos «los poyitos» y jugábamos entre ellos. Según Guillermo, imitaban un juego de bolos, y si él lo dijo es verdad. En esta zona había una confitería llamada El Hornín, donde vendían un pastel llamado «negrito». Era un ladrillo fabricado con los restos de los dulces que se iban a estropear, pero sabía bien y calmaba la protestona barriga. Comprar uno era una proeza, ¡costaba nada menos que dos perronas!, así que la única forma de reunir aquella cantidad perrina a perrina era haciendo recados.

—Perrinas y perronas, ¿qué eran, fracciones de la peseta? —Algo sabía de la moneda de cambio anterior al euro, pero no con ese detalle.

—Se les llamaba perronas o perras gordas a las de diez céntimos y perrinas a las de cinco. Veinticinco céntimos eran un real y una peseta era algo grande, no la veías en la vida. Con un duro, que eran cinco pesetas, comprabas media tienda. Jezabel, la puta más famosa del barrio, era vecina nuestra y casi no salía de casa. Mi madre decía que le daba vergüenza, yo creo que no quería ver a nadie: las mujeres la criticaban y los hombres la seguían como moscones diciendo impertinencias. Así que yo estaba atenta a sus encargos, siempre me caía algo, y cuando la cola de clientes le llegaba a la esquina, conseguía reunir las cuatro perronas en una tarde. Murió de sífilis, la *prubina*, y fue Nieves la única que estuvo a su lado los últimos días. ¡Incluso organizó una colecta entre los marineros para pagarle el funeral!

—¡Cada personaje que mencionas podría llenar un libro, Julia! ¿Seguimos?

Llevábamos más de una hora de camino y con tanta parada no habíamos llegado a la plaza. Yo seguía dándole vueltas a lo mío, mientras ella continuaba hablando ajena a mi quebranto y feliz de poder servir de guía a una extranjera.

—Vamos, vamos a seguir, luego te enseñaré las dos capillas y verás cómo la Virgen de la Soledad es más guapa.

—Pero tú no pisabas la iglesia…

—¡Como si esto tuviera que ver con la religión! —sentenció.

Mientras cruzábamos Cimavilla los establecimientos nocturnos tenían la persiana echada, pero las tiendas y el estanco tenían ya una animada clientela. Paramos en este último para comprar una caja de puritos, ante mi sorpresa.

—El médico dijo que daba lo mismo —me aclaró, aunque supuse que no era cierto.

Fue recibida como una estrella mediática y salió aspirando feliz el humo.

—Nos acercamos a mi lugar de nacimiento. Vete imaginando la calzada de tierra, matorrales por los caminos y animales entecos, burros, perros, gatos, cerdos y gallinas vagando libremente y escarbando entre la basura. Y ratas, claro.

—¡Me resulta imposible! Ahora se ve un barrio tan coqueto y arreglado, las casas pintadas y restauradas…

—La mayoría son nuevas, no conservaron ni las fachadas y eso que eran de los años sesenta. Las puertas eran de cuarterón o postigo y no se cerraban ni de día ni de noche. Delante de las casas, porque dentro no cabían, cada uno tenía sus cajas de pescado marcadas, las redes, las nasas y hasta la lancha. ¡Y nunca se supo de ningún robo!

Recorrimos un sinuoso callejón y de nuevo nos detuvimos. Señaló a lo alto:

—Había siempre mucha ropa tendida, en cuerdas tiradas de balcón a balcón y de una punta a otra.

—Debe resultar difícil guardar secretos cuando tus intimidades están públicamente expuestas.

—No solo se perdió una imagen guapa, también una buena costumbre: la de compartir. Eran comunales el tendedero, el retrete, y si había de comer, había también para todos. Si tocaba pelea, repartíamos estopa por igual. Luego, en el chigre, entonando un *canciu* y bebiendo un vasín de vino, se recobraba la amistad. Vivíamos de la mar, por eso los *playos* somos como ella: generosos y bravos.

Las dos reímos en franca carcajada. Y seguimos callejeando.

—Este fin de semana he estado deambulando por el barrio, hay muchos locales de copas y garitos que están cerrados los días laborables —comenté.

—Cimavilla pasó por muchas fases —dijo recolocándose las solapas—. En los años veinte era un barrio de pescadores, pero ya tenía locales de alterne y por la noche se llenaba de pisaverdes hartos de morfina dispuestos a gastarse el dinero en fulanas y copas. En los treinta era un barrio de rojos, aunque los locales de alterne seguían llenos de señoritos; unos conspiraban, otros espiaban y todos se emborrachaban. Durante la dictadura fue un territorio de cierta libertad, donde estaba consentido lo prohibido en el resto de la villa y de las provincias limítrofes. De vez en cuando efectuaban redadas, pero en general hacían la vista gorda. Con la Transición, abrieron los primeros pubs y la política retornó a través de los cantautores. Pablo, un argentino, abrió El Cóndor a mediados de los setenta. En ese bar paraban los rojos y los secretas, pero sobre todo se cantaba música sudamericana. Durante una década proliferaron los pubs como el Furacu, la Cirigüeña o El Arca de Noé, que fueron de los primeros, pero a finales de los ochenta la droga lo arrasó todo: robos, peleas, amenazas..., cada noche había una movida diferente y a los vecinos solo nos quedaba aguantar. Murieron los jóvenes por la heroína a finales del siglo pasado como por la tuberculosis a principios. La gente empezó a abandonar el barrio, los yonquis a ocupar las casas deshabitadas... Cuando nos alcanzó la bonanza económica, empezaron a edificar pisos de lujo donde antes había ruinas, vino gente joven, abrieron tiendas de artesanía y... ya lo ves ahora: zona de moda.

—Ese proceso se llama «gentrificación», es muy común en Europa. ¿Resultaban conflictivos los bares de alterne?

—No, hija, no. Cimavilla siempre tuvo ocho o diez casas de putas, pero nunca dieron problemas, al contrario, daban ganancias: les cuidábamos los hijos, les lavábamos la ropa, se la cosíamos, la planchábamos, les hacíamos los recados... Luego había tugurios donde se cantaba, se jugaba apostando fuerte y había peleas casi a diario.

—¿Peleas de verdad? Serían riñas inofensivas...

—¡Qué va! Las borracheras y las palizas estaban a la orden del día tanto en los chigres como en las familias, aunque nadie intervenía si no corría la sangre en exceso.

—Cuando dices «en las familias», ¿te refieres a la violencia doméstica, al maltrato?

—Ni malo ni bueno, el que era. Las trifulcas eran constantes e iban en cadena: los maridos pegaban a las mujeres, los dos daban buenas zurras a los hijos y, entre todos ellos y con otros, eran frecuentes las agarradas y peleas. «En *toes* partes cuecen *fabes* y en mi casa a *calderaes*», de ahí viene el dicho.

—¿Calderos de habas?

—¡Ay, *fía,* qué literal *yes*! Los suizos nunca tuvisteis sentido del humor. ¡Qué gente tan seria! ¿Sabes cómo me llamaban al ser española?

—*¿Spanierin?*

—Efectivamente.

—Mi primera novela se llama *Die Spanierin* y trata precisamente de las vivencias de una española en Suiza.

—¿Tú no eras suiza? —Me miró con renovada desconfianza.

—Bueno, conocí a una española en un internado… ¡Caramba! Cómo pesa esta silla cuesta arriba.

Exageré la dificultad intentando zafarme de su pregunta, menos mal que la gente seguía parándose a saludarla. Un hombre mayor se acercó cojeando:

—¡Chata! ¿Dónde vas? ¡Menuda asistenta echaste!

—Es una escritora suiza. —Parecía que ya se había olvidado de mi desliz—. Me está entrevistando para la Nestlé y ahora la llevo a La Corrada para enseñarle dónde nací.

—La llevas, la llevas… ¡*llévate* ella! —dijo provocándome la risa con su gracejo—. ¿Y qué? ¿Van a hacer una película sobre ti? ¡Tendrá que ser una serie de varios capítulos! —concluyó con gran regocijo, palmeando su espalda.

—¡Gran verdad! —No pude menos que darle la razón pero la aparté para que no me la descoyuntara.

Nuestro destino era una pequeña plaza, donde todavía saludó a otras tres personas mientras yo disponía la escena para la grabación en un banco, con la silla de ruedas al lado. Cuando se despidieron me miró con sorna:

—*Apetezme* un culín de sidra, con la boca seca mal voy a hablar…

Azorada pero obediente, entré en la sidrería. El bullicio era insoportable, entre otras cosas porque había dos televisores a todo volumen, cada uno con un programa distinto. Una costumbre muy española que me llama poderosamente la atención, pues dentro nadie los mira salvo que emitan fútbol, entonces los clientes están como en misa, supongo que por eso les llaman «parroquianos». El camarero se ofreció a servirnos en la terraza y, mientras preparaba el dinero para pagar las consumiciones, admiré una vez más cómo escanciaba la sidra, un sistema tradicional y único en el mundo. Había bebido sidra en Frankfurt, en el barrio Sachsenhausen, donde la sirven en vasos corrugados, en Bretaña y otros lugares, pero no sabía como la de Asturias ni mucho menos se tiraba desde lo alto. Julia me explicó que antes de la guerra en los chigres se servía en jarras de barro. El escanciado es una técnica posterior, ahora convertida en arte preciso: la sidra ha de chocar contra el borde del vaso de cristal fino para que expanda sus propiedades organolépticas, ha de beberse de un trago para conservar las mismas y ha de reservarse un resto para tirarlo por donde bebiste y dejar el recipiente limpio y listo para el siguiente. Las sidrerías son unos lugares fascinantes, ruidosos, coloridos y con serrín en el suelo. El color lo presta el verde de las botellas, cambiante según la luz. Hay locales donde el techo está tachonado de cascos vacíos y verlos colgar sobre tu cabeza es como la pesadilla del alcohólico, aunque el efecto cromático resulta inigualable.

Cuando Julia se encontró servida y a gusto, abrió la espita.

—¿Te cuento quiénes eran los vecinos de La Corrada? ¡Todavía me acuerdo, y mira que pasaron años! Ahí, en un chamizo, habitaban la Botella y el marido, los Reyes del Orujo, pasaban el día *jumaos* los dos y se les murieron de tuberculosis los ocho *fíos*. Bueno, de miseria más bien, que los pobres críos pasaban el día rondando las cocinas a ver si caía algo, porque en la suya no había más que ratas y cucarachas. ¡Y botellas vacías!

»El Guitarra ocupaba otro bajo. Le llamaban así porque se ganaba el pan tocando en los bares de fulanas. La mujer era una siesa y tuvieron nueve hijos, que acabaron todos con las piernas torcidas por culpa del calzado. Les hacía las albarcas con neumáticos viejos que recogía en las chatarrerías, cortados en tiras y atados a los pies con cordeles. El Guitarra era muy famoso pero tan *probe* como el resto. «El que canta su hambre espanta», decía y se pasaba el día cantando a los churumbeles; uno salió artista, aunque fue un *muertu fame,* como su padre. De día nunca lo veías, lo pasaba durmiendo, pero al atardecer reaparecía todo repulido y peinado y empezaba a rasguear el instrumento y todos nos acercábamos a hacerle los coros, hasta que abrían los bares y allá se iba. Tocaba la noche entera por las propinas y algún vaso que caía, aunque no era bebedor, o no tanto como mi padre y el resto, que ahogaban en vino las penas y las alegrías. Yo probé el vino bueno en las bodas y no me gustó, tengo el paladar hecho al caldo aquel que nos traían en odres.

»Teníamos mucho trato también con Zulima, la modista. Había establecido el negocio en el bajo con sus dos hijas, también costureras. Entre otras cosas confeccionaban los mandiles de las pescaderas, esos de rayas verdes y negras que ya no se fabrican. La máquina de coser les habría dado para no pasar estrecheces si hubieran cobrado todos los encargos, pero trabajando fiado en barrio pobre más de una vez pasaron hambre. Eran muy buena gente las tres, pena de la pequeña, que murió tuberculosa bien joven.

»También habitaban en la plaza Fredesvinda, la Tarabica, y Chelo, la Mulata, cuyo mote le venía porque el tío de su madre se había casado en Cuba con una mulata. Las cuatro tuvimos más o menos la misma vida: pasamos la guerra y la posguerra, alternamos vender pescado con otros oficios y fuimos las primeras emigrantes legales del franquismo. Presumían de que las habían grabado para el Archivo de Fuentes Orales de la Universidad de Oviedo, pero esto tuyo es mucho más importante, es internacional, así que las gano por goleada en cuanto a famosas.

—¿Erais amigas las cuatro?

—Aquí éramos todas amigas, pero uña y carne, o culo y mierda, como prefieras; éramos Genara y yo.

—¿No la echas de menos? ¿Qué ofensa te hizo para ser tan duradera? —me lancé a la desesperada.

—Me engañó. Me traicionó. Lo peor. No quiero ni mencionarla, no sé por qué te empeñas en sacarla a colación todo el rato.

—Porque está en la foto que me dieron. ¡Y tú la nombras a menudo!

—Es lógico, pasé media vida con ella... —reflexionó en voz alta.

—Tarde o temprano tendrás que perdonarla. Ahora que

están muertas madre e hija, no tiene sentido conservar embotellado el odio. En todo caso has de guardar lo bueno de vuestra amistad.

Le hice un breve resumen sobre mi teoría del embotellamiento de emociones sin obtener mucha atención.

—¿Crees que el libro pondrá mi foto en la portada?

—Seguramente —le mentí.

Se atusó el pelo viéndose ya en papel cuché y continuó hablando como si la mención a Genara nunca hubiera existido. Empezaba a estar harta de aquel juego, menos mal que su narración resultaba tan interesante como las cartas del cura, entre una y otro aquella estancia en Cimavilla me estaba resultando absorbente, tal como necesitaba. El resto del tiempo oscilaba entre el ateísmo y el pensamiento mágico sin sentido del ridículo: no solo hablaba en alto con un ridículo angelote, ¡le leía cartas, incluso! Se me escapó la risa al pensarlo y me recriminé por no poner atención. Menos mal que la grabadora seguía funcionando. Ajena a mis pensamientos, Julia seguía destejiendo los suyos:

—Otro bajo estaba ocupado por Colás Patachula, zapatero remendón con una pata de palo, y sus diecisiete hijos. La prótesis era de la rodilla al pie, claro está. Cuando se ponía a ello con la mujer, amenazaba tirar el tabique de los golpes que daba con la pata en la pared. Y luego salía a tirarnos piedras, porque las chanzas se oían desde dentro. Uno de los hijos, Colasón, por una perrona dejaba a los chavales mirar a través de la rendija y si se pajeaban les cobraba el doble. Eso era una costumbre habitual, pero en el caso de Patachula solo pagaban por reírse de él. Luego, cuando iba por la calle, lo seguían detrás imitándole.

»Encima del zapatero y su prole se asentaban Maruja la Caraja y la suya. Estaba casada con un marinero que siempre estaba navegando y cuando descansaba le hacía un bombo. Tenía trece hijos y andaban desnudos al cuidado de los vecinos. Nos daban pena porque ella no tenía muchas luces, le faltaba una hora de cocción. La taberna de Carrizo y dos bodegas de pescado completaban la plaza. La mujer de Carrizo, Ángela del Demonio, atendía el mostrador y la llamaban así porque pasaba el día riñendo al marido, a los ocho hijos y a la clientela. Yo la admiraba, era de las pocas mujeres que imponía respeto. Ella fue la que echó a mi padre para casa de un escobazo la noche que nací yo, cuando lo encontró horas después del parto durmiendo la mona en un rincón. Por último, ahí estaba mi casa y, pegada a ella, la de Genara, donde nació ella y también nacería Eloína. Las Tiesas. —Escupió al suelo con desprecio sin sentirse afectada por mi discurso sobre la magnanimidad.

Miré la casa con interés mientras la inmortalizaba. En aquel solar había nacido la que constaba como mi madre a todos los efectos. Intenté imaginar su cuerpo grácil de niña esbelta, su sonrisa amplia, los olores y colores que marcaron su infancia. Imaginé una adolescente desgarbada, rebelde, atrapada como un ave, deseando romper los barrotes de su jaula, soñando volar muy lejos.

La Chata seguía hablando ajena a mis disquisiciones:

—Durante el verano comíamos y cenábamos en la calle. Era muy *probe* todo, pero muy divertido. Las mujeres se reunían a leer las novelas seriadas, compradas por turnos en el quiosco a real, y a escuchar los seriales de la radio, bebiendo y llorando a la vez. Yo solía sentarme cerca de las más ancianas cuando estaban de tertulia, siempre había alguna *vieya* que me encargaba ir a por una copina de anís o a por tabaco y me daban una perrona por cada recado que hacía.

—¿De verdad que todas esas personas vivían aquí? —No pude evitar interrumpirla—. ¿En este espacio tan pequeño?

—Y entonces aún lo era más, con la fuente en medio.

—¿Había una fuente ahí? ¿La quitaron?

—En aquellos tiempos no había agua en las casas, *fía*. Una de las cuatro fuentes que había en Cimavilla era esta de La Corrada. En la última remodelación la colocaron en otro sitio por la presión de una vecina que no quería la humedad cerca de su casa. ¡Una vergüenza!

—Sin agua en las casas, el bullicio sería permanente alrededor de la fuente. —Recuperé imágenes neorrealistas de alguna película italiana.

—¡Imagínate! Mujeres con calderos, marineros lavándose, chiquillos salpicando, jóvenes platicando con la jarra apoyada en la cadera, una lava un trapo, otro se asea antes de ir al chigre… Solo chiquillos seríamos un centenar, más que casas lo nuestro eran madrigueras y las camadas morían como nacían.

Desde el alba hasta el anochecer podíamos estar rodando por las calles o por el puerto en busca de algo para comer. La mayoría teníamos callos en las manos y en los pies, era una suerte si no sangrabas a menudo. A la noche, cuando tocábamos la almohada de paja, caíamos rendidos.

—¡Cien chiquillos! —Intentaba hacerme la composición.

—Estábamos en continuo movimiento como bandadas de estorninos, salvo que hubiera algo que picotear conjuntamente. Un día de invierno, al atardecer, un coche grande y negro con capota, muy vistoso, enfiló la calle en dirección al Muelle con una pareja dentro, él con gabán y chistera, ella con un sombrero y un velo tapándole la cara. Salimos todos a verlo y corrimos tras él. Avanzaba pitando para apartarnos y, al llegar a la Rula, desciende el fulano, muy pitiminí con sus zapatos de charol, y no se le ocurre más que tirarnos piedras y ahuyentarnos como a las gallinas, mientras limpiaba con un pañuelo las marcas de nuestras manos en la carrocería. Desconozco su procedencia ni destino, si cayeron allí confundidos o buscaban algo. El Matarranas se quitó la gorra y fue a hablar con ellos, invitándolos a un café en El Mercante. Seguramente no queriendo desairar a aquel mocetón o porque venían de lejos y estaban perdidos, decidieron acompañarlo y subieron al chigre en medio de la expectación general. No sé cuánto tiempo estuvieron dentro, no sería mucho, lo suficiente para que las voraces hormigas nos cebáramos en el vehículo. Cuando salieron, quedaba el chasis. Llamaron a la Policía y, cuando llegaron, repartieron unos cuantos porrazos, pero no recuperaron ni una pieza. Como la marabunta, dimos cuenta de él con la velocidad del rayo. Pasaba lo mismo cuando quedaba algún camión abandonado. Goma, cristal, chapa, cuero… eran materiales cotizados en la reventa. Mi academia fue la calle, nunca mejor dicho. Entré a los seis años en la escuela del Pósito de Pescadores y a los siete la abandoné para comenzar a trabajar. ¡Yo encantada! Leer y escribir se me resistieron desde bien pequeña, pero a calcular con rapidez las vueltas no me ganaba ninguna.

—¿A los siete años? ¿Era legal el trabajo infantil?

—¿Legal? ¡Qué cosas preguntas! Con siete años yo ya tenía horario continuo, ocho horas diarias todo el año. ¿Explotación infantil? Explotadas sí estábamos, sí, de niñas y de adultas. Lo llamábamos supervivencia. Si lo comparásemos con la actualidad, digamos que se trabajaba el doble para conseguir la mitad. No es que no hubiera comida, y bien buena, sino que no podíamos pagarla, los precios subían como la espuma. Como la mayoría éramos familias numerosas, nuestros padres se deslomaban de sol a sol, pero o todos colaborábamos o no se comía. Por eso no le perdoné a mi hermana Covadonga que se fuera de casa. ¡Y menos que jamás le pasara un duro a mi madre! Yo, con ocho años ya acompañaba a mi abuela Carmen a vender pescado...

—Tu abuela por parte de madre, entiendo... —Anoté su nombre en la correspondiente rama genealógica. Había trazado una especie de árbol a modo de guía para no perderme.

—Por la rama materna somos pescaderas hasta donde la memoria alcanza. Mi pobre abuela veía mal y me utilizaba como lazarillo. Ella llevaba la caja del pescado en la cabeza y lo iba pregonando por la calle, las mujeres se asomaban a las ventanas y la llamaban, y ahí intervenía yo, que ella no veía de dónde ni quién era. Bajaban con el plato o tiraban el cesto por la ventana y mi abuela descargaba la caja y contaba las sardinas. Yo la ayudaba a manejar el dinero porque ella apenas distinguía las monedas. Cuando estábamos vendiendo lejos del Muelle y veíamos entrar alguna lancha con pescado, cogíamos el tranvía y bajábamos a cargar, que en el tranvía no nos cobraban los portes.

—¿Y cómo sabías cuando llegaban?

—Nos avisaban las gaviotas con sus chillidos, sobrevolaban de lejos los barcos en cuanto los veían cargados. Salvo que coincidiera con la sirena de las fábricas, se oía su algarabía perfectamente, apenas había coches, ni más ruidos que los humanos. Y los marinos, claro, que el puerto era muy bullicioso.

—Me hablas siempre del Muelle, ¿no frecuentabais la playa San Lorenzo?

—En el Muelle éramos como peces en el agua, estábamos en nuestro territorio. A San Lorenzo íbamos a armar bulla a los balnearios y meternos con *les del sábanu*, así llamábamos a las mujeres que venían de tierra adentro a bañarse. Cerca de la iglesia se levantaba el balneario de los pudientes, Las Carolinas, sobre unas columnas de madera. En aquellos tiempos muy pocos sabían nadar, así que se ataban a esos pilares unas gruesas maromas que servían de agarre y *les del sábanu* se adentraban en la mar sujetas a ellas. Otro recinto de baños más popular era La Favorita, ese lo conocí muy desvencijado ya. También estaban los *sayones*, bañeros ataviados con sayal de tela negra que sujetaban a los *foriatos* por las manos mientras se bañaban, cobrando una perrona por ello. Nos *mexábamos* de risa al oír sus gritos cuando les golpeaban las olas y les imitábamos hasta que algún guarda nos echaba de malos modos.

—¿No se tomaba entonces el sol?

—¡Qué va! La playa en marea baja y días de sol se llenaba de gente bien vestida. Las señoras iban con asientos de mimbre que cargaban las criadas, o alquilaban sillas de tijera y allí aposentaban el miriñaque, y a darle al abanico. Ellos, con botines de paño, su cuello duro, la corbata de lazo, y muchos con sombrero de jipijapa, se pavoneaban por delante. Por la tarde era la hora de las sirvientas con niños, los quintos que iban a buscar cortejo y los ociosos. Era un ambiente extraño, que me hacía sentir fuera de sitio, mientras que en el Muelle, familiar y conocido, campaba a mis anchas.

—¿Y cómo os entreteníais en el escaso tiempo libre, además de andar provocando a la gente?

—Jugábamos al pío campo, al gua, a carreras, al cascayo, la cuerda… Sin radio ni televisión, en los años veinte y treinta el entretenimiento estaba en la calle y el espectáculo más frecuente eran los entierros. Las carrozas fúnebres eran como esas de las películas de vaqueros, tiradas por caballos negros con los cascos embetunados, penachos y jaeces del mismo color. Cuando el difunto era un menor de catorce años, la caja, el carruaje y los atalajes de los caballos eran blancos. Iba el cochero encaramado en lo alto, como un conductor de diligencias de película, con su levita, chistera, guantes y látigo. Delante de los caballos desfilaba el cura con una capa negra y los monaguillos haciendo sonar las campanillas. Cuando las oían, salían las comadres a la puerta y los paisanos del bar, algunos hincaban la rodilla o se quitaban la gorra, las conversaciones se cortaban, bajaban las miradas y todos se santiguaban al paso del ataúd. Los *playinos* de Cimavilla nos colocábamos al frente del cortejo, poniéndonos la zancadilla y conteniendo la risa hasta que nos expulsaban de un capón. ¿Sabes que Guillermo debutó de monaguillo con cuatro años?

—¿En un entierro? ¿Tan pequeño?

—¡Es una anécdota muy divertida! Y da cuenta cabal de su carácter. Como era de tez tan blanca, por su aspecto de querubín le pusieron delante de la comitiva funeraria, con el cura. Le habían encargado, pese a su corta edad, portar el calderete con el agua bendita. En la primera parada, el sacerdote le solicitó el hisopo y, tras realizar varias aspersiones sobre el féretro, se lo devolvió. Guillermo observó muy atento sus movimientos y en la segunda estación del paso, cuando el cura extendió la mano entre rezos hacia el caldero, el retaco va y bautiza él solo el ataúd, muy arremangado. Las carcajadas fueron unánimes, sobre todo por su cara seria, a imitación del cura. Nieves lo presenció y cuando lo contaba decía que hasta el muerto se debió reír en la caja.

—¡Así que te hiciste aficionada a los entierros por ver a Guillermo! —Le guiñé un ojo y se sonrojó.

—¡No solo por él! Además, luego coincidimos en la escuela del Pósito; aunque dentro nos separaban por sexos, nos conocíamos todos. Él no era hijo de pescador, lo admitieron porque fue enviado desde el Hospital de Caridad. Llegó allí sin libros ni arreos de escribir, con las alpargatas rotas por delante y los dedos fuera. A los pocos meses ya tenía el cargo de pasante de los más pequeños. Era muy listo. Al principio nos reíamos de él, por su cara pecosa y limpia de niño bueno y su mata de pelo zanahoria, como una escarola roja. Fui yo quien lo invitó a unirse a nuestra pandilla de La Soledad. Los mayores recibían a puñetazo limpio a los nuevos a ver de qué tripa estaban hechos, pero él no llegó a pelearse. Cuando se percató de que lo rodeaban aviesamente, explicó con mucha suavidad que era monaguillo en la capilla del Hospital de la Caridad y, entre sus prebendas, recibía todos los días para merendar rosquillas calientes que con gusto repartiría con sus hermanos de pandilla. En lugar de collejas, se sucedieron los vítores y así se ganó un hueco entre nosotros. Aquel día me quedé maravillada. Por primera vez vi cómo algo se dirimía sin puñetazos, empujones, voces, amenazas, insultos…

—¿Niños y niñas formabais parte de la misma pandilla? —pregunté sorprendida.

—Sí y no. A la Tiesa y a mí nos gustaba andar a nuestro aire: allí donde hubiera barullo o novedad nos encontrabas en primera fila, tanto de niñas como de jóvenes. Sin embargo, cuando los *playinos* íbamos a Bajovilla, hacíamos piña y no solíamos alejarnos unos de otros, porque enseguida había pelea con los de otros barrios y convenía ser un grupo cuanto más numeroso mejor. Bajábamos como una manada de elefantes y, si las cosas se torcían, reculábamos y nos metíamos como los ratones debajo del suelo. Cimavilla está horadada de punta a punta, es un secreto que pocos conocemos —bajó la voz, ufana, y pensé que me tomaba el pelo.

—¿Túneles secretos?

—De todo un poco. ¡Oye, chaval! —llamó al camarero—. Pon una tapa de callos. Y trae otra botella de sidra… —Esperó a que nos escanciara para continuar—. Guillermo decía que a esta península de Cimavilla la llamaron Gigia los romanos y de ahí le viene el nombre a Gijón, Xixón *pa´* nosotros. ¿No visitaste las termas? Es lo único que queda, pero él decía que había más restos enterrados.

—¡Julia! ¡Me estás dando una lección impresionante de historia!

Se rio alborozada y palmoteando.

—¡Lo traen los libros! Yo no leí ninguno, pero no olvidé ni una palabra de las enseñanzas de Guillermo. Él los leía en el hospital, donde además de ayudar de monaguillo, vivía y trabajaba. Lo habían recogido huérfano, con dos años y una neumonía. Una vez curado, le pusieron un camastro en la cabina del portero y se ganaba el pan realizando encargos y ayudando en misa. Con seis años ya llevaba las sobras de la comida a una granja de gochos que tenía la Fundación en las afueras. Como le daba vergüenza que lo vieran en tal brete, sobre todo por lo *fediondo,* se levantaba a las cinco de la mañana para cruzar Xixón a la hora en que entraban a la villa las aldeanas más madrugadoras con cántaros de leche a la cintura o encima de la cabeza.

»Una monja lo encontró un día en la cocina a esa hora temprana y, creyendo que lo había pillado robando, lo llevó a la madre superiora lamentando su ingratitud. Cuando esta se enteró de que solo estaba recogiendo el maloliente mejunje, sintió lástima y le ofreció dejar de hacer eso. Mientras se le ocurría otro mandado, le propuso limpiar uno por uno los libros de la biblioteca, cosa que nunca habían hecho antes y que, por alguna razón, consideró propia de un guaje. Su sorpresa fue cuando Guillermo contestó raudo: «¡Entonces tendré que aprender a leer!». «¿No sabes? —le preguntó escandalizada—. ¿Y cómo recitas el catecismo, entonces?». «De oídas», confesó él con toda su ingenuidad.

»La superiora lo llevó al director y este le interrogó para confirmar si tenía una memoria prodigiosa o era un timador en ciernes. Lo vio claro, pues decidió enviarlo a la escuela del Pósito, donde nos conocimos. A él le debo muchas cosas y me arrepiento de no haberle permitido que me enseñara las cuatro reglas, era su obsesión. No sé si por cabezona o por vergüenza, mejor me habría ido haciéndole caso. Yo decía «¡*Pa´* qué!» y él contestaba enfadado: «¡Paqué está en el Muelle!».

—¡Y se refería a la casa de Paquet! —adiviné contenta.

—¡Te van a nombrar *playa* adoptiva!

Me encantaba cuando las dos rompíamos a reír sin reservas y noté que a ella también la relajaba, acrecentaba la confianza entre nosotras. Me caía bien aquella mujer, con su brusquedad y sus prolijos detalles sobre un mundo extinto. Y también aquel niño hospiciano convertido en sacerdote y desplazado a otro continente.

—Guillermo debía ser una persona muy especial, cuanto más me hablas de él y leo sus escritos, más creo conocerlo, entiendo tu pena por su estado. Describes a un crío lleno de sensibilidad, de entendimiento, de inteligencia. Por las cartas se aprecia que estas cualidades lo acompañaron siempre y contribuyeron a mejorar la vida de los demás. Es admirable.

—Aun siendo alevín de hombre, era grande. Nunca se me olvidará cuando fui al cine por primera y única vez, gracias a él, un poco antes de estallar la guerra. La ilusión semanal de todos los niños y niñas de Xixón era ir al cine el domingo a la sesión infantil, de tres a cinco, algo inalcanzable para los de Cimavilla. Guillermo, por ser monaguillo, tenía derecho a una entrada gratuita para todas las funciones del Salón Ideal. Allí había visto películas de cine mudo y sonoro, de indios y vaqueros, que luego nos contaba con todo lujo de detalles. Incluso llegó a organizar una representación, que no llegó a cuajar porque se liaron a mamporros por ver quién hacía de protagonista. Un día nos ofreció a la Tiesa y a mí ir a ver una de vaqueros, no recuerdo ni el título. Como comprenderás, aceptamos de inmediato y el domingo bajamos de La Corrada entre envidias y admiraciones. Mi madre había llenado el balde y me había metido dentro para frotarme las rodillas y el cuello con un trapo hasta dejarme la piel roja. ¡Me dolían las sienes de lo tirantes que me había hecho las trenzas!

—¿Estrenabas?

—¿La ropa? ¡Madre mía! ¡Quién estrenaba entonces! —Me miró como si no hubiera entendido nada.

—Perdona, ibas relimpia y peinada, sigue.

—Al caer las tres de la tarde ya estábamos la Tiesa y yo a la puerta temblando de la emoción. Creí que entraríamos juntos los tres, pero cuando Guillermo nos vio, se acercó muy galante a darnos las entradas y corrió a sentarse con un grupo de monaguillos. Aquello era un pandemónium y temimos quedar sin asiento hasta que descubrimos el secreto y, a fuerza de empujones y codazos, conseguimos dos huecos un par de filas delante de él, no sin pisar antes a una repipi y amenazar con un cachete a otra que no se quería mover un asiento para dejarnos juntas. El vocerío hacía temblar las paredes, hasta que apagaron las luces y el zumbido de una colmena inundó la oscuridad. Aplaudimos los títulos, nos asustaron los disparos, advertimos a gritos al protagonista de la presencia del enemigo a su espalda y cuando entró en escena la chica, la sala casi cae abajo entre los pataleos y silbidos. Lo mismo sucedió a la hora del beso, cuando el proyeccionista tapó la escena con la mano delante del cañón y todas las filas al unísono se levantaron y se volvieron hacia él con abucheos. Al finalizar la sesión retornó el guirigay y al grito de «Hurra, leche de burra» salimos en tropel a carreras y empujones hasta la calle de tierra, donde Guillermo y sus amigos se pusieron a apostar quién meaba más lejos, y otros, imitando las escenas vistas, pronto rodaron por el suelo dándose puñetazos. Mientras los esquivábamos, de vuelta a casa, la Tiesa y yo fuimos hablando de los vestidos de Marguerite, la heroína a nuestros ojos. Si a los ocho años se puede estar enamorada, yo lo estaba de Guillermo. Era amable, educado… ¡Y un pozo de sabiduría! ¡Cuántas historias aprendí de él! Tenía una memoria prodigiosa. ¡Y que la haya perdido! —lamentó dejando que las lágrimas se prendieran en sus ralas pestañas.

—No se perderá mientras tú la conserves, Julia. Y ahora que la compartimos, trataré de mantenerla viva. Toma, te devuelvo las cartas, hice copia. —Me abstuve de comentarle que se las leía a Eloína, no le hubiera hecho gracia ni sabiéndola muerta…

—Me dio tanta lástima verlo así… ¡No hay justicia divina, está claro!

—¡No todo el mundo llega a los noventa años como tú! —Levanté el brazo para pedir otra botella de sidra antes de que se derrumbara; solo bebía ella, aún no habían inventado la sidra sin alcohol y yo permanecía aferrada al botellín de agua, deseando en lo más profundo acompañarla—. Sigue contándome la historia de este barrio…, para ser un enclave tan pequeño tiene una gran historia.

—En Cimavilla abundan las leyendas sobre tesoros escondidos, unas son verdad y otras mentira. Lo cierto es que el suelo está horadado, no hay más que túneles y *furacos,* y era una forma de pasar las horas, buscando bajo tierra algo que nos sacara de la pobreza.

—¡De esas leyendas hay en muchas partes! Pero buscar tesoros en esos pasadizos medio derruidos debía ser bien peligroso…

—Cada expedición era una aventura. No teníamos linterna, para alumbrarnos usábamos cabos o palos untados en sebo que enseguida nos apagaban las corrientes de aire. Uno de los destinos más emocionantes, por lo prohibido, era el Boquete de Pin, una cueva abierta en la roca detrás de la iglesia de San Pedro. Funcionaba como cagadero vecinal y cuando el Ayuntamiento lo quiso cerrar por salubridad, los *playos* se amotinaron, recogieron firmas en los bares y las tiendas y llevaron un escrito con más de trescientas adhesiones solicitando que no se tapara. El domingo siguiente, a la salida de misa, las damas de Acción Católica tiraron unas octavillas: «Los que piden que no se cierre ese boquete carecen en su casa de retrete». ¡Pues claro que carecíamos de él! Y de las más elementales condiciones higiénicas, visto desde la actualidad.

—¿Has dicho que se amotinaron los vecinos? —pregunté sin dar crédito—. ¿Por qué?

—Antes de la guerra los motines y revueltas eran habituales, sobre todo si la mar estaba mala y no salían a pescar. Galerna en mar, galerna en tierra. Iban de bar en bar, tomaban algo y vuelta a otear a L´Atalaya. Y cuanto más negro se divisaba el horizonte, más botellas de vino, anís y caña bajaban y más se elevaba el tono. «Invierno como este no se recuerda otro igual», decían los viejos lobos de mar repartiendo los naipes. «Como no levante, no sé qué va a ser de nosotros», contestaba uno que miraba todo el rato al cielo, como si pudiera cambiar su color solo con la voluntad. «Con este frío y sin un mendrugo ya puede el viático poner plaza fija en Cimavilla.» Y en una de estas: «Dicen que van a cerrar el Boquete y que van a tirarnos las casas que no tengan retrete». —Julia hasta imitaba las voces de sus convecinos indignados—. «¿Y de dónde saco yo dinero para levantar uno si mis hijos se mueren de *fame*? ¡Mejor se ocupaban de darnos trabajo! ¡Y como me quieran echar abajo la casa, mato a alguien!» Botella va y viene, del desfogar de unos enseguida se pasó a la protesta colectiva, repartieron pliegos para recoger firmas por tiendas y chigres, en la Rula y la Pescadería, y cuando consideraron que eran suficientes, bajaron en manifestación al Ayuntamiento a entregarlas, echando fuera la desesperación de las horas perdidas sin trabajo y gritando «vivas» y «mueras» a pleno pulmón.

—¡Me sorprende tamaña organización!

—Era muy habitual recoger firmas para protestar por algo. ¡Y eso que la mayoría no sabía escribir su nombre! Alguien rubricaba por ellos y añadían una cruz al lado o la huella con sangre de sardina. Cuando finalizaba la recogida, los pliegos estaban chuchurridos y brillantes de las escamas adheridas. Había una gran unión entre el vecindario, la miseria compartida siempre fue más llevadera. Por ejemplo, era corriente despiojarse en grupo, ¡imagina ahora!

La mención de los parásitos me trajo a la memoria a Eloína y sus pesadillas en el hospital. Para alguien como ella, que logró enterrar su pasado y vivir una segunda vida en una de los pueblos más caros y exclusivos de Europa, debían ser historias de terror conservadas en el desván de la memoria. ¡Y yo creyendo que eran alucinaciones de la morfina! ¡Tenía tantas ganas de saber más cosas de ella!

Decidí intentarlo de nuevo.

—Y esta Genara que dices fue tu amiga…

—Nacimos las dos la misma noche, Genara y yo, la casualidad lo quiso así. La Tiesa fue como una hermana para mí. Cuando la guerra, se vino conmigo y mis hermanos a Francia y ya de mayores emigramos juntas a Suiza. La sangre hubiera dado por ella y ahora, ya ves, no quiero ni mentarla. Tengo que irme, las monjas son muy rigurosas.

—Hemos llegado a los años de la Guerra Civil. He leído estos días mucho sobre ella y me encantaría conocer tus recuerdos… ¿Qué edad tenías? ¿Diez años?

Su semblante se entristeció.

—Ese tema es muy doloroso, tendrá que ser delante de una fabada. Mañana pasa a buscarme al mediodía y aviso a la directora de que como fuera.

Llamé al camarero para que le echara el último vaso de sidra. Deshicimos el camino en relativo silencio, ella llevaba los ojos muy abiertos y, sin embargo, iba indiferente a los transeúntes y semáforos que cruzábamos.

—¿Qué piensas, Julia? ¿Rememoras el pasado y tus andanzas por el barrio?

—Todas vamos a morir… —anunció como un oráculo.

Me acongojó de tal forma que no abrí más la boca hasta despedirme de ella en la puerta de su habitación.

Más tarde, de regreso a mi apartamento tras hacer unas compras, alguien me llamó desde un bar y vi que un hombre de edad avanzada venía hacia mí:

—¿Eres la suiza?

No me gustó su mirada turbia ni el acento alcohólico.

—¿Quién lo pregunta? —Llevaba una bolsa en cada mano y no supe si tirarlas, tanto para defenderme como para salir corriendo.

—Soy Andrés, ya me dijo mi madre que la andas viendo y no sé lo que buscas, pero si es dinero no lo vas a encontrar.

—¿Cómo puede pensar eso? ¡Por favor!

Se acercó un paso más y, aunque tentada de recular, no me moví.

—Y eso de publicar un libro sobre ella… ¿Para quién van a ser las ganancias?

—Todavía no hay nada firme.

Dio un paso más y casi se me echa encima.

—Entonces la está engañando…

—No tengo nada que hablar con usted. No engaño a nadie y menos a su madre. —Continué muy firme mi camino.

Le oí rezongar y maldecir en voz alta, temiendo por un momento que me atacara por la espalda. Me ofendió el sujeto tanto como la conversación, mucho más si consideraba la hipótesis de que pudiera ser mi hermano. Decidí entrar en el Abierto, donde Alicia me recibió como a una parroquiana habitual, algo de agradecer después de la acometida de aquel bárbaro. Lo conocía, por supuesto.

—Hasta donde alcanzo, es hijo único y anterior al matrimonio. Un capullo integral, no le dio más que disgustos a la Chata.

—¡Menuda desgracia tiene esa mujer! Encerrada en esa residencia, sola…

—Rara también es. ¡Se queja de vicio! Teniendo una hermana rica, mejor se reconciliaba con ella…

—¿Te refieres a la pequeña, a Covadonga? ¡Creí que estaba muerta!

—¡Qué va! Dejaron de hablarse hace años, nadie sabe muy bien el porqué, ¡cosas de familia!

—¡Qué lástima! Cambiemos de tema, no merece la pena… ¿Qué sabes sobre los pasadizos subterráneos del cerro? —La puse en antecedentes.

—Oí hablar sobre ellos. Les preguntaré a mi madre y a mi abuela, también eran pescaderas ambulantes. Son un colectivo único, irreemplazable.

—La verdad, nunca imaginé que este viaje me fuera a resultar tan apasionante, estoy descubriendo verdaderas joyas antropológicas.

—Pasado mañana tenemos concierto, toca un grupo alemán, ¿no te animas a venir? Habrá mucha gente, espero.

—Sabes que las multitudes no son lo mío… ¿Alemanes,

dices? Imaginaba que ofrecerías conciertos de bandas locales...

—En su mayoría. Con estos tuvimos suerte, están de gira por España y resulta barato traerlos. ¡Una verdadera oportunidad!

—¿Cómo se llaman?

—AK-47.

—¿Kalashnikov? ¡Qué fuerte! Serán unos duros...

—Hardcore puro —confirmó sonriente.

—Vendré, me llama la atención.

—Necesitas un baño de presente, estás calada hasta los huesos de viejas historias. ¿Has hecho algún plan? ¿Qué harás cuando acabes de entrevistar a la Chata? ¿Te quedarás aquí a escribir su historia? Coincido con ella en nombrarte Hija Adoptiva de Cimavilla.

Le di dos caladas a su porro antes de subir a casa. Con eso y un culín de sidra que le había aceptado a Julia fue suficiente para marearme tras más de un año de abstinencia. Al cerrar la puerta se me cayeron las llaves y me sentí obligada a darle explicaciones al angelote.

—No me mires así, mamá, no he vuelto a las andadas, estoy intentando ser sociable. Sigo sin saber quién soy pero ya sé dónde naciste, mira, así está ahora vuestra casa. ¿La reconoces? —Le mostré las fotos—. ¡Algo avanzamos! Cada vez estoy más convencida de que el secreto de mi nacimiento está en ese viaje a Suiza. Alicia no le conoce a la Chata más hijos que ese indeseable de Andrés, pero podría haberme dado en adopción al nacer. No, ¡qué tontería! Habría documentos, si fuera legal. ¡Qué lío armaste, Tiesa! En las familias normales estos asuntos se abordan en la adolescencia, cuando surgen las preguntas. Tú no estabas a mi lado entonces, claro. Y luego fue demasiado tarde.

Preparé una ensalada y salí a la terraza a comerla llevando conmigo la urna. Había refrescado y tentada estuve de cubrirla con una manta.

—No tuvo que ser fácil aguantarme, lo reconozco. Siempre me quedó pequeña la piel y jamás fui capaz de meterme en la tuya, de pensar con tu cabeza, de entender tus razones. Los buenos recuerdos de Zermatt son de los años pasados en casa, en la tienda, tú y yo solas, con Úrsula en segundo plano.

Paul era un visitante sin importancia, hasta que empezó a inmiscuirse en nuestro pequeño mundo, explotó nuestra burbuja de felicidad y me alejó de ti. Lo odié. Os odiaba a los dos. ¿Por qué tuviste que mandarme a aquel maldito internado? Como te adoraba, siempre creí que Paul me había echado de Zermatt... ¿Estoy equivocada y eras tú quien quería librarse de mí? ¡Dime la verdad, madre! ¿Cuál de los dos decidió expulsarme del paraíso?

El recuerdo me enfureció. Encendí la bombilla exterior y hundí la vista en el ramillete de cartas deseando abstraerme.

—¡Hoy no pienso leerte ninguna! —Le chillé vengativa.

Sí lo hice.

Las epístolas navideñas se limitaban a dar cuenta de las andanzas del padre Guillermo y hacían referencia a noticias obtenidas a través de la correspondencia con el párroco de Cimavilla. Sin mayor interés. Sin embargo, en la correspondiente al año 1969 mencionaba por primera vez a otro misionero. Releí varias veces los párrafos, sorprendida por la irrupción de un personaje cautivador.

—¡Un cura poeta! Es curioso, mamá, este nombre me suena vagamente... ¿de qué puede ser?

Isla de Ometepe, 1969

Mi muy querida hermana en Cristo:

Estuve en Gijón dos meses pero te hallabas en Francia, otra vez de emigrante. ¡A este paso vas a conocer toda Europa! Espero que te vaya bien y alguien te entregue esta carta algún día, para mí sigue siendo una forma de mantener el hilo que nos une en la distancia, aunque no reciba respuesta debido a tu tozudez.

Te felicito el año desde mi nuevo destino, la isla de Ometepe, formada por dos volcanes, el Concepción y el Maderas, que te hacen ver la gracia de Dios en su belleza. He alcanzado sus cimas, no sin gran esfuerzo, y me ha emocionado sentir tan cerca sus entrañas de granito sólido, lava hirviendo y azufre gaseoso. La isla se halla emergida en el lago de Nicaragua, que los indios llaman Cocibolca en su lengua. Este enorme lago está considerado el más bello del mundo, son paisajes vírgenes y selváticos difíciles de imaginar. La naturaleza es pródiga, estiras la mano y obtienes un fruto. Eso permite a los campesinos mantenerse en el umbral de la miseria sin morir de hambre, aunque subsisten con grandes carencias y no les da para prosperar.

Mi traslado se ha producido por la incorporación a nuestra pequeña comunidad del Sagrado Corazón de otro cura asturiano, el padre Gaspar García Laviana, seis paisanos somos ahora en total en el país. Ha realizado el seminario en Valladolid, como yo, y su experiencia pastoral la ha adquirido como cura obrero trabajando en una carpintería de un barrio de Madrid. El año pasado, llamado por Dios, solicitó venir voluntario a Nicaragua, uno de los países más pobres del planeta, y tras pasar por El Ostional y la vecina parroquia de Tola, en breve se hará cargo de San Juan del Sur.

Ver las condiciones en que viven los indios le ha hecho enfurecer, con ese carácter tan propio de la cuenca minera. Él y yo nos hemos reunido con el empeño de organizar a las familias para que los niños y niñas acudan al colegio y las mujeres aprendan a coser o hacer cestas para venderlas, contribuyendo con su aportación a la economía doméstica. Viven de lo que da la tierra, pero si no llueve no hay cosecha, y si un huracán se la destroza, tampoco. Es una resignación exasperante.

Nunca te había contado de las «tumbaditas», las llaman así porque las tiran en el suelo y no se mueven, algunas no tienen ni diez años y pasan por encima de sus cuerpecillos más de veinte hombres al día. El culmen del horror, Dios debía estar mirando para otro lado cuando consintió que la violación, compraventa y secuestro de las chiquillas para «tumbarlas» se convirtiera en objeto de negocio. No es infrecuente que el ignominioso trato parta de la propia familia acuciada por la necesidad y a veces son ellas mismas, llegada la edad púber, quienes deciden ayudar en casa por ese deshonroso procedimiento. El padre Gaspar defiende a ultranza la dignidad de las mujeres más allá del valor sexual que les otorgan estas comunidades primitivas y es muy crítico con algunos comportamientos consentidos por esta sociedad. Y yo le doy la razón: no hay nada peor que la falta de humanidad, y rebajar a una menor a la condición de mercancía revela esa carencia.

Da la impresión de ser un hombre íntegro, con una gran fuerza interior de difícil contención, sus emociones son tan fuertes como firmes sus convicciones. Por momentos se asemeja a un barril de pólvora a punto de estallar. La empatía con el dolor ajeno es necesaria, pero en él es dolorosa, asume como propia la esclavitud de este pueblo doliente y clama contra su ser sumiso. La Iglesia secular le queda pequeña, tan grande es su amor a Dios y, de resultas, su predicamento a los campesinos, siendo como son reticentes a los cambios que promueve, lo ha fundamentado en otorgar mayor papel a las mujeres. Nos ha leído sus poemas, son breves y contundentes como puñetazos.

Te transcribo uno de los que más me ha impresionado:

Que sí.
Que la niña violada
lloraba con desconsuelo.
Que sí.
Que en su himen estaba
todo mi pueblo.

Le advertí: «No tomes tan a la tremenda la situación, se trata de otros países y otras costumbres». Y me contestó: «La dignidad del ser humano no tiene raza, sexo ni religión». Auguro que tendrá problemas con las instituciones... ¡Es más necio que tú!

Siempre fuiste, y lo digo desde el cariño propio de la vieja amistad que nos une, muy cabezona, pena no hayas puesto igual empeño en aprender las nociones más elementales del alfabeto: la lectura de los textos sagrados alentaría tu fe, tan necesaria para llevar el camino elegido por nuestro magnánimo Dios. Espero recibir noticias de Cimavilla y me comprometo a seguir enviando al mundo *playu* detalle de cuanto acontezca en este continente al que me hallo entregado, pues solo las palabras del Evangelio pueden despertar la conciencia social adormecida del pueblo nicaragüense.

Te tengo siempre presente en mis oraciones y ruego al Señor, que nos unió en la amistad desde niños, nos mantenga unidos en su Reino de Justicia y Amor. Que el Señor te bendiga y te guarde.

Te desea siempre lo mejor,

Guillermo

Post scriptum: Me llegó la noticia de que no te hablas con Genara. Pido a Dios que restablezca la unión entre vosotras pues lástima sería que, habiendo nacido el mismo día, recorráis separadas el camino. Os unía una amistad más fuerte que la sangre, erais inseparables: la Chata y la Tiesa. ¿Qué pudo pasar para llegar a ese extremo? Recuerda los días felices de la infancia...

La Virgen de la Soledad te proteja y te haga recapacitar, querida Julia.

Tu amigo,

Guillermo

Die Spanierin

Los días felices de la infancia…

Si Zermatt era una bombonera, Matterhorn Paradise era un bombón. Y nosotras su relleno. Ser hija de una comerciante, aunque sea de *souvenires* y exquisiteces, te sentencia a pasar la vida en la tienda. Salvo los períodos lectivos, permanecía en casa, donde se consideraba imprescindible mi presencia para la marcha del negocio. O eso creía. Mi madre conseguía excelentes ofertas; eso significaba que, de un día para otro, el almacén se llenaba de cajas de un determinado producto que había que desembalar y ordenar. Esa era mi tarea y la realizaba con plena responsabilidad. A primera hora sacaban fuera los expositores y las promociones y desde ese momento, con suerte, Úrsula y Eloína no paraban hasta cerrar. El goteo de público era incesante y, cuando me lo encomendaban, bajaba de mi zulo a ayudarlas a reponer y colocar las estanterías que los clientes convertían en un caos, en su afán de encontrar en menos tiempo el producto más adecuado para sus expectativas. Matterhorn Paradise constituía mi pequeño y controlado mundo. Fuera de esa bola de cristal, la imaginación suplía lo desconocido.

Nunca había salido de Zermatt más que para ir a Visp o Täsch, las poblaciones comunicadas por tren. Cuando la tienda cerraba, Úrsula se iba a su casa y mi madre y yo solíamos dar un paseo juntas, «para estirar las piernas», decía ella. A esas horas Zermatt quedaba vacío. Los visitantes diurnos habían tomado el último tren y los turistas alojados en el pueblo se habían retirado a descansar o tomaban una copa en las terrazas iluminadas de los hoteles, con la fantasmal sombra del Cervino al fondo como una puerta sideral, un triángulo abierto al Más

Allá en la negra noche. En ese momento tan íntimo charlábamos de nuestras cosas: ella me contaba alguna anécdota, yo le comentaba mis lecturas, comprábamos un pastel para cenar y vuelta a casa. Los domingos acudíamos a misa y Eloína siempre se quedaba a hablar a la salida con el resto de feligreses, era su forma de ponerse al día de los acontecimientos locales. A mí me importaba más el dulce que me compraba después, pero estaba bien aleccionada y soportaba con una sonrisa la riestra de saludos y caricias que me prodigaban. Mi madre me exhibía satisfecha: «Los buenos modales son reflejo de una buena educación», solía insistirme. Yo confiaba en su palabra, me sentía orgullosa de ella. Hasta que decidió, en contra de mi voluntad, ingresarme en aquel internado.

Llegó el día de la partida.

Por la mañana Paul nos recogió en Täsch. Yo era un corazón arrancado de su cuerpo, latiendo en el vacío. Si la emoción era grande, mayor era el terror a lo desconocido. Llevaba doce años aislada, girando alrededor de un solo punto de referencia y ahora me lanzaban fuera de su órbita. Supliqué por última vez antes de montar en el coche:

—¡No quiero irme de Zermatt! Necesitas mi ayuda en la tienda, mamá, puedo estudiar en Visp o en Täsch, que están más cerca…

—Greta, no empieces otra vez, por favor…

Los tres meses que restaban hasta la Navidad pintaban como una interminable cuesta arriba. Yo iba en el asiento de atrás rumiando mi desdicha mientras Paul y Eloína, ajenos a mi exilio interior, hablaban sin cesar sobre las ventajas del nuevo centro y el brillante futuro para el que me estaban preparando.

—Es importante que valores la inversión que estamos haciendo en ti, es el centro más caro de Suiza —machacaba Paul como si fuera garantía de algo.

Mirándole la cara por el retrovisor, volví a preguntarme cuál era su papel y la razón de ese plural mayestático. ¡Cuánta aversión sentía por aquel intruso! Siempre se había interpuesto entre nosotras… Hice el viaje sin pronunciar una palabra, conjugando en mi libreta el verbo odiar.

Contradiciendo mis temores, la primera impresión del centro fue magnífica. En una ladera soleada, apenas visibles entre los frondosos abetos, se levantaban seis pabellones de ladrillo rojo y agudos pináculos imitando un colegio británico: dos dedicados a dormitorios; uno para cocina y comedor; otro donde se ubicaban la sala de cine y salas de actividades; la biblioteca y el aulario ocupaban el más grande, y el último concentraba las instalaciones deportivas. En el jardín se combinaban parterres de flores y de hierbas aromáticas en una mixtura de olores embriagadora. Después de realizar una visita guiada al centro, los acompañantes salieron del recinto. Paul disertaba con otros hombres sobre las bondades de los vehículos de alta gama expuestos en un aparcamiento donde predominaban las marcas Audi y Rolls Royce. Estudiantes de otros cursos nos dieron la bienvenida antes de conducirnos a nuestros aposentos, mientras Eloína y otras madres se apelotonaban entre los barrotes de la verja. Yo no quise corresponder a su saludo, la castigué con mi indiferencia y tiré con fuerza de la maleta sin mirar atrás. En realidad, no deseaba que me viera llorar.

El curso daba comienzo y, con él, una nueva fase de mi vida.

Siempre me gustó estudiar y nunca me supuso esfuerzo, quizá por la asombrosa capacidad fotográfica de mi memoria, capaz de grabar la información de un solo vistazo, y el método adquirido en tantas horas de almacén. En ese sentido, el alto nivel exigido me satisfacía. Por el contrario, no soportaba estar a expensas de un régimen horario tan estricto: hasta el tiempo libre estaba regulado. Era obligatorio practicar algún deporte y me apunté a natación, considerando que para algo me serviría en un naufragio. El recuerdo más hermoso que conservo es el de haberme iniciado allí en la literatura. Abrí mi primera libreta —conservo decenas— para recopilar palabras como quien colecciona sellos, afición emprendida entonces y nunca abandonada, con versiones en varios idiomas. Hay palabras hermosas, tristes, evocadoras, condenatorias. Palabras polisémicas, modismos, sinónimos, antónimos, homónimos. Palabras fetiche, palabras prohibidas, malsonantes, esdrújulas, eróticas. La magia de las palabras se apoderó de mí y la escritura se instaló en mi sistema operativo como un gusano. Obtuve mi primer premio literario en el concurso navideño de cuentos y, de rebote, un accésit nacional para menores de quince años. Ni la propia Marguerite Yourcenar se sintió jamás tan consagrada.

Por supuesto, veía ante mí un prometedor futuro literario y juro que crecí un palmo con las alabanzas recibidas.

Mi compañera de habitación se llamaba Sofía y era hija de una princesa destronada, nieta de un rey sin reino y procedente de un país de nombre impronunciable desaparecido como tal. Una muchacha eslava, alta y rubia de facciones suaves, con el ropero lleno de sedas y pieles allá donde el mío acumulaba algodón y sintéticos. En los estudios yo iba muy por delante, así que la ayudaba y, en agradecimiento, Sofía me introdujo en su círculo de amistades. Desde el primer instante me sentí incómoda. Aquellas muchachas hablaban de cosas desconocidas para mí: de drogas, depilación, condones, abortos, yates, cócteles, playas vírgenes… Sus vidas fuera del internado transcurrían en continuas fiestas, a las que ninguna hacía ademán de invitarme. Carente de otro interés para ellas, yo me agarraba a mis dos grandes méritos: ser una joven promesa de las letras y vivir en Zermatt, aunque la venta de *souvenirés* me hizo perder todo el glamur, una vez cometido el error de sincerarme. Era un caracol sin cáscara, un elefante en una boutique; aun así, los premios me concedieron cierta aureola y el primer año transcurrió plácido.

—Obtuvo unas altísimas calificaciones pero, además, le hemos otorgado una mención especial por el premio literario recibido, un orgullo para el centro. Diríase que ha nacido con un don para las letras. Tiene vocación de escritora.

Estábamos recogiendo las notas finales en el despacho de la directora y mi madre la escuchó entre sorprendida y asustada, pues jamás había tomado en serio aquella afición mía.

—¿Y eso da para vivir bien? —le preguntó incrédula.

Obtuvo una carcajada por respuesta y yo quise hundirme en el asiento, abochornada. La pregunta fue considerada como una broma, pues en el internado no abundaban las familias que ganaran el pan de cada día con el sudor de su frente ni necesitaran hacer equilibrios o depender de alguien para llegar a fin de mes. La hija de una tendera siempre sería una desclasada en aquel contexto de almanaques del Gotha, casas reales y aristocracia de papel cuché.

El segundo curso me alegré de mantener a mi compañera de habitación, aunque enseguida me di cuenta de que ese año sería distinto. Se había incorporado al colegio una prima lejana suya, Carlota, emparentada también con la nobleza y, en cuestión de semanas, ya indispuso a Sofía en mi contra. «Oh, bueno, yo también tengo adoptado un cerdito vietnamita», decía mirándome con desprecio. De temperamento débil, Sofía se dejó llevar y entre las dos empezaron a hacerme imposible la existencia. Siempre fui una maniática del orden y, a sabiendas, lo dejaban todo tirado. Paraban de hablar cuando yo llegaba y solo oía risas y cuchicheos a mis espaldas. Hacían mofa de mis reconocimientos como escritora y, sobre todo, se metían con mi físico.

Con la edad me he acostumbrado a mi rostro, una superposición de disparidades que en la adolescencia me convirtieron en el patito feo. Mi cabello, más alborotado que rizado, era negro, como las cejas y el vello del labio superior, un mostacho indecente si lo dejaba florecer. La nariz aguileña resultaría demasiado grande en una cara más pequeña, con mi mandíbula cuadrada no desencajaba tanto. Los ojos saltones y verdes como olivas cubiertos por espesas pestañas y una boca grande de labios carnosos y oscuros completaban el retrato, pintado sobre un lienzo blanco y pecoso. Con metro sesenta y demasiado desarrollada para mi gusto, el conjunto resultaba chocante, exótico en un entorno poblado por jóvenes altas y esbeltas, casi todas rubias de piel clara. Y en aquel internado, además, jodidamente ricas.

Pertenecía a otra clase social y estaba claro que no habría integración posible. En Suiza los hijos de emigrantes iban a colegios de emigrantes, no perdían el contacto con sus países de origen y algunos no llegaban nunca a aprender ni alemán ni francés ni italiano. Mis compañeras se encargaban cada día de recordármelo. Ellas eran hijas de millonarios, herederas de apellidos nobles y fortunas de varias generaciones, y yo era hija de madre soltera y tendera en Zermatt, padre desconocido y, lo peor, *Spanierin.* Para mis elitistas compañeras, las españolas eran las que limpiaban las letrinas y se dedicaban al servicio doméstico, los trabajos más ingratos y peor pagados. El tópico nos situaba en guetos, hablando solo castellano y con las mujeres vestidas de negro de los pies a la cabeza.

Y esa era una imagen muy difícil de romper.

Carlota y Sofía pasaban el día juntas e intenté que me cambiaran de habitación en vano. Les hacía los deberes a las dos con tal de no aguantarlas, y tanto me cansaron que un día les resolví mal por igual los ejercicios y las castigaron por copiar. Desde entonces no volví a hacérselos, pero me la devolvieron extendiendo el vacío a mi alrededor. Tras una feroz campaña por su parte, ya nadie me hablaba en clase. Sofía insistía en culparme de sus suspensos, así que, buscando la manera de librarme de ellas, me reencontré con mis viejos amigos los libros.

Nunca había visto, imaginado ni soñado biblioteca como la de aquel centro. Olía a roble envejecido, a ceras, a grafito, a tinta y sabiduría añeja. Si el primer año me intimidó, el segundo, forzada por las circunstancias, me convertí en un ratón devorador de papel. Cada libro era diferente: estaban los de geografía, que sugerían viajes y desvelaban paisajes sorprendentes, pero también los de literatura, cuyas historias me transportaban a la lejana y fría estepa siberiana, al cálido y enigmático Egipto, al Medievo o al París del XVIII. Verne, Stevenson, Dumas, Dickens…, cualquier aventura era posible entre sus páginas. Había ejemplares manoseados por varias generaciones, mientras otros, impolutos, no habían abierto jamás sus páginas al ojo humano. Enterraba en ellos la nariz y aspiraba con los ojos cerrados su aroma a musgo y a nuez, invocando a las lectoras anteriores, persiguiendo su paso en una nota al margen, un pliegue, una huella. Grandes y pequeños, humildes y lujosos, encuadernados en piel o pasta, atestaban las paredes de techo a suelo en dos pisos, en armarios cerrados con una fina rejilla para mantenerlos protegidos y ventilados. En cada lateral de la inmensa sala, una escalera corredera permitía alcanzar los estantes más altos. Enseguida hice migas con la bibliotecaria hasta lograr que me propusiera como su ayudante y, en pocas semanas, conmuté la maldita natación por horas de biblioteca. Había encontrado un nuevo oasis, lo más parecido al escenario feliz de mi infancia. Al igual que en el almacén, en la biblioteca los libros seguían una clasificación, una colocación precisa.

El orden que faltaba en el resto del mundo.

Me encantaba acariciar el enorme atlas, contemplar los mapas políticos con sus colores chillones —rojo, naranja, amarillo, verde, azul, violeta…— y con esos nombres exóticos e impronunciables que evocaban caravanas de mercancías, especias, suntuosos ropajes de seda y brocados. En los físicos remontaba el curso azul de los ríos, atravesaba océanos, escalaba montañas y sobrevolaba desiertos e infinitas llanuras. En los polos me detenía a imaginar un mundo helado con osos blancos y leones marinos. Era como retrotraerme a aquel año que pasé sin ir al cole, cuando mi madre y yo viajábamos cada noche a países extraños por el globo terráqueo, imaginando las diferentes caras y costumbres de sus habitantes.

Paul me enviaba quincenalmente lotes de bombones y chocolates con la intención de que los compartiera, pero los devoraba sola. Entre tanto sedentarismo y el abuso del cacao, la piel se me llenó de granos y mi figura se redondeó aún más, añadiendo motivos para la burla de mis compañeras. Empecé a estar muy incómoda conmigo misma. Comía compulsivamente y me purgaba vomitando. El chocolate me producía un placer inigualable, sensual, romperlo con la lengua y deshacerlo con la saliva en un espeso lodo que inundaba las papilas, el paladar, las encías. Ríos de chocolate corrían por mis venas, lo devoraba a escondidas sin reparo ni medida. Y aunque en el comedor procuraba servirme poco rancho, terminaba repitiendo. La inquina acumulada y el rechazo me provocaban ansia, un agujero en el estómago que no lograba tapar por más que lo rellenara: no solo mi plato quedaba limpio tras volver a llenarlo sino que rebañaba los de mis compañeras de mesa, para alborozo de aquellas brujas.

—Da pena verte comiendo las sobras, eres como los cerdos… —Carlota me había rebajado ya de cerdo importado a común.

Me daba igual.

Me reconocía sin piedad fea, gorda, pobre y ridícula: una basura. Consiguieron culpabilizarme, hacerme sentir un estorbo en el girar del mundo. Si alguna vez me propuse denunciarlo, no acerté por dónde empezar ni a quién. ¿A mi madre? Yo sabía el esfuerzo que le suponía mi educación y me negaba a darle tamaño disgusto. En cuanto a mis profesoras, poco les importaba aquella alumna reservada mientras fuera bien en los estudios y no diera mayores problemas. Vivía acongojada, saltando de temor a temor en mi «cabeza de mono», que diría Lisbeth, en un estado de perpetuo sufrimiento.

Hasta que la caldera explotó.

En el internado, además de los cuadernos de léxico, inicié un diario. En él anotaba mis impresiones más íntimas, mis deseos más escabrosos, los miedos absolutos. Era mi trasunto, y verter la bilis en él me ayudaba a comprenderme, a desahogarme, a sobrevivir. Siempre lo llevaba encima. Un sábado por la mañana, al levantarme, lo eché en falta. Los fines de semana el horario era más laxo y servían el desayuno hasta las nueve, así que aprovechábamos para dormir un poco más. Había estado escribiendo hasta tarde entre las sábanas y estaba segura de haberlo guardado bajo la almohada. Deduje que Sofía, más madrugadora pues su cama ya estaba hecha, me lo había escondido. Rebusqué en su armario, en los baúles, en el altillo. No lo encontré y salí hecha una fiera. A mi paso sonaron algunos mugidos, destacables entre un coro de miradas compasivas y despreciativas. No tardé en darme cuenta de su origen: arrancadas del cuaderno, algunas páginas habían sido pegadas en las paredes del pasillo y ya todas se habían regocijado con mis plañidos por estar «como una vaca suiza» con el uniforme blanco y negro o mis desahogos llamando «malnacidas y zorras» a Carlota y Sofía. Cuando las vi sentadas en el comedor, sonriendo cándidas y angelicales, riéndose de mí entre dientes, me dirigí hacia ellas y le puse a Sofía el cuchillo en el cuello. Si no llegan a contenerme, a Carlota le saco los ojos con un tenedor. Me abrieron expediente disciplinario y fui expulsada durante un mes. Lo peor fue ver llegar a mi madre, con su traje modesto y su cara lavada, peinada por ella misma, deshaciéndose en disculpas. En esa ocasión no se puso de mi parte, me miró como diciendo «Ya sabía que la ibas a armar de nuevo» y me invadió un terrible rencor. No contradije a la directora, no me defendí. Nadie iba a tener en consideración mi memorial de agravios, así que me lo guardé. El colmo fue la intromisión de Paul, que nos esperaba en casa:

—Greta, Greta, ¿qué más puede tu madre hacer por ti? Ese carácter que tienes va a arruinar tu vida y acabará matando a Eloína de un disgusto…

—¡No eres mi padre! ¡Tú no eres nadie para decirme eso! Yo fui la acosada, ellas eran quienes se pasaban el día provocándome.

—No seas chiquilla. Tu madre te tuvo siempre muy mimada, ese es el problema. —Era su eterna letanía—. Debes volver con la cabeza gacha y pedirles perdón a tus compañeras. Tu comportamiento es inadmisible.

Tuve la tentación de tirarme por la escalera, pero, en su lugar, le di un empujón que casi lo hago caer a él. Me gritó como nunca lo había hecho antes y se marchó dando un portazo que dejó temblando las fotos en las paredes. Fue un mes duro de soportar, yo encerrada en mi cascarón sin abrir la boca y mi madre llorando por las esquinas, convencida de que su inteligentísima hija se había pasado de rosca y estaba loca de atar. Me llevó al psicólogo, que la tranquilizó diagnosticando «alteraciones hormonales propias de la edad». Evidentemente, no le conté que deseaba abrirle el cráneo de una pedrada a Carlota o que disfrutaba pensando cómo asfixiar a Sofía con la almohada. Alimentaba esas visiones por el placer que me producía saborear la venganza en mil formas y, al mismo tiempo, me daba pánico verlas otra vez.

Apenas salí de la cama en aquellas cuatro semanas, no es fácil sentirse una extraña, una intrusa en el propio cuerpo. De nuevo una enorme debilidad me impedía caminar y solo debajo del edredón, a cubierto, me encontraba bien. Sobre todo con las relajantes pastillas administradas por un expeditivo psiquiatra amigo de Paul. Ahí comenzó mi adicción, ese gusto por dejar vagar el pensamiento libre de las ataduras del cuerpo, esa afición por falsear la realidad, por eludirla. Tomar un comprimido de aquella caja equivalía al «cierro los ojos y no existo» de cuando era niña. Bajo sus efectos, la inquina se despejaba, el odio se adormecía, las preocupaciones se desvanecían y un hormigueo benéfico me recorría las venas disminuyendo el traqueteo de mi corazón, propenso a estallar en cada pálpito. Sin su influjo, el tormento se reiniciaba.

Cuando regresé al internado, cargada de vitaminas y tranquilizantes, me pusieron sola en una habitación, un castigo que se convirtió en el mejor regalo. La soledad de la escritora enfrentada a sí misma, al sueño, a las distracciones, a las dudas, mientras los personajes surgían del fondo de las aguas reclamándome una vida, a mí, la diosa de la fragua de las palabras. Numerosos relatos lo atestiguan. Los guardaba en el doble fondo de la maleta y mi favorito era uno titulado «En el año 2000», una proyección futurista donde el mundo estaba en manos de una mujer que había acabado con las monarquías y las clases, los pobres tenían el mando y los ricos estaban obligados a realizar trabajos forzados para ganarse el sustento. Nadie volvió a meterse conmigo y, aunque tampoco pude evitar el mote, aprendí a hacer oídos sordos a los mugidos que las más osadas lanzaban bajito a mis espaldas. Me había propuesto como meta acabar el curso y después matricularme en otra parte, por más que mi madre protestara.

Lo finalicé con un buen lote de sobresalientes y la intención de esgrimirlos para respaldar mi decisión. Había decidido planteársela de vuelta en el coche, tras recibir las previsibles felicitaciones y sin dejarles resquicio para pensarlo. Sin embargo, nada más sentarme en el asiento trasero, mi sexto sentido me indicó que algo raro pasaba. Sus parabienes fueron cortos, escasos, seguidos de un silencio tenso. Esperaría a estar a solas con mi madre. Al llegar a Täsch, Paul fue al supermercado y las dos nos dirigimos en tren a Zermatt.

—¿Qué sucede? ¿Ha muerto alguien? —Mi madre negó con un gesto tajante—. ¡No te quejarás de mis notas!

—¡Por Dios, Greta! Estás entre las mejores. Hablaremos en casa antes de que llegue Paul, hay algo que debes saber.

—Si tienes miedo de decirme que no hay dinero para mantenerme en ese maldito internado, puedes estar tranquila: sería la mejor noticia y daría saltos de alegría Cervino arriba.

—No se trata de eso. ¡Y no digas tonterías! Cómo vas a dejarlo… —Siguió en su mutismo hasta llegar a Matterhorn Paradise.

Úrsula estaba cerrando la puerta cuando embocamos la calle y, tras ayudarnos con los bártulos, desapareció con prudencia. Nos sentamos frente al fuego.

Y disparó su misil.

—Paul y yo vamos a casarnos.

—Entonces…, ¿no es mi tío?

—En realidad, es tu padre.

—¡Carlota lo sabía! —Había difundido ese rumor entre otros muchos—. ¡Te lo pregunté hace unos meses aquí mismo y lo negaste! ¡Y ahora me sales con estas! No puedo creerlo…, tú me dijiste que era mentira, una invención de las arpías de mis amigas para hacerme daño. ¿Vas a decirme ahora que tenían razón y yo era la única engañada? ¡Debí suponerlo! Traicionada por mi propia madre tantos años... Y me pedías que confiara en ti... ¡Menuda muestra de confianza! Se reirán de mí el resto de sus días. —La indignación y la vergüenza teñían de escarlata mis mejillas.

—Sabía que te ibas a indisponer conmigo, por eso he preferido decírtelo a solas, sin Paul presente.

—¡Cómo pudiste esperar tantos años para revelármelo!

—No consideré conveniente decírtelo antes de formalizar los papeles.

—¿Y por qué os casáis ahora y no antes? —La indignación me cegaba.

—Porque Paul tiene otra familia, estaba casado hasta hace unos meses, ahora es viudo. Su mujer falleció en un accidente de tráfico.

El telón se descorrió revelándome un escenario inédito, una función donde había participado como comparsa, como bufón, la tonta exigida por el guion. *El show de Truman* en sus pantallas. La taché de falsa y de manipuladora, sin saber en verdad cuánto lo era. Ante mis ojos, su cotización bajó enteros hasta hundirse en rojo.

—Yo no buscaba esta boda —aclaró inútilmente—. Llevamos muchos años de relación, ahora es él quien insiste en formalizarla, sobre todo por ti, Greta, para darte su apellido. Él siempre estuvo a nuestro lado, siempre se preocupó por ti. Hija, entiende el sacrificio que hace ahora con la muerte de su mujer tan reciente, solo para que no quedemos desprotegidas si a él le pasa algo...

—¿Sacrificio? Yo sí que fui sacrificada, mintiendo cada vez que me preguntaban por mi padre, dejando la casilla vacía cuando tenía nombre y cara y dormía bajo nuestro techo... ¿Y si no llega a morirse su mujer? ¡A la mierda su apellido! ¿Crees que me va a cambiar, que me van a tratar mejor por ser Meier? ¿Y tú, mamá? ¿Qué se siente siendo el segundo plato? Tan orgullosa de tu tienda y de la educación que me estás dando y era tu amante quien pagaba las facturas. ¡Seguro que el internado fue idea suya para mantenerme alejada! Convertisteis mi vida en un infierno para fornicar sin mi presencia. ¡Apuesto que desearías verme muerta! ¡Seguro que nunca quisiste tenerme!

Me cruzó la cara de un bofetón.

—¡No me hables así! Llevo años luchando por las dos y a estas alturas nada le debemos. Es un acto simbólico por su parte que ha sido muy criticado por sus parientes, como comprenderás. Lo han dejado solo en esto y, aun así, está decidido a llevarlo adelante. ¿Y sabes por qué? Porque se preocupa por ti y quiere que también recibas tu parte de su herencia, como sus otros hijos, si le sucede algo.

—No quiero su herencia y no quiero que sea mi padre. Renegaré de su apellido, si es preciso.

—¡No digas tonterías! Paul está al llegar, lo recibirás de buen grado, lo felicitarás y lo tratarás con el respeto que merece un padre. ¿No quieres verme contenta? Celebraremos la boda en agosto, antes de que vuelvas al internado.

—No regresaré jamás allí. —Solté la bomba y, ante su reacción, opté por culpabilizarla, siempre consideré un buen ataque como la mejor defensa—. No puedo, ¿lo entiendes? Por culpa de tus burdas manipulaciones seré el hazmerreír. Además, estoy harta de niñas pijas. Y tampoco me quedaré en casa a jugar a la familia feliz. Me pagarás una habitación en Visp y cursaré el bachillerato en el instituto público. Y si no me la quieres pagar, trabajaré yo para conseguir dinero. Si se va a instalar aquí, no vendré ni los fines de semana. Me prostituiré si hace falta, ¡no os necesito a ninguno!

Mi madre intentó razonar y al final accedí «a representar mi papel», pues me negaba a llamarlo de otra forma, a cambio de su intercesión ante Paul para que me mudara a Visp. Las dos cumplimos el trato. El matrimonio entre Eloína y Paul Meier, cuando yo tenía quince años, trajo el reconocimiento oficial de la paternidad y mi cambio de apellido. Me convertí en Greta Meier a todos los efectos. Las fotos de la boda civil, a la que no asistieron sus hijos, muestran a una adolescente amorfa con cara de pez embutida en un hábito negro hasta los pies. Paul se mostró desde el principio empeñado en recuperarme, algo que me agobiaba, pues había decidido no llamar nunca «papá» al hombre que llevaba toda mi vida visitándome como tío. Solo pensar en cómo me habían disfrazado la realidad me irritaba, casi tanto como mi inocencia para no sospechar de muchos gestos que a la luz de la noticia cobraban significado.

Por su parte, a Eloína le costó convencerlo de que abandonar el internado era una buena idea.

—Estás loca si piensas que voy a hacer caso de sus caprichos. Es hora de que ponga orden en esta casa, Greta lleva haciendo lo que quiere desde que nació, es el problema de carecer de una figura paterna en la familia.

—En el internado no es feliz, es un ambiente elitista y le cuesta encajar con ellas.

—¿Y las notas? ¿Cómo lo va a llevar mal si saca esas calificaciones?

—Ha sido su manera de demostrarnos que es capaz de sobrevivir ante la adversidad. —El argumento era mío—. Mira qué notazas le han puesto, después de lo sucedido con aquellas chicas… Le permitirán entrar donde quiera, creo que deberíamos valorar el instituto público.

—Lo pensaré, anda.

Yo estaba escuchando tras la puerta y contuve la alegría. En su boca, eso era un sí.

Mi alojamiento supuso otra pelea: yo quería un piso compartido cerca del instituto y Paul se negaba en redondo.

—¿Para qué lo necesita? Puede ir en el tren como hacen la mayoría de estudiantes. ¡Ahora que tenemos la oportunidad de vivir como una familia de verdad!

—No es cierto y lo sabes. Tú mismo dijiste que repartirías el tiempo entre las dos casas y eso que tus hijos ya son mayores para estar solos.

—¿Cómo puedes ser tan insensible? Acaban de perder a su madre.

—Para Greta también está siendo difícil. No discutamos más, concedámosle así este año y luego ya veremos. Ha mostrado de sobra su inteligencia, démosle una oportunidad.

Paul terminó accediendo a regañadientes, en parte por la presión de Eloína y, sobre todo, por no tropezarse por casa con aquella cara avinagrada dándole desplantes. Obsesionado con legarme su apellido y ni siquiera era mi padre…

¡Pobre Paul!

Managua, 1973

Mi muy querida Julia, hermana en Cristo:

He visto el Horror con mayúsculas, el Infierno pintado por Dante se queda corto al lado de este desastre natural mayúsculo, el terremoto que asoló Managua dos días antes del advenimiento del Niño Jesús. Dios debió cerrar los ojos ante tal debacle, incapaz de soportarlo. Habrás visto al recibir la carta, lo primero, que estoy vivo, lo cual ya es un milagro en sí, pues los muertos se cuentan por millares y habrá miles que no serán computados jamás.

El padre Gaspar y yo nos habíamos organizado con el padre Herrera, un sacerdote asturiano de nuestra orden que reside en Honduras, para encontrarnos en Managua a pasar la Navidad juntos. Hacía mucho que no nos veíamos, desde los años de seminaristas en Valladolid, y el encuentro nos hacía a los tres mucha ilusión. Obtuvimos permiso de nuestros superiores y vinimos tan contentos a la capital el 22 de diciembre del año pasado. Nos alojamos en una residencia al sur del lago Xolotlán y la tarde del encuentro se nos pasó volando, recordando anécdotas como suele ser habitual. Habían dado ya las doce de la noche y seguíamos dale que te pego en la cocina, donde nos habíamos retirado para no molestar a los demás y tomarnos una copita, todo hay que confesarlo. De pronto, veo que Herrera y Gaspar empiezan a moverse como si tuvieran el baile de san Vito y me doy cuenta de que en mi mano tiembla el vaso y la silla se mueve. Los tres, como un tiro, debajo de la mesa de la cocina, una de esas grandes de madera. No era el primer terremoto que vivíamos y estábamos aleccionados, pero como este ninguno.

Entre la lluvia de cascotes, lo peor fue el crujido de la tierra, su sonido al desgajarse, un rugido gutural de las profundidades que nunca olvidaré y aún tiemblo al recordar. Taladraba los oídos y los cuerpos vibraban con su eco; no somos nada y menos a merced de la naturaleza desatada. Después vino un silencio fúnebre y la oscuridad rota en gritos y lamentos aislados. Nadie vino a buscarnos, pensamos que nuestros hermanos habrían huido olvidándose de nosotros, pero tratándose de tres recién llegados lo consideramos justificable. Ya bien amanecido, conseguimos salir por nuestros medios a rastras entre los escombros y cuando alcanzamos el pabellón del dormitorio, descubrimos que se había derrumbado con sus ocupantes dentro. Lloramos y lamentamos su muerte, alabando a Dios por mantenernos con vida, y cuando fuimos a pedir ayuda, nos dimos cuenta de la verdadera dimensión de la tragedia. Edificios derrumbados, cadáveres semienterrados por los escombros, niños en pijama acurrucados contra el pecho de sus madres muertas... Personas solas o en grupo, desmembradas, grises e impávidas como estatuas, cubiertas de polvo y sangre. El hedor, con el bochorno, se hizo insoportable. Las réplicas no cesaban. La Policía y el Ejército no daban abasto y, para mayor desgracia, se hundió el Parque de Bomberos. En cuanto a la tan pregonada ayuda internacional, llegó... adonde llegó. Nos extrañaba tanta donación cacareada y que la gente siguiera muriéndose de hambre, así que investigamos y descubrimos que el comité creado para el reparto de los alimentos robaba de lo recibido ¡¡¡tres cuartas partes!!! Lo denunció el padre Gaspar en una carta a Somoza, pero lo que más molestó al dictador y por lo que regañó él mismo al comité, no fue el robo en sí, sino que lo hubiera descubierto un extranjero. En compensación, la solidaridad nos trajo voluntarios y rescatistas, además del dinero que estas pobres gentes no verán...

Como dato curioso, te diré que la antigua catedral se mantiene en pie, pese a derrumbarse los edificios a su alrededor. No intacta, pues perdió la techumbre y tiene agrietada la estructura, pero se sostiene en el centro del caos como una señal, como una revelación. Nos pidieron que permaneciéramos de apoyo y refuerzo en la capital unos días y llevamos casi medio año.

Bien sabes que no soy hombre de meterme en política, pero aquí no puedes mantenerte neutral. Las diferencias entre pobres y ricos son tan brutales, y estos últimos tienen tanta indiferencia por la miseria ajena, que cualquier día estalla una rebelión y, Dios me perdone, lo entendería. Sabes que estoy en contra de las armas y de toda forma de violencia, pero el abuso de los gobernantes sobre un pueblo entero ha de ser castigado, lleva razón Gaspar.

Ver como vemos pudrirse a la gente entre las ruinas meses después no tiene nombre: las infecciones se expanden, las epidemias encuentran terreno abonado y la población sigue sin agua ni luz ni comida. ¿Crees que se intentan reparar los daños, recoger a los huérfanos, ampliar hospitales, contratar brigadas de desescombro y limpieza? ¡No, señor! La ciudad quedó como si una bomba nuclear la hubiera arrasado y sus habitantes se hacinan entre los restos del cataclismo con peligro constante de sus vidas. Utilizan a los niños para colarse por los huecos y rebuscar algo de valor, mientras los ricos especulan con los terrenos y explotan la miseria ajena. ¡Penoso!

> Y ustedes, los ricos, lloren y laméntense ante las desgracias que se les avecinan. Su riqueza está podrida y sus vestidos son pasto de la polilla. Su oro y su plata están enmohecidos y este moho dará testimonio contra ustedes y devorará sus cuerpos como si fuera fuego. ¿Para qué amontonar riquezas si estamos en los últimos días? Miren, el jornal que ustedes han retenido a los trabajadores que cosecharon sus campos está clamando, y los gritos de los cosechadores llegan a oídos del Señor todopoderoso. En la Tierra han vivido lujosamente y se han entregado al placer; con eso han engordado para el día de la matanza. Han condenado, han asesinado al inocente y ya no les ofrece resistencia. (St 5, 1-6)

El padre Gaspar, a imagen y semejanza del Dios sufriente de los pobres y pequeños, siente abiertas las llagas del oprobio.

Terrateniente,
voy a cortar mi carne en jirones
para colgarla

en cada púa de tus cercos
hasta que se pudra
y no resistas el hedor
y tengas que marcharte
a otra parte.

Dios misericordioso nos proteja en la lucha por su Reino de Justicia y Amor. Que la bendición del Señor te colme, Julia.

Tuyo en Cristo, por siempre. Amén.

Guillermo

Un país dividido

A la mañana siguiente avanzaba todavía sobrecogida camino de la residencia, en busca de Julia. Aún me estremecía el testimonio de Guillermo sobre una de las mayores catástrofes del último cuarto del siglo pasado. Me indignó comprobar cómo el apocalipsis no lo produjo el terremoto sino la gestión posterior y comprendí el hartazgo y la indignación de los dos curas, manifiesta en otras cartas. Las imágenes de los jirones de carne pudriéndose en las verjas habían poblado mi sueño de pesadillas. Tras dormir fatal y tomar varios cafés para despejarme, estaba revuelta. Para colmo, el orden del día prometía ser doloroso: conocer cómo había vivido mi presunta madre un episodio tan trágico como la Guerra Civil.

—Buenos días, Julia. —Noté mi voz ronca y desmayada.

—Mala noche pasaste, chiquilla, tienes las ojeras violáceas.

—Duermo poco generalmente.

—Duermes mal, comes mal, no bebes… ¡Qué desastre!

—¡No exageres!

—¡No te echarás atrás con la fabada! —me dijo temiendo lo peor.

—Tienes barra libre, paga la Nestlé —contesté rumbosa sin mentir del todo, pues la herencia de Paul tenía ese origen.

—Te voy a llevar donde hacen la mejor de Cimavilla, lo que yo te diga.

Nos dirigimos a una sidrería del barrio. Con la maña que da la costumbre, conducía su silla con mucha más agilidad que el primer día, y ella se mostraba feliz en mi compañía.

—Cualquiera que nos vea pensará que eres mi hija —dijo orgullosa.

Me abstuve de decirle que seguramente lo fuera porque me resultaba increíble, pero cuanto más la trataba, más familiar y cercana la sentía. Sin embargo, que mi presunta madre fuera analfabeta y nunca hubiera mostrado interés por leer ni escribir me desconcertaba. El primer psicólogo al que visité me diagnosticó «altas capacidades y un cociente intelectual superior a la media», otorgándome con la etiqueta el carné de inadaptada. ¿De quién había heredado esas cualidades? No parecían corresponder a Julia ni a sus padres o abuelos, Segisfredo había sido un emprendedor como mucho... ¿Durante cuántas generaciones habían permanecido aletargadas? ¿O eran superdotados y jamás tuvieron ocasión de cultivar su intelecto? ¿Por qué yo? ¿Acaso eran aptitudes adquiridas y no innatas? ¿Debía agradecérselas a Eloína? ¿A la educación suiza?

Julia, ajena al runrún de mi centrifugado, siguió explicándome su vinculación con el restaurante:

—Cuando me llegó la hora de la jubilación, después de todo lo trabajado no me alcanzaba para acceder a una pensión decente, y el dueño, un buen amigo, me contrató como ayudante de cocina, así logré completar la cotización. Me trataron bien, pero estaba encerrada y a mí me gusta más la calle.

Apenas cruzado el umbral, el propietario salió a recibirnos con la familiaridad y el humor acostumbrados. Como el día anterior, la Chata Cimavilla necesitó beber el primer culín de sidra para sentirse en su salsa. La acompañé con un caldo de marisco, al que no pude evitar que bautizaran con un chorro de vino blanco.

—Mujer, solo no sabe a nada... —me explicó displicente el camarero.

Mientras Julia devoraba una fabada con su compango y dos botellas de sidra, yo tomé unos humildes calamares con un refresco de cola y, aun así, cuando nos recostamos al sol en un banco del Muelle, la modorra me invadió. Ella también se había trasegado un carajillo y estaba imparable. Puse la grabadora en marcha y sus palabras fluyeron como un río, arrastrando mi sopor:

—Antes de la guerra el ambiente estaba muy crispado. España estaba dividida en dos bandos indiscutibles, los pobres y los ricos. Los pobres queríamos trabajo y pan, esa era la primera justicia a atender. El problema fue mezclar la religión. Muchos pobres eran creyentes y no vieron con buenos ojos la quema de iglesias y conventos o la persecución de curas y monjas, magnificados y amplificados en los sermones. Precisamente fue la iglesia del Sagrado Corazón la primera que se quemó en España. ¡Antes de la proclamación de la Segunda República! Al mediodía recorrió las calles el Parala dando voces y, en lugar de ir avisando a los pescadores para salir a la mar, nos anunció el incendio. No hubiera sido necesario, la columna de humo negro se divisaba desde Cimavilla y allí bajamos los *playos* en masa a verla arder. ¡Menuda *fumareda*!

»Genara y yo no teníamos ni cinco años y fuimos a rastras de nuestras madres. La gente se apelotonaba en las calles para comentarlo. Cuando nos asomamos a una esquina, la visión era dantesca. La Guardia Civil a caballo se revolvía de un lado a otro dando mandobles con los sables, la gente corría; los guardias de a pie golpeaban con las culatas a quienes caían víctimas del nerviosismo o atropellados por el resto; la iglesia vomitaba grandes llamaradas y fumarolas por la puerta; el suelo de madera, los bancos, confesionarios, el coro y el órgano alemán se calcinaron, y al arder provocaron tal presión sobre las paredes que el humo salía por los resquicios de las piedras. Se me quedó grabado…

—¡A fuego, no lo dudo! ¿Cuándo fue eso? —Quise acotar el tiempo.

—En 1931, poco antes de proclamarse la Segunda República. Xixón siempre fue muy revolucionario, enseguida se echaba la gente a la calle. Por entonces, además, la crispación se palpaba en el ambiente.

—¿Y cómo se recibió en vuestra casa la República?

—¡Con fiesta grande! En La Corrada tiramos voladores y aquella madrugada el Guitarra volvió a casa con los bolsillos llenos. La miseria continuaría pero la ilusión jugaba en casa. Para mi padre y los suyos anunciaba el fin de las desigualdades y la llegada de la justicia social. Para mi madre y el resto de mujeres suponía, además, la conquista del divorcio y el voto femenino. La alegría duró hasta la huelga general de 1934: prometía ser masiva y revolucionaria, y al final salieron escaldados los cuatro gatos que la emprendieron.

—Entre ellos Segis, claro está —deduje por su tono.

—¡A buena parte!, ¡el primero!

—¿Por qué fracasó?

—El problema surgió porque solo se hizo en Barcelona y Asturias. En Xixón se levantaron el 5 de octubre, como en todas partes, e intentaron adueñarse de la villa, fracasaron y se quedaron aislados dos focos con barricadas, uno en Cimavilla, cómo no, y otro en el barrio de El Llano. En Cimavilla lo primero que hicieron los sublevados fue secuestrar a punta de pistola al párroco de San Pedro y, con él, a las monjitas del colegio Santo Ángel, ese que vimos ayer. A ellos no les pasó nada, pero cuando el levantamiento fracasó, los soldados entraron por las casas y a mi padre le dieron una paliza tremenda delante de nosotros. Nunca se me borró la cara de mi madre limpiando la sangre del suelo, cuando se lo llevaron detenido después de apalearlo salvajemente. Lo encarcelaron a él y a otros del barrio alto significados políticamente. Yo tenía ocho años, eso tampoco se olvida... —Se le llenaron los ojos de lágrimas y a mí con ella.

—¿Y adónde lo llevaron?

—Iban a trasladarlo a la cárcel de El Coto, pero tuvimos suerte, estaba abarrotada y lo encerraron en la propia comisaría de la Policía Municipal, donde enchironaban a los borrachos y delincuentes de poca monta. Mi padre nos hablaba a través de los barrotes de madera, cuadrados y gruesos, aupado por sus compañeros. «Tranquila, Nieves, vete con los chiquillos a casa, que al Coto no nos llevan, dicen que no cabemos todos.» No había perdido la sonrisa pese a tener la cara llena de costras de sangre y moretones.

—¿Cuánto tiempo estuvo dentro?

—Dos meses, aunque Nievines siempre sostuvo que salió antes de tiempo porque el mismo día de su liberación casi lo matan en una algarada a la puerta del Club de Regatas. ¡Cinco disparos recibió en la pierna! Los vecinos lo escondieron en la cueva del Raposu, refugio de ladronzuelos y amantes furtivos, adonde se llegaba por un escabroso sendero desde el acantilado hasta la gruta, al borde del mar. Vinieron corriendo a avisarnos y mi madre se fue hacia allá, pero yo, ansiosa por salvarlo, corrí al Hospital de Caridad sorteando retenes de soldados y allí encontré a Guillermo, leyendo un libro en la portería. Cuando acabé de contárselo, sin decir palabra, fue a buscar al conductor de la ambulancia, nos montamos en ella y consiguió arrimarla a la costa usando la sirena. Lo subieron entre dos hombres casi desmayado. Nieves le había practicado un torniquete pero, aun así, había perdido demasiada sangre: estaba blanco como una sábana, tenía los ojos vidriosos y el pulso débil. Por un momento, temí que fuera demasiado tarde. Lo metieron dentro y con la sirena puesta atravesamos el cordón de la Policía, que seguía deteniendo y apaleando a la gente. Como la hospitalización prometía ser muy larga, pretendían cortarle la extremidad para abreviar la estancia y fue Guillermo quien intercedió ante el director para que no lo hicieran. Al final le salvaron la pierna, pero nunca más pudo doblarla por la rodilla. Pasó casi ocho meses ingresado. Desde aquel momento consideré a Guillermo mi mejor amigo, sin desdoro de la Tiesa, claro. Ya no me quedan ninguno de los dos... —Sacó el pañuelo y se lo pasó por los humedecidos ojos.

—¿Quieres un poco? —Le ofrecí la botella de agua y moví la silla para aprovechar la sombra de un árbol. El sol daba tan de lleno que temí que nos fuera a provocar una insolación.

—Mucho mejor si me vas a por un helado, estoy repitiendo un poco la comida y me ayudará a hacer la digestión.

Apagué la grabadora tomando nota de la cojera de Segis y fui a la heladería consternada. ¿Le impediría seguir faenando en el mar? Compré sendos helados. Al suyo no le dio tiempo a derretirse, yo acabé en la fuente para limpiarme el pringue de las manos y una mancha en la camisa. El reflejo del sol en los barcos y el tintineo de los mástiles ralentizaban la vida a nuestro alrededor. El paseo se iba llenando y, de vez en cuando, alguien paraba a rendir pleitesía a la Chata. Cuando me deshice de envases y servilletas, ella prendió un purito —el tercero que yo contara— y me alentó a darle al botón. Me fijé en sus mejillas, cada vez más coloradas, y la moví hacia la sombra para evitarle un síncope.

—Greta, me dijiste que te gustaban las bibliotecas, voy a contarte la primera y última vez que estuve en una. El Hospital de Caridad, más conocido como Albergue de los pobres enfermos, era un edificio antiguo y mal conservado que olía a las rosas del jardín cortadas en búcaros, a comida rica y a medicina amarga. A mí me parecía un oasis en el bullicio urbano. A mi padre no le faltó de nada mientras permaneció ingresado, mi madre les entregaba siempre lo mejor que tenía: una merluza, un centollo o unas humildes sardinas. En una ocasión, tras visitar a mi padre, Guillermo se ofreció a enseñarme su lugar favorito y me llevó a una gran sala. En una mesa alargada bajo un ventanal tenían los periódicos, y en las estanterías, bajo primorosos rótulos que yo era incapaz de distinguir, muchos libros. Abrió uno y no te lo vas a creer: ¡estaba lleno de peces dibujados! Muchos desconocidos, me leyó sus nombres pero en latín no me decían nada. También me enseñó dónde quedaba Xixón en un mapa de España colgado de la pared y en una bola del mundo que giraba. ¡Nunca lo hubiera imaginado! El sol que entraba por la ventana hacía brillar el polvo como si fueran trocitos de oro, «el oro de la sabiduría», me dijo sonriente. Resulta increíble cómo podía hablar así sin parecer cursi. Guillermo iba a diario a leerle las noticias a mi padre y Segis estaba admirado con él: «Se comporta como un paisano y tiene más palabrero que ninguno». Se cayeron muy bien desde el principio. —Hizo un puchero en recuerdo de tan entrañable amistad—. La pena fue que la guerra nos separara a todos…

—¿Y cómo te enteraste de que el conflicto bélico había empezado? ¿Subió el Parala a dar aviso? ¿Lo escuchaste por la radio?

—¡Qué va! Nos despertó el ruido de las ametralladoras. Enseguida echamos a correr para enterarnos de los sucesos e informar a mi padre, todavía convaleciente en cama. Nada más salir, tropezamos en la esquina con un miliciano que, apostado en el suelo, apuntaba con su fusil al fondo de la calle. «¡No pasar, que hay un paco en una buhardilla!», nos gritó.

—¿Uno que se llamaba Francisco? En España son Paco, ¿no?

—¡No! No te enteras, chiquilla. Un paco era un francotirador, el nombre venía de la guerra del Rif. Eran el mayor peligro…

—¿Llegaste a verlo? —Apunté en la libreta el nombre de ese conflicto para buscar información, era la primera vez que la oía mencionar pero si le mostraba a la Chata mi ignorancia jamás llegaríamos a la Guerra Civil.

—Mi madre tiró de mí pero, antes de dar la vuelta, vimos un vecino con las manos en alto bajar por medio de la calle, mostrando claramente que iba desarmado además de borracho, y, en esto, *¡pam!*, un disparo lo derribó. Trató de levantarse, pero allí quedó tirado en un charco sanguinolento. Nievines, ni corta ni perezosa, me dijo: «No te muevas» y se lanzó a por él, arrastrándolo por las piernas hasta dejarlo fuera de alcance. ¡De milagro no le pasó nada! Así era ella, no tuvo miedo de ser abatida por un disparo. Lo acercó hasta la esquina donde estaba yo esperándola y enseguida vinieron unos milicianos con camilla. El hombre estaba pálido, olía a alcohol, meados y miedo, recuerdo un tufo entre el sudor agrio y el hierro de la sangre. Después de eso, no nos atrevimos a salir de Cimavilla. Puertas y ventanas comenzaron a cerrarse, las callejuelas, generalmente una algarabía, se volvieron desiertas y silenciosas, solo la ropa se movía en los tendales sin que nadie saliera a recogerla. Nos sentíamos como esas prendas, marionetas colgadas de un hilo, temiendo que sonara el picaporte y fuera nuestra cabeza la que cortaran, en nuestro caso la de mi padre.

—¿No intentó escapar?

—¿Impedido como estaba? ¡Qué va! Trancamos las batientes a conciencia y mi madre hasta rezaba. ¡Lo nunca visto en aquella casa! Poco a poco, los disparos se fueron espaciando, las puertas se abrieron, se contaron las bajas y la vecindad se organizó en piquetes para vigilar los accesos al barrio, al acecho de movimientos extraños u hombres armados. Y donde antes se echaban el ingenio y las horas arreglando aparejos y nansas, ahora todos buscaban con qué defenderse y atacar si era necesario. Uno tenía una pistola, otro una escopeta de caza y la mayoría botes de tomate vaciados y rellenos con la dinamita que venía de las minas. Algunos habían conseguido los fusiles y mosquetones quitados a guardias civiles y carabineros, pero no tenían munición. Desde mi corta edad pude entender que así no se ganaría una guerra. No obstante, se ganó la batalla a los cuarteles y Xixón quedó limpio de enemigos militares, ya podíamos andar por las calles sin recibir un tiro. O eso pensábamos.

»Se formó una brigadilla para sacar a los topos de sus madrigueras, y cualquier sospechoso de filiación o simpatía con los rebeldes podía ser eliminado sin más como consecuencia de una delación. Se le llamaba «dar el paseíllo», y consistía en sacarte de casa y pegarte un tiro en cualquier arcén o descampado. En la retaguardia bastaba una denuncia, una sospecha, para caer en desgracia. Muchos juicios políticos se aprovecharon para ajustar cuentas, unas veces por envidia y otras por celos o dinero. Guillermo, cuyo único delito había sido ser monaguillo, se libró por los pelos de tener ese final y, con su capacidad de convicción e instinto de supervivencia, acabó trabajando en un comité a las órdenes de aquel matón de mi pandilla al que le entregaba las rosquillas.

»Una tarde regresó al barrio un vecino anarquista y, levantando las perneras, nos enseñó una pierna más llena de cicatrices que la de mi padre: «¡Metralla! ¡Y marcho para primera línea otra vez!», remachó orgulloso. Aquella noche mi padre lloró en el lecho agarrado a una botella de aguardiente. Al vecino no lo volvimos a ver. Ni a Berta, una comunista muy famosa, también murió en el frente, como Maruja, la enfermera. El barrio alto empezó a quedarse despoblado, únicamente en los burdeles la vida nocturna daba apariencia de normalidad, pero dentro las pistolas estaban encima de las mesas y rara era la noche que no se armaba un tiroteo.

—¿En algún momento sufristeis carencias graves de suministros?

—Para evitar latrocinios y reventas se formaron Comités de Abastos, formados por gente de la industria y el comercio, algunos deseosos de ayudar y otros buscando cómo aprovecharse. Yo fui con mi madre al correspondiente comité a conseguir una cartilla familiar y cuando Nievines se dio cuenta de que nadie comprobaba la veracidad o duplicidad de nuestros datos, muy avispada, fue a otros dos y se hizo hasta con tres cartillas, que luego revendió a buen precio.

—No parece una práctica muy solidaria…

—¡Había que buscarse la vida! ¡Qué sabrás tú lo que es una guerra! —replicó.

—Disculpa si te he ofendido con mi comentario.

—Tampoco sabía lo que pasaría después o no se habría

deshecho de ellas. Se colectivizaron los almacenes y, ya de madrugada, íbamos Genara y yo a hacer cola por turnos para el reparto de víveres. «¿Cuántos sois en casa?» «Siete.» «Pues ahí van siete kilos de lentejas, siete de alubias, de garbanzos, de patatas, de arroz, de harina… y siete litros de leche.» Al principio se repartieron alegremente las existencias pensando que la guerra duraría una semana, dos a lo sumo. Cuando se agotaron las reservas, empezó el racionamiento. Se establecieron ciento cincuenta gramos de pan y una onza de chocolate para todo el día y hubo veces que ni eso conseguimos estando las primeras de la fila. A la Tiesa la anemia la dejó todavía más pálida y consumida, al borde de la tuberculosis, como tantos otros vecinos. Sobrevivió gracias a que Nieves se hizo cargo de ella al morir sus padres.

—¿Cómo fallecieron? No me has contado nada de la familia de Genara… —aproveché para meter cuña.

—Es una triste historia, los mató una bomba. A los dos. El mismo día.

—¿En Gijón también se produjeron bombardeos sobre la población civil? —quise confirmar estremecida.

—Fue donde se realizaron por primera vez en un conflicto bélico, lo vi hace poco en un reportaje en la televisión. Hubo tantos muertos porque no sabíamos que los aviones tiraban bombas, hasta entonces solo iban y venían, y salíamos como pardillos a mirar sus acrobacias inconscientes del peligro. Llegaban volando en forma de cuña, como las aves migratorias, luego se ponían en fila uno detrás de otro y dejaban caer sus bombas encima de la gente. No buscaban objetivos militares, venían a destruir y a matar. ¡Y bien cumplieron su cometido! A Genara y otras muchas las dejaron huérfanas…

—Ese suceso está en el origen del mote de Genara, ¿cierto? —Cotejé con mis anotaciones—. ¿Cómo sucedió?

—Un mediodía había un enjambre de personas entre la iglesia del Sagrado Corazón, habilitada como prisión, y el cuartel de la Guardia de Asalto, enfrente. Los que merodeaban por el cuartel iban a buscar armas o simplemente a informarse del curso de la guerra; a la puerta de la iglesia, mujeres y niños hacían cola con sus cestillos de mimbre para llevar la comida a los presos. En esta fila se hallaban los padres de

Genara, que iban a ver a un tío suyo, hermano de la madre. Un avión rebelde, tan alto que ni se vio llegar, se cernió como un águila sobre la multitud y la bomba cayó en el pavimento. Murieron muchos civiles y, en venganza, ejecutaron a unos cuantos presidiarios. Alguien sumó cien muertos aquella jornada, a mí me parecieron incontables cuando desfilamos ante ellos.

—¿Se organizó un desfile ante los cadáveres? —pregunté perpleja.

—A última hora del día expusieron en féretros los de los dos bandos. Mi amiga acudió a identificar a sus padres y la acompañamos mi madre y yo.

—¡Tuvo que ser terrible para ella!

—Sus padres la habían dejado en mi casa mientras iban a atender a aquel pariente y, de alguna forma, lo adivinó: fue oír el sonido lejano de la bomba y ponerse a temblar como un flan. Mi madre intentó tranquilizarla: «Genara, puede haber estallado en cualquier parte», le decía, pero ella estaba muy nerviosa y repetía: «Tengo un presentimiento». Tiritaba pese a estar pegada a la cocina y le castañeteaban tanto los dientes que mi madre le dio un trapo a morder temiendo que fuera a saltársele alguno. Había pasado poco tiempo cuando un vecino se asomó a la ventana y, por señas, informó a mi madre de lo sucedido. Nos fuimos las tres al cuartel, sumándonos a la multitud que bordeaba el socavón del bombazo hasta la apertura de las puertas. Cuando nos permitieron entrar a las salas donde se mostraba a los difuntos, Nieves los atisbó de lejos y empezó a llorar muy suave. «Seguid a paso rápido, ni miréis, yo me ocupo», nos dijo e intentó taparnos los ojos y empujarnos, pero Genara se resistió y se empeñó en quedarse al lado de los suyos, pese a la fila que amenazaba con arrastrarnos.

—¿Por qué le pusisteis el apodo?

—Durante varias horas Genara había estado temblando igual que si padeciera el baile de san Vito. Sin embargo, en cuanto vio muertos a sus progenitores, quedó como ellos: rígida como un palo. Tiesa. Yo intenté darle friegas para ablandarle los músculos, pero no pude evitar que se desmayara. La trasladaron al cercano hospital en ambulancia y mi madre y yo fuimos detrás a la carrera. Los gritos traspasaban los cristales y

Guillermo nos ayudó a localizarla entre los heridos, los mutilados y los convertidos en picadillo. Estuvo casi una semana sin moverse y, si la tocabas, la notabas tirante como una cuerda. ¡No doblaba ni los miembros! La gente preguntaba: «¿Cómo está Genara?». Y contestábamos: «Allí sigue, tiesa». Cuando logró recuperarse y salir del hospital ya tenía el apodo puesto.

—¡Pobre chiquilla!

Aunque no fuera mi abuela, había sido la madre de Eloína. ¿Por qué me había ocultado una historia tan estremecedora? «¡Me vas a aguantar por la noche, Tiesa junior!», la amenacé en silencio.

—¡Y tanto! —continuó Julia ajena a mis elucubraciones—. Te advierto que yo casi me desmayo también al ver en la acera unos perros husmeando un pingajo de ropa con una mano arrancada. Les tiramos piedras para que se fueran y mi madre la recogió piadosamente.

—Sufrir esas experiencias marca la vida de una persona —observé conmocionada.

—Convivíamos con el horror, no teníamos percepción de él, era un compañero cotidiano de andanzas. Fusilaban a los presos en el muro de la Tabacalera y luego los cadáveres los cargaban en camiones y los tiraban al mar. Algunos eran devueltos a la orilla y acababan en la Piedrona, a otros el peso atado los hundía para siempre.

—¿Qué era la Piedrona? —Supuse que sería una piedra grande y no me equivoqué.

—Se trataba de una gran losa de mármol inclinada donde exponían al público los cadáveres de ahogados o muertos violentamente. «¡Hay un muerto en la Piedrona!», se daba el aviso y la voz iba corriendo de boca en boca. Cuando llegaba al barrio alto, acudíamos corriendo los chiquillos a ver si lo conocíamos y a opinar sobre las causas de su fallecimiento. Era parte de nuestras diversiones; la muerte formaba parte de la vida, era un fenómeno ordinario, raro el día que no tropezabas con ella. En la orilla de la mar, cuando las olas eran pequeñas y perezosas, solíamos encontrar perros o gatos con las barrigas hinchadas y atada al cuello la soga de esparto y la piedra que los había llevado al fondo. La mar también devolvía cadáveres y, en ocasiones, los *afogaos* pasaban horas al sol descomponiéndose bajo una nube zumbante de moscardones verdes, rodeados de curiosos hasta que las autoridades los retiraban.

—¿Llegaste a ver algún fusilamiento?

—Las niñas lo teníamos prohibido porque corríamos el riesgo de ser violadas. ¡Como si eso nos fuera a detener a la Tiesa y a mí! Sobre todo a Genara, que tras enterrar a sus padres echaba las horas por la calle, incapaz de pisar la casa familiar.

—¿No había ido a vivir con vosotras?

—Al principio la recogieron unos tíos suyos, pero nunca le habían caído bien y regresó a su hogar. Nieves se hizo cargo de ella a la hora de las comidas. Pero la casa le caía encima y estaba todo el rato fuera. Y yo con ella. Una tarde les dieron el paseíllo a tres chavalas solteras de Cimavilla, veinte años tendría la mayor. Las pasearon desnudas de cintura para arriba y con el pelo rapado por todo el barrio, todavía me acuerdo de sus nombres, fíjate: América *la Balancha,* Libertad y Socorro *la Pasina,* las tres pescaderas ambulantes.

—¡Veinte años! ¿Qué habían hecho esas criaturas? —me horroricé, recordando espeluznada el más reciente horror de la guerra de Bosnia o el genocidio de la población tutsi por parte de los hutus en Ruanda.

—¡Qué sé yo! Trabajar como burras, lo mismo que el resto. Alguien se la tendría guardada o quería eliminar competencia. Del barrio sacaron más, pero de esas me acuerdo porque las conocía bien, paraban en casa y Libertad me traía a veces un caramelo. Había quien les tiraba piedras al paso, pero los menos; la mayoría bajaba la cabeza y se escondía por miedo a ser los siguientes. Las seguimos hasta el paredón y, después de esa experiencia, no volvimos a hacer el cortejo fúnebre. Se nos quitaron las ganas.

—Tuvo que ser tremendo... Unas niñas como vosotras presenciando un pelotón de ejecución contra unas crías algo mayores...

—Vimos cosas con nuestros ojos infantiles que éramos incapaces de acomodar en la cabeza. La guerra desata las pasiones más rastreras y por cada héroe hay cien cobardes que visten la venganza de justicia.

—¿Cuándo terminó la guerra en Gijón?

Espanté a un perro que quería orinar sobre la rueda de su silla y discutí con su dueño sobre la conveniencia de llevar atados los chuchos antes de repetirle la pregunta.

—En octubre de 1937, con la caída del Frente del Norte. Pero nosotras marchamos antes. —Se reclinó abriendo mucho los ojos y los fotogramas se sucedieron en su inagotable narración—: El amanecer del 23 de septiembre mi padre llegó a casa casi sin aliento tras pasar la noche en L´Atalaya. Arrastraba la pierna, pero no por eso corría menos que el resto de marineros: «¡Nieves! ¡Prepárate, que nos largamos!».

»Aprovechando que cada siete días el acorazado *Cervera* se retiraba a repostar en El Ferrol, esa madrugada logró entrar un barco francés con marinos voluntarios que esperaba en alta mar. Cuando nuestros hombres atisbaron entre la bruma la señal largamente esperada, supieron que era su última oportunidad. Mi madre ya tenía el hatillo preparado hacía días, así que nos embutió encima la escasa ropa que teníamos y nos fuimos corriendo al Muelle, agrupados como polluelos, y Genara con nosotros como una hermana más. Subimos a la lancha de remos en silencio, como si no quisiéramos alertar al monstruo con nuestras voces. Íbamos todos callados, una procesión de barcas hundidas por el peso hacia un destino desconocido. La mayoría conocía Bajovilla y los barrios hasta Somió, para un partido del Sporting algunos habían llegado a Oviedo y los que tenían familia en León iban los veranos «a secar» a esa provincia. Madrid era una leyenda que solo los señoritos, médicos, notarios y estudiantes alcanzaban; el resto de España se estaba conociendo a marchas forzadas a medida que los frentes caían o avanzaban y los partes daban noticia de lugares desconocidos en el imaginario *playu*.

»El viaje estaba preparado para evacuar a menores solos, ese fue el problema. Andrés era un niño de pecho aún, pero a mi padre no le aceptaban de ninguna forma, así que mi madre, ni corta ni perezosa, decidió quedarse en tierra con él y con el bebé. No hubo lugar a grandes lamentos, embarcamos y partimos enseguida. El barco, en su rumbo a Francia, se cruzó en alta mar con el destructor *Velasco,* que junto con el *Cervera* y el *España* se encargaban de controlar la costa cantábrica para las tropas franquistas, pero ante aquella carga infantil nos dejó continuar. Durante la travesía nos dieron comida, ese es el mejor recuerdo. Acostumbrada a pasar el día con un mendrugo de pan, consideraba manjares aquella bollería variada y los potajes calientes que nos servían. Mis hermanos pequeños se pasaron el viaje vomitando, pero a mí me encantaba asomarme a la barandilla. ¡Vimos una bandada de delfines! Y peces muy raros que volaban sobre las aguas... ¡Si te soy sincera, deseaba que el viaje nunca se acabara!

»En Burdeos nos llevaron a los Centros de Selección, o algo parecido, y desde allí unos fueron enviados a Rusia y a otros nos distribuyeron por diferentes puntos de Francia, alojados en colonias colectivas o acogidos en familias. Nosotros tuvimos suerte: Genara y yo con once años, Begoña con nueve, Alfredo con siete y Covadonga con tres, tuvimos como destino la colonia de Banyuls-sur-Mer, cerca de la frontera de Portbou. Estaba situada en la parte superior del pueblo y rodeada de un campo enorme con piscina. Era una colonia sostenida económicamente desde Suecia y situada en un lugar pesquero similar a Cimavilla.

—Echarías muchísimo de menos a tus padres...

—¡En la colonia no me acordaba de ellos! De repente pasamos de toda la miseria que habíamos vivido a tener ropa nueva y calzado a medida, alimentación regular, una cama cada una... ¡Aquello era un milagro! Llegabas a comer, comías y repetías... ¡Había de todo en abundancia! Los días de sol nos llevaban a la playa, allí aprendí a nadar. Me enseñaron también a patinar e incluso a tocar el piano. Yo estaba en una nube de felicidad.

—¿Cómo era el edificio?

—Era un complejo con varios pabellones, nos separaban por sexos y edades. Los dormitorios eran salas grandes, sin tabiques y con las camas separadas por cortinas. Alfredo estaba en el de los niños, Begoña y Covadonga en el de las niñas pequeñas, y Genara y yo en el de las mayores. Por las noches, cuando apagaban las luces, iba a buscar a mis hermanas y las llevaba a nuestro cuarto para dormir todas juntas, hasta que la monitora nos descubrió. Una vez informada la dirección de la colonia, decidieron reubicarnos a las cuatro juntas, con gran envidia de Alfredo. Como era chico, no lo dejaron venir con nosotras, pese a nuestra insistencia en explicarles que en casa nos acostábamos todos en la misma cama. Esta etapa fue la más feliz de mi vida, mis únicas vacaciones si las entiendes como tiempo libre pagado. Una vez le imploré al director: «¿No nos podemos quedar para siempre?».

—¿Y cuándo retornaste a España? ¿Al acabar la guerra?

—¡Qué va! Más tarde, en 1941, cuando Alemania invadió Francia. ¡Aquello fue una odisea! De un día para otro, nos ordenaron recoger nuestras cosas y marchar. No permitían bultos que pudieran retrasar la marcha, así que Genara y yo embutimos superpuestas todas las prendas de vestir a los pequeños tras hacerlo nosotras, igual que Nieves nos había hecho a la ida. En unos autocares nos llevaron de la colonia a la frontera y desde allí, formando una columna a pie, entramos en España. Avanzábamos despacio durante el día y pernoctábamos como podíamos en los pueblos, en casas o pajares. Cuando llegábamos a uno, la vecindad salía a ofrecernos lo poco que tenía, parecíamos almas en pena errantes por los caminos. De esta guisa atravesamos los Pirineos hasta Barcelona, donde nos metieron a dormir en una iglesia. A la mañana siguiente, muertos de hambre, salimos a pedir por las calles para poder comer. Genara y yo llevábamos bien agarrados de las manos a mis hermanos para no perderlos. No encontraban suficiente gente para hacerse cargo de nosotros y tardaron todavía unos días en devolvernos a nuestro lugar de procedencia. Al cabo, los niños y niñas asturianos abandonamos la ciudad y nos retornaron a la región acompañados del director de la colonia y una profesora. Hicimos el trayecto a pie e igual que el anterior: caminando de día y pernoctando en cuadras, si comimos algo en los pueblos que pasamos fue gracias a la caridad. Llegamos a Oviedo famélicos, sin calzado, con el cuerpo lleno de llagas y la cabeza de piojos y costras. Fuimos recibidos por el Auxilio Social y, al comprobar nuestro lamentable estado, nos ingresaron en un hospital para curar las heridas del viaje.

—¿Y hasta Gijón vinisteis también andando?

—¡Para nada! Fueron mis padres a recogernos en tren. ¡Qué alegría al verlos! Todavía recuerdo el *panchón* que traía Andresín cuando aparecieron, casi no podía con él… ¡Teníamos tal hambre que casi devoramos el pan antes de saludarlos!

—¿Cómo os localizaron?

—Conocieron de nuestra suerte porque un periódico ovetense publicaba a diario los nombres y apellidos de los menores recogidos por esa organización de socorro. El cura de Cimavilla lo leía siempre en busca de feligreses y corrió a avisar a Nieves. Su sorpresa fue mayúscula, pues estaban convencidos de que nos habían enviado como refugiados a Rusia.

—¿Tus padres permanecieron en Cimavilla durante la guerra, entonces?

—No exactamente. Segisfredo les dio cobijo cuando la villa cayó en manos de los sediciosos para evitar represalias. Estuvieron escondidos en su piso casi tres meses, hasta que cesaron las redadas masivas. Al fin y al cabo, mi padre estaba significado, pero por su lesión no había ido al frente y, al no participar en la contienda, no constaban delitos de sangre contra él. Supongo que mi abuelo movería sus hilos, con el nuevo régimen estaba en su salsa. De hecho, no nos requisaron la casa, algo frecuente si te habías exiliado o la habías abandonado en la huida. Durante nuestra ausencia mi padre realizó alguna reforma en ella, sin que se notara mucho. Aquella estructura siempre tuvo una humedad tremenda; el agua arroyaba por las paredes al estar situada directamente sobre la tierra, sin cimientos ni suelo firme, dejando en la cal manchas verdinegras. Alguna vez soñé con líquenes creciéndome por las piernas. Cuando la derribaron para hacer una nueva, a mediados de los sesenta, uno de los albañiles me dijo que nunca había visto tantas ratas intramuros.

Julia hablaba a tumba abierta, con una sinceridad extrema. En ocasiones me ponía los pelos de punta, otras veces se me escapaba alguna lágrima. A su lado había vuelto a llorar. Su relato era pausado, sereno, manaba de su boca sosegado, limitando los momentos más cruentos a un discreto: «Me emociono, perdona...». Se secaba el ojo enrojecido, permanecía un rato envuelta en un silencio concentrado y, tras arrancar un hondo suspiro a las entrañas, volvía al ruedo. Como si más que requerirle yo la historia, la hubiera digerido tantos años para contármela a mí, la nacida del vientre de la nada.

—Vamos a dejarlo —le propuse apagando la grabadora al percibir su palidez.

—Ay, sí. No sé si algo me habrá hecho daño... Necesito ir al baño.

Se llevó las manos al estómago y la mala conciencia fue mi sombra mientras la acompañaba, a toda velocidad, a la residencia.

La visión de las ratas bajando en oleadas al Muelle cuando demolieron la vivienda me acompañó hasta mi apartamento. Me había documentado en Internet sobre la Guerra Civil española, pero el relato de alguien que la había vivido aportaba dramatismo y credibilidad a raudales. Agotada después de tanta sangre y tanta muerte, me tiré descalza en el sofá, incapaz de desvestirme siquiera.

—Un día más, mamá. Hoy lo dejamos de mutuo acuerdo y vengo antes, no tengo ganas de fiesta. ¡No será por emociones fuertes! Todas las guerras son un espanto, pero una guerra civil más aún. En todo caso, con esta narración tan prolija, «mis progenitores» tardarán en entrar en escena. ¿No podías adelantarme algo? ¡La Chata te llevaba veinte años, tenía los mismos que tu madre! Si ella nació en 1926 y yo en 1963, me tuvo que parir a los treinta y siete, una edad tardía. Y cuando mañana retomemos la entrevista no tendrá más de quince, mucho me queda por escuchar antes de resolver el enigma.

Escarbaba en mi propio pasado sin detectar un error, un cabo suelto, un resquicio. Paul y Eloína siempre se habían comportado como si fueran mis verdaderos padres: exigentes, controladores...

—Los Tiesos. Podías haberle hecho extensivo el apodo a tu marido a cambio de su apellido, os encajaba bien a los dos. ¡El señor Meier le hubiera hecho honores, él sí era un verdadero tieso, envarado y orgulloso! ¿Recuerdas el disgusto que se llevó cuando abandoné el internado y me fui a estudiar a Visp, tras vuestra boda?

Saqué las cartas sin esperar respuesta, tratando de cambiar los escenarios de mi mente, dispuesta a convocar al sueño con las relajadas descripciones paisajísticas y costumbristas de aquella lejana Nicaragua, tan vívidamente retratadas por el padre Guillermo.

—¿Tú eras creyente, mamá? ¿También nos engañabas en eso? Nunca me pusiste a rezar de noche, ni en casa recuerdo símbolos religiosos. Acudías a la misa dominical como un acto social, ¿no es cierto? Es más, alguna vez te oí maldecir a los curas. Creo que Guillermo es el primero al que conozco en profundidad. Tenía etiquetada la religión como algo casposo, el opio del pueblo, y me sorprende esta visión tan implicada socialmente que ofrece él.

A la cuarta misiva me incorporé sobresaltada en el sofá, lanceada por los recuerdos. Yo había participado activamente en los conciertos solidarios con el Frente Sandinista de Liberación Nacional, el FSLN, celebrados a finales de los años setenta. La lectura de esos renglones, llenos de protesta y de poesía, destapó la caldera de aquellos ardientes días. ¡De eso me sonaba Gaspar García Laviana! Camilo Torres y la Teología de la Liberación, la alianza entre marxismo y cristianismo escrita con renglones revolucionarios.

«Volver a los diecisiete, después de vivir un siglo…»

Rasgó sus cuerdas, de fondo, la voz de Violeta Parra.

Isla de Ometepe, 1977

Mi muy amada Julia, hermana en Cristo:

El padre Gaspar estuvo de visita en Asturias esta primavera y me hubiera gustado acompañarlo, pero el pastor debe permanecer al lado de sus ovejas cuando el lobo anda suelto. Esto se está poniendo muy feo y la situación es comprometida, en especial para mi compañero de misión. Ofreció en la tierrina una misa campesina, aprovechando que Carlos Mejía Godoy y los de Palacagüina andaban de gira por España, para reclamar atención sobre Nicaragua. La última eucaristía que celebrará en mucho tiempo, me temo. En el arzobispado de Oviedo denunció, verbalmente y por escrito, la corrupción del régimen nicaragüense y las amenazas de muerte recibidas. Su familia, amigos y la propia orden le recomendaron no volver a este país. Pero él contestó: «A la gente no se le puede dejar en la estacada: si estás con ellos, lo estás para todo y para siempre». Y ha regresado.

Intentaré explicarte sus razones, pues no ha sido una resolución precipitada. A Gaspar le han boicoteado todos los proyectos desde el Gobierno, estaba harto de la injusticia institucionalizada y se sentía cómplice.

«Siete años de mentiras, siete años atontando a la gente, dándoles ilusiones, calentándoles la cabeza con mis programas. Me he convertido en un servidor más de la tiranía somocista, en un lacayo de este régimen corrupto», se me lamentó un día dispuesto a cambiar de estrategia.

A finales del año pasado se reunió con catorce poblaciones para solicitar maestros y maestras al Ministerio y, como le dieron una vez más el silencio por respuesta, se dirigió a

Managua encabezando una marcha con delegaciones de estas comunidades campesinas para reclamar su derecho a la educación. Tampoco fueron recibidos por nadie del Gobierno. Ya en Rivas, puso una denuncia contra la Guardia Nacional por haber obligado a un chaval de ocho años, a punta de pistola, a conducir a los milicos hasta el lugar donde «supuestamente» destilaban aguardiente ilegal los campesinos y haberlos metido en la cárcel sin prueba alguna. También denunció al hospital de Rivas por cobrar a los pobres y no atenderlos. Pero el suceso definitivo acaeció a principios de este año.

A la entrada del pueblo de Tola se encuentra un burdel muy frecuentado por las autoridades locales y los miembros de la Guardia Nacional. Ese compadreo concede impunidad a sus dueños, dos conocidos tratantes de blancas. El padre Gaspar ya los tenía en el punto de mira, pues era *vox populi* que secuestraban y prostituían a menores. Un aciago día, un campesino fue en busca de Gaspar y, llorando sin cesar, le contó que era padre de una niña de trece años. La hija estaba jugando con sus amigas en el parque cuando unos hombres la raptaron. Le taparon la boca y se la llevaron a rastras hasta introducirla en un coche grande que llevaba unos días dando vueltas por el pueblo. Un vecino había logrado seguirlos en su moto sin que se dieran cuenta y pudo ver cómo la llevaban a ese prostíbulo. El padre de la chiquilla había ido a reclamar su liberación, pero lo habían apaleado, como evidenciaban las huellas en su rostro y espalda.

Gaspar se indignó tanto que entró en el lupanar como Jesús en el templo, y, más cerca de un boxeador que de un cura, la sacó de allí a puñetazo limpio con sus captores. No conforme, entabló acusación formal contra ellos por rapto, vejámenes, corrupción de menores y graves lesiones a la moralidad pública. El juez cursó orden de arresto y la Guardia Nacional no la acató; Gaspar reclamó el cumplimiento de la sentencia y el juez dictó auto de prisión, pero el prostíbulo permaneció abierto y los traficantes en libertad. Escribió entonces Gaspar una carta al arzobispado de Granada, de quien dependemos, y le contestó el arzobispo poco menos que «dejara de crearle problemas». Por simplificártelo, querida amiga, pero imagina cómo le sentó. Entre eso y las amenazas recibidas por parte de la Guardia Nacional debido a su intervención en los casos anteriores, su vida empezó a correr serio peligro. Se sentía engañado, utilizado y eso no le restó fuerzas, más bien se creció ante la adversidad. Quisieron tenderle una trampa y desacreditaron su buena fama. Un día me enseñó un muñeco de vudú que le habían dejado en la puerta con una nota desafiante.

«Esos no son peligrosos, los de las armas sí —me explicó con aquel espantajo lleno de alfileres en la mano—. Nunca el cardo dio rosas, ni la democracia florecerá de las metralletas de la Policía. ¿Recuerdas, Guillermo, aquellas lecturas y debates sobre teología moral en el seminario? ¿No se consideraba el tiranicidio lícito en casos extremos? ¿No es este uno de ellos?»

«Pues resultaría fácil deshacerse de él —le comenté, inconsciente de mí—. Su quinta en San Juan del Sur está fuertemente custodiada cuando viene de visita pero, para acceder a ella, tiene que pasar por una alcantarilla de desagüe que suele estar seca. Sería sencillo entrar por otra boca y colocar una bomba que estalle al paso del coche. Lo sé porque he recorrido ese túnel arriba y abajo buscando a un niño perdido.»

A Gaspar, antes que nada, le urgió saber si encontramos al niño, como así había sido. Y a continuación me preguntó si sería capaz de dibujar un plano de ese paso subterráneo.

Gaspar había decidido matar a Somoza.

Por suerte, cuando se dirigió a los del FSLN para obtener la dinamita, estos le convencieron de renunciar. No era suficiente acabar con el dictador, era necesario acabar con la dictadura. ¡Qué más daba matar a Somoza, si todo el aparato represor del Estado seguía en funcionamiento! No tendrían problema para sustituirlo y, en represalia, se produciría una gran masacre entre los campesinos, aumentando el terror. Si quería participar en la lucha contra Somoza, entre ellos sería bien acogido.

Dando muestras de una coherencia incuestionable, se incorporó a la guerrilla como están haciendo muchos otros curas en este continente, anhelando construir un mundo nuevo con Jesús y el pueblo, pues la pasión del segundo es la pasión del Primero. Algunos, como el colombiano Camilo Torres Restrepo, ha llevado el amor al prójimo hasta sus últimas consecuencias y la luz que emana de su cruz guía nuestros pasos.

Por mi parte, dudé hasta el último momento en acompañarlo, habíamos discutido mucho qué posición adoptar ante esta injusticia social generalizada. «Yo tengo que dar la vida por este pueblo como hizo Cristo», me dijo. Se manifestó favorable a la lucha armada para conquistar el Reino de la Justicia en la tierra y pasar a la clandestinidad fue el paso siguiente. A partir de ese momento divergimos, pues yo me declaré partidario de la no violencia. Su valentía y arrojo han supuesto un verdadero mazazo para los cimientos de mi fe. Admiro la suya y respeto su decisión pero, a estas alturas, soy incapaz de empuñar un arma, bien sea por haber vivido una guerra civil, por cuestiones de edad o por mi cobardía natural. Eso sí, le he ofrecido mi apoyo en la retaguardia.

Para despedirse, felicitó la Navidad a sus fieles con una carta donde les comunicaba su resolución de pasar a la lucha clandestina como soldado del Señor y soldado del Frente Sandinista de Liberación Nacional. A continuación te reproduzco algunos párrafos de la misma:

> Vine a Nicaragua desde España hará diez años. Me entregué con pasión y pronto descubrí que el hambre y sed de justicia del pueblo oprimido y humillado al que sirvo como sacerdote reclama, más que el consuelo de la palabra, el consuelo de la acción [...]. La corrupción, la represión inmisericorde, han estado sordas a las palabras y seguirán estándolo mientras mi pueblo gime en la noche cerrada de las bayonetas y mis hermanos padecen torturas y cárcel por reclamar lo que es suyo: un país libre y justo del que el robo y el asesinato desaparezcan para siempre [...]. El somocismo es pecado y librarnos del somocismo es librarnos del pecado. Y con el fusil en la mano, lleno de fe y amor por mi pueblo nicaragüense, he de combatir hasta mi último aliento por el advenimiento del reino de la justicia en nuestra patria, ese reino de la justicia que el Mesías nos anunció bajo la luz de la estrella de Belén. PATRIA LIBRE O MORIR.

Esta carta supuso una bendición para la Revolución sandinista, pues daba argumentos a su favor desde el punto de vista cristiano a una población tan religiosa como la nicaragüense. Le recomendé prudencia, pero él insistió: «¡Hasta la muerte, vida fuerte!».

Le ha enviado una copia de la carta al obispado de Granada acompañada de un poema dedicado, no creo que les haya hecho mucha gracia:

También tú, Iglesia secular,
eres cliente de nuestro socialismo
porque tienes que empezar a practicar
el cristianismo.
Cristo rechazó la riqueza,
pero tú buscas a los ricos
y tienes la pobreza
como un mito.
Recuerda que Cristo vivió la igualdad
que nosotros practicamos
y tú siembras la desigualdad
en los cristianos.

No sé cómo va a acabar esto, Julia. Que la Virgen de la Soledad, que conoce bien el dolor de su pueblo y el nuestro, nos conforte y acompañe. Bendigo al Señor, que te puso en mi camino, y ruego a María te colme con sus dones.

Tuyo afectísimo,

Guillermo

La iniciación

Visp resultó ser más aburrido de lo previsto, pero no pensaba quejarme: era el precio de la libertad recién estrenada. Encontré habitación en una pensión para estudiantes, exclusiva para chicas, con un horario estricto y carteles que rogaban silencio. La regía un matrimonio afable que se preciaba de tratar a las huéspedes como hijas. Excepto yo, el resto eran universitarias, así que apenas coincidía con ellas en las cenas. Encerrada en mi habitación, me refugié en mis dos amigos: el estudio y la lectura. Y afrontaba cada examen como un reto, la prueba fehaciente de mi valía. Seguía siendo *die Spanierin,* solo que sin el uniforme blanquinegro ya no parecía una vaca suiza, sino más bien una mesa camilla: usaba faldas hasta los pies, blusas largas y melena hasta la cintura al más puro estilo *hippy.*

En clase trataba con cortesía a mis compañeras, pero me costó hacer amigas. Las heridas provocadas por Sofía y Carlota seguían supurando y no estaba dispuesta a confiar en nadie que pudiera hacerme daño. Continué con mi colección de léxico, y con la publicación de alguno de mis relatos en la revista mensual del instituto confirmé mi vocación de escritora. Las alabanzas de los profesores no hicieron sino distanciarme aún más de mis compañeras. No me importó, sus conversaciones me resultaban o infantiles o fatuas. Ahondando en mi revitalizado papel de «intelectual», pasaba el tiempo libre en la biblioteca y durante los recreos me comía el bocadillo sola, siempre con un libro entre las manos. Me gustaba en especial una esquina apartada de las pistas, en un extremo de la tapia, con unos troncos de madera como asiento, donde rara vez algún profesor se asomaba.

A mitad de curso se acercó a mi rincón un chico con un imperdible en la mejilla y un cigarro humeante entre los dedos. Vestía un ceñido pantalón de cuero negro sujeto con clips y dos cinturones cruzados de chinchetas. Al caminar, acompasaba el chasquido metálico de los tacones con el ruido de las cadenas que llevaba colgando de la cazadora a juego. La camiseta eran jirones de tela sujetos también con imperdibles. Lo miré desconfiada, un tanto intimidada y otro tanto atraída por su aspecto. Se sentó a mi lado haciendo caso omiso de mi ceño fruncido.

—¿Eres nueva?

—Sí —contesté cortante.

—¿Fumas?

No pude evitar sonrojarme. Algún cigarrillo de mi madre, a sus espaldas, era todo mi bagaje.

—Poco…

—Es un porro. —Lo agitó ante mi nariz y el olor dulzón me atrajo de inmediato.

Nunca lo había probado. Muchos escritores invocaban a su inspiración con estimulantes, desde la absenta hasta el opio pasando por el hachís: Rimbaud, Genet, De Quincey, Hemingway, Kerouac… Yo soñaba ser una escritora como ellos, bohemia y libre. ¿Por qué no?

—De acuerdo.

Me lo pasó y cogió el libro para echarle una ojeada.

—¿Qué lees? —Miró la portada, ese día tocaba Walt Whitman—. La poesía y la maría combinan muy bien…

Di una calada poco profunda. En la cercanía, su dureza se transformó en dulzura. Mechones de pelo lacio y rubio festoneaban un rostro andrógino, barbilampiño, de piel blanca y enormes ojos azules. Por primera vez sentí una atracción irresistible hacia otra persona. Aspiré hondo el humo y un irreprimible ataque de tos rompió el encanto.

—¡Eh, más despacio! —Rio divertido—. Es fuerte…

Con la segunda calada mi percepción se aguzó. Su contorno se difuminó un instante, como si su aura se hiciera visible. Abrí y cerré los ojos, deseando repetir el truco, pero la magia se había evaporado. Con la sonrisa floja, las manos temblonas y la boca pastosa, todavía le di otra calada antes de pasárselo. Me apoyé contra la pared y el corazón me palpitó irregular.

Intentando controlar las sensaciones, me concentré de nuevo en su *piercing*. Ejercía sobre mí un efecto magnético, ¿cómo haría para comer?, ¿y si alguien le daba un puñetazo? ¡Debía resultar tan incómodo para dormir!

—¿Tengo monos en la cara?

—Per...dona —balbuceé colorada—, es...

—¿El imperdible?

—¡Sí... sí! —asentí con fuerza—. A mí me dan mucho miedo las agujas... ¿No te molesta?

—No. A veces me lo quito para dormir. Y otras, me lo pongo también en las orejas. ¿No me crees? —preguntó ante mi pasmo.

En una ocasión, casi me desmayo al clavarme un alfiler. Decidí no contárselo.

—¿En qué curso estás? —quise saber.

—Repito segundo de bachiller. —Echó el humo con ensayada maestría y una serie de aros flotaron sobre su nariz en perfecta formación.

—Si fueras tan bueno estudiando como haciendo volutas, no habrías suspendido —me atreví a decir admirada.

—Nacimos para aprender y aprendemos para desarrollarnos, pero el sistema educativo no enseña, sencillamente nos estabula, se asegura la reproducción del orden establecido, el mantenimiento de la desigualdad en la especie. No se valora tu creatividad, tus conocimientos más allá del programa, sino un temario manipulado que te obligan a repetir como la tabla de multiplicar. Nuestros padres y los profesores nos obligan a competir, a devorarnos entre nosotros. Debemos experimentar, crecer a nuestra manera, romper corsés y ataduras. Nos preparan para pasar todo el día currando y llegar a casa deshechos, incapaces de no hacer más que ver la tele..., y a través de ella te adoctrinan vilmente. En esta sociedad pocos viven bien, a la mayoría los machacan. Prefiero dedicarme a la música, toco la guitarra en un grupo, ¿sabes? Por cierto, me llamo Markus —añadió extendiendo la mano.

Me quedé impactada tras tan singular digresión.

—Nunca había conocido a un músico —alcancé a decirle mientras se la estrechaba y me sorprendieron sus largos dedos, su suave y cuidada piel—. Yo soy escritora. —Quise impresionarlo, pero me sonó a fanfarronada y reculé—: Bueno, algún día lo seré. —Nos reímos los dos.

—¿Te han dicho alguna vez lo mucho que te pareces a Janis Joplin? —Volvió a pasarme el porro y no lo rechacé.

Intenté disimular mi ignorancia mientras grababa aquel nombre. Lo sabía casi todo sobre literatura, pero la música era un universo desconocido. Hasta entonces. Empecé a encontrarme con Markus en aquel rincón durante el recreo. Intercambiábamos libros, discos y panfletos; él me dejaba las revistas que recibía de Londres —*New Musical Express, Melody Maker* y *Rolling Stone*— y yo le presenté a Austen, a Milton y a Iris Murdoch. Nuestras conversaciones fluctuaban entre poetas malditos y políticos corruptos, hablábamos de utilizar el arte para cambiar la sociedad, él con la música yo con la literatura.

—El arte es un concepto caduco, no tiene espacio en la sociedad actual. Es fruto de una concepción burguesa de la vida, como tantas otras cuestionables. Por ejemplo, ¿dónde está la frontera entre el bien y el mal? Hay que romper con esta sociedad, está podrida. Hay que subvertir ese orden, el siglo toca a su fin. ¡Y no hace falta poner bombas! ¿Qué les incomoda más?: que les rompas los esquemas, ponerlos en ridículo, evidenciar la falacia de sus encorsetados patrones.

No podría decir qué me atrajo más de él, si su físico o su intelecto; en todo caso, la combinación de ambos resultó demoledora para una novata. Yo salía la primera de clase, corría a nuestro escondrijo, abría el libro y atisbaba de reojo, sin atinar a leer una frase seguida. Todas las páginas estaban en blanco, como yo sin él. Cuando asomaba por la esquina, simulaba hallarme enfrascada en la lectura y respondía a su silbido con fingida sorpresa. Avanzaba parsimonioso hacia mí mientras encendía un petardo de los suyos y cuando llegaba a mi lado me lo pasaba. Él me trataba como a una colega, conversábamos, fumábamos, nos reíamos, a veces traía un radiocasete y escuchábamos música… Nunca treinta minutos dieron tanto de sí.

¡Cómo no iba a aficionarme a los porros!

A veces nos perdíamos en discusiones bizantinas y, sin darnos cuenta, hacíamos novillos prolongando el recreo. La semana se reducía a las cinco medias horas compartidas con él en aquel patio, y luego a recordar cada uno de sus gestos.

Dormía y me despertaba pensando en él. No encontraba en el vasto diccionario una palabra que describiera mi embeleso. Desbordada por la admiración, me convertí en una pipiola enamorada. Incapaz de declararle mis sentimientos, no me atrevía a proponerle una cita fuera del instituto. Y él tampoco tomaba la iniciativa. Cuando la tutora me llamó después de un recreo para recordarme los peligros de mantener relaciones sexuales sin protección, me entró un comprensible ataque de risa. No solo por los efectos del hachís, también por la inutilidad de la advertencia.

Durante el tercer trimestre aumentó mi mortificación al ver que no se producían avances entre nosotros en aquel sentido. Markus era la personificación de la rebeldía y yo bebía los vientos por su piel, con o sin imperdibles. ¿Por qué no intimábamos? Quizá había encontrado en mí una compinche para los aburridos recreos, una adepta a sus convicciones, y eso le bastaba. Mencionaba sin cesar a sus amigos, ¿por qué nunca me invitaba a conocerlos? ¿Era culpa mía o me ocultaba algo? Regresaron los viejos complejos: ¿demasiado gorda?, ¿la nariz muy grande?, ¿más joven que él?, ¿*Spanierin*? Me resulta incomprensible, en la distancia, cómo pude contenerme tantos meses, quizá temía un no por su parte, quizá quería prolongar aquella excitación febril.

O temía su rechazo.

Ya de vuelta de todo, ahora todavía me reconozco en aquella joven insegura, de precaria autoestima, ávida de experiencias, contradictoria e influenciable. Mi mundo era limitado, pero mis ansias por engrandecerlo, infinitas. En una de mis sesiones de terapia reconocí ante Lisbeth el lastre de mi indefinible pero constante sentimiento de inferioridad. Siempre lo achaqué a los infernales años del internado, pero mi psicóloga me hizo entenderlo como un condicionante sociológico, compartido por muchas mujeres en las culturas patriarcales. Se lo agradezco, no es fácil cargar con el pecado original sumado a los propios.

El curso acababa y yo seguía como al principio. Aquel era nuestro último encuentro en el patio.

—Vuelvo a Zermatt.

—Lo suponía. Te echaré de menos, Greta.

—¿Por qué no subes a visitarme? Sería bonito encontrarnos fuera de estos muros…, y una excusa para salir de la tienda, estoy siempre encerrada en Matterhorn Paradise.

—Te lo iba a proponer. Conozco parajes chulos en esa zona, llevaré los prismáticos y contemplaremos las aves.

«Menos es nada», pensé.

—También quería comprarte algo para hacer más llevadera la estancia en casa de mis padres.

Markus trapicheaba, aunque hasta entonces siempre me había invitado.

—Toma, no me debes nada.

Me regaló una bolsita de marihuana y un *grinder* para triturarla. Practiqué cómo liar un par de porros espolvoreando la hierba sobre el tabaco y, siguiendo sus indicaciones, aprendí en apenas veinte minutos.

—¡Genial, Greta!

—Me salen morcillones…

Nos dio la risa floja al ver la colección de churros reunida.

—Da igual, mejorarás. Lo fundamental es que no dependas de nadie.

Con aquel sencillo gesto entraba en un mundo prohibido, con sus códigos y rituales, donde las normas convencionales se quebrantaban, y eso, a mis ojos, convertía a sus habitantes en seres especiales. Ahora yo era una de ellos. Me besó en los labios antes de marcharse y la cálida despedida avivó mi ilusión.

Nada más llegar a Zermatt me mudé a la buhardilla, instalando en un rincón mis avíos de escritora, incluida una máquina de escribir conseguida por Eloína a buen precio. Difícil saber para ella si eso de «la literatura» me proporcionaría sustento, pero, en su bendita ignorancia, estimó que siempre daría más a máquina que a mano. Como no quería ser pillada in fraganti fumando, desde el primer instante eché la llave a la puerta y les pedí que, por favor, respetaran mi intimidad. Además, abría la ventana y forraba la rendija de la puerta con una toalla húmeda. Hierba mediante, mi soledad era más soportable, los dedos corrían más rápido sobre las teclas y mi cabeza giraba a mayor velocidad, si cabe. Para ganar agilidad mecanográfica, me propuse juntar palabras de mi colección dándoles forma de poema, un ejercicio de rima que me provocaba solitarias carcajadas. El cannabis me acercó a la poesía. Entre folio y folio, me asomaba a la ventana para encerrar en volutas de humo la silueta del Cervino. Todo sin dejar de ayudar en el almacén y pese a la insistencia de Paul, empeñado en que sustituyera a mi madre tras el mostrador. Eloína lo disuadía aludiendo a mi necesidad de concentración, sabía bien que mi gesto adusto y agrio, carente de empatía, espantaba a los clientes y las compras mermaban cuando la reemplazaba.

Markus subió un sábado y se instaló en el camping. Se presentó en Matterhorn Paradise preguntando por mí, ante la sorpresa de Eloína, quien corrió cual heraldo a golpear la puerta de mi castillo anunciando la llegada del príncipe. Así se materializó en mi imaginación, ella casi se desmaya al verlo. En cambio, muy propio de mi madre, no me dejó bajar antes de estar presentable. Cuando por fin salté el último peldaño, Paul ya estaba interrogándole en su papel de padre. Lo arrastré fuera sin contemplaciones y me tiré a su cuello para escándalo del vecindario.

—Markus… —Le di un beso prolongado, húmedo, correspondido con un ansia desconocida.

Me mostré ante él desinhibida, pletórica… y decidida. Ya no estábamos en Visp; en Zermatt jugaba en casa. Había soñado con ese encuentro, a solas su piel con mi piel. Quería entregarme, poseerlo, hacer el amor por primera vez. Se lo susurré al oído y nos fuimos de inmediato a su tienda. Nos desnudamos torpemente, a tropezones, incapaces de deshacer el nudo de nuestras lenguas, nuestros labios sellados en una sola boca. Me acosté de espaldas sobre el suelo cubierto por una manta con su cuerpo encima, su arma buscando la entrada prohibida. Yo no podía guiarlo, estaba tensa, nerviosa, cerraba y abría las piernas. Él no acertaba el camino. Una piedra se me clavó en las costillas. Lo dejamos por doloroso. Nos sentamos uno al lado del otro, desnudos, abrazados.

—¿Hacemos un canuto para relajarnos? —propuso.

El humo de su boca en la mía, su dedo en mi barbilla…, le succioné el pulgar con ansia y mis pezones se endurecieron como avellanas. Una oleada de fuego me invadió y mi mano intrépida empotró su estaca en mi madera, milagrosamente convertida en gaseosa. Avellanas partidas, miel entre las piernas, yegua en celo cabalgando por su cuerpo en llamas. Sus caderas levantadas, erguidas para clavar ese pendón enhiesto, rosado, en lo más alto. Y el cielo, el fuego, el grito, la descarga, jadeo agónico, besos ardientes, mis senos brincando, masilla entre sus dedos, pasión revuelta, marejada de deseo y la explosión final, hasta que rota, ronca, fui tronco a la deriva sin aliento.

La respiración se me cortaría de nuevo al volver a casa, por otras razones. Los dos me esperaban con caras serias.

—Estás frecuentando amistades peligrosas, Greta —dijo Eloína con suavidad.

—Lo juzgáis solo por su apariencia, es músico y compañero de instituto —alegué en su defensa.

—¡Músico! Lo peor, son todos unos drogadictos. ¿Crees que no sé por qué cierras la puerta? ¡El olor a marihuana llega a la tienda!

—¿Qué olor, Paul? Greta, tu novio no será drogadicto…

—Mamá, no es mi novio. Paul, huele a sándalo, no a maría. ¿Estás haciendo prácticas para aspirar a un puesto de policía?

—¿María? ¡Eloína! ¡Mira cómo llama a la marihuana! ¡Como si fuera de la familia! Y para no ser tu novio, menudo morreo os disteis a la puerta. ¿O te das besos de tornillo con todos tus compañeros? ¡Menudo porvenir te aguarda!

Markus acudió aquel verano con frecuencia a Zermatt, aunque sin pisar Matterhorn Paradise. El mundo se renovaba en cada visita, nunca el cielo fue tan brillante, nunca el aire tan limpio, todo era prístino, original. Habitante de un corazón recién estrenado, compuse arrebatados y tiernos poemas de amor, saldando con versos y humo las deudas atrasadas. Seguía quemando sándalo y abriendo las ventanas para disimular, mientras el radiocasete reproducía machaconamente las cintas que me había grabado Markus para aliviar su ausencia. Janis Joplin, Patti Smith, Pink Floyd, Lou Reed, Mike Oldfield, Genesis… me transportaban a un mundo paralelo, sinfónico, donde no oía los lamentos de mi madre ni los improperios de mi padre. Fue mi primer amor y, como tal, imprimió en mí una huella indeleble.

En ocasiones emprendíamos camino por alguno de los senderos de la zona, buscando un rincón apartado para extender la manta y la merienda. A mi madre le contaba que venían a visitarme un grupo de compañeras de clase, y ella, deseosa de agradarlas, preparaba abundantes manjares caseros.

—¿Vienes sola? ¿Ya se han ido tus amigas? Otra vez no me las presentaste...

—Mamá, no podían desviarse hasta aquí, hubieran perdido el último tren.

—¡La próxima vez, que pasen por casa cuando lleguen! Por lo menos, sabré para quién me paso la tarde cocinando.

Evidentemente, se quedó con las ganas de conocerlas.

Markus me tocaba la guitarra y yo le leía mis poemas. Fumábamos y hacíamos el amor como los animalillos del bosque, juguetones e impacientes. Pasaron los meses como pasa la vida a esa edad, volando. Conservo el sabor de los besos recién estrenados, tan frescos, tan puros, tan calmos, y el tacto cálido de otra piel sobre la mía, de su mano bajo la ropa ascendiendo y bajando desde el ombligo. Él había disfrutado experiencias anteriores, claro; para mí era la primera.

—¿Crees que soy fea? ¿Mi nariz es demasiado grande? —me atreví a preguntarle un día.

—¡En absoluto! —exclamó acariciándola con suavidad—. Es hermosa, ¿sabes por qué? Es la abanderada de tu franqueza, en tu cara no cabe el disimulo y a ello contribuye tu mirada directa, esos ojos del color de la marihuana siempre expectantes, plagados de chispitas. Escondes un enorme potencial en esa naricilla.

Lo besé sin réplica, jamás me habían dicho nada tan bonito. Aquella nueva perspectiva contribuyó a que me quisiera más a mí misma. En la buhardilla, a puerta cerrada, exploraba mi cuerpo recién descubierto y acariciaba cada palmo buscando los límites del orgasmo. Fue un período emocionante, experimental, único, que aminoró los estragos del internado. Si fumar constituyó mi primer anclaje con el mundo adulto, el sexo fue el segundo.

Estaba preparándome para el salto.

El verano acabó demasiado pronto, como todo cuanto ansías interminable. Regresé a la pensión y nos encontramos en el primer recreo. Él había pasado de curso con algunas pendientes. Iba a plantearle que nos viéramos fuera del instituto pero se me adelantó:

—Esta tarde nos reunimos los colegas en el local, hemos quedado a las seis. Han aceptado mi propuesta de que te unas al grupo, serás bien recibida.

Me guiñó un ojo y creí morir de la alegría. ¡La ocultación llegaba a su fin! ¡Iba a conocer a sus amigos! Realizó un croquis sobre una hoja de mi libreta. Durante el resto de clases la imaginación me transportó al Club Pickwick, con mesas de mármol y cuadros en las paredes, con dorados espejos donde se reflejaban extravagantes artistas e intelectuales geniales.

Mi cita estaba en las antípodas de aquella cursi idealización decimonónica.

Tardé en encontrar el local pese a las indicaciones. Debía localizar una nave contigua a un garaje en una zona industrial de las afueras, apartada de la carretera. La habían acondicionado con sillas destartaladas recogidas en la basura y palés levantados sobre ladrillos, cubiertos de cojines a modo de sofás. Las paredes estaban cubiertas de grafitis y pósters. Varios tableros sostenidos por caballetes servían de mesa central, atestada de papeles, restos de comida y un sinfín de objetos dispares. En el fondo, sobre una rudimentaria tarima se apilaban los instrumentos: la batería, el bajo y la guitarra, amplificadores y micrófonos. En un extremo, la nevera y una mesa de camping, sobre la que se exponía el menaje: vasos y copas robados en bares. Los libros y los discos se ordenaban en cajas de fruta etiquetadas, al lado del tocadiscos y la radio. Había ceniceros llenos y botellas vacías por todas partes y el humo se cortaba con un cuchillo. Markus me presentó como su «amiga escritora» y me recibieron con aplausos y silbidos. Tras estrecharles la mano a cada uno, nos sentamos todos alrededor de la mesa.

—Hoy la discusión versará sobre la novela *El lobo estepario,* de Hermann Hesse. Es nuestra última lectura. La primera cuestión es: ¿son Hermine y Harry Haller trasuntos del autor?

Había realizado un trabajo para clase sobre esa obra y me animé a intervenir la primera. Enrojecí de satisfacción ante el aprobado general y Markus me felicitó cuando ya me acompañaba de vuelta a la pensión. Íbamos abrazados por la calle. La insegura Greta se había transformado en una joven moderna, independiente, liberada, crítica..., proyectaba la mejor imagen de mí misma que recuerdo.

Entre mis nuevos camaradas, las convicciones se exteriorizaban mediante la ropa y la radicalidad era su seña, al contrario que en el internado. Aquellas niñas pijas eran todas iguales: sanas, rubias, de piel bronceada y cuerpo modelado por el deporte, compitiendo por la marca más molona de raqueta. Nuestro grupo era diverso y de extracción social más bien baja. De los seis que nos reuníamos con más frecuencia, Markus y yo estudiábamos, Ralf y Demien trabajaban en el garaje anexo, y había dos chicas, una educadora infantil y otra que sobrevivía a base de chapuzas como pintora de brocha gorda. Esta última había pintado el local de verde y morado, aunque luego lo habían «adornado» con grafitis. Las dos chicas vivían en pareja, aunque una había sido novia de Markus. No me importó saberlo. Considerábamos los celos una costumbre burguesa, incompatible con el amor libre que preconizábamos.

No tardé en transformar mi estilismo, no solo por mimetismo gregario, sino también porque era la forma de rebeldía que más podía joder a mis padres. Acudí a su misma peluquería, donde una charlatana profesional con la oreja llena de aretes me cortó la melena sin piedad.

—¿Qué vas a hacer? —le grité cuando la vi empuñando la maquinilla de afeitar.

—Es lo último, solo te raparé la mitad de la cabeza, dejando a un lado un largo flequillo asimétrico.

—¿Pretendes ocultarme la napia? —le pregunté escéptica mientras le daba forma con el secador.

—Al contrario, estoy sacándole partido a tu nariz. ¡Mírate ahora!

Frente al espejo, Janis Joplin había desaparecido. Una cascada de pelo me ocultaba la mitad de la cara siguiendo el ángulo de la nariz, que adquiría un protagonismo inesperado con aquel sutil velo. Me gustó el efecto. Mi destacado apéndice nasal, uno de los pilares de mi desdicha en el internado, pasó a formar parte de mi identidad como un ariete frente al mundo. Aprendí a destacar el verde de mis ojos cargando de rímel las pestañas y perfilándolos con una raya negra, del mismo color que la pintura de los labios. Y renové mi vestuario en el mercadillo de ropa usada. Adiós a las faldas largas y a las túnicas, bienvenidas prendas ceñidas de goma y cuero. Y medias rotas con agujeros. Eloína casi se desmaya cuando me vio y solo me rogó que no fuera así a Zermatt.

Me regodeé disfrutando de mi pequeña venganza.

Yo era la más joven con diferencia y al principio me trataban como a su mascota. Solo aspiraba a emularlos. Sus modelos eran la Kommune y Christiania, la anarquía libertaria, la autoorganización, «ni dios, ni amo, ni patrón»: amor libre y pensamiento crítico. Resultaba muy atractivo aquel ambiente contracultural en un lugar tan aburrido como Visp...

—Esta sociedad se encamina a un fin convulso, las señales de crisis se suceden. Los nuevos modelos pugnan por instaurarse y derribar los caducos. Debemos contribuir a su implantación, las normas que nos rigen están desfasadas, son inservibles.

—La única forma de acción es la transgresión, no solo cultural. La transgresión como forma de vida, como principio. Y hay que asumir la parte de agresión que conlleva. Hemos alcanzado el camino sin retorno que predijo Kafka.

En nuestras reuniones debatíamos las lecturas de Proudhon, Bakunin, Stirner, Camus, Malatesta, Sartre, Beauvoir, Goldman, Orwell, Ibsen, Brecht..., y concluíamos con la necesidad de cambiar el encorsetado y conservador sistema político suizo.

—Quien se jode es la gente de a pie, como siempre. Los empresarios echan a la calle a centenares de obreros de golpe y los jueces les dan la razón.

—Los policías protegen a los especuladores inmobiliarios y matan a tiros al que ocupa una casa abandonada.

—En Berlín es diferente, las ocupaciones crecen sin que nadie las detenga. Y si vives en una casa ocupada, tienes acceso a los servicios más elementales: agua, luz y teléfono. Deberíamos lograr lo mismo en Suiza.

—El mayor miedo de la clase dominante es que el pueblo se resista, que luche por sus derechos. Quien tiene el dinero tiene el poder, y quien tiene el poder hace las leyes a su medida. No van a renunciar por las buenas a todo eso, está claro.

—Que fuéramos el último sitio de Europa donde la mujer pudo votar ya dice mucho sobre este país machista e hipócrita.

La fina capa de laca que cubría la sociedad se estaba resquebrajando y queríamos contribuir a quebrarla. Discutíamos sobre feminismo, ecología, anarquía, literatura, cine, teatro, pintura, música... y fumábamos hierba también como reivindicación. Nos declarábamos partidarios del «buen rollo fumeta» frente a las borracheras, inductoras de peleas, crímenes y malos tratos.

—Hay que luchar contra el alcohol, droga legal y promovida desde los gobiernos, por sus efectos anuladores de la voluntad popular y por contribuir al sometimiento individual.

—Existen restos documentados del uso humano del cannabis desde el Neolítico, hace más de diez mil años, y solo lleva cuarenta prohibido. ¡Esperemos que sea una moda pasajera!

Ralf y Demien cultivaban sus propias plantas en alguna parte oculta del garaje, mientras que en la nave siempre había un par de ellas. Aprendí a distinguir las variedades por su nombre y sus efectos: hacíamos catas y el olor inundaba la calle si la puerta se había quedado abierta, aunque nunca tuvimos problemas. Fieles al *carpe diem,* nos fumábamos la vida con pasión.

Con esta pandilla desaparecieron mis complejos, y mi aversión hacia los ricos, encarnada en mis nobilísimas y guapísimas excompañeras, se encauzó como odio de clase, marco teórico que me justificaba y a la vez me encumbraba como víctima de sus tropelías burguesas. El grupo de Markus se llamaba Black Fire, en honor a las llantas quemadas en las manifestaciones. Calificaban como anarcopunk su música, inspirada en los poco menos que recién nacidos The Ramones y Sex Pistols. Sus letras denunciaban la opresión y llamaban al cambio por la rebelión, proclamando la lucha y la revolución social, la abolición de fronteras, el cierre de las nucleares... Sus conciertos, en aquel pueblucho, eran un fracaso de público.

—No hay futuro en estas condiciones.

—Debemos realizar acciones callejeras directas y llamativas que remuevan las conciencias y sensibilicen a la población.

Markus había recogido en un cuaderno las frases que iluminaron las paredes de París en mayo de 1968 y a mí me sorprendía su vigencia, la misma que siguen teniendo ahora, por otra parte.

—Pintadas reivindicativas ya se encontraron en las paredes de Pompeya hace mil años —me explicó.

Recorrimos el pueblo pintando bancos, farolas, estatuas y fachadas de edificios públicos: «Hay que romper el muro para ver el horizonte», «Levantad los adoquines, debajo está la playa», «A falta de revolución armada, rebelión urbana». Una actividad inofensiva que servía de altavoz antes de que llegaran las redes sociales. Reclamábamos el fin de la energía nuclear, la paz mundial y un reparto más justo de la riqueza. Mi pasión por la literatura produjo entonces montones de poemas sociales, palabras encadenadas para romper las cadenas, para cambiar el destino de los oprimidos. Canción protesta, desnudez de sentimientos frente a la hipocresía social.

No hay Dios, no hay Ley.
La justicia se toma.
Dictador bueno, dictador muerto.
Llueven sobre el asfalto
las lágrimas de los campesinos
en el campo asolado
por los hombres armados.
Ejército de muerte,
peor que las plagas del hambre y de la peste.
Prostíbulos para los dirigentes
y cárcel sin remedio para la gente honrada.
Cambiad el arado por la metralleta,
los terrones por balas.
No hay Dios, no hay Ley.
La justicia se toma.
Dictador bueno, dictador muerto.

Cumplí los diecisiete en plena Revolución sandinista.

El día de mi cumpleaños, Ralf y Demien nos propusieron crear una asociación de ayuda a Nicaragua para informar de su situación y canalizar el voluntariado suizo. Ellos eran alemanes y sus compatriotas empezaban a marchar en oleadas a ese país: estudiantes, médicos, enseñantes, sindicalistas..., un movimiento solidario, desconocido hasta entonces, que crearía entre ambas sociedades civiles unos lazos firmes. Su promotor fue Enrique Schmidt, un sandinista de origen alemán que había estado preso en Nicaragua y se había exiliado a la tierra de sus antepasados, donde contribuyó a fundar más de ciento cincuenta Comités de Solidaridad. Demien lo conocía y el de Visp fue el primer comité de Suiza.

Me convertí en una estrella debido a mi dominio del castellano: traducía los folletos, los pasquines, los libros... Organizamos un festival de apoyo al Frente Sandinista, tras el reciente asesinato de un cura guerrillero y, desde el escenario, serví de intérprete para los invitados, una pareja de campesinos que recorrían Europa buscando apoyo internacional para su causa. Cuando él detalló la explotación, secuestros y torturas a que eran sometidos por parte del Ejército, la voz se me quebró ante el micrófono; pero cuando ella narró la muerte del misionero, se me saltaron las lágrimas y se las contagié al público.

—Siendo cura, abandonó el rosario, las misas y el breviario para defender con las armas «la libertad en las calles y la paz en los caminos, las escuelas en los valles y el bienestar campesino». Hay personas elegidas que prolongan su vida más allá de la muerte y el padre Gaspar ha sido uno de ellos. Su poesía fue arma revolucionaria y defendió con boina y armado hasta los dientes el advenimiento del Reino de la Justicia. Su persona tiene la altura de Camilo Torres y por su sacrificio pasará a la historia como un héroe.

Los aplausos fueron atronadores.

Markus se había empeñado en ponerle música a mi poema y cuando nuestra canción puso el broche en aquel recinto abarrotado y todos los presentes corearon el estribillo, entendí que nada volvería a ser lo mismo. Ya no era la «vaca suiza», *die Spanierin*, zíngara o *ausländer*. No era extranjera, era ciudadana del mundo, artista comprometida y poeta revolucionaria.

La voz del pueblo.

El curso pasó volando, de milagro sacaba tiempo para estudiar, aun así me propuse no suspender y lo conseguí. Por nada del mundo me alejaría de Markus, nadie podría sacarme de Visp. Y menos devolverme a Zermatt. Se había convertido en rutina que mi madre pasara a visitarme por la pensión cuando bajaba a la ciudad, aburrida de ver cómo me escaqueaba de subir los fines de semana. Comíamos en algún restaurante y yo miraba impaciente el reloj, contándole las banalidades de una clase que solo pisaba por evitar las amonestaciones de los profesores. Prefería que viniera ella sola, pues si lo hacía con Paul, la bronca estaba asegurada. Lo había intentado. Les había pintado a mis padres una bucólica estampa de intelectuales deshojando las capas de la cebolla, pero Paul, sin un pelo de tonto, había logrado sonsacarme nuestra tendencia política. Para un conservador como él —adúltero pero conservador, ¡menudo hipócrita!—, ese componente anarquista nos situaba al margen de la legalidad vigente, y consiguió impregnarle a mi madre de tal forma sus temores que era imposible mantener una conversación con ella donde no salieran «las malas compañías». A Eloína, además, le preocupaba el sexo, concretamente que pudiera quedarme embarazada.

—¿Y si no fuera ya virgen? —dije para provocarla.

—No me importaría mientras tomaras las debidas precauciones. No quiero otra madre soltera, con una en casa ya hubo bastante. Ningún hombre decente se casa con una mujer desvirgada por otro.

Su cinismo contra el mío, ahora lo veo. Y sigo sin entenderlo...

—¡Por favor! No soporto que me conviertas en un objeto sexual. ¡Soy una persona!

—¿Tú crees que eres una persona vestida de esa forma? ¡La gente se da la vuelta a mirarte! Greta, no andarás metida en drogas, ¿verdad?

Eloína procuraba no compartir sus inquietudes con su reciente marido para no envenenar más nuestro conflictivo trato. Ajena a sus elucubraciones, yo flotaba en un globo convertida en un personaje del mundillo, sobre todo después de mi actuación en el festival. Empezamos a recibir invitaciones para reunirnos con otros grupos del cantón de Valais, pero ninguna comparable a la recibida, de parte del propio Enrique Schmidt, para acudir a Berlín a un encuentro de militantes y simpatizantes con motivo de la visita de Ernesto Cardenal, poeta, sacerdote y guerrillero, nombrado ministro de Cultura con el primer Gobierno revolucionario.

Berlín me pareció una ciudad triste, fría y oscura nada más bajar del tren, quizá por la abrumadora presencia de policías y militares de todos los ejércitos. Nos alojamos en un piso lleno de simpatizantes venidos de fuera, situado en una calle adyacente al Muro. Frente a nuestra ventana se levantaba una torre de madera adosada al perímetro, dispuesta para que la gente subiera a hacer señas a familiares y amigos del otro lado o, simplemente, a curiosear. Las colas para acceder a ella eran permanentes y alrededor se habían instalado puestos de comida, venta de recuerdos, de pintura para hacer grafitis... La calle estaba vigilada por la Policía, que hacía la vista gorda con la mercadería y la acampada alrededor. Había carromatos adosados al Muro con la luz robada a las altas torres eléctricas, punkis, drogatas, sintechos malviviendo de la limosna, riadas de turistas armados con sus cámaras, manifestaciones, artistas internacionales realizando pintadas, concentraciones de protesta...

Mientras el sector oeste sugería el bullicioso extramuros de un castillo medieval, en el oriental la vida se escondía tras una avenida desierta, asolada, plagada de torres de vigilancia, farolas siempre encendidas, rollos de espino y un segundo muro de casas deshabitadas y tapiadas. Una noche nos interrumpieron el sueño unas detonaciones. Nos asomamos y vimos un coche tiroteado en medio de tierra de nadie, sus ocupantes colgando por las puertas abiertas como muñecos de trapo, abatidos por unos soldados que seguían disparándoles a pesar de que ya estaban muertos. A este lado empezaron a levantarse las persianas y la gente les gritaba, hasta que apuntaron sus armas hacia nosotros.

La reunión se celebró en un teatro y el aforo se superó con creces; si no hubiéramos acudido antes para colaborar en la organización, nos habríamos quedado en la calle. Una enorme pancarta con el lema «Todos somos poetas nicaragüenses» presidía el escenario. Ernesto Cardenal, durante su exilio, se dedicaba a recorrer Europa para recabar apoyos y su paso por Berlín creó una enorme expectación mediática. Sus libros habían sido traducidos al alemán con una gran acogida y fue recibido por el propio canciller. Yo estaba emocionada y apretaba fuerte la mano de Markus mientras nuestro orador nos arengaba con su discurso combativo. De su relato me impresionó especialmente la Insurrección de los Niños, un levantamiento espontáneo de chavales entre ocho y dieciocho años en Matagalpa que sorprendió tanto al Frente Sandinista como a la Guardia Nacional. «Flaquitos y flaquitas, con pistolitas, escopetas de caza, bombas caseras, hachas y machetes. Una semana estuvo la ciudad bajo la ley de los jóvenes.» Cuando proyectó la fotografía de una chica de quince años dirigiendo el tráfico con una pistola, el salón rompió en aplausos y todos nos pusimos en pie.

Terminada la reunión, nos quedamos unos días más, asistimos a alguna otra charla y trasnochamos como verdaderos «osos» berlineses. La ciudad lo merecía, bullía de vida. Los patios interiores eran laberintos llenos de cafés, clubs, diminutas salas de arte, asociaciones, centros contraculturales... y estaban llenos de plantas, bicicletas y pintadas. Había mucha actividad política, mítines, concentraciones, manifestaciones... y muchos jóvenes vestidos como nosotros. Mientras que en Visp éramos continuo objeto de atención, en Berlín pasábamos desapercibidos. ¡Hasta asistimos a una fumada en un parque reclamando la legalización de la marihuana! Intentamos organizar una agenda de visitas turísticas, pero eran tantas las opciones que decidimos dejarnos llevar por la marea. Como resultado, a la imagen inicial de aquel Berlín tenebroso, se suman otros recuerdos.

El color, el primero: el ignominioso Muro, las oscuras y desconchadas paredes de las fachadas, los puentes, portales y patios, las fábricas e iglesias abandonadas... lucían convertidas en obras de arte por parte de virtuosos autores anónimos que expresaban su protesta mediante el grafiti con una originalidad y un atrevimiento fascinantes. Los bares también me resultaron inolvidables. Parábamos en locales vetustos, andrajosos, con luz tenue y velas en las mesas de madera, llenas de botellas de cerveza vacías y ceniceros rebosantes, banderas colgadas del techo y carteles anunciando el nuevo mundo que se acercaba, un mundo revolucionario fraguado entre sofás viejos, ojos vidriosos y humo de cigarros.

Regresamos a Visp jurando que algún día viviríamos en Berlín.

Este aire festivo que impregnaba nuestra pandilla quedó roto el día en que Klaus anunció su aterrizaje en Visp. Había sido una leyenda desde el principio: «Ya verás cuando venga Klaus», «Si Klaus estuviera aquí», «Klaus no lo hubiera hecho mejor». Creí que era un amigo de Ralf y Demien, pronto descubriría sus otras facetas. Estaba tan rodeado de secreto y misterio que ni siquiera me aseguraban si ese era su nombre verdadero. Cuando recibían carta suya la leían en voz alta y la analizaban de cabo a rabo buscando significados ocultos y doble sentido a las palabras. Yo no le había dado mayor importancia a aquella curiosa relación epistolar, la correspondencia con grupos y personas afines era frecuente. Ante su inminente llegada, Markus me exigió un juramento de silencio, poco menos que con sangre.

—Nadie debe saber que está aquí. ¿Lo entiendes, Greta? N-a-d-i-e.

Nuestra pequeña comunidad se trastornó, expectante ante la venida del Mesías. No lograba entender aquella conmoción y me preguntaba qué iba a hacer un personaje tan importante y controvertido en Visp, un pueblo de paso, turístico pero menos, con la vida cultural de un gato muerto. Tras muchos ruegos, Markus me desveló el vínculo que los unía:

—Klaus tiene doble nacionalidad, suiza y alemana, pertenece al Movimiento 2 de Junio y participó en el secuestro del candidato cristiano-demócrata a la alcaldía de Berlín, Peter Lorenz, en colaboración con la Fracción del Ejército Rojo en 1975.

Recordaba aquella acción de la RAF, la más espectacular y exitosa de la guerrilla urbana alemana, culminada con la liberación de cinco de sus presos... y el fin del propio Movimiento.

—Varios de sus miembros murieron en enfrentamientos con la Policía...

—¡Tienes buena memoria! Klaus fue detenido, junto con otros, en un registro domiciliario. Ralf y Demien formaban parte de su célula, pero consiguieron escapar. Vinieron a Visp, tras entrar Klaus en la cárcel, buscando quitarse de en medio una temporada, salir de Alemania y que su pista se perdiera en Suiza.

—¡Pero son mucho más jóvenes! ¿No tiene Klaus treinta y cinco años?

—Sí, claro, por eso tampoco los persiguieron con ahínco, entonces eran unos chavales. Lo fundamental, ahora, es que nadie sospeche quién es.

—¿Y qué viene a hacer aquí? —No entendía nada.

—Su idea es reproducir el Movimiento 2 de Junio, tal vez con otro nombre.

—¿No crees que en un sitio tan pequeño un extraño llamará más la atención?

—Está contemplado. No levantará sospechas, viene a trabajar como operario al garaje.

—¿Quieres decir que el grupo de música, el club de lectura, las plantas de cannabis... son una tapadera? ¿Lleváis estos años preparando el terreno para encubrir a Klaus y reactivar la célula? —Ahora las piezas sí encajaban. Por completo. O no—. ¿Y yo?

—Costó mucho que te admitieran —dijo orgulloso y me levantó el flequillo—. Yo sabía que tenías madera y te integrarías fácilmente. Además, eres mi chica.

Cerré los ojos para besarlo, intentando que no viera impreso en ellos el susto recibido. ¡Formaba parte de una guerrilla semiclandestina de vocación terrorista! Lo aparté de mi cabeza, abochornada por mi cobardía, y me sumí en la emoción de conocer a un verdadero líder, un activista más allá de las pintadas. La víspera de su anunciada llegada estuvimos limpiando y acondicionando el local como el hijo que recibe la visita de su madre en el piso de estudiantes compartido. Cuando la puerta se abrió y su silueta se recortó en el vano, un silencio recorrió el local antes de convertirse en alegre recibimiento. Acababa de salir de la cárcel, tras pasar varios años preso, y eso lo dotaba de un halo de dureza. Con un cuerpo esculpido a base de abdominales en la celda, sus brazos tatuados se arqueaban a ambos lados, prestos a desenfundar, apoyado en unas piernas musculosas, rematadas con unas botas de clavos. Debajo de su gorro de lana negra asomaba una coleta, tan larga como su barba blanqueada por las primeras canas. Sus ojos eran fríos, tenebrosos en una piel quemada por las interminables horas de patio. Atrajo hacia sí los cuerpos como un imán mientras su presencia se expandía ocupando los espacios libres. Jamás conocí a nadie con tal carisma. Cuando nos presentaron me traspasó con una mirada evaluadora, y sentí que me desinflaba mientras dejaba escapar una risa boba. Casi me arranca el brazo al estrecharme la mano. Contaba episodios fascinantes y enseguida monopolizó la conversación.

—Los guardias nos trataban como «esos melenudos que vienen a jodernos». Nos quisieron meter con los de la RAF, que pedían ser considerados prisioneros de guerra atendiendo a la Convención de Ginebra, pero los del Movimiento 2 de Junio nos negamos. No hay presos políticos ni sociales, solo personas privadas de libertad. La lucha debía continuar en prisión, así que intentamos organizar algo con los presos, como habíamos hecho con otros colectivos. Cuando nuestros carceleros se dieron cuenta de la maniobra, intentaron aislarnos, pero emprendimos una huelga de hambre muy sonada. ¡Y conseguimos nuestro propósito!

Aplaudimos, cómo no.

Lo sabía todo, estaba de vuelta de todo y había nacido para líder. Nos arrolló desde el primer encuentro. Markus pasó a justificar la violencia con tal extremismo que nuestra relación empezó a enfriarse. Me apuntaba la primera a hacer pintadas, pegatinas y a repartir panfletos, pero hablar de atentados me respingaba. Lo mío era hablar, fumar, reír, escribir…, a eso nos dedicábamos antes de que aquel terrorista convicto aterrizara entre nosotros.

—Nuestra lucha forma parte de la resistencia global. Hay que unirse y organizarse para conseguir algo. La función de la guerrilla urbana es oponerse a un Estado omnipotente y a sus beneficiarios. Y en este sentido, lo más fácil es atracar bancos. En Berlín los conocíamos todos, tenía un compañero que se orientaba por sucursales, en vez de por calles. Solo hay que saber cuáles tienen caja blindada y cuáles no. Cuanto más contundente te pones al principio del asalto, mejor, a nadie se le ocurre hacer tonterías. Nos fue de mucha ayuda un caco que disparó en una pierna a un cajero que no quería colaborar, aquello nos facilitó la labor. Desde entonces nos atendían solícitos. Y para distinguirnos de los ladrones, antes de marcharnos les dábamos pasteles a los clientes. Nosotros jamás empleamos la violencia de forma indiscriminada.

Contado así, resultaba inofensivo, mas yo no quería acabar en la cárcel. Ninguna de mis lecturas elogiaba la estancia tras los muros de una prisión. Me estremecía solo de pensarlo.

—¿Tú crees que Klaus habla en serio? —le pregunté a Markus mientras dábamos un paseo.

—¡Claro que sí! —Se le iluminaron los ojos—. La acción directa es la única forma de derribar el capitalismo.

—¿Tú serías capaz de poner una bomba?

—¿Tú no? ¡Eres una chiquilla!

—¿Sí? ¿Y si te detienen o te matan? ¿Y si hay muertos?

—Para empezar, no hablamos de matar a nadie, sino de atentar contra las instituciones y cuanto representan. De todas formas no resulta fácil organizar algo así, se necesita mucho dinero —me explicó paciente.

Tenía calculado con precisión el precio en el mercado negro de los explosivos y las armas —una Magnum, 350 dólares—, de los pasaportes falsos, los sobornos, la huida... De repente me caí del guindo. Sin darse cuenta, Markus me estaba explicando un plan perfectamente elaborado. ¿Desconocido por todo el grupo o solo por mí? Me sentí flaquear. Achacaba a Klaus los extraños comportamientos que había detectado, a veces se callaban cuando yo me incorporaba, otras cambiaban de conversación.

—Klaus se va a instalar en la nave, será su casa un tiempo, así que la utilizaremos menos como sede.

La disculpa me forzó a pasar más horas en la pensión preparando los exámenes. Echaba de menos las risas tontas, la hierba, a Markus y su música... Él a mí no, ya estaba metido en otra guerra. La última tarde estuve fumando sola, mientras los chicos cuchicheaban en una esquina sabiendo que no les podía entender por el volumen de la música. Markus se mostró muy esquivo. Aunque llevábamos semanas sin acostarnos, nunca había dejado de ser cariñoso conmigo. Lo llamé a un aparte y se acercó remolón.

—Markus, no sé qué está pasando. ¡Te quiero! Estás cambiando y quiero seguirte, pero no puedo si tú no me dejas, si no abres un resquicio para que me cuele en tu vida...

—Canija —me dijo sonriente—, vale más que no sepas nada, te abriré la puerta de par en par un día de estos.

—¿Cuándo, Markus?

—Cuando acabe el curso y nos vayamos de aquí.

¿Era mío aquel corazón desbocado?

—¿Qué dices? ¿Irnos de Visp? ¿Tú y yo? ¿Adónde?

—Greta, ya verás como al final todo cobrará sentido, confía en mí. Hemos nacido el uno para el otro, sin embargo ahora se impone otra prioridad a nuestra pareja, ¿me entiendes?

No comprendía nada, excepto que éramos una pareja. Asentí con entusiasmo. Confiaría, esperaría. Me hice un porro bien cargado. Necesitaba asimilarlo. Se sentó a mi lado y me acarició el flequillo. Me encantaba que lo hiciera.

—Te tengo abandonada, ¿verdad? ¿Sigues escribiendo?

Apoyé la cabeza sobre su hombro y deslicé mi lengua por el tobogán de su cuello, a punto de caramelo.

—¡Markus! —En el momento más inoportuno, Klaus lo llamó a voces, entre las risas de Ralf y Demien—. Tienes otro trabajo, ¿ya no lo recuerdas? ¡Seguro que no es mejor, eso sí!

Mi compañero se puso rígido, tensando los músculos bajo mi mano. El erotismo se cortó de golpe. Me levanté de un salto, indignada hasta el tuétano.

—¡Ahí tienes la voz de tu amo!

Y me marché dando un portazo.

En cuanto el frío golpeó mis mejillas me di cuenta de la tontería que acababa de cometer. Klaus era un cabrón, desde luego, pero le estaba dando razón al excluirme de sus asuntos. Me fustigué de camino a la pensión repasando la escena: el colocón, el calentón, mi histerismo... Estuve a punto de darme la vuelta y pedir disculpas.

Tal vez habría cambiado mi historia si lo hubiera hecho.

Al cuarto de hora de que yo saliera por aquella puerta, la Policía entró por ella con una orden judicial de registro. Aquella noche fueron detenidos los cuatro bajo los cargos de complot para atentar, preparación de actividades terroristas y posesión ilegal de armamento. Las armas no eran una entelequia, sino una realidad debajo de la tarima. Las plantas de cannabis sumaron un delito contra la salud pública. Klaus me señaló como origen del chivatazo, no sé si lo pensaba de verdad o le convenía que así fuera para separarme de Markus. A este le sobraron motivos para creerlo: allí se acabó nuestra hermosa relación. Su abogado me impidió que fuera a visitarlos a la cárcel; según él, se negaban a recibirme. Le escribí larguísimas cartas, nunca respondidas. Hasta recibí anónimos en el instituto por chivata. Klaus se había explayado un día sobre los castigos que infligían a los traidores y que me arrancaran las uñas hubiera sido el menor de ellos. Iba de clase a la pensión y de la pensión a clase atemorizada, cambiando cada día mi itinerario. No entiendo cómo pude abstraerme del miedo y del disgusto, menos mal que el curso estaba finalizando y los últimos exámenes me mantuvieron concentrada. Una vez más, aprobé con buenas notas, y hubieran sido mejores de no mediar la imagen que mis profesores tenían de mí.

Cuando regresé de vacaciones a Zermatt, mi cabeza estalló. La tensión acumulada pasó su factura y estuve casi diez días en la cama. Úrsula y Eloína se turnaban para cuidarme, aunque más bien me vigilaban temiendo encontrarme ahorcada. El psiquiatra amigo de Paul me recetó sus píldoras mágicas y los antidepresivos empezaron a hacer su efecto: hablar sin llorar, el más visible. El más significativo para mí, sin embargo, era la claridad. Si en el pozo solo había oscuridad y abrir los ojos era como tenerlos cerrados, en la remontada aumentaba la luz, los contornos se hacían distinguibles, mi entorno cobraba vida. Y los sentimientos hacia los demás volvían a aparecer.

Era fácil engancharse a las pastillas.

En un momento de debilidad, decidí sincerarme con mis padres, tan preocupados se mostraban. Les idealicé el club, cómo me había servido para encontrar un lugar en el mundo, mi éxito como letrista de canciones, mi afán por ser escritora, nuestra filosofía pacifista pese a nuestro lenguaje bélico… Y cómo Klaus lo había envenenado todo. Me despaché a gusto contra él, lo tildé de embaucador y defendí la inocencia de los demás, especialmente de Markus. Eloína me escuchaba boquiabierta y, de haberme fijado más en la cara de Paul, no me habría sorprendido tanto su interrupción:

—Bien lo sé, Greta, bien lo sé. Yo fui quien informó a la Policía, aunque jamás te imaginé sentada encima de un polvorín; si no, habría intervenido antes, lo juro.

—¿Tú? —Lo miré como si no lo conociera.

—Yo, Greta, yo. Tu padre, ¿quién si no? Me avisaron del instituto y contraté a un detective.

—¿Un detective? —preguntó mi madre, de sorpresa en sorpresa—. ¿Sin decirme nada? ¿Cómo te atreviste?

—Te conozco, Eloína, te hubieras puesto de su parte. Además, al principio no había nada sospechoso: se reunían a fumar hierba y a cantar, como la mayoría de los chavales de su edad. Sin embargo, los dos del garaje tenían antecedentes y eso me preocupó, así que decidí mantener la vigilancia un poco más. No le resultó difícil al detective identificar a ese Klaus, y cuando me pasó el informe, se lo trasladé a la Policía con la condición de que tú quedaras limpia.

—Entonces..., ¡es como si yo los hubiera delatado!

Quise morirme al darme cuenta de que Klaus no andaba desencaminado, la denuncia se sustentaba con la delación paterna y seguramente lo sabía cuando me tildaba de soplona, se lo habría dicho su abogado.

La sangre se me agolpó en la cara y salté sobre el cuchillo que estaba encima de la mesa. Paul se apartó con un grito, creyendo que iba a clavárselo, y Eloína se interpuso entre nosotros. Era innecesario. Yo solo quería cortarme las venas, volatilizarme, corresponder con mi dolor al daño provocado. Cuando se dieron cuenta, se lanzaron a detenerme, no sin impedir que me raspara una muñeca hasta hacerme sangre; entonces todavía no sabía que el corte ha de ser vertical para resultar decisivo.

Ese episodio contribuyó a desequilibrar definitivamente la inestable estructura familiar. Eloína cargaba con su culpabilidad y Paul se volvió inaguantable. Aprovechaban cualquier excusa para echarme el sermón y yo no salía de la buhardilla —siempre cerrada a cal y canto— si no era para ordenar el almacén con la música a todo volumen, algo que interfería con la suave melodía que ambientaba la tienda y hacía que mi madre subiera cada poco a protestar.

La tensión se mascaba.

Si de pequeña solo deseaba permanecer en Matterhorn Paradise, a partir de ese suceso solo me obsesionaba cómo salir de allí. Lentamente se fue fraguando en mí una decisión transcendental: mudar de aires y olvidarlo todo, a todos, como si lo vivido hasta entonces formara parte de una pesadilla que pudiera borrarse al despertar.

Eso exigía empezar de nuevo.

Muy lejos de allí.

Isla de Ometepe, 1979

Mi muy querida Julia, hermana en Cristo:

Te habrá alcanzado por otros medios la dolorosa y triste noticia del asesinato de mi compañero y compatriota, el hermano Gaspar. De amanecida sufrió una emboscada en el municipio de Cárdenas, muy cerca de la frontera con Costa Rica. Cercado y atacado, luchó hasta el final. Está claro que quienes lo han matado no pensaban dejarle escapar vivo, como demuestra el estado en que hemos encontrado su cadáver: se han ensañado con su cuerpo y, una vez muerto, le han disparado en la cara, no sé si con afán de que no lo reconocieran o por sañuda venganza. Dios perdone a sus asesinos, que son los enemigos del pueblo tan amado y defendido por él.

El beato Maximiliano Kolbe, un franciscano polaco ejecutado por los nazis, vio puesta a prueba su fe con las atrocidades que hubo de presenciar. Ante un ajusticiamiento, alguien le preguntó indignado: «Y ahora, ¿dónde está Dios?». Y él contestó: «Acaba de morir ejecutado». Este mártir ofreció su vida a cambio de la de un preso con mujer e hijos condenado a morir; igualmente el padre Gaspar la ha dado por los campesinos. Nosotros recibimos de Él estos mandatos a través del Evangelio de san Juan: «El que ama a Dios, ama también a su hermano». Me hubiera gustado poder cambiarme por él, pues «nadie tiene mayor amor que el que da la vida por sus amigos».

Murió porque lo perdió su buen corazón. Iban a atacar una finca y un campesino le pidió permiso para avisar a su familia, que vivía en ella. Y él se lo concedió. El traidor avisó a su familia y, además, a la Guardia Nacional. Así, fueron atacados al amanecer, camino del río. Lo mataron en una comunidad rural llamada El Disparate y un paraje llamado El Infierno. Simbólicamente predestinados ambos. Sus amigos nos preguntamos quién dio la orden, de quién partió la fatídica instrucción y hay nombres que suenan dentro del propio movimiento revolucionario; nunca fue del todo bien visto entre los suyos, debido a su integridad y noble carácter. Ya te había contado nuestro distanciamiento a raíz de la diferente interpretación del Evangelio, y no en lo referente al compromiso con la justicia y los pobres, donde comparto sus ideas, sino respecto al uso de las armas para defender la fe. Ello no fue óbice para que conserváramos la amistad. De hecho, he estado proporcionándole ayuda y cobijo cuando venía a la isla. Largas noches fueron esas de peroratas y discusiones, siempre desde la amistad y con el servicio a Dios y al prójimo como horizonte, ante una hoguera y una botella de ron a las orillas del lago Cocibolca.

Voy a trasladarte la última conversación que mantuvimos. Fue en el campamento guerrillero del Frente Sur, en plena selva, donde Gaspar era el jefe, con motivo de la celebración de una homilía por parte de Ernesto Cardenal, otro sacerdote guerrillero con mucho predicamento en el sandinismo. Alguien le había propuesto ofrecer una misa de campaña a los combatientes, campesinos sencillos y confundidos entre tanta balacera y tanto marxismo, necesitados de resolver sus conflictos de fe, y allí se presentó. Coincidió con que estaba yo realizando una visita a Gaspar y, para mi sorpresa, la reacción de este fue de indignación y rechazo:

«Yo no pienso acudir a la misa», me dijo.

«Pues a mí me agradaría saludarlo, hasta ahora no he tenido la oportunidad de conocerlo personalmente», fue mi respuesta.

«Puedes ocupar mi sitio a su lado, de otra forma quedará vacío», me replicó y prometió presentármelo.

«Hermano Gaspar, si tú lo quieres vacío, así quedará. Y no hace falta que vengas conmigo, sé arreglármelas solo. ¿Puedes aclararme al menos el motivo de tu indignación?», le pedí.

«¡Lo considero una intromisión ilegítima! Si yo soy sacerdote y he renunciado a practicar el culto entre mis hombres, ¿a qué viene él? Dios está de parte de la Revolución, pero hay que ayudarla enseñándolos a manejar bombas antes que a rezar.»

Con el valor que, bien sabes, concedo a la amistad, su enfado me marcó el camino a seguir. Me presenté a Ernesto, hablé con él un rato —me pareció un hombre muy interesante— y luego volví con Gaspar, que estaba con otro amigo inseparable suyo, Alejandro.

Cuando vi que llevaba un zurrón muy abultado, le pregunté qué contenía.

«El padre Ernesto ha traído abundante pan y vino para ofrecerles una verdadera comunión y no hostias de papel, y me he permitido apropiarme de una botella de vino y una hogaza de pan para celebrar nuestro encuentro. ¡También somos hijos de Dios!», me contestó ya de buen humor.

Y así, mientras la homilía se celebraba, estuvimos los tres bajo un puente bebiendo, comiendo, fumando —el tabaco lo había provisto yo— y charlando de los viejos tiempos y los nuevos que se avecinaban.

«Tienes buen aspecto, amigo, no te sienta mal la guerrilla», le dije en medio de esa francachela.

«Continuamente recuerdo a los *fugaos* que se echaron al monte tras perder la Guerra Civil, ¿sabes por qué?», me replicó sin venir a cuento.

«¿Por las malas condiciones de vida? ¿El hambre? ¿La falta de suministros?»

«En eso podemos encontrar similitudes, pero en el clima… —Se rio con ganas—. ¡Ya podíamos tener en Asturias este clima, hermano! Allí entre el frío, la lluvia, la humedad y el barro, debía de ser insoportable andar por la montaña. Aquí con una hamaca estás servido, acampas al raso, y eso que en esta zona predomina la selva; a veces nos enterramos en la arcilla caminando.»

«¿Sigues convencido de la decisión tomada?», quise saber aprovechando aquella distensión.

«Camilo Torres decía que hacer la revolución es practicar la caridad eficaz. Se trata de dar de comer al hambriento, vestir al desnudo y enseñar al que no sabe a escala nacional; no como la caridad tradicional, individual y estéril.»

«Siempre creí que los curas, como enviados de Dios en la Tierra, podíamos actuar libremente contando con la protección de los gobiernos, pero en esta América los Gobiernos y la Iglesia están con los ricos. Somoza es un sátrapa que vive con lujo y ostentación, mientras los pobres mueren de hambre y son torturados y asesinados por protestar.»

Esa es mi visión de la realidad diaria en nuestro país y así la expresé.

«Considero la guerrilla como una forma de resistencia ante las dictaduras y esta de Somoza es especialmente criminal en sus actos. Me he visto obligado a asumir la guerrilla como consecuencia de mi fe, fracasadas el resto de las opciones», sentenció mi amigo.

El padre Gaspar luchó contra el pecado colectivo, contra la violencia institucionalizada. Nadie como él sufrió la injusticia y no fue su respuesta un enunciado teológico, sino compromiso con la pobreza, con la marginalidad. Situarse al lado de las personas oprimidas frente a los poderosos resultaba consecuente con sus proclamas y, sobre todo, con sus sentimientos. «Egoísmo» era una palabra desconocida para él. Alguien dijo: «Siempre mueren los buenos», y no es cierto. Sus trasuntos guerrilleros, Martín, Ángel y Miguel habrán muerto, pero Gaspar seguirá vivo por siempre en esta tierra que regó con su sangre. Y en la nuestra, esa Asturias pequeñina y galana tan pródiga en guerreros, espero que no se olviden de él.

En nuestro último encuentro me entregó una copia de sus poemas; entre ellos hallé este a modo de testamento, reproducido a continuación para mostrarte su carácter y firmes convicciones.

Cuando ganemos la guerra,
no vengáis compungidos a mi tumba
con rosas y claveles
rojos, como mi sangre derramada.
Os juro que me levantaré
y os azotaré con ellos.
Solo admitiré violetas,
como mi carne macerada,
como el dolor de mi madre,
como el hambre campesina
de mi América Latina.

D. E. P. Gaspar García Laviana. Caído en la lucha por defender el Reino de la Justicia y el Amor. Dios misericordioso, concédele la paz eterna.

Mi buen amigo, cómo voy a echarlo de menos…

Te tengo siempre presente en mis oraciones, Julia, mi querida amiga. Tú eres mi consuelo, que el Señor te bendiga y te guarde, y la Virgen de la Soledad te proteja.

El párroco de Cimavilla me tiene al tanto de tus andanzas. Julia, sería feliz si un día me contestaras. Un gran abrazo de tu amigo,

Guillermo

Hoy es domingo

La lectura de aquella correspondencia me garantizaba un remanso de paz al finalizar la jornada en mi apartamento de Cimavilla y cada capítulo añadía nueva emoción a la serie. Pero no esperaba el mazazo que supuso ese asesinato. Me puse a buscar más información y acabé viendo varios documentales sobre el cura guerrillero que despertaron en mí imágenes lejanas, archivadas en algún cajón de la memoria.

Sobre los años de Visp ondeaba la bandera de la revolución social, encarnada, entre otras, en la rojinegra del Frente Sandinista de Liberación Nacional, el FSLN. Durante un festival habíamos realizado un homenaje a un misionero español recién asesinado. Entonces me pareció chocante y contradictorio: un cura obrero, campesino y guerrillero. Su nombre se me había borrado y ahora resucitaba con la energía de antaño: Gaspar García Laviana. Lo había repetido varias veces antes del acto para que mis amigos lo aprendieran, les resultaba impronunciable, un trabalenguas. «Llámalo Comandante Martín, es más sencillo», dijo Markus. «¿Por qué Martín?», pregunté. Nadie lo sabía. Y ahora descubría que el apodo procedía de su concejo natal. Yo misma había leído alguno de sus poemas ante el micrófono. Los recuerdos se agolpaban, descorchado el recipiente. Sobre ellos destacaba uno: Markus. ¿Y si Klaus no se hubiera interpuesto? ¿Habríamos recorrido el mundo como soñábamos, yo escribiendo poesías y él componiendo música para mis letras?

Llegué a la residencia de la Chata tarareando la canción que Luis Enrique Mejía Godoy había dedicado a Gaspar: «de Asturias, el misionero que araba sobre la mar». Me había acostado con ella de fondo y la había puesto de nuevo al despertar.

Por la cara de la monja, ya me di cuenta de que pasaba algo raro.

—¡Buenos días! Estaba esperándola, hoy Julia no podrá salir de paseo.

—¿Qué sucede? ¿Está enferma? —pregunté alarmada.

—Usted lo sabrá mejor que nadie. La llevamos anoche al hospital al borde del colapso.

—¿Me está echando la culpa?

—Relativamente. Creo que no la advertimos lo suficiente sobre su estado y ella se aprovechó de su desconocimiento.

—Si solo hemos estado hablando… Quizá los recuerdos la hayan alterado —Mi preocupación era sincera, pero no valdría de nada admitir las sucesivas harturas.

—Su hígado está al borde de la cirrosis y con usted ha transgredido el régimen, nos lo ha confesado.

—¡No sabía nada!

—Lo supusimos. No está en condiciones de recibirla, pero insiste en seguir hablando con usted. Si la ve fatigada o descompuesta, toque el timbre que está en la cabecera.

Entré con precaución y vi sus ojos, cada vez más grandes en la cara cadavérica, esperándome.

—¡Julia! ¡Cómo no me avisaste! —la regañé, sin poder evitar contagiarme de su débil y pícara sonrisa.

—Si te lo digo, no me sacas de aquí y no hay entrevista. ¿Tú sabes cuánto disfruté estos días? ¡Ay, qué bien lo pasé! Mira, yo correr, corrí lo mío en esta vida, no se me caía el techo de casa encima, no. Mas de haber sabido que me vería así, más hubiera corrido, te lo juro.

—¡Eres tremenda! ¿Quieres seguir hablando? De verdad… —Me daba miedo que una recaída nos impidiera llegar al final.

—¡Para alguien que me escucha! Hoy guardaré la dieta pero mañana me traes un milhojas de nata. De la confitería La Marina, son los mejores. Eso no lo tengo prohibido.

—¿Seguro? —Recibí su mirada más ofendida—. De acuerdo, traeré pasteles.

—Y una botella de vino dulce Sansón.

—¡Eso no!

—Se lleva a las mujeres recién paridas, no puede ser malo. Me levantará un poco la tensión, que *tengola polós* suelos.

Sin saber si me tomaba el pelo, me puse cómoda y encendí la grabadora.

—Estábamos en la posguerra, cuando por fin la familia se vuelve a juntar. La vivienda no os la habían requisado gracias a Segisfredo.

—¡Ay, sí, ya me acuerdo! Mi abuelo cerró el taller cuando estalló el conflicto y en la posguerra se dedicó al estraperlo. Acumuló bastante dinero y, si queríamos verlo, íbamos al teatro Dindurra o a las terrazas de la calle Corrida. Si estaba de buenas, soltaba una peseta, pero él Cimavilla no la pisaba, decía que se le pegaba el olor a saín en la ropa. Ese olfato fino por rama paterna lo heredó Covadonga, yo solo la nariz.

Su carcajada tapó mi pensamiento. Yo tenía un olfato cercano al de Jean-Baptiste Grenouille, el protagonista de *El perfume.* El evanescente mundo de los olores, clave en la historia de ese asesino en serie, había constituido para mí una realidad incuestionable desde mi más tierna infancia y siempre había sido mal comprendida. ¿Sería posible que proviniera de aquella parte de la familia y hubiera heredado de Segisfredo ese sentido tan agudo? Descarté comentárselo mientras sopesaba la posibilidad de haber tenido un bisabuelo estraperlista...

—¿Se convirtió en un hombre rico?

Desde luego, si así era, no había nombrado heredera a la Chata.

—¡Qué va! Mantenía como amante a una cupletista quince años más joven, la Alondra de Caldones, y durante unos años vivieron en Jauja. Lo malo fue que, cuando él se hizo viejo, ella se dio a la fuga llevándose el dinero que mi suegro guardaba debajo de una baldosa, casi cuatro millones de pesetas. Como estaba al margen de la ley, Segisfredo no pudo denunciar el robo y se quedó con una mano delante y otra detrás.

—No me digas que se fue a vivir con vosotros...

—Pues sí, *fía,* sí. Tuvo la jeta de presentarse en casa con la maleta y un pañuelo impregnado de colonia tapándose la nariz. «Yo os acogí durante la guerra, ahora os toca devolverme el favor.» Después de todo lo vertido por aquella boca, si mi madre no le abre la puerta queda en la indigencia, pues ya no tenía el taller y, de tanto alterne, ni el pulso ni la vista tenía finos para volver a trabajar. Su llegada supuso que sus nietos, o sea mis hermanos y yo, pasáramos a dormir juntos en una cama.

—¿Chicos y chicas? —pregunté sorprendida dándome cuenta de que ella tendría catorce años cuando regresó a Gijón—. Erais ya púberes…

—¡No había tanto cuento como ahora! Además, la mayoría de las noches caíamos muertos en la cama, lo único bueno era que no necesitábamos calefacción, cinco cuerpos adolescentes suman la temperatura de un volcán. Andrés, el pequeño, era el que se tiraba los pedos más sonoros y Cova, con lo fina que era, los más olorosos. —Su apergaminado rostro recobraba la picardía de la adolescencia antes de volver a entristecerse—. Así enfermaríamos todos, pero eso sería después.

—Supongo que los años de la posguerra fueron muy difíciles…

—Con todas aquellas bocas que alimentar, Nieves amplió su campo de acción. Los marineros usaban para transportar el aparejo un carro de vacas y, si no salían debido al mal estado de la mar, mi madre lo pedía prestado, tirábamos de él y nos íbamos hasta las aldeas vecinas cargadas de pescado, que trocábamos por patatas, huevos, berzas…, alimentos prohibitivos en la villa.

—¿Arrastrabais vosotras el carro en lugar de los animales? —pregunté incrédula.

—¡Claro! Bego, Fredín y yo ayudábamos a empujarlo. Eso acabó con la salud física de mi madre, ya muy delicada por andar cargando cajas desde niña. Siempre se quejaba y, cuando por fin conseguí llevarla al médico, le diagnosticó dos hernias lumbares y una artrosis degenerativa. Esta derivaría en deformidades y dolores insufribles, mientras que las hernias la obligaron a usar corsé ortopédico el resto de sus días. La faja le restaba libertad de movimientos y la forzaba a caminar rígida, impidiéndole trabajar, así que dejó de ponérsela. En consecuencia, los dolores fueron aumentando y acabó dependiendo de la morfina los últimos años de su vida.

»Era una mujer muy honrada: una vez encontró y devolvió una cartera con cincuenta mil pesetas perteneciente al Ogro, uno de los mayores explotadores de Cimavilla, dueño de un almacén de pescado detrás de la cuesta del Cholo. Cuando le entregó la cartera, el cabrón, con gran desprecio, le dio dos pesetas y le dijo: «Toma, Nievines, para que compres una cuerda y te ahorques, porque si te hubieses quedado con ella habrías hecho algo y a mí me daba igual perder ese dinero. Está claro que eres tonta». De tonta no tenía un pelo: fue de las primeras en ir a la ría de Avilés y meterse hasta la cintura para sacar berberechos y luego venderlos por los bares. ¡Y también realizaba confites por encargo! Con unas galletas, clara batida, un par de onzas de chocolate desleídas y un chorrito de mistela, conseguía unas tartas exquisitas con apariencia profesional. Vendía muchas para cumpleaños.

—¡No puedo creerlo! ¿También era cocinera?

¡Esa era «mi abuela»! Podía sentirme orgullosa de mis laboriosos antepasados si el vínculo se confirmaba.

—Nieves sacaba dinero de debajo de las piedras, inventaba virguerías para mantenernos ¡y ni así nos llegaba para comer! Mi madre era reacia al fiado en las tiendas porque vivíamos al día, esa era la economía de los marineros: en casa comíamos cuando llegaba mi padre de pescar con las piezas que traía, daba igual que fueran las cuatro de la tarde.

—¿Y si un día llegaba de vacío?

—¡Tocaba pasar hambre hasta la jornada siguiente! Las cosas se aprovechaban y se les daba vuelta hasta que conservaban poco de su primitiva apariencia. Los calcetines se zurcían hasta que no quedaba vestigio de la tela original y, los cazos, potas y sartenes los remendaban los afiladores. Antes había muchos, anunciaban su llegada con el chillido de la rueda y enseguida se montaba cola. Cuando no había «conqué», empeñábamos en el Monte de Piedad un traje de mi padre, el paraguas, las sábanas...

—¡También la ropa de cama!

—Sí, *fia*, sí. En más de una ocasión fui a empeñar sábanas llenas de remiendos, dobladas y planchadas de tal forma que aparentaban ser nuevas. Y cuando el encargado las cogía para comprobar su estado, le pedía que no las revolviera porque en casa teníamos poco carbón y no había forma de plancharlas otra vez. Si descubría los parches, no había préstamo, conocíamos todos los trucos.

—¿Y quién manejaba la economía doméstica?

—La administradora era mi madre, mi padre se lo hubiera bebido todo. Yo le entregaba a ella cuanto ganaba, solo disponía de las dos o tres perronas que podía robarle cuando dejaba la cartera encima de la mesa. Una vez guardé un duro de papel que me dio Jezabel debajo de la pata de la cama, pero lo descubrió mi madre cuando la desarmó para lavar el somier con aguafuerte, como hacía todos los sábados. En la posguerra no había más que miseria: piojos, cucarachas y chinches campaban a sus anchas.

No pude evitar la visión de Eloína en sus últimos días, atemorizada por el recuerdo de aquellos bichos cuyo nombre oí de sus labios por primera vez.

—Comprendo a tu madre, en ese contexto insalubre era muy importante mantener las mínimas medidas higiénicas. —Aplaudí mentalmente a Nieves.

—Todos los años encalaba la casa y a mí me gustaba verla tan blanca, aunque el enlucido durara poco. Y no lo hacía solo para desinfectarla, a ella le gustaba aparentar. Solía tener siempre, encima de la chapa de la cocina, una pota enorme de hierro con agua caliente para realizar nuestro aseo personal y, de paso, si alguna vecina se asomaba a cotillear por la puerta abierta, daba la impresión de que había comida en el fogón.

—¿Las puertas seguían abiertas? La guerra no mermó la confianza del vecindario, entonces.

—¡En Cimavilla nadie tenía nada que esconder ni que robar! Desde la calle veías si había un plato sin fregar o una cama sin hacer. Dejábamos toda la noche en el lavadero la ropa en jabón y al día siguiente, cuando veníamos de vender el pescado, la aclarábamos y poníamos a secar. ¡Y nunca faltó un calcetín! ¿Sabes cuál era mi sueño? —Esperó a que negara con la cabeza, intrigada—. Tener un armario de tres piezas con espejo interior. Mi madre se reía de mí, porque decía que no lo llenábamos con la ropa de todos y era verdad. Mi padre se ponía traje todos los domingos, pero nunca tuvo uno nuevo. Gastaba los que yo le traía de las casas en las que trabajaba, cuando los señores los tiraban por viejos.

—¿El domingo se ponía traje? ¿Dónde ibais?

—Los domingos salíamos de nuestra rutina y nos dirigíamos

en manada al paraíso terrenal, personificado en los merenderos y bailes de Somió. Xixón era como un pueblo grandón donde todo el mundo hacía lo mismo: trabajar durante seis días y el séptimo descansar. ¡Como Dios!

Me fascinaba su natural irreverencia.

—¿Todo el mundo iba al mismo sitio?

—¡No había otro! Llegar a Somió era una fiesta, aquella extensión verde, entre rural y señorial, se veía invadida por un ejército de pescaderas, marineros, modistas, dependientes, oficinistas, obreros y obreras de las innumerables fábricas, comerciantes, sirvientas, soldados... Todas las profesiones descansaban ese día olvidando los sinsabores y fatigas de la semana.

—¿Y en qué ibais hasta allí?

—En tranvía, pero había que salir de casa temprano para coger sitio. Subirse a la jardinera era cuestión de suerte y equilibrio, nada de «*les muyeres* y los guajes primero», había puñetazos y empujones para entrar y unos cuantos hacían el viaje colgando del estribo. Los manjares se reservaban para ese día: si había huevos, una tortilla; si no, una empanada con los restos; cualquier cosa sabía a gloria con una botella de vino, aunque en los merenderos de Somió se tomaba más sidra. El anís, orujo y coñac tampoco faltaban. Yo creo que heredé de Segis el gusto por la bebida, y eso que a mí no me da por dormirla, me entra la risa y, si acaso, me pongo peleona.

Pensé que teníamos muchas cosas en común, demasiadas. Y alguna, no muy recomendable, de lejana procedencia al parecer. ¿Podría considerarse una predisposición genética ese «gusto por la bebida» y esa tendencia «peleona»? Sacudí la cabeza desconcertada y me encontré con su mirada suspicaz.

—Perdona, a mí también la bebida me gustó una temporada, me estaba acordando de eso...

—¡Ya me parecía a mí! Tanto miedo a tomar un culín de sidra... Los conversos sois los peores...

Viendo hacia dónde derivaban las aguas, traté de reconducir el cauce.

—Y tú, ¿cómo ibas vestida? ¿También heredabas ropa de las señoras en cuyas casas servías?

—¡Claro! Luego de arreglada daba el pego como nueva y ni

su anterior propietaria la reconocía. A cambio de una merluza, Zulima te acortaba las mangas de un vestido, lo escotaba o ponía un falso cuello sobre el desgastado, le adosaba un bolsillo de plastón para ocultar un desteñido, te subía el jaretón o lo bajaba con un festón… Hacía milagros, en una palabra. ¡Qué sabrán las modistas de ahora! Te voy a describir mi modelito el domingo que Guillermo me confesó su vocación, ese no se me olvida.

—¡Cuéntame!

—Yo iba como un pincel, «estrenaba» una falda azul preciosa y una blusa blanca y escotada con encaje que llamaba la atención. La llevaba almidonada como las enaguas, hacía frufrú al caminar, y me había recogido el pelo en un moño alzado. Con mi rebeca sobre los hombros y mis zapatos topolino, rellena la puntera con papel pues me quedaban grandes, los hombres se daban la vuelta a verme. Para evitar los apretones matutinos que pudieran estropearme el conjunto, la Tiesa y yo dejamos que pasara la marabunta y tomamos el tranvía a media mañana. ¡Cuál no sería mi sorpresa al subir al vagón y encontrarme a Guillermo con dos sitios libres a su lado! «¿Vas solo?», le pregunté sentándome sin miramientos. «Los tenía guardados para vosotras, os vi venir de lejos», confesó guiñándome un ojo. «¿Dónde estuviste? Hacía tiempo que no nos veíamos…» Excusé decirle lo mucho que lo había echado de menos. «Llegué ayer de Valladolid», me dijo. «¿Valladolid? ¿Dónde queda eso?» «En Castilla, pasando el puerto Pajares, a varias horas en tren.» «¿Quedaste con alguien en Somió?», pregunté descarada. «Con otros seminaristas», contestó. Y mirándome de frente, dejó caer muy despacio: «He decidido profesar». «¡Qué bien!», exclamé y dejé de palmotear cuando vi la cara de Genara. «Que va a ser profesor», le repetí, ingenua. «¡Qué no, zoqueta!», me emburrió mi amiga. «Voy a ser cura», aclaró él.

»Si me pinchan no sangro, tal cual. No hablé más hasta la despedida. Él en cambio no calló. Me contó sus proyectos. Tras la guerra había encontrado su vocación en el servicio a los pobres, no podía permanecer con la cabeza bajo el ala tras haber visto tanto sufrimiento y dolor e iba a ingresar en la congregación de Misioneros del Sagrado Corazón de Jesús. Le habían ofrecido realizar una carrera en cualquier país del mundo una vez terminado el seminario, lo tenían en gran estima y concedían mucho valor a su inteligencia: había llegado la hora de emplearla a favor de los demás. Su voz hacía eco en mi cabeza y, cuando llegamos a nuestro destino, me encontré noqueada, por las muchas expectativas puestas en él, y chafada, por verlas evaporarse en aquel vagón, entre olor a colonia barata, sudor humano y humo de Ideales.

»Por fin recapitulé, atormentada: «Te vas de Xixón». «Allí donde Dios me lleve, nuestra amistad se mantendrá, Julia.» «Ven entonces conmigo esta tarde, de despedida.» «Eres muy joven, tienes quince años recién cumplidos, arruinaría tu reputación.» «¡Si vas a ser cura!», protesté. «Por eso, Julia.» Me miró dulcemente como nunca había hecho y dijo: «Tengo que evitar la tentación». Me besó la mano galante, hizo lo mismo con Genara y nos dejó al pie de la Carbayera desapareciendo como había hecho aquel día en el cine. Sin embargo, aquella tarde fue diferente.

»Me amorré a una botella de cerveza bien fresca que me dejó como nueva, luego bebí sidra a conciencia y todavía pasé a robarles unos tragos de anís a mis padres. El organillo afinaba para el segundo pase, ellos jugaban una partida a las cartas con unos vecinos antes de irse a bailar y yo estaba a punto de ponerme a llorar mientras engullía los restos de empanada. «Quedaste compuesta y sin novio», me chinchó la Tiesa. «¡Eres una envidiosa! ¡Y no éramos novios!» «¡Qué más quisieras! Oye, no está mal que sea cura, así dará gusto ir a confesarse.» Y me guiñó un ojo. No le presté mucha atención, en parte porque estaba distraída y en parte porque vi de lejos a Joaquín. «Un clavo saca otro clavo», pensé. Me doblaba la edad, había ascendido rápido en la carrera militar y era capitán, pese a su juventud. Lucía en el uniforme las condecoraciones por sus méritos en el campo de batalla y estaba guapísimo tan marcial.

—¿Qué campo de batalla? ¿En la Guerra Civil?

Me atemorizó pensar en un padre militar franquista. A raíz de la posibilidad de ser un bebé robado, había leído mucho sobre la dictadura en España. ¡Más de cien mil cadáveres seguían en las cunetas y en los pozos! En este país se seguían tolerando los símbolos y exhibiciones fascistas, al contrario que en Alemania con Hitler y el nazismo, cuya exaltación estaba prohibida.

—¡Claro! Los méritos consistían en haber matado a muchos rojos, pero yo ni lo pensaba. La guerra había terminado y era como si no hubiera existido, nadie quería saber nada de ella. Joaquín era un tipo resultón y rumboso, muy descarado, como a mí me gustan, con sangre en las venas y pasión torera. De los que no se achican ante una mujer como yo, vamos. ¡Jamás soporté a los pusilánimes!

—¿Lo conocías con anterioridad?

—Solía venir a la Rula a comprar sardinas y siempre paraba en mi puesto. «¿Dónde está la sardinera más guapa y más descarada?», preguntaba chulapo. «¿Me va a llevar algo el señorito o viene a baños?», respondía yo en jarras. «Hoy solo media docena de parrocha.» «¡Vaya! ¿Tenemos invitados a la cena?», preguntaba yo con recochineo. Cuando las otras se percataron del quede que traía conmigo, se empezaron a pasar con él: «¡Huy, mira, un *mozu* tan *curiosu* y *solu*!» «Si quieres, como yo contigo...». «Tú lo que quieres es que te lo coma.» «¡A ese le comía yo lo que te digo!» «Es que este bombón está para comerlo... despacito», les replicaba él señalándome. Y se pasaba la lengua por los labios desnudándome con la vista, poniéndome a cien. Me tiraba los tejos, sí. Y no solo eso: era generoso como ninguno con la propina. No perdía detalle de mis movimientos mientras le envolvía el pescado en papel de periódico, y ya me procuraba yo contonear al dárselo. «Chatina, eres la sardinera más guapa de Cimavilla, si no fueras tan deslenguada...», me decía siempre al marchar tirándome un beso con la punta de los dedos.

No pude evitar reírme. ¡Era una magnífica imitadora!

—Ya me habías advertido de que el alma y el arma de vuestro gremio era la socarronería, pero me cuesta pillar las chanzas a la primera.

—Llegaron a publicar un diccionario de nuestra jerigonza, pero resulta intraducible la coña que teníamos. Pujábamos, como en la Rula por el pescado, a ver quién decía más alto la mayor burrada y Joaquín era de los que nos seguía la corriente, que algunos se acoquinaban.

—Así que ese domingo, cuando Guillermo te dijo que profesaba para religioso y viste de lejos al militar...

—Estaba apoyado en la barra de la romería, saludándome

con la gorra en alto y fui de frente a él. Esquivé al heladero, la avellanera, el pirulero, el barquillero... La Tiesa me perseguía tirándome de la manga, pero no le hice caso. Ya había tomado una decisión. «Hola, soldado», dije melosa. «Soldado, no; capitán», mostró orgulloso las estrellas. Nos invitó a una copita de anís con bizcocho y empezó a decirme lindezas y a ponerme ojitos. Cuanto más grande la tontería, yo más me reía. Me sacó a bailar agarrado, pegándose a mí hasta calcarme el cebollino en el vientre, ya me daba hasta apuro. Y venga a rozarme el lóbulo de la oreja con el bigote. Y el aliento en la mejilla, cada vez más cerca de la boca. En esas estábamos, jiji, jajá, cuando veo a Guillermo de lejos, mirándonos atónito. Solo por provocarlo, le puse los morritos a Joaquín y me dejé besar. El cabrito sabía hacerlo muy bien, yo había dado algunos besos más inocentes, aquel me hizo arder de los pies a la cabeza. Cuando abrí los ojos, paladeando su sabor a coñac y tabaco, y me di la vuelta, Guillermo ya se había largado. En su lugar estaba... ¡mi madre! Hecha una furia, me cogió por los pelos y de allí al tranvía, dando unas voces que no se me olvidan.

»Tuve que jurarle que no lo volvería a ver, pero allí estaba él esperándome el martes siguiente con un ramo de flores para llevarse una docena de sardinas, muy serio y educado, pidiendo perdón. Se había corrido la voz y en esta ocasión, aleccionadas por Nieves, en lugar de seguirle la corriente, mis compañeras espiaban sus palabras y reprendían sus gestos. «¡Anda, que vas a coger frío!» «Si quieres calentarte, te doy yo candela, deja a esa nena, cabrón.» «Mejor te vas», dije en voz baja mientras le daba el cambio. «Volveré todos los días hasta que quedes conmigo.» «Mi madre me matará.» «Este domingo nos vemos en la Carbayera de la Pipa.» Me miraba de un modo que no podía negarle nada y allí fui con Genara de carabina. Supongo que alguien nos habría visto porque al llegar a casa me estaba esperando Nieves con la zapatilla en la mano y una buena bronca.

»Intenté convencerla alegando el romanticismo de nuestros encuentros. «Lo conocí como tú a papá, delante de una caja de sardinas, es casi una predestinación.» «Nuestro caso es distinto, Julita. Para empezar, Segis y yo somos de clase social similar, por más que mi suegro se empeñe, y nacidos los dos el mismo año. ¡Y ese señorito, además de militar, te dobla la edad! A casa no vengas con encargos, que bastantes bocas tenemos que alimentar. Tú a ese no lo vuelves a ver, ya me ocupo yo de quitártelo de la cabeza.» Y aunque le juré y perjuré que no había pasado nada entre nosotros, me metió en el colegio de las Adoratrices para apartarme de él. Su proyecto era mantenerme en régimen de internado hasta la mayoría de edad, a los veintiún años.

—¡Estuviste interna en un colegio! ¡Qué coincidencia! Yo también.

—Estas eran unas monjas muy elitistas, las alumnas procedían de familias ricas y no podías entrar sin darles una dote. Lo primero que hacían las monjas era cambiarnos el nombre a las internas: a mí me llamaron Isabel. Me tenían esclavizada y eran unas déspotas, desde entonces tengo manía a los hábitos. Ya ves, ¿no quieres taza? ¡Toma taza y media!

—¿Estabas sometida a un horario muy estricto?

—Nos levantábamos a las siete de la mañana y rezábamos hasta las ocho; comíamos en silencio con la lectura de relatos bíblicos; realizábamos oficios de limpieza a lo largo de la semana; nos tenían diariamente dos horas arrodilladas en los reclinatorios de la capilla, con relevos a lo largo de la noche; en los recreos estábamos de tres en tres para tenernos controladas y evitar secretos, porque una de nosotras siempre estaría en desacuerdo y se podía chivar…, y todo ello pasando mucha hambre.

»Nieves todas las semanas entregaba a las monjas para mi manutención la mejor merluza pescada por mi padre, pero yo no la cataba, ni eso ni otro alimento, nos tenían a ayuno «para fortalecer el espíritu». Aunque no nos dejaban ver a nuestros familiares, conseguí hacerle llegar recado a mi madre a través de la lavandera. Cuando se enteró de que el pescado se lo comían las monjas, se enfadó mucho y dejó de llevarlo; en consecuencia, me echaron enseguida. El confesor del colegio trató de hacerme entrar a su servicio, pero se refería a otros servicios no domésticos, era un sobón de cuidado. Lo puse en su sitio antes de darle nones.

—¿Retomaste la venta ambulante?

—Mi madre no quería que anduviera por las calles y con

dieciséis años empecé a trabajar en una fábrica de conservas de Cimavilla. Lo hice falsificando la edad, porque no me aceptaban tan joven: coloqué un suplemento de piedra en el interior de los zapatos para parecer más alta y aparentar los diecisiete requeridos.

—¿Y coló? —pregunté admirada por su imaginación y perpleja ante el hecho de que usara piedras como alzas. ¡Menuda molestia!

—Sí, necesitaban gente y hacían la vista gorda. Trabajábamos dos o tres meses en la temporada del bonito y teóricamente estábamos aseguradas, aunque, cuando me jubilé, comprobé que nunca habían cotizado por mí a la Seguridad Social. A la hora de comer, los dueños nos bajaban pan de su casa y comíamos el bonito sobrante de los envases. La tarea consistía en cortar con un machete la cabeza del bonito, lavarlo, cocerlo al vapor y pelarlo tras dejarlo toda la noche a enfriar. Después las más cualificadas lo introducían en latas. Debido a su superior categoría trabajaban sentadas, el resto carecíamos de ese privilegio.

—¡Eran condiciones preindustriales, casi!

—¡Nos explotaban vilmente, dilo claro! Trabajé para un mayorista, al que solo deseo se pudra en el infierno por su maldad. En una ocasión, tras tenernos veinte horas seguidas empacando cajas de hielo sin parar con riesgo de perder algún dedo, de azulados y tiesos los teníamos, tan solo nos pagó veinte pesetas. ¡Para matarlo! Eso sí, un día nos vengamos de él: tras una jornada cargando camiones de pescado, conseguimos descuidar cierto número de besugos y tirarlos al muelle. Los recuperó después Pepe Matarranas, un gran nadador, y esa noche toda La Corrada cenó besugo. Con los recursos proporcionados por el pescado vivíamos bien durante los tres o cuatro meses de verano.

—¿Y el resto del año?

—Al principio durante el invierno me ganaba la vida en el barrio, fregando escaleras por una peseta y un bocadillo. Eran de madera y las fregaba de rodillas con cepillo, arena y lejía, pero muchas veces me pagaban solo con pan duro y no compensaba. Pronto empecé a servir en una casa de Somió, cobrando cien pesetas al mes por trabajar ocho horas diarias en tareas que exigían mucho esmero y meticulosidad: limpiar las lámparas de lágrimas, arrodillarme para dar cera al suelo, sacar el brillo a la plata y a los muebles, fregar los cacharros, planchar, limpiar... Estaba igualmente explotada y los patronos eran unos tacaños; de hecho, la jornada empezaba por la tarde para no tener que darnos la comida a las asistentas, y te abroncaban con facilidad o te echaban si no funcionabas a su gusto.

—¿Y el capitán? ¿Qué fue de él?

Respiró agitada y un rubor intenso coloreó sus mejillas por debajo del maquillaje.

—Nada más salir del colegio fui en su busca y nos hicimos novios. —No pudo evitar bajar la vista—. Al comienzo me llevaba al baile o a comer y cuando estaba de guardia mandaba recado para que lo fuera a ver al Cuartel del Simancas. Nos encerrábamos en un despacho y daba orden a algún soldado raso de que no se le molestara. Yo siempre iba con Genara de carabina y, si entrábamos en faena, él le daba unas monedas para que fuera al cine. Era un hombre dadivoso, con sus propinas pudimos comprar alimentos y medicinas. Pero nada evitó que mis hermanos murieran...

—¿Cómo sucedió? —pregunté consternada.

—Se los llevó a los dos una epidemia de tifus en 1944, a Begoña con dieciséis y a Alfredo con catorce. Tenía yo dieciocho años.

—Sería un golpe tremendo...

—Bego fue la primera y Fredín la siguió a los pocos días. Lo de Fredín lo vimos venir, pero la muerte de Bego fue una conmoción, nadie la esperaba. Ella y yo estábamos muy unidas. Ya llevaba unos días sin bajar al muelle, con una fiebre muy alta y una tos seca. Dormíamos los cinco en la cama y aquella noche no pegamos ojo porque no paraba de quejarse, ardía y ni los vahos de eucalipto le calmaban la tos. Mi madre le prometió que al día siguiente llamaría al médico. Por la mañana noté el brazo dormido y al intentar moverlo me di cuenta de que lo tenía atrapado bajo su cuerpo rígido, azulado, frío. ¡Ay, mi hermana querida!

Paré la grabadora y esperé discretamente a que cesaran las lágrimas en su recuerdo. Me asomé a la ventana. El jardín se cerraba con un alto muro de piedra que tapaba la vista. Tenía que ser un dolor pasar entre cuatro paredes día tras día. Aquella mujer debía sentirse como en la cárcel. Me senté de nuevo cuando me lo indicó.

—Lo peor fue cuando vino el doctor Nespral y, tras diagnosticarnos lo mismo a los otros tres, ordenó quemar el colchón. «¡Si lo compramos casi nuevo al ropavejero!», protestó mi madre. «Pues eso, Nievines, pues eso.» ¡Menudo disgusto se llevó! El médico no paraba de repetir que vivíamos en condiciones insanas y así se propagan las infecciones como una epidemia, por esa razón moríamos como moscas. Yo ya andaba con Joaquín y le oculté lo sucedido porque no quería dejar de verlo. ¡Casi me mata cuando se enteró, a toro pasado!

—Ese «casi me mata» no sería literal... —pregunté temiéndome lo peor.

—Bueno, se ponía violento a veces —reconoció enrojeciendo—. Yo lo aguantaba porque menudo chollo era, ¡cómo para perderlo! Mientras estuve con Joaquín nadaba en la abundancia, a su lado conocí el buen vivir, el buen trato, era muy arrogante conmigo, no le importaba meterme en cualquier sitio a comer; Joaquín era un lujo, un hombre de verdad..., salvo que nunca podría ser mi esposo porque ya estaba casado.

—¿Estaba casado? ¿Lo sabías desde el principio?

—Nunca me lo ocultó. A pesar de saberlo, seguí con él y concebí a Andrés, el nombre se lo puse por su tío, mi único hermano vivo, que fue el padrino en su bautizo.

—¡Otra madre soltera!

¿En qué universo había aterrizado?

—¿Cómo que otra? —preguntó suspicaz.

—Bueno —titubeé—, tú lo fuiste y Genara también, ¿no?

Me había colado, afortunadamente siguió hablando sin darse cuenta de que no había sido ella quien me lo había contado.

—Era lo más normal, mi madre no tuvo empacho en admitir al niño y eso que no aprobaba en absoluto nuestra relación. Ella cuidaba al bebé y me lo llevaba a Somió en el tranvía para que le diera el pecho en un descanso. Los problemas eran mayores para las señoritingas, por un desliz similar las echaban de casa y acababan en Cimavilla, no de pescaderas sino de fulanas: así empezaron la carrera muchas. Al principio llegaban asustadas, luego se iban acostumbrando aunque siempre alguna tardaba más en dejar de llorar. Como lo veíamos todos los días, mi madre, muy práctica, prefirió asumirlo antes de verme descarriada.

—¿Y cómo fue tu parto? ¿No tuviste miedo, tan joven y sola?

—El parto fue para olvidar, más de doce horas dilatando. Parí en la habitación de mis padres, en una de esas sillas de madera que más parecen un potro de tortura, y al final la comadrona tuvo que sajarme para sacarle la cabeza. Yo tenía esperanza de que con el niño mejorara mi situación. Mi capitán, además de ser militar, pertenecía a una familia inmensamente rica, con apellidos de esos de guion en medio. No nos faltó de nada al crío y a mí, pero yo estaba harta de vivir en La Corrada, quería que me pusiera un piso; a otras, sin hijo por el medio, se lo ponían. Tres años estuvimos de novios, hasta que volví a quedar embarazada y le amenacé con contárselo a su mujer si no me proporcionaba un sitio digno para vivir. ¿Y sabes qué hizo?

—No puedo imaginarme.

—Sacó la pistola y me la puso en la frente: «Te mato como vuelvas a mencionar a mi esposa, no vales ni para limpiarle los zapatos». Y de un empellón me sacó fuera de su despacho, donde acabábamos de hacer el amor, yo todavía a medio vestir.

—¡Qué salvaje! ¿Y cómo reaccionaste?

—Mi madre ya me había puesto el límite: con un hijo me acogía, con dos no, por tanto no era cosa de tenerlo, y más tras haber roto de manera tan salvaje. Antes de la tercera falta acudí con Genara a una mujer que practicaba abortos en un tendejón, dentro de un patio interior al final de la playa. Cuando llegamos había cuatro personas esperando, dos chicas solas y un matrimonio mayor que ya tenía siete vástagos.

—Supongo que estás hablando de una actividad clandestina...

—¡Por supuesto! Y peligrosa, además de ilegal... No existía otro anticonceptivo y aunque la cifra se ocultaba, morían muchas mujeres al año por ese motivo. El método usado en mi caso era el más generalizado porque no dejaba huellas y si luego te veía un matasanos no lo notaba. Me introdujo en la matriz agua jabonosa con una pera de goma marrón, idéntica a la usada para limpiezas nasales o de oídos. Luego me sacó para un sofá, en otra habitación, y allí me mantuve un rato con las piernas en alto, mientras operaba a la siguiente. De vez en cuando aparecía y me hurgaba con una percha abierta para expulsarlo, pero no hubo suerte. Terminó mandándome a casa porque no acababa de salir. Era el último sitio donde pensaba ir, así que Genara y yo empezamos a caminar a ver si bajaba y, como estaba muy cansada, entramos a la sesión del cine de Los Campos. Apenas empezada la película, note un dolor tremendamente agudo y un chorro caliente me inundó las piernas. No quise ni mirar al suelo, la Tiesa lo envolvió en su chaqueta y salimos en cuanto me repuse del mareo.

—¿Qué hicisteis con el feto? —pregunté horrorizada.

—Lo tiramos al Piles, lo habitual en aquellos casos. Era una masa sanguinolenta y pequeña como un hígado, los *muiles* dieron cuenta de ella en el acto.

—*¿Muiles?*

—Son unos peces llamados también mújol o lisa, los había por millares en grandes bancadas.

Tragué saliva y anoté el nombre antes de seguir preguntando.

—¿Y no volviste a ver al capitán?

—Verlo sí, nos encontramos más veces, pero lo saqué de mi vida rápido para dar paso a Álvaro. Ese sí que era un cielo de hombre. Era patrón de barco y ya me tenía echado el ojo mientras salía con Joaquín. Yo coqueteaba con él, sin más, como con otros, por la tontería. Cuando tañía la campana de la Rula anunciando subastas, bajábamos las sardineras por la Cuesta del Cholo y los marineros de los barcos ya estaban esperándonos para dar la *parpayuela.*

—¿Qué les dabais?

—Conversación nada más, monina, qué te crees. A las *morrongueras* siempre se nos dio muy bien dar el palique. Avanzaba yo toda salerosa, *clac, clac,* sobre mis madreñas, con mi mandil, la caja a la cintura, el moño bien alto y el pito en la boca, unos pitillos fuertes como el demonio, y ya estaba él en la proa oteando a ver si me veía. «¡Chata! ¡Cuando quedes libre, dame cita!», me gritaba.

»Álvaro traía pescado a la Rula cada quince días y al

enterarse de nuestra ruptura empezó en serio la conquista. Cada vez que arribaba a puerto me hacía llegar a casa a través del Parala una pieza de pescado, a veces un bonito entero. Fue siempre muy galante y mantuvimos relaciones serias durante otros tres años. Venía a casa con milhojas; si a mí me deleitan, a Nievines le gustaban más todavía, pero le resultó inútil adorar el santo por la peana. Cuando pretendió pedir mi mano para casarnos, mi madre lo echó de casa para no perder la hija, por entonces ya la única sostenedora de la economía familiar. Seguimos saliendo juntos, no obstante; solo nos separamos cuando él dejó embarazada a una chica de Quintes. Yo le aconsejé que se casara con ella y no la hiciera una desgraciada como el capitán me hizo a mí, menudos tragos pasé siendo madre soltera. Me hizo caso y todavía siguen juntos, vinieron a visitarme el mes pasado. Ya ves, ironías de la vida, hubiera sido un marido perfecto para mí. Fue una bonita y malograda historia de amor que derivó en una gran amistad. Si lo pienso bien, cometí otro gran error no casándome con él. Al final, acabé siendo amiga de los buenos hombres y víctima de los malos. ¿Lo entiendes?

Demasiado bien. Esa conclusión encajaba conmigo como un guante. Y con muchas otras.

—El romanticismo está muy sobrevalorado y en ocasiones se asemeja demasiado a la estupidez. En la literatura, como en el cine o en la propia vida, todo parece girar en torno a los enamorados. Enamorarse es muy fácil, pero nadie te explica cómo extirpar un amor maligno de la cabeza y del corazón. En cuanto al modelo de hombre-hombre que nos vendieron, lleva intrínseca la dominación… —Me callé al ver que me estaba lanzando, no quería ofenderla.

—¡*Fía,* qué fina eres! Hablas muy bien, se nota que eres escritora. Si es cierto lo que dices, yo he sido una estúpida toda la vida y aún no te he contado ni la mitad… Estoy muy cansada, vuelve mañana. —Me despachó con cajas destempladas y me prometí no poner en solfa su vida ni cuestionar a toro pasado sus decisiones.

¡Quién era yo para hacerlo!

El paseo por el muro de San Lorenzo me llevó de nuevo al Campo Valdés, con su calvario de piedra y su estatua al emperador Augusto. El Senado se había retirado. Subí al cerro a atalayar yo también el horizonte. Atardecía sobre una mar en calma absoluta y el viento sur cruzaba el cielo de jirones rosados. Un carguero esperaba la entrada y los veleros se dirigían a puerto antes de anochecer. No oteé ningún barco pesquero. Un turista sacaba fotos, pasaron un par de corredores, una pareja retozaba sobre la hierba a sus anchas y me adelantó una chica con su perro. En total, no habría diez personas. Por contraposición, recordé la bulliciosa actividad de Londres, a su lado esta era casi una ciudad balneario, el paraíso de los jubilados.

Recordé las palabras de Julia: «En Cimavilla la alegría era un arma superior al cansancio, a la rabia, al desaliento: era nuestro grito silencioso». Su sufrida existencia me hacía reflexionar sobre la mía, caprichosa, constantemente bordeando el peligro sin necesidad, jugando con fuego convencida de no quemarme, de poderlo apagar cuando quisiera. Ahora me encontraba con la tierra arrasada bajo los pies y mi único anclaje era una mujer de la edad de mi abuela que, pretendidamente, era mi madre. ¿Cómo pudo Julia parirme a una edad tan tardía? En todo caso, descartado como padre el canalla militar y eliminada la posibilidad de ser hermana de Andrés, me sentía más tranquila.

A ratos.

La Chata seguía negándose a hablar de Olaya, la hija que, de estar viva, tendría mis años. «Eres una preguntona, ya llegará su momento», me decía si se la mentaba. Julia dosificaba la información temiendo que al finalizar la entrevista yo desapareciera y con su certera intuición dedujo que las Tiesas me interesaban especialmente. Era su as en la manga y yo la comprendía. Nos habíamos tomado cariño y para ella mi compañía suponía un aliciente. Cuando yo me fuera, solo le quedaría Andrés, aquel hombre desabrido e insoportable que me había importunado y poco menos que pretendía extorsionarme.

Paciencia.

«Aquí y ahora», decía Lisbeth.

Yo había cerrado las puertas el primer día afirmando no conocer a Eloína, no procedía desdecirme de repente. Cambiar el paso a la mitad del baile supondría perder la última pieza, donde, estaba convencida, desvelaría el misterio de mi nacimiento. Me senté abrumada sobre la hierba, sin tener clara la estrategia para abordar ese final. Las olas golpeaban rítmicamente el acantilado y, a caballo de mi imaginación, penetré en la roca por el oculto boquete en busca del cadáver de Pin, del tesoro de la Condesa, de los presos fugados, de los muertos de la Guerra Civil... Era un privilegio para cualquier persona, más para una escritora, disponer de un relato de primera mano como aquel. Sin embargo, yo solo esperaba, a golpe de verbo, resolver el enigma de mi propia existencia.

Al volver al apartamento me encontré con una gran aglomeración a la puerta del Abierto y lo recordé: tocaba AK 47. Taché la opción de escaquearme, le había prometido a Alicia acudir al concierto. Pregunté a unos jóvenes que fumaban a la puerta y, mirándome con curiosidad, me indicaron que estaba a punto de empezar. Con los primeros acordes y en cuestión de segundos, la masa se desplazó al interior. Esperé a que pasara la última persona para entrar yo, con la intención de saludar y marchar en un rato. Alicia, muy contenta, me puso delante una cerveza *light*.

—¡Esta por cuenta de la casa! ¡Menudo llenazo! Te quedarás, ¿no? ¡Son la bomba!

Ningún plan mejor me esperaba. Mientras me servía, eché un vistazo al grupo. Batería, bajo, guitarra y cantante. Un clásico. Sonaba como correspondía, fuerte, contundente. Al finalizar la primera canción, entre entusiastas aplausos, el guitarra se acercó al micrófono para presentar al grupo. Dejé el vaso sobre el mostrador y me aproximé al borde del escenario, como una zombi, impelida por el timbre de su voz. Una chica masculló algo a mis espaldas sobre «viejas maleducadas», supongo que la pisé, no fui consciente. Tampoco le pedí perdón. Estaba cegada, aturdida por los flashes de un tiempo anterior que daba por perdido y enterrado. «¡¡AK 47!!», gritó enardeciendo al público antes de atacar un solo con su instrumento. Lo miré de cerca. Llevaba la cabeza afeitada y tatuada, como el resto del cuerpo, con motivos bélicos: fusiles, bombas, machetes, hachas, espadas, un tanque..., hasta una barricada en el pecho con los neumáticos ardiendo y sus llamas prolongadas hasta las mejillas. Pantalón y chaleco de cuero por toda vestimenta, si no contamos los *piercings* en los pezones y las dilataciones en los lóbulos. Las luces se apagaron y, entre exclamaciones de asombro, sus *tatoos* se revelaron fluorescentes, convirtiendo su figura en una hoguera mientras emulaba a Jimi Hendrix. Paralizada por la incredulidad, ni siquiera moví las manos mientras el local se venía abajo. El espectáculo no dejó a nadie indiferente. Yo estaba patidifusa y así seguí cuando las luces se encendieron, mientras arrancaba el tema siguiente. Alicia abandonó el mostrador para acercarse a mí y por su cara deduje que la mía era un poema.

—¿No es genial? ¡Estás pálida! ¡Ni que hubieras visto un fantasma!

Lo señalé con un dedo incapaz de decir palabra, pero su socia la reclamó de nuevo y se disculpó, dándome un cariñoso apretón en el hombro. La gente no paraba de entrar y yo, en primera fila, cada vez estaba más constreñida. Al iniciarse un pogo, un miedo irracional me atacó. Respiré profundamente varias veces pensando en Lisbeth y sus consejos, intentando refrenar la taquicardia. Tras la última crisis me había vuelto propensa a bajadas de tensión y ataques de ansiedad, no era recomendable permanecer allí. Pero ni una grúa me habría movido hasta que no hubiera confirmado su identidad.

Tocaba concentrado, cimbreando el cuerpo al ritmo de la música mientras sus dedos arrancaban latidos al corazón de la guitarra, con los ojos cerrados. En ocasiones los abría y su mirada sobrevolaba nuestras cabezas con una sonrisa vaga. Todavía no había reparado en mi presencia, algo increíble, pues yo me percibía a mí misma como un besugo boquiabierto en medio de una bandada de alevines bulliciosos. La siguiente vez que levantó la cabeza buscando el panorama general de la sala sí detuvo la vista sobre mí, convertida en estatua de piedra. Frunció el ceño y parpadeó varias veces antes de descorchar el recuerdo. Cuando aterricé en su memoria arqueó las cejas e hizo una ligera reverencia, guiñándome un ojo en señal de reconocimiento. Era él, no cabía duda. Los dos habíamos cambiado, pero nos seguíamos reconociendo.

—Markus... —susurré muy bajito.

Estuve el resto del concierto allí, observándolo, repasando centímetro a centímetro su piel, aquella fascinante máscara cambiante con las luces de neón. No me perdió de vista en todo el tiempo, incluso parecía presuroso por acabar. En la época lejana de nuestro amor adolescente, era un desgalichado y candoroso rubio, ya agujereado con imperdibles, es cierto. Ahora era una figura magnética, dominante sobre el escenario. Alternaban canciones propias con viejos éxitos que me encontré coreando sin querer. Tocaron dos rápidos bises y, al bajar del escenario, nos fundimos en un interminable abrazo.

—Déjame verte. —Me apartó el flequillo de la cara con un dedo, como si el tiempo no hubiera pasado. La ternura me invadió con la intensidad de antaño—. ¡Estás en los huesos!

—Y tú, ¿qué te has hecho? —Indiqué sonriente los tatuajes que lo cubrían—. Si mis padres estuvieran con vida para verte…

—*The show must go on…* —me contestó emulando a Queen.

—No puedo negar que te otorgan carisma.

—Entonces ya están amortizados. Greta, iremos a tomar algo, ¿no? O a sentarnos a un lugar tranquilo. Tenemos mucho que hablar, hace mil años que no nos vemos…

—¿No tienes que recoger?

—Pueden hacerlo los otros, este encuentro es demasiado fantástico como para desperdiciarlo. Además, salimos a la seis de la mañana para el siguiente bolo.

Miramos el reloj de la pared a dúo. La una. Cinco horas. No lo pensé dos veces.

—Vivo al lado. Ven a mi casa.

Avisó a sus compañeros y salimos abrazados ante la mirada atónita de Alicia.

—No tengo nada de alcohol. —Me di cuenta al abrir la puerta.

—No bebo.

—¿No bebes? Estoy sorprendida, con ese aspecto facineroso te creería entregado a mayores vicios incluso.

—Nada. Hasta fumar porros me acabó provocando paranoias. Un día vi una araña correr por el mástil de la guitarra y arrojé por la ventana una Fender Stratocaster nuevecita. Lo dejé. Al principio me costó trabajo, sobre todo componer. Ya no, a todo se acostumbra uno.

—¡Me rompes el mito!

—Hoy al verte, te lo juro, sentí como si el tiempo no hubiera pasado.

—A mí me ha sucedido lo mismo.

—Nos llevábamos muy bien. ¿Recuerdas aquel poema sobre las dictaduras que hiciste?

—¡Cómo no voy a recordarlo! Nadie compuso jamás otra canción con mis letras.

—¿Llegaste a ser escritora?

—Llegué muy lejos y caí desde muy alto. —Le conté brevemente mi historia.

—¿Y tus padres? ¿Siguen vivos?

—¿Te acuerdas de Markus? —le pregunté al recipiente de alabastro—. Markus, te presento a Eloína. —Puse la urna en sus manos.

—¿Son sus cenizas? —preguntó sopesándola con los ojos como platos.

—Sí, viajo con ellas. ¿Crees que estoy loca?

—He visto cosas peores. —Se encogió de hombros y la colocó con cuidado y una pizca de recelo sobre la mesa.

—¿Dónde vives ahora?

—¿Recuerdas aquel viaje a Berlín?

—¡Cómo olvidarlo! ¡Menudo frío...! Era todo gris, parduzco. ¡Y lo pasamos tan bien!

—Dijimos que algún día viviríamos allí, yo cumplí esa promesa. Cuando cayó el Muro compré un piso de segunda mano a buen precio en la parte oriental. Pertenecía a un gerifalte; conserva la estética soviética con mármoles y dorados en el interior. Me resisto a modificarlo. Estás invitada a conocerlo.

—No he vuelto a Alemania desde entonces.

—Berlín está muy cambiado, la zona donde yo vivo no pudimos verla entonces. Te ofrezco una visita guiada cuando quieras.

—¡Me lo pones muy fácil! ¿No tienes pareja?

—Tuve varias, nada perdurable. Nunca encontré a otra mujer como tú, durante años me mantuvo tu recuerdo, a todas las comparaba contigo.

—Te escribí a la cárcel, nunca me contestaste...

—¡Cómo que no! ¡A todas y cada una de tus cartas!

—¡Imposible! ¡No recibí ninguna! —La imagen de Úrsula quemando una carpeta llena de ellas me asaltó—. ¡Eloína se las quedaba!

— Tampoco te diría que estuve en Zermatt al salir de prisión, ¿verdad? —Me miró entristecido.

—No... —El angelote seguía con los ojos elevados al cielo, indiferente a mi rencor.

—De repente, desapareciste de la faz de la tierra y todo cambió de color. Estuve muy colgado de ti un montón de años, Greta.

—Yo nunca te he olvidado. Paul os delató, me había hecho seguir por un detective. Creí que me odiarías... —La emoción me atenazaba la garganta.

—El abogado nos lo contó y, antes de recibir tus cartas, ya supuse que era cosa suya. Klaus se negó a exculparte, porfió conmigo y ese fue el motivo de nuestro distanciamiento, incluso dentro de la trena.

—¡Podía haber sido tan distinto de haber continuado juntos!

—Teníamos tantos planes, Greta...

—Y aquellas reuniones interminables... ¿Seguiste metido en política?

—Un poco más, por compromiso, en la cárcel descubrí que aquella no era mi guerra.

—¿Y esos tatuajes de temática bélica? ¡No son muy pacifistas que digamos!

—Exigencias del guion. Provocar al público en los conciertos se acabó desde que le abrieron la cabeza al batería de un botellazo. Es un truco: ya puedes cultivar rosas y cazar mariposas, sales al escenario con esta pinta y el público ruge enfervorecido. Así tapan también mi voz, habrás observado que ya no es la de antaño.

—Nunca fuiste Freddie Mercury —sentencié entre risas.

—Echaba de menos tu sonrisa. ¡Te pones tan hermosa cuando ríes! —Me deslizó el pulgar por la nariz como solía hacer y recordé que llevaba siglos sin hacer el amor.

Esperé a enredarlo entre mis labios para decirle:

—¿Todas tus partes están tatuadas?

—¡Si supieras cuánto hace que no echo un polvo...!

El primero fue un choque de trenes, mi piel conservaba el recuerdo de la suya y el aroma de espliego del camping de Zermatt inundó la habitación. Después ya nos amamos sin prisa, sin estridencias, reconociéndonos en cada gesto, recordando los viejos gustos, admirando nuevos trucos, adivinando las querencias del otro.

—Sigues siendo igual de fogosa... —dijo tras el tercero.

—He practicado mucho...

Se apartó y creí percibir un atisbo de celos. Me recosté contra su espalda.

—¿Volveremos a vernos? —me preguntó.

—¡Quién sabe! Es todo tan repentino, tan sorprendente... Y un poco tarde para convertirme en una *groupie.* —Besé su pecho en llamas—. Debería saber quién soy, primero.

—Te dejo mi número de teléfono, siempre estará abierto para ti. —Lo anotó en un post-it y lo adhirió en la nevera.

Continuamos llenando el cántaro vacío con viejas promesas, con palabras gastadas antes de usarlas. Había transcurrido demasiado tiempo. Aunque el destino nos hubiera regalado aquel insólito encuentro, ya no éramos los mismos y Visp únicamente simbolizaba la palabra clave de un episodio archivado en la memoria. La llave de un universo mágico horneado en la gloria antes de ser quemado por la realidad. ¿Pueden recuperarse los paraísos perdidos? A las seis menos diez de la mañana cerró la puerta dejando a sus espaldas una cama deshecha y a una mujer desnuda, envuelta en besos, recuerdos e interrogantes. El sexo siempre había sido uno de mis flancos débiles —¡tengo tantos!— y el prolongado secano me había hecho cultivar el goce privado. Solo unos días atrás había adquirido un sugerente vibrador lila, descartando encontrar a nadie que lo supliera en Gijón. Apenas lo había estrenado.

No daba crédito a lo sucedido.

—¿Qué te parece, mamá? —Me senté en el sofá frente a ella frunciendo el ceño—. Te has caído con todo el equipo. ¡Cada día te descubro una nueva! Empiezo a pensar que eras una bruja además de una mentirosa. ¡Ocultarme la visita de Markus! ¡Echar sus cartas al fuego! Dirás que lo hiciste por mi bien, pero me hubiera ido mejor con él que con Hänsel. En fin. Ya no tiene remedio. O tal vez sí… ¿Quién dice que no vayamos a volver? Puede que esta coincidencia sea preludio del retorno…

Su voz aguda y lejana me sobresaltó, rebotando en las paredes de mi conciencia: «Nunca segundas partes fueron buenas». Las conversaciones con Julia hacían revivir en mi subconsciente viejas frases olvidadas que me asaltaban por sorpresa.

—¿Hasta después de muerta tienes que opinar? ¡Estoy harta de tus reproches y tus refranes! Hacías uno y decías otro, ¿no te das cuenta? ¿Cómo iba a confiar en ti?

Me asomé a la ventana irritada. Empezaba a amanecer y el sueño se había ido con la noche. Encendí un cigarrillo y lamenté no tener algo contundente con que rellenarlo. Apreté fuerte las mandíbulas mientras calentaba una taza de leche. Ansiando distraerme, decidí leer un par de cartas de Nicaragua antes de dormir.

Julia tenía razón, en la mayoría Guillermo trasladaba sucesos irrelevantes. Lo increíble era la adoración manifiesta por su compañero Gaspar: años después de su muerte seguía constituyendo un referente para él.

Como Markus lo había sido para mí.

Antes de conocer a Hänsel.

Isla de Ometepe, 1984

Mi muy amada Julia, hermana en Cristo:

Como gran novedad, te contaré que hace un año se montó una central telefónica en la isla; en caso de urgencia se puede dejar el recado y nos vienen a avisar. Emocionado, intenté contratar una línea para la parroquia y verás qué sucedió.

Si descolgaba, no daba tono. Y si tras muchas colgadas y despercheos lograba tener línea, tenía que girar la ruleta a un ritmo fijo, sin apresuramiento ni lentitud, pues tanto uno como otro, combinados con el azar, provocaban la interrupción de la comunicación. Si al terminar de marcar se mantenía la línea y daba tono de llamada, empezaba a rezar para que alguien lo oyera sonar y lo descolgara rápido. Pongamos que así fuera y la conversación comenzaba. Debías darte prisa en dejar el mensaje, obviando la más elemental educación y los saludos cordiales, pues lo más probable era que se cortara varias veces. Naturalmente, todo esto repercutía en la factura. Resultado: ya me di de baja. «Prefiero que me atraquen con un trabuco al pecho», les dije y tuve que explicarles qué es un trabuco y dibujárselo en un papel. ¡Quién me mandará ser un romántico!

Me preguntas a través de nuestro intermediario por qué no vuelvo y la situación política aquí es una de las razones. Los contrarrevolucionarios son un peligro permanente y las muertes entre los campesinos, innumerables. Abandonarlos en este momento sería una traición a la memoria de Gaspar; si él no tuvo miedo, yo tampoco: «Humanismo es querer al prójimo como a uno mismo».

A los pocos meses de su vil asesinato, el FSLN conquistó el poder y, nada más constituirse el Gobierno sandinista, la primera obra publicada por el Ministerio de Cultura de Ernesto Cardenal fue el libro de poemas de Gaspar. Conservo como oro en paño un ejemplar manoseado por el uso y, cuando mi espíritu flaquea, sus poemas me sirven de acicate, tienen en mí el efecto de una descarga eléctrica. Difícilmente encontraré otra persona con tal grandeza de espíritu.

Participé en una misa concelebrada por varios sacerdotes en Managua poco después de su asesinato. Durante el acto, se levantó un campesino de Tola, donde sirvió de párroco y enterraron parte de sus restos, y dijo: «Este hombre trabajó con nosotros en el campo sembrando la semilla. Y quiero decir que la semilla está dando fruto». La gente lo adoraba porque se sentaba en su mesa a comer el gallopinto, un plato de arroz con fríjoles muy parecido a los moros y cristianos de nuestra tierra que constituye la dieta básica de los campesinos. Los atendía y entendía, les leía sus poemas y ellos lo escuchaban como si el propio Dios hablara por su boca.

Qué bonito, me decías,
cuando leías mis versos:
lo que tú escribes es cierto,
lo sufrimos cada día.
Sigue estando al lado nuestro.

A su lado sigue después de muerto, honra de los suyos y espejo de los hombres buenos, pues dieron su nombre a hospitales y escuelas. Las cosas mejoraron pero, pasados los primeros años de la revolución, nos volvemos a encontrar en plena guerra civil. Hay poderes empeñados en destruir el sandinismo, la herencia de Gaspar, y cuando señalo a los gringos no es solo por la costumbre: Estados Unidos está financiando la guerrilla contra el FSLN, la Contra, pese a que ese actorzuelo de segunda fila, ese Reagan, lo pretenda negar.

Imagino, cuando las inagotables tareas cotidianas finalizan y reposo en la hamaca escuchando el cantar de los insectos nocturnos, bajo el cielo tachonado de estrellas, cómo habría sido mi vida de no haber emprendido la aventura del sacerdocio y si otro amor hubiera sustituido el amor a Cristo. Debe ser la edad o el cansancio de luchar contra los molinos, como don Quijote.

Qué bella la esperanza compartida,
cuando gobierna el amor a la vida.
Qué fáciles los caminos.
Y qué palacios tan lindos
los soñados
por los enamorados.

Por supuesto, es de Gaspar, aunque me reconozco en el hombre que un día compartió el camino de la niñez contigo, antes de ser reclamado por el amor a los indios y dormir en una choza, escuchando las gotas de lluvia tocar el piano en mi tejado de zinc.

Te tengo presente en mis oraciones y ruego para que Dios, que llenó de gracia y de vida a María, mujer sencilla, te colme con sus dones. Bendigo al Señor que te puso en mi camino.

Tuyo afectísimo,

Guillermo

P. S.: ¿De verdad todavía no has aprendido a escribir? Aquí estoy enseñando a mujeres mayores que tú, aún estás a tiempo…

Hänsel y Gretel

—Me voy a Londres.

La decisión los pilló por sorpresa. Deseaba alejarme de aquella Suiza conservadora y pacata, de mi hipócrita familia. Nada de quedarme en Zermatt y hacerme cargo de la tienda, como mi padre pretendía. Su traición haciendo que un detective me siguiera y la denuncia contra las actividades del grupo y contra Klaus me catapultaron fuera de mi hogar. No lo sentía como tal desde el internado y, desenterrada el hacha de guerra, empezar de cero se presentaba como la única opción viable.

Lo había pensado mucho. Londres era la cuna del punk, del rock, de la New wave…, la esencia de la contracultura. El lugar idóneo para una desclasada como yo.

—¿A Londres? —exclamaron en desafinado dúo.

—A estudiar Literatura —concreté sucintamente.

—¿Con qué dinero? ¡El nuestro, claro! —estalló Paul sin tardanza. Siempre el mismo chantaje.

—Trabajaré de *au pair* para pagarme mis estudios. He contactado con una agencia, empiezo la semana que viene. Hoy he recibido el billete de ida y no tengo intención de volver. Es un adiós, no un hasta luego. —Sabía cómo hacerles daño a conciencia.

Se armó una buena bronca. Yo aguanté estoica los reproches, las riñas, las lágrimas, incluso los insultos de mi padre. Eloína recogió discretamente los cuchillos a medida que la bronca arreciaba, temiendo un repentino ataque por mi parte. No hubo lugar. Lo tenía bien meditado, había ensayado sus preguntas y mis respuestas, mi actitud ante su reacción resumida en cara de póker y mutis por el foro. Para mi regocijo, acabaron discutiendo entre ellos.

Aquella noche sentí los pasos de Eloína subir hasta la buhardilla. Había cerrado la puerta con llave y terminé abriendo ante su insistencia. Ninguna de las dos queríamos despertar a Paul. Mi madre, en actitud decidida, se sentó a los pies de la cama y me sorprendió con un ofrecimiento inimaginable, convertido con el tiempo en la tabla de mi salvación y el trampolín de mi perdición. «Poderoso caballero es don Dinero», decía Quevedo, uno de mis poetas favoritos en el internado, descubierto en un libro sobre el Siglo de Oro español.

—Te conozco bien, poco puedo decirte, ya eres mayor de edad y te irás con o sin consentimiento. De cualquier forma, no pienso dejarte desatendida por ahí como una vagabunda, abriré una cuenta a tu nombre y todos los meses ingresaré una cantidad en ella. No te voy a solicitar justificantes ni explicaciones sobre el gasto, solo te ruego que se lo ocultes a tu padre, que no está de acuerdo. Y seguramente tenga razón. —Suspiró arrepentida.

—Gracias, mamá. No esperaba algo así... Él cree que me rendiré y volveré, ¿verdad? —Eloína asintió—. ¿Y tú?

—Eres mi hija. Tú no pediste venir a este mundo... —Una sombra atravesó su cara haciéndola estremecerse. Enjugó una lágrima—. Siempre estaré de tu parte, vayas donde vayas, suceda lo que suceda. No lo olvides.

Me dio un furtivo abrazo antes de desvanecerse en la oscuridad. No se lo devolví, tan rígida estaba. Una inmensa tristeza me abatió y por un momento sentí la tentación de correr detrás de ella y abrazarla, pedirle perdón y decirle que la quería. Fui incapaz. Yo amaba su recuerdo, a mi madre antes de que aquel hombre se interpusiera entre nosotras. Me daba igual que fuera mi padre, era un ruin, un miserable. Nos había separado, me había jodido la vida, por su culpa Markus estaba preso y no quería verme más. Ella lo había elegido, yo no. Me mordí los labios hasta hacerme sangre.

No es fácil decir adiós.

Partía desde el aeropuerto de Ginebra y me costó un triunfo que no me llevaran hasta allí en coche. Se empeñaron en acompañarme al tren y acepté a regañadientes. Llegamos con demasiada antelación y Paul nos invitó a un café. La despedida fue patética, llena de silenciosos reproches y malas caras. Yo solo quería perderlos de vista y no pronuncié palabra. Mi madre removía la cucharilla concentrada en su tintineo sobre la taza. Paul nos miraba alternativamente y abría y cerraba la boca sin atreverse a decir nada. Los tres estábamos incómodos. Nos despedimos en el andén, sin soltar ninguno una lágrima. Cuando por fin dieron la salida y desde las ventanillas Zermatt se perdió de vista, una intensa emoción me embargó y lloré, ya sin freno.

Rotas las amarras, emprendía el vuelo en solitario.

Londres me enamoró desde el primer momento, pese a resultarme demasiado agresivo a la pituitaria. El olor a especias invadía la ciudad dotándola de un aroma bengalí desconcertante. El tráfico colapsaba las calles, llenas de actividad por el día y convertidas por la noche en un derroche de anuncios luminosos. Encontraba refugio en los jardines recoletos y en los grandes parques, donde podía pasarme horas solo observando. Poblaban la capital del Reino Unido una amalgama de razas y tribus urbanas: encontrabas hippies con sus tejanos de campana, camisas de flores y chaquetas de piel de oveja, colgados de Katmandú y Marrakech; estaban los mods, con sus ceñidos trajes negros y sus flequillos a tijera; los rockers, con sus tupés sólidos ellos y sus cinturas de avispa ellas, luciendo cazadoras de cuero con tachuelas; los cabezas rapadas, con sus Levy´s y la bandera en los tirantes; los rastafaris jamaicanos, vendiendo chocolate a la puerta de los pubs… y los punkis. Nuestro grupo de Visp era un coro de elegantes damiselas victorianas a su lado.

En contraposición al exotismo de sus habitantes, el tipismo de las cabinas rojas, los autobuses de dos pisos, los *bobbies* o las pelucas de los parlamentarios al entrar en Westminster te situaban en el Londres de las películas. Sus monumentos emblemáticos me resultaron más pequeños de lo imaginado y exageradas las colas para visitarlos, mientras que navegar por el Támesis se antojaba increíble, por la cantidad de grandes naves, barcazas y chalupas que lo convertían en una turbia sopa de tropiezos esquivándose para no chocar. A las horas centrales del día, lleno de gente en movimiento, el conjunto rebosaba una energía contagiosa, vital.

Los dos años de *au pair* pasaron volando. Me correspondió una familia monoparental, una madre y su hija de cinco años encantadoras. A ellas no les importó mi aspecto siniestro ni mi corte de pelo irregular. Londres no era Zermatt ni Visp. Isabel era una intérprete malagueña forzada a continuos desplazamientos por su trabajo. Buscaba una persona con dominio de idiomas, incluido el castellano, y nos caímos bien desde el primer encuentro. Cuando adquirió confianza me contó que estaba divorciada de un australiano. Llevaban poco tiempo de novios cuando se casaron. Ella tenía doble nacionalidad y la boda le permitió a él obtener la británica cuando las autoridades estaban a punto de expulsarlo del país. La luna de miel no duró mucho. Me explicó que era un flojo y un holgazán, esto es, ni la satisfacía en la cama ni se ocupaba de las tareas caseras. E Isabel, una española con mucho arte, le había puesto de patitas en la calle, incapaz de verlo todo el día tirado en el sofá. Tras el divorcio, él regresó a su país ignorando que dejaba atrás una hija. Isabel nunca se lo dijo, pese a seguir manteniendo el contacto.

La niña era un encanto, tímida y lista como una ardilla. Me propuse ser Úrsula para ella y continuamente estábamos jugando con las palabras. La iba a buscar al colegio y al llegar montábamos un puzle mientras merendaba, era una actividad más recomendable que ver la televisión y, en ese sentido, las normas eran muy estrictas: se ponían los dibujos animados y no se encendía más. Isabel había iniciado su carrera en una editorial especializada en libros infantiles y Martina disponía de una excelente biblioteca. Componíamos una imagen entrañable, una en cada sofá, las dos leyendo. Otra cosa de la que disfrutábamos ambas por igual eran los disfraces. A ella le bastaba con ponerse mi ropa encima, yo me cubría con un mantel o una cortina y declamaba como si estuviera en un escenario romano. Escribíamos obras de teatro mientras Isabel estaba fuera y se las representábamos a modo de bienvenida.

Fuimos la una para la otra la hermana que nunca tuvimos.

Mis ratos de ocio los dediqué esos dos años a recorrer la ciudad hasta hacerla mía. Londres tenía cientos de librerías, no perdonaba una y solía detenerme a hablar con el librero o la librera, en parte para perfeccionar el idioma y en parte por el olor a papel: me neutralizaba el del curry hasta que me acostumbré a este último. Una vez a la semana, por lo menos, visitaba la British Library, podía pasarme horas en su sala de lectura abovedada y luminosa, alicatada de ejemplares. Por las tardes tomaba autobuses de punta a punta, anotando en mi cuaderno las impresiones. En los barrios del sur la gente vagaba por las calles, formaba grupos en las esquinas y sus ropas lucían tan ajadas y deslucidas como las fachadas. Negros, asiáticos, mestizos y británicos compartían la miseria y hacían cola ante las oficinas de empleo. Los arriates mostraban flores secas y tronchadas como las baldosas de las aceras. Ante un coche con el capó levantado se juntaba un comité de expertos, llave inglesa en mano, buscando prolongarle la vida y matar el tiempo. Los chavales jugaban al fútbol sin porterías y al baloncesto sin canastas, y fumaban a la puerta de los billares sin nada más que hacer. Las mujeres paseaban carritos de bebé y había más niños y niñas en uno solo de aquellos colegios que en todo Visp. El panorama era gris e insalubre, había basura en las aceras, botellas rotas por doquier y en los parques infantiles quedaba, con suerte, un columpio testimonial, descolorido y roñoso. Las tiendas eran de baratillo y el textil expuesto había estado de moda años atrás, por eso se vendía a esos precios irrisorios. Nada que ver con los barrios ricos, sus espaciosas avenidas y jardines, su gente bien vestida, los coches de lujo y esos exquisitos escaparates que hubieran sido la envidia en Zermatt.

Había muchos Londres.

Y yo mantenía una doble vida.

Los fines de semana me preparaba a conciencia. Echaba horas delante del espejo, mojando bien el cabello con agua azucarada para dejarlo tieso. Martina seguía atenta a cada detalle de mi transformación, el día que me vio rajar una camiseta nueva con una cuchilla de afeitar sus ojos se abrieron como platos. A Isabel no le importaba lo que hiciera en mi tiempo libre, pero observé que no le gustaba aquella exhibición en el baño de su casa. Cuando salía por la puerta, estaba irreconocible. Había descubierto por casualidad un pub en Brixton donde llegué a sentirme como en casa. Era un barrio de casas ocupadas, centros alternativos, bares de lesbianas y de gais, centros sociales que vendían alcohol sin licencia, camellos ofreciendo su mercancía con descaro, y donde las organizaciones políticas de la izquierda más radical tenían su sede. The Glory Hole era un local inmundo en el que podías contraer una enfermedad venérea si se te ocurría sentarte en el inodoro, ruleta rusa a la que nadie jugaba por más transgresor que fuera. Paraban allí punkis con los pelos de todos los colores: naranja, azul, verde, violeta... en puntas esculpidas que les conferían aspecto de puercoespín. Alguno mostraba su cráneo rasurado con una cresta de indio mohicano, pero todavía eran los menos. Los reconocías por el cabello, costaba distinguir sus caras entre el humo de los porros, densificado con el sudor y los vapores etílicos. Ofrecían actuaciones en directo y la integración fue rápida, sin pretenderla. El primer día, desconocedora de las costumbres locales, me vi envuelta en un *pogo* al acercarme al escenario. Me defendí como pude y no debí hacerlo mal, pues me admitieron como una hermana de sangre sin conocerme y mi sello tribal me otorgó carta blanca para entrar a esas fiestas donde corrían las anfetas y el alcohol y te podías acostar con chicos o chicas sin necesidad de presentaciones. Triunfaban los psicodélicos, el LSD era el rey y la heroína estaba mal vista, aún tardaría unos años en colarse por la puerta grande. En cuanto a la cocaína, era demasiado cara, otro nivel. La mayoría se dedicaba a pasar las horas dándose codazos, importunando a los transeúntes, peleando, escupiéndose e insultando. «No future.» La esvástica y la simbología nazi se habían incorporado a nuestra estética como una forma de visibilizar el fascismo latente en la sociedad, una forma de provocación que yo rechazaba, tal vez por mi procedencia. Mis colegas londinenses eran mucho más radicales que los suizos, pero yo echaba de menos a Markus, al grupo, nuestras discusiones filosóficas y políticas...

Alguna vez pasé miedo regresando a casa sola de noche. Me desagradaba caminar entre borrachos vomitando, vagabundos durmiendo en los soportales, pendencieros buscando pelea, camellos vendiendo a gritos a su madre y yonquis dispuestos a rajarte por una libra. Pero lo peor eran los matones neofascistas. Por aquel entonces la ciudad estaba atestada de ellos, tenían sus propios locales de reunión, bares y tiendas, y los sábados tomaban High Street vendiendo panfletos y periódicos. Se divertían apaleando a indigentes, negros, asiáticos… y a punkis. Las violaciones en grupo eran también harto frecuentes; yo siempre tuve la prudencia de reservar el dinero necesario para un taxi de vuelta o, más bien, la suerte me acompañó en mis salidas nocturnas.

Me había propuesto mantenerme sin tocar la cuenta abierta por mi madre y gracias a Isabel lo estaba consiguiendo. Ella, ignorante de su existencia y deseosa de ayudarme a incrementar mi peculio, me ofreció conseguir un dinero extra traduciendo los folletos de un supermercado al francés y al castellano. El trabajo me resultó divertido y pronto obtuve nuevos encargos: instrucciones de los embalajes, prospectos cosméticos, catálogos profesionales…

—Mañana te presentaré en la editorial donde comencé, será un avance respecto a esto y podrás seguir compaginando ambas ocupaciones. Si funciona, podrás pedirles un adelanto para la matrícula en la universidad. —Estábamos en el sofá, charlando tras uno de sus viajes—. Me dolerá prescindir de ti, pero creo que es hora de que alquiles un apartamento propio.

Su salón estaba lleno de mis trastos. La máquina de escribir, papeles y diccionarios campaban por mesa y suelo.

—Os he invadido la casa, debería ser yo quien te pagara un alquiler y no tú a mí un sueldo —reconocí abochornada.

—No es un reproche, te estás haciendo un nombre en el mundillo, estás bien enfocada y si te decides a iniciar la carrera de Literatura, necesitarás tu espacio.

Encontré un estudio muy cerca, poco más que una habitación con cocina. Se accedía a través de un jardín primorosamente ornamentado y lleno de flores, cuyos colores alegraban el *smog* londinense, ese puré de guisantes mezcla de humedad y contaminación que te hace imaginar a Jack el Destripador en cada callejón. El barrio estaba alejado del centro, pero bien comunicado con Victoria Station, en un cuarto de hora me plantaba en la estación central. Aprendí que ser una *free lance* significaba carecer de horario, trabajar el día entero y sentirme culpable cuando salía a tomar algo. En The Glory Hole, contra el mundo, me liberaba.

Cuando hube reunido el dinero suficiente, me matriculé en Lengua y Literatura inglesa en la Universidad de Londres, en el University College. Sus edificios centenarios, habitados por los crujidos de la madera con olor a barniz y paño, y la luz de las vidrieras dotando de alma a la piedra cincelada, me recordaron al internado. Bajo el prisma punk, sin embargo, esa antigüedad olía a rancio. La universidad no dejaba de ser un reducto del régimen, el garante del sistema para perpetuarse y garantizar nuevas generaciones castradas y castrantes. Huía como de la peste de su aspecto más convencional, pero también dentro de ella estaban germinando movimientos intelectuales interesantes. Era inevitable reconocerlo. Me inscribí en un seminario sobre «La sexualidad en la literatura de Jane Austen».

—Otra que se apunta por el profesor —dijo la secretaria a su compañera guiñándole un ojo mientras me tomaba los datos.

—No sé quién es —aclaré molesta.

Las dos me miraron con curiosidad.

—¿Eres nueva? —Asentí—. Se llama Hans Müller, es el autor de *500 fantasías sexuales*, un *hit* de ventas que ha arrasado las listas del último año. ¿No has oído hablar de él?

—Sí —contesté vagamente. Lo había visto en los escaparates de las librerías, pero no había captado mi atención.

—¿Eres suiza? —preguntó al ver mi nacionalidad. Asentí de nuevo—. Hans es alemán, nació en Múnich, aunque lleva afincado en Londres desde la adolescencia.

—Tiene treinta años y todavía no es doctor, al contrario que sus compañeros —intervino la otra, maliciosa.

—La dedicación a su faceta de escritor le roba mucho tiempo —justificó la secretaria.

—¡Será por ser un vago y un donjuán!

Estaba claro que mantenían posiciones antagónicas. Sea como fuere, las peticiones para asistir a su seminario triplicaban las del resto. Yo alcancé la nota de corte por los pelos y entré gracias a una renuncia, lo que me hizo maldecir de nuevo a las mojigatas profesoras del instituto que me habían rebajado las calificaciones por «mi actitud». Decidí informarme mejor sobre el tal Hans Müller y pregunté por el campus: «pagado de sí mismo», «un líder», «un jeta», «el mejor», «un genio», «irresistible», fueron algunas de las contradictorias descripciones. Seguí confundida y recelosa hasta la primera clase.

Alto y delgado, Hans lucía una descuidada barba dorada y una trenza rubia y larga. Me recordó a Markus desde su aparición, su mismo discurso combativo, su misma cara de niño bueno convencido de tener la verdad de su parte. Dos aretes en la oreja y el asomo de un tatuaje por el cuello bajo el fular —azul claro, del color de sus ojos— le conferían el aspecto de una flor exótica entre el plantel de docentes. Era muy atractivo y lo explotaba. Cuando entró por la puerta arreciaron los suspiros y los codazos, y, por su forma estudiada de moverse, le gustaba sentirse admirado.

—Todo el mundo me conoce por mi diminutivo, Hänsel, podéis llamarme así. Colaboro en varias revistas y me invitan a menudo a dar conferencias y asistir a congresos; procuraré organizarme para que no perdáis clase —nos dijo al presentarse.

Lo califiqué de arrogante y empecé a lamentar la elección de asignatura. Me arrepentí de haberme sentado en la primera fila, pero en cuanto entró en materia, me sorprendió la pasión de su discurso y su lenguaje directo. La hora se pasó volando. Se permitía vacilar con los alumnos desde el estrado, no así conmigo, quizás atemorizado por mi aspecto, aún más punk desde que formaba parte del cosmopolita universo londinense. Durante todo el curso permanecí en aquel asiento hierática, imperturbable ante sus chistes aunque los apreciara, de tal forma que cuando nuestras miradas chocaban, la suya rebotaba contra un muro y la apartaba veloz. No entendía cómo alguien tan inteligente y agudo se había convertido en aquel ser petulante. Se movía con una corte de pupilas alrededor y esa adoración me exacerbaba. Saqué prestado su ensayo de la biblioteca y lo leí de un tirón. Estaba muy bien escrito. Alternaba fantasías con parafilias de personajes famosos y el contenido sexual, explícito en ambos casos, me impactó. Contaba además con el mérito de haber sido el primer autor en lengua inglesa en abordar con desenfado y naturalidad ese aspecto de la sexología. Mi antipatía disminuyó sin suponer un mayor acercamiento. Mantuve las distancias el curso entero, a veces incluso a mi pesar: me hubiera gustado reírle las gracias como el resto, pero había marcado las distancias y preservaba con celo mi territorio.

En el *college* había pelajes de varios cortes, pieles de un montón de colores, tribus de todas las tendencias. Yo era una desconocida, una recién llegada, y pugné por encontrar mi hueco. Llevaba tiempo sin escribir, ocupada con las traducciones, y mi vertiente literaria, que tan buenos frutos había producido, no estaba operativa. Encontraría la carta de presentación en el movimiento subversivo. Revelé a unas compañeras mi pertenencia a una comuna suiza vinculada al alemán Movimiento 2 de Junio. «Por eso me trasladé a Londres, para evitar la prisión», dije bajando la voz y dejando a mis interlocutoras boquiabiertas. ¡Si Klaus me hubiera oído! Por supuesto, el rumor prendió como la pólvora en clase y llegó a los oídos del profesor.

Años después, Hänsel me confesaría:

—Al enterarme, no fui capaz de asimilarlo. Con tu apariencia tan poco convencional, cuando te vi sentarte en primera fila sudé la gota gorda, augurabas ser una alumna problemática; a veces me mirabas como si quisieras matarme con ese penetrante ojo verde que te deja libre el flequillo, y sin embargo, no abrías la boca. Si lanzaba preguntas al aire siempre respondían los mismos, tú nunca levantabas la mano. Tomabas apuntes y escuchabas absorta mis exposiciones sin participar en los debates, como si despreciaras a los intervinientes o estuvieras por encima de todos nosotros. Resultabas chocante y contradictoria. Extrañado, consulté tu historial y mi sorpresa aumentó: eras suiza, te habías formado en un selecto internado y tu expediente académico era brillante. Cambió entonces mi imagen de ti: como andabas siempre con una mochila cargada de libros, te supuse un ratón de biblioteca y juzgué tu estrafalario atuendo como un disfraz elaborado para proteger tu timidez. Hasta que una compañera tuya me lo contó y, por tercera vez, modifiqué mi opinión. ¡Las mismas manos que acariciaban un libro de Kavafis habían lanzado cócteles molotov!

Cuando a final de curso leyó mi nombre asociado a la mejor nota, todos me miraron con una mezcla de envidia y curiosidad. Por mi parte, aunque forcé un gesto de indiferencia, dejé traslucir la emoción. Hänsel lo percibió como una grieta en la coraza y se creció: me felicitó entusiasta y me pidió que lo esperara después para hablar conmigo a solas. Noté cómo me ponía colorada y bajé la cabeza para ocultarme tras el flequillo. Cuando el último alumno se fue, cerró la puerta y se acercó a mí.

—Tengo una camiseta como la tuya —me dijo sonriendo.

Llevaba puesta la del disco *No more heroes* de The Stranglers y me pareció que sus ojos se detenían más de lo conveniente en mi pecho.

—¿De verdad? —No daba crédito. ¿Pretendía ligar conmigo?

—Greta Meier. ¡Con ese nombre deberías ser una rubia teutona y no una punki listilla! —Se le cortó la risa al cruzarse con mi mirada helada—. Perdona, me pones nervioso..., ¿nunca te dijeron que das miedo?

No hacía falta que nadie me lo dijera. Con un bufido hacía volar el flequillo, fruncía el entrecejo, armaba la espalda y amedrentaba a los indeseables, a los babosos y a los pesados. Tenía estudiada esa pose de gallo de pelea, pero con él no la había puesto en práctica todavía. Ya era hora.

—Tienes suerte de que haya almorzado carne cruda de bebé o no tendrías oportunidad de empezar de nuevo y enmendar lo dicho.

Tuve que decirle que era broma y ofrecerle mi mejor sonrisa para borrar el susto de su cara. Nos quedamos uno frente al otro en silencio, midiéndonos, solo nos faltó olernos como los perros. Al igual que Markus, me sacaba una cabeza. Sonrió ladeando el cuello y aquel inocente gesto desarmó mis defensas. Se sentó detrás de la mesa y sacó mi ejercicio del montón. La prueba final constaba de dos partes, un examen y una narración original. La había titulado «El abismo» y contaba en ella la historia de un violador que, perseguido por su víctima, caía sin querer en un pozo donde la oscuridad y el miedo forzaban su arrepentimiento y los remordimientos lo conducían al suicidio.

—Es impresionante la descripción que haces de su estado de ánimo; desde la euforia por haberse escapado y estar escondido, a la depresión por no poder salir del agujero convertido en prisión. Parece increíble cómo va evolucionando su pensamiento hacia la autodestrucción, el peor castigo es su tormento interior, no el espacio en que se halla confinado. Reflejas una espiral descendente que te sobrecoge al leer. Sencillamente genial, moralina aparte. ¿Hace mucho que escribes? Se nota que no es tu primer relato.

¡Cómo explicarle que esos sentimientos eran míos! Ese pozo formaba parte de mi ser, el resto era fruto de la imaginación. No lo hice, ya había aprendido que la sinceridad no era un valor seguro.

—Diría que llevo toda la vida escribiendo si no sonara pretencioso…

—¡Eso mismo podrían decir muchos de tus compañeros! Y en su caso sí resultaría pretencioso. Se nota que tienes una sensibilidad especial, que has leído y escrito mucho. No te enfangas en adjetivos, eres directa, clara, concisa… ¿Te apetece presentar tu relato al concurso de la universidad? Está abierto a todos los cursos.

—Yo… debería mejorarlo, en tal caso.

—Sí, te hice algunas anotaciones de estilo, pero es fantástico. Hace mucho que no veía algo tan bueno.

—Gracias —musité hosca.

No estaba acostumbrada a los halagos y afiancé las piernas en el suelo para evitar el temblor.

—Por cierto, formo parte de una tertulia literaria a la que quizás quieras incorporarte. Hoy nos reunimos, serías bien recibida.

Me pasó una hoja en la que figuraban una dirección y unos horarios y salió tras estrecharme la mano, no sin antes recordarme con el pulgar levantado desde la puerta: «No faltes».

Dudé hasta el último momento.

Al final, me planté en el lugar indicado con anticipación y me dediqué a merodear por el barrio para matar el tiempo, renegando de mi innata puntualidad, excesiva hasta para los británicos. Diez minutos antes de la convocatoria empezaron a llegar las primeras personas y algunas caras conocidas de las aulas. Aproveché para entrar con ellas y sentarme en una fila discreta. El público era heterogéneo y espontáneamente organizado por grupos de edad: los mayores estaban sentados delante y los jóvenes atrás. Cuando Hänsel hizo su aparición, había veintidós personas en la sala, me entretuve contándolas. Aunque se suponía que era una tertulia, mi profesor mantuvo la voz cantante. Sus palabras fueron las más aplaudidas y se mostró especialista en capitalizar los discursos ajenos llevándolos a su terreno. Citaba con inmodestia a autoridades políticas y literarias con las que había departido en sus numerosos viajes, la mayoría desconocidas para mí. Pedanterías aparte, el foro lo veneraba. Yo no me enteré mucho, estaba descentrada por su sonrisa, que, a ratos, me parecía especialmente dedicada. No sabía qué esperaba, por qué me había invitado. Al finalizar el acto solo unos pocos se quedaron sentados hablando entre ellos. Me estaba poniendo el abrigo, dudando si acercarme para despedirme, cuando lo vi venir hacia mí apartando las sillas.

—¡No te vayas! Ahora empieza lo bueno… —me susurró al oído.

Permaneció a mi lado comentando banalidades y despidiendo al resto hasta que solo quedamos seis personas. Se hizo el silencio mientras las otras cinco me observaban con curiosidad.

—Tus amigos piensan que soy un bicho raro —dije retadora.

—¡No los conoces bien! Si hay algún bicho raro aquí dentro, son ellos, tú eres la más normal… Te los presentaré, son mis mejores amigos, por eso te digo sinceramente: no confíes en ellos. —Soltó una carcajada.

—¿Así que esta es tu nueva adquisición, Hänsel? —preguntó con retintín una rubia explosiva cerca ya de los cuarenta—. Demasiado joven, ¿no? Y un tanto excéntrica, para mi gusto.

—No le hagas caso, Greta. Esta es Ingrid, sueca como la Bergman. Es nuestra Magnífica ninfómana, ya nos ha pasado a todos por la piedra y no tardará en tirarte los tejos. ¡Apuestas!

Todos se rieron encantados y de repente fui consciente de quiénes eran. Había oído historias increíbles sobre aquel grupo y mi sorpresa fue mayúscula al reconocerlos. No se habían identificado en sus intervenciones o no había estado atenta. Se denominaban a sí mismos Los Cinco Magníficos y Hans era su cabeza visible, pero ninguno le iba a la zaga. Oscilaban entre los treinta y los cincuenta, se denominaban intelectuales combativos y eran unos vividores. «Déjalo en bebedores, querida», matizaría Ingrid sarcástica.

Se habían constituido en tertulia, y un antiguo alumno, dueño de un bar y novelista frustrado, les ofrecía aquel salón para celebrar sus actos. Por una cuota acordada, disfrutaban además de barra libre. Un día al mes celebraban Justas Literarias, legendarias entre la comunidad estudiantil. Los habían visto salir a gatas de madrugada, emulando las carreras de caballos, y orinar desnudos en el callejón. Podían haberlos acusado de quemar gatos vivos o de practicar culto a Satán, su fama estaba disparada en el imaginario popular.

Ingrid era escritora de literatura romántica, producía *bestsellers* como churros y se la rifaban en los actos. Había ganado su etiqueta de concupiscente no solo por acostarse con los amigos y amigas; también los periódicos se empeñaban en emparejarla cada temporada con un famoso distinto, desde cantantes a cirujanos. Años más tarde me confesaría su frigidez, aquella feroz actividad sexual no dejaba de ser un empeño por conocer el placer que las protagonistas de sus novelas disfrutaban gozosamente. Sentí pena cuando me lo contó, imaginando tantas horas de sexo sin orgasmo, admirando a la par su capacidad para describir tan bien algo desconocido. Por aquel entonces su divinidad ya había bajado enteros, pero aquel primer día me sentí diminuta a su lado y soporté con mal disimulada entereza el repaso visual sin tapujos a que me sometió mientras Hänsel seguía presentándome al resto.

—Este es Marcel, el máximo exponente de la literatura africana, habrás leído sus poemas en alguna estación de metro, estuvieron decorando la línea negra, Northern, el invierno pasado.

Me recordó a Bob Marley por las rastas, después me lo recordaría por algo más, pues era el encargado de suministrar las drogas en el grupo, lo cual, confieso, contribuiría a aumentar su atractivo. A Marcel le corría el fuego por las venas. Daba impresión de pisar brasas ardientes, andaba siempre espídico y sonriente, mostrando una fila de dientes blancos y alineados dignos de un anuncio de dentífrico.

La otra mujer era Magda, una argentina en el exilio que había sido detenida y torturada durante el Proceso de Reorganización Nacional de Videla y contaba a quien quisiera escucharla cómo había logrado escapar cruzando el altiplano en la parte trasera de un camión, pues su foto estaba en todos los aeropuertos por terrorista. Nunca aclaraba lo sucedido, solo que «un paso tras otro, te conducen a las armas, las palabras no valen nada cuando la vida no vale nada». Era cineasta, aunque llevaba tiempo sin encontrar producción para su último proyecto. Grababa documentales en Super 8, tenía una cámara de la que no se separaba y estaba continuamente filmando escenas: una anciana cruzando un semáforo, el vuelo de un cuervo en la Torre de Londres o a sus propios colegas en el bar. Un día te encontrabas de repente proyectada sobre una sábana afirmando cualquier chorrada con un vaso en la mano. Hiperrealismo, lo llamaba entusiasta, realismo soporífero lo denominaría yo.

El único inglés era John, John Smith, seudónimo con el que aparecía en el *Times* como autor de afiladas caricaturas muy celebradas. Nunca llegué a saber su verdadero nombre. Era un brillante matemático, irreverente y divertido, unido al grupo literario por su empeño en sorprender al mundo con una novela histórica sobre Pitágoras, en la que llevaba quince años trabajando sin pasar de la primera página. Cuando, una vez presentados, comparó al grupo con una estrella de cinco puntas, entendí que la sexta sobraba.

—Encantada de conoceros. Gracias por invitarme, Hänsel, creo que voy a irme.

—No te sientas extraña —dijo Magda en un curioso inglés con arrastre porteño—. Los amigos de nuestros amigos son amigos nuestros también.

—¡Y Hänsel siempre trae amigas interesantes! —dijo con cierto punto de envidia Marcel.

—¡Habla tú! Con lo mucho que ligáis los negros por esa fama de… —Se contoneó moviendo la pelvis.

Para ser tan intelectuales hacían los mismos chistes sórdidos que los punkis. Las pullas sobre sexo aumentaron a medida que las jarras se amontonaban en la mesa y no tardé en unirme a ellos, superado el asombro inicial. Marcel apartó las copas y con una tarjeta hizo seis rayas sobre la mesa, sin preguntarme si quería. El pelotazo me recordó a la primera calada que le di a un porro. Si entonces sentí un nebuloso mareo, con la coca alcancé la claridad, como si los ojos y la mente se abrieran de golpe a una percepción desconocida. Alguien pidió otra ronda y bebí con ansia para quitarme el sabor de la garganta, entre amargo y picante, anestésico. Las conversaciones se cruzaban y Hänsel se sentó a mi lado haciendo un aparte. Hablaba de sí mismo como siempre, pero ya no me importaba, bebía sus palabras ajena al resto, una burbuja nos aislaba transportándonos a un espacio íntimo donde solo existía un cable de acero imantado entre su pupila y la mía por donde hacían equilibrios las palabras y las risas.

—Cuéntame tus fantasías sexuales, Greta —me pidió con voz ronca mientras su mano apartaba mi flequillo, antes de buscar la mía y enredarse en mis dedos, tan ávidos de piel como los suyos.

—¿Mis fantasías? No sé…, no tengo ninguna.

—¡Todo el mundo las tiene!

—¿Y cuál es la tuya? —Intenté ganar tiempo para encontrar una respuesta y no quedar como una idiota.

—Follar en la nieve hasta morir congelado. ¿Te imaginas la estatua de hielo resultante? Sería un fin magnífico…

No daba crédito.

—Con el frío no se te levantaría… —supuse poniéndome práctica.

—Es una fantasía, Greta, algo que solo imaginarlo te excita y recrearlo con el pensamiento podría llevarte al orgasmo. No hay que confundirlas con la realidad. ¿A que adivino cuál es la tuya?

Quedé en suspenso esperando su respuesta. Tardó en darla. Sus ojos refulgían divertidos, llenos de chispas, encendiendo la hoguera. Se acercó a mi oído y susurró estremeciéndome:

—Te gustaría ser violada.

—¡No! ¡Hasta ahí podíamos llegar! —Lo aparté de un manotazo. ¿Cómo se atrevía?—. ¿Acaso lo dices por el relato? ¿Esa fue tu interpretación? ¿Tanto intelectual magnífico para esto?

—Escucha, no te pongas así. ¿Nunca lo has imaginado? Sí, ¡lo veo en tu cara! No te sientas culpable, en realidad no es una violación. En tu imaginación será un hombre o varios, muy guapos. Y no te hacen daño, te proporcionan placer; la fuerza del macho nunca se impone, puedes someterlo cuando quieras, tú dominas tus fantasías. Los escenarios tampoco suelen coincidir con la realidad, así que *stricto sensu* no te excita la violación, sino todo lo contrario: la dominación y el control que ejerces sobre ella. En la fantasía tú siempre ganas, algo que en la realidad sucede al contrario.

—Nunca lo había pensado así... —Reflexioné sobre esa nueva perspectiva que liberaba de culpabilidad los pensamientos más íntimos, los impulsos más primarios.

—No tiene mérito, es el ejemplo clásico de diferencia entre fantasía y realidad entendible por todo el mundo. En la práctica es más complejo.

Siguió hablando de su tema favorito, las fantasías sexuales, contándome su libro de cabo a rabo, como no tardé en darme cuenta. Excusé decirle que ya lo había leído, de momento me excitaba tanto como me abrumaba y eso era mucho decir. Nos metimos otra raya. No sé si fue la coca, pero empecé a sentirme atraída físicamente por él de una forma salvaje y, si no estaba equivocada, a él le sucedía lo mismo. Si su aliento echaba fuego, a mí me ardía la vulva y las llamas se expandían descontroladas. Me miraba las muñecas, me tocaba las sienes temiendo acabar derretida, sin saber si alucinaba o el incendio interior era real. Y otra raya más para azuzarlo. Cuando nos besamos, primero tímida y después desaforadamente, deseé que el mundo se parara. Tomó mi cara entre sus manos y me dijo con aquellos ojos azules brillantes, deslumbrantes como faros y una voz ronca que me embargó de emoción:

—Quisiera enterrarme en el musgo de tus ojos, hundirme en esos iris verdes como una pradera llena de promesas... ¡Vente a mi casa, Greta!

Acepté sin dudarlo.

Miramos alrededor. Ingrid y John se habían marchado hacía rato a continuar la fiesta en otra parte y Marcel y Magda se abrazaban en una esquina después de haberse peleado. Hänsel habló con ellos mientras yo iba al baño. Salí abrazada a él temblando de la excitación. Me bajó las bragas en un portal, me tiré encima de él detrás de un seto y el taxista amenazó con bajarnos del coche. Cuando llegamos a su casa, yo ya me había corrido tres veces.

Vivía en el Soho, un barrio bastante degradado sobre el que ya existía un plan de saneamiento, pero los alquileres eran todavía baratos. El portal olía a humedad y parecía que los escalones de madera deslucida fueran a hundirse. El piso era de techos altos y suelos de moqueta, atestado de libros y papeles. Los muebles habían conocido mejores épocas y, en las paredes, fotografías y láminas tapaban las humedades del empapelado y el vacío dejado por los cuadros del anterior inquilino. Tenía ventanas balconeras a la calle y correderas a un patio interior ajardinado donde había bicicletas aparcadas. Se lo envidié en el acto, pese al olor que despedían los platos sin fregar de varios días. Hänsel musitó una disculpa cerrando la puerta de la cocina y abriendo el balcón, donde una maceta reseca servía de cenicero y papelera. Fue cuanto alcancé a ver antes de que me condujera a su habitación.

No me dejó sentarme y empezó a desnudarme lamiendo cada centímetro de la piel liberada. Jamás había estado tan excitada, aún revivo entre las piernas el recuerdo. Yo quería acariciarlo, corresponderle, pero me ató las manos con un pañuelo de seda al cabecero y me vendó los ojos. Y sus dedos deshicieron mi peinado, deslizándose como áspides por mi cabello, por mi cara, mientras su lengua humedecía mis lóbulos y buscaba mi boca, mi lengua ávida de besos, ciega. De arriba abajo, se deslizó por el tobogán de mi cuello hasta el pecho, donde dos erguidos minaretes esperaban impacientes su llegada. Cuando alcanzó sus torres, lancé un gemido ronco de placer y entonces avanzó conquistando palmo a palmo, hasta el vientre, parando en el ombligo para entrar hasta lo más profundo del cordón que da la vida. Y siguió descendiendo, para entrar en el templo sagrado, húmedo, cálido, oscuro, y honrar la cabeza de la diosa con su lengua blanda y suave. Yo lloraba y reía, gritaba, me estremecía. Siguió atrás y adelante, mientras mis carnes pedían ser acariciadas, besadas, lamidas, mordidas. Me penetró mientras me retorcía en la cama, presa de un orgasmo continuo. En algún momento se puso un condón y celebramos con una raya el primer asalto y volvimos al ataque, esta vez invertidos los papeles, él atado y vendado, sujeto con un aro de goma su pene enhiesto. Y otra vez el deseo, la invasión de ternura en los huesos, la marea anegando la playa, el torbellino de brazos y piernas. En éxtasis, deseé que aquella noche no terminara. A Hänsel le excitaban sobremanera mis nalgas y mis senos, enseguida noté cómo enterraba su cara entre ellos hasta congestionarse. Quedar sin respiración era su truco para lograr una mayor excitación, así como untar con polvo blanco las partes más sensibles…

Hänsel era la quintaesencia del vicio.

Agotados, nos dimos un descanso. Saqué una cerveza mientras él estaba en la ducha. Tenía hambre y empecé a revolver los cajones en busca de galletas. En uno encontré unas esposas y lubriqué solo de imaginar su uso. Los ojos de Hänsel brillaron cuando las vio entre mis manos. Llevaba una toalla enrollada en la cintura y el pelo húmedo le resbalaba por el pecho. Estaba guapísimo.

—¿Realizas trabajo de campo para tus relatos?

Percibió mi voluptuosidad y, por supuesto, las utilizamos. Y pinzas, plumas, nata, hielo… Una vez desatada, la lascivia nos condujo al delirio y una raya a otra. En un momento indeterminado, él se levantó y se puso a escribir, frenético. Atardecía el día siguiente del evento y ahí estábamos. Me lie un canuto y lo fumé en el balcón, exhalando aros perfectos, como Markus me había enseñado. Markus. Con el declinar del sol, mi primer novio descendió de su altar y Visp pasó al cajón de los juguetes rotos, piadoso almacenamiento previo a la basura. Nuestra revolución no pasaba de ser un cúmulo de tópicos y frases hechas; su amor tierno, descuidado sexo infantil. Si no hubiera sido maleado e influenciado por Klaus, no estaría en la cárcel… Hasta la traición perdió su carga de culpa. «¡Fuck, Markus! ¡Fuck, Visp!» A quién le importaba aquel pardillo teniendo enfrente al increíble, al Magnífico Hans Müller.

Su voz me devolvió a la realidad:

—Eres mi inspiración. ¿Sabes cuánto tiempo llevaba atorado, sin parir una línea?

Me recosté en la cama para verle escribir y caí en un duermevela. La noche ya estaba entrada cuando bajó a por algo de cena, y solo después, contemplando las estrellas desde el balcón cubiertos por una manta, le conté cómo mis padres me habían engañado durante años y me habían enviado a aquel horrible internado para librarse de mí.

—Ya no los llamo apenas, estoy harta de reproches. Mi madre solo me pregunta cuándo vuelvo a Zermatt. ¡Sabe de sobra que no regresaré mientras él siga allí! Me siento culpable, al fin y al cabo me está financiando la estancia y los estudios, las traducciones no me alcanzan, tuve que echar mano de su dinero —resumí compungida y Hänsel se puso de mi parte.

—Olvídalos, eres mayor de edad, libre para ir adonde quieras, para hacer cuanto te venga en gana. No tienes que rendirles cuentas. Ingresar ese dinero es su deber, para eso eres su única hija y heredera. Y nunca dejarán de mantenerte porque se sienten responsables de haberte hecho crecer en la falsedad. ¡Menudo cinismo! Debería caérseles la cara de vergüenza... —Me atrajo hacia él con fuerza y me propuso—: Quédate a vivir conmigo. Estamos hechos el uno para el otro, hasta los nombres, ¿no te das cuenta? ¡Hänsel y Gretel!

—Me llamo Greta...

—Para mí siempre serás Gretel... y está será nuestra casita de chocolate. ¡Vamos a hacer una raya para celebrarlo!

—¿Y la bruja? —pregunté divertida.

—¡La bruja está en Zermatt! —no vaciló en responderme.

Me trasladé al día siguiente. Las primeras semanas el sexo llenaba las horas. Yo me sentía aturdida, jamás había tenido experiencias físicas y mentales tan fuertes. Ebria de felicidad, la sangre me hervía y las piernas no me sostenían. Hänsel me rogó que no llevara ropa interior, él tampoco lo hacía. Me excitaba percibir sus erecciones a través del pantalón y daba igual dónde estuviéramos: buscábamos un servicio público, un probador o un callejón donde masturbarnos mutuamente. Cuando Hänsel descubrió mi multiorgasmia se tomó muy a pecho dejarme satisfecha. Si esnifábamos coca, tomábamos anfetas, LSD o fumábamos hachís, el acto sexual adquiría un ritmo distinto. Había polvos rápidos, interminables, insólitos..., pero todos tenían algo en común: me dejaban sin aliento, rendida. Sentía tanto amor que no podía soportarlo y el sexo jugaba un papel liberador de la tensión, como las drogas. Y mis miedos crecían en correspondencia. Temía que Hänsel se aburriera de mí o se enamorara de otra. Que me viera gorda o no le gustara mi nariz. Lo de siempre. Necesitada de su aprobación, me obsesioné con mi figura.

Y con satisfacer todos sus deseos.

Las fantasías sexuales de Hänsel eran muy variadas, pero de corto recorrido. Planteaba escenas fotográficas, mientras que a mí me gustaba desarrollarlas, llevarlas al límite. A veces se detenía, maravillado por mi atrevimiento. De vez en cuando se paraba a escribir y yo aprovechaba para limpiar la casa y hacer la compra. El curso ya había finalizado, las traducciones menguaban durante el verano y lo consideré una forma de pagar mi parte del alquiler. Siendo distinta a mi madre, algo se me había pegado de ella. Una cosa era fumar petas y echar risas en un local polvoriento y otra habitar una casa que conservaba en los azulejos de la cocina la grasa del primer huevo frito. Hänsel no dio crédito el día en que le enseñé el blanco de las baldosas tras mucho frotarlas. Impelida por su admiración y gratitud, me deslomé fregando el baño —cuyo sanitario era también blanco bajo la mugre—, sacando brillo a los cristales, a los muebles… Decía que le excitaba verme con un delantal. Para entretener las labores del hogar, componía obras teatrales de marcado erotismo, donde yo interpretaba diferentes personajes. Él tomaba notas mientras actuaba e insistía en que yo era su numen, aunque a veces protestaba porque tardaba demasiado cuando salía y otras porque me había marchado dejando los cacharros en el fregadero. Me convertí en su musa y su sirvienta, aunque esta interpretación fue muy posterior y fruto ya de la terapia con Lisbeth.

En nuestra casita de chocolate poblada de amores excesivos, la felicidad era completa.

Una tarde llamaron a la puerta los Magníficos para invitarnos a celebrar el cumpleaños de Magda. Hänsel andaba resfriado, quería acabar un capítulo y dijo que no salíamos.

—Llevamos meses encerrados. Venga, Hänsel, vamos —insistí yo.

—Tú haz lo que quieras, Greta se viene con nosotros —dijo Marcel echándome una chaqueta encima de los hombros.

La reclusión, aunque voluntaria, empezaba a pesarme y salí encantada sin darle importancia al avinagrado rostro de mi amado. Regresé de madrugada con una buena peonza y tardé en introducir la llave en el portal. Intentando subir por el lado bueno los escalones, desperté a todo el edificio cuando tropecé en el segundo piso y el bolso se fue rodando casi hasta el primero. Al entrar en casa me dolían las mandíbulas de sofocar la risa, congelada en una mueca al verlo de pie en medio del salón:

—¡Vaya hora de llegar! ¡Y menudo ruido! ¿Pretendes informar al vecindario de que saliste, zorra?

Tenía la nariz enrojecida, las pupilas dilatadas y la voz tomada. Marcel le había dejado un gramo y se lo debía de haber metido entero. Se me bajó el colocón de golpe.

—Estuvimos por ahí, cenamos y luego fuimos al Teddy y... —No sabía muy bien por qué le estaba dando explicaciones—. Tus amigos son geniales, de verdad. —Me alarmé cuando su mandíbula rechinó—. ¿Qué te pasa, Hänsel? ¿Cómo estás?

—¡Estoy fatal! ¿Cómo pudiste dejarme aquí tirado? ¡¡Llevas doce horas fuera!! ¡¡Mira!! —Señaló la papelera, rebosante de folios arrugados—. Estaba en racha cuando te fuiste y ya no pude escribir más...

—No es culpa mía si no escribes y bastante atada me tienes como para echarme en cara salir una noche. ¡No soy tu esclava!

La bofetada cruzó mi cara como un latigazo. Guardo indeleble el recuerdo en mi alcancía de las primeras ocasiones. Las lágrimas me cegaron, y no fueron de dolor: la ira me atragantó:

—¿Qué... qué acabas de hacer?

—¿Te ríes de mí, verdad? Te acojo, te mantengo...

—¡Tú no me mantienes!

—Es verdad, te mantiene tu mamaíta...

Me tiré a arañarle convertida en una gorgona y acabamos en el suelo. Nos tiramos del pelo, nos golpeamos con furia, nos besamos con rabia y acabamos follando salvajemente. ¡El perdón fue tan hermoso! Lloramos abrazados jurándonos que nunca nunca volvería a pasar. Pero habíamos sembrado la semilla y las flores del mal no conocen invierno.

Esa espiral marcaría nuestra relación.

A los cuatro meses me anunció la publicación de su nuevo libro, esta vez novela en lugar de ensayo. No me la dejaba leer antes porque era una sorpresa. Sí me sorprendí, sí, al verla impresa: la protagonizaba una pareja sin salir de la habitación de un hotel y recogía nuestros actos amorosos y los frutos de mi imaginación. Como si una cámara hubiera estado grabándonos y luego alguien describiera las imágenes. Me sentí tan violenta por verme desnudada como incómoda porque no me nombrara. Al fin y al cabo, el trabajo de campo lo había realizado conmigo. Una dedicatoria difusa, «A ella, mi musa», que podía aludir a cualquiera, fue su limosna. Acudí a la presentación esperando, por lo menos, un agradecimiento verbal. ¡Hasta había preparado unas palabras, convencida de que me iba a tocar intervenir! Pero solo me guiñó un ojo, de refilón, cuando un periodista le preguntó si el relato estaba basado en experiencias propias. Pensaba sorprenderle con un material de primera que le había comprado a Marcel para celebrarlo en casa a solas, pero se me estaban quitando las ganas de compartirlo con él. Con disimulo, fui al baño y me hice una raya. Marcel no había mentido respecto a la calidad.

Durante el cóctel ofrecido por la editorial, Hänsel acaparó la atención comportándose como un divo. Era arrebatador, talentoso, con una inteligencia y una cultura que le permitían mantener cualquier conversación mundana quedando como un experto en la mayoría de los temas. Su punto fuerte era clavarte la mirada cuando te dirigía la palabra, eso te hacía sentirte única, conseguía anular tu voluntad. Y nadie le discutía. Sin embargo, ese Hänsel ambicioso en la cresta de la ola era muy distinto de mi compañero de colchón. Cuando se cruzaba conmigo, chocaba su copa con la mía y continuaba recibiendo parabienes sin detenerse. ¿Era paranoia mía o me evitaba? Esa duda me llevó hasta el lavabo cada poco. Cuanto más aspiraba, menos entendía. En puridad, había robado mis ideas, había hecho suyas mis frases, incluso la destacada en la faja había salido de mi boca. Cada vez más exasperada por haber sido utilizada, me fui sin despedirme, dejándolo rodeado de aduladores. Ingrid no me había perdido de vista durante la velada y salió tras de mí.

—Vayamos a tomar algo, sé cómo te sientes.

De todas las personas conocidas, era la más cercana pese a su altivez en nuestro primer encuentro. Había leído varias de sus novelas —en casa de Hänsel no faltaba una— y todas se basaban en hiperbólicos romances que conducían a la destrucción de los malvados y a la salvación *in extremis* de la protagonista. Sus lectoras la adoraban y se había traducido a casi todas las lenguas conocidas. Ingrid explicaba así el secreto de su éxito: «La gente está harta de confusión, de penurias, de tristezas.

Mis personajes sufren lo indecible, luchan por enderezar sus vidas y lo consiguen. Trato de ofrecer esperanza en la desesperación. Y eso se me da muy bien». Tras aquella fiesta yo era la viva imagen del sufrimiento.

—¿Cuál es el problema? No puedes negarlo, alguno hay...

Decidí desahogarme con ella:

—Hänsel me ha robado el alma en este libro. Cada capítulo, cada línea se la he dictado yo. ¡Ha publicado mis fantasías, no las suyas! ¡Y bajo su nombre!

—El primer libro lo escribió gracias a mí. —Yo ya sabía que habían salido juntos una temporada y no me extrañó la confesión—. Su problema es que carece de imaginación, aunque no lo parezca. Hänsel describe, no escribe. Y encima de vanidoso, es posesivo. Ahora empezará la gira y no le verás el pelo, el caso es si cuando vuelva tú estarás ahí. Él te lo exigirá, yo no aguanté la espera.

Cuando Hänsel llegó a casa de madrugada, me encontró fumando en la oscuridad.

—¿Qué haces levantada? —Encendió la luz y anticipó el reproche al ver mi ceño malhumorado.

—Ese libro lo deberíamos haber firmado los dos. Hay situaciones que nunca se te hubieran ocurrido y frases mías literales. ¡Inventadas mientras fregaba tu puto piso! Nunca pensé que cuando «anotabas ideas» estabas recogiendo fielmente mis acciones y mis palabras. ¡Me ofende ser ninguneada de manera tan vil!

—Greta, Greta, no seas tonta. Este libro está manuscrito y firmado sobre tu piel, ¿qué más quieres? ¿Que diga quién protagonizó esas escenas? En la universidad son muy estrictos en cuanto a las relaciones de los profesores con sus alumnas. El sector más carca ha tildado mis relatos de pornografía dura y ha solicitado que se prohíban en las aulas. Me tienen en el punto de mira por mis ideas; si apareces tú por en medio, ¿sabes en qué lío me metería? Les daríamos la excusa perfecta para expulsarme. Lo importante es que ha gustado, si tomé prestada alguna idea tuya deberías alegrarte por pasar a la posteridad. ¡Bien siento no haber podido añadir tu nombre a la dedicatoria para proclamar quién es mi musa! Me protejo, pero también nuestra relación, Greta, querida.

Abrumada por sus explicaciones, mi enfado fue desapareciendo. No se me había ocurrido que hubiera una justificación que invalidara la mala fe.

—¿Por qué no me lo advertiste? Si me lo hubieras comentado, no habría dudado de ti. Ingrid me dijo…

—Deberías dejar de verla —dijo con repentina rudeza—. Esa bruja no tiene medida.

—¡No! No es culpa de ella. —No podía permitir que le cogiera ojeriza, empezaba a conocerlo—. Es culpa mía, no pude soportar que no me citaras ni en los agradecimientos.

—Lo hice para no tener problemas.

—Debiste decírmelo —insistí—. ¡Menudo disgusto me has dado!

—¡Mi niña Gretel, siempre cavilando cosas malas sobre su Hänsel! Yo pienso por los dos, no te preocupes, ratita en celo… Ven, ven, acabo de pillar una rayita para celebrarlo en la intimidad.

El Gran Embaucador consiguió que pasara de odiarlo a detestarme a mí misma por haber sido tan mezquina con él, y la sombra de la tristeza fue sustituida por el manto de la culpabilidad. Aún no había descubierto sus artimañas. Estaba locamente enamorada, era arcilla en sus dedos.

El amor usa gafas de madera.

No participé en la promoción, lo convinimos así para no despertar sospechas. Los Magníficos me pusieron bajo su protección durante las ausencias de Hänsel y esto significó frecuentes recorridos nocturnos por garitos de mala muerte donde no faltaba de nada y todo tenía un precio. Empezábamos a beber en casa de alguien y luego, ya bien cocidos, nos íbamos por los pubs a bajar litros de cerveza. Al principio me costó seguir su ritmo, después era yo la última en retirarme o continuaba la juerga con cualquier persona desconocida en lugares infernales. Con suerte despertaba en casa sola, las otras variantes solían crearme remordimientos de conciencia. Y eso que el arrepentimiento sobraba, Hänsel no rechazaba las oportunidades que se le presentaban en los viajes y habíamos llegado a un acuerdo: si uno era infiel, el otro también tenía derecho. Pero era temible cuando se materializaba, pues la mezcla de exhibicionismo y celos solía finalizar con las ya habituales bacanales de violencia y sexo, que nos dejaban tan destrozados como satisfechos.

Ingrid me asaltó una noche en la barra de un pub, mientras el muchacho con el que yo me estaba morreando se había ido al baño:

—No quisiera inmiscuirme, Greta. Me preocupa verte tan desenfrenada... ¿No estás escribiendo nada?

—Ingrid, me lo preguntas tooodos los días... —Empezaba a verla doble.

—No me gusta verte malgastar tu vida, eres una cría. Llegaste a Londres cargada de ambiciones y estás quemando tus energías en los bares en compañía de colgados y aprendices de brujo.

—Hänsel dice que estás celosa de mí. —Arrastraba las eses.

—Hänsel no es el único hombre en el mundo.

—Además, todos hacemos lo mismo, ¿no? —Señalé las caras coloradas, los ojos vidriosos, las voces torpes a nuestro alrededor y casi me caigo del taburete con el impulso excesivo que le di a mi brazo.

—Nosotros ya estamos de vuelta, querida, y tú así no vas a ninguna parte. —Ingrid me agarró para estabilizarme—. Las generaciones literarias vamos avanzando para dejar paso a otras nuevas. Sin embargo, las editoriales y los medios prefieren a alguien consagrado, aunque mediocre, antes que a una persona joven. Aun te queda mucho por recorrer, hay que pelear a base de bien para llegar alto y tú no has ni desenfundado la pluma. Estás desperdiciando tu talento.

—¿Y sobre qué escribo? No es fácil...

—¡Siempre estás escribiendo en esas libretas tuyas! Algo podrás aprovechar. Escribir libera y desahoga, es una forma de expresión y comunicación, una válvula de escape y un bálsamo para el espíritu. Traslada tu historia al papel para practicar, al fin y al cabo eso hace Hänsel. Tu ópera prima siempre pecará de autobiográfica, es lo correspondiente. Pero si nunca afrontas la primera, no habrá opción a una segunda.

Se me empezó a pasar el mareo. Tan pendiente de los mínimos deseos de mi compañero, había dejado de pensar en mí. Si quería que se sintiera orgulloso, debía demostrarle mi valía.

En la cama y en la casa ya estaba probada de sobra, pero él se había fijado en mí por mis dotes de escritora.

Ingrid consiguió entusiasmarme.

—Escribiré una novela capaz de dejar huella, de conectar con los lectores. ¿Y sabes el tema? Ya que esta temporada me he dedicado a rodar por la vida nocturna londinense, las gatas callejeras como nosotras serán su eje central —proclamé decidida antes de caerme definitivamente del taburete y darme una buena costalada.

La ficción permite reinterpretar la realidad a la vez que ofrece un cuadro genuino donde se mezclan los colores y sonidos de la existencia con los originados caprichosamente dentro de la cabeza del artista. Porque en su pulso laten las venas de la sociedad en la que habita. Un hilo fino e invisible ata la mano que escribe con el ojo que lee, enlazando lo escrito y lo vivido, lo leído y lo imaginado con puntadas diminutas. Quise ser esa costurera y empecé a emborronar folios.

Sin contárselo a Hänsel.

Él cada vez estaba más enfadado con el resultado de las ventas. La promoción terminó antes de lo previsto por no alcanzar las cifras de su primer libro. Las críticas tampoco fueron buenas: «Más de lo mismo», «Escaso valor literario»...

No tuvo reparo en echarme la culpa:

—Mejor hubiera hecho caso omiso de tus tonterías, me dejé llevar por la pasión y cité textualmente tus ocurrencias teatrales, debí haberme dado cuenta de que ese verbo infantiloide carecía del nivel adecuado a mi firma. Para más inri, si descubren nuestra convivencia, me expulsan.

Harta de escucharle la misma cantinela, una mañana fui a la secretaría de la facultad y me di de baja.

—Nadie podrá decirte ya nada —le dije orgullosa de tal prueba de amor mostrándole el papel.

—¿Abandonas los estudios a la mitad? —preguntó sorprendido—. Creo que te precipitas...

—¡Lo he hecho por ti y tu reputación! Ya no necesitamos escondernos. Esperaba ver acogido con más entusiasmo mi sacrificio...

—¿Y a qué te piensas dedicar? ¿Piensas alcanzar la posteridad traduciendo manuales de instrucciones?

—Quería acabar mi novela y presentarla a un concurso.

—¿Cómo «tu novela»? ¿Estás escribiendo una sin que yo lo sepa? ¿A mis espaldas? —Cada pregunta era una cuchilla de acero afilada.

—La comencé mientras estabas fuera, me da vergüenza enseñártela... Bueno, tú hiciste lo mismo, además.

—No seas tonta, estás empezando, necesitas a un profesional que te corrija. ¡Déjame verla!

Se sentó en una butaca y con rotulador rojo fue marcando las páginas con tachones y correcciones hasta dejarlas ilegibles.

—Igual me equivoqué contigo. ¿Qué es esto, una guía de la noche londinense? ¿Una redacción de colegio? ¿Un catálogo de seres y locales? Y yo creyendo que llegarías a ser una Magnífica... Si mis amigos leen esta porquería, no querrán saber más de ti. ¡Menuda mierda! Como diría Truman Capote, querida: «Esto no es escribir, es mecanografiar». —Y tiró el borrador al suelo.

Lo recogí y salí a la calle llorando tal cual estaba. Se estrenaba un noviembre frío y húmedo, se acercaba mi vigésimo cuarto cumpleaños y había roto todos los puentes. Fuera de aquella casa, no tenía adónde ir. Había renunciado a mi forma de ser por construirme a su medida y había fracasado. Mi vida no valía más que aquel manuscrito infumable que me quemaba en las manos. Ignoré las colas en The National Gallery, no vi a los turistas hacerse fotos en Trafalgar Square ni a la gente que se agolpaba en torno a la estación de Charing Cross. Alguien intentó pararme, una mujer me dijo algo ininteligible al paso, pero yo seguí corriendo. Cuando me di de bruces con el río, bajé a la orilla y, sin dejar de llorar, lo fui rompiendo y tirando los trozos de papel a las turbulentas aguas del Támesis, que los hacían girar antes de engullirlos.

Después me lancé yo.

Quería seguir el mismo destino que mi manuscrito, encontrar el fin de mis cuitas. Mi grito al chocar con el agua alertó a los viandantes. Un joven se tiró a salvarme y lo ayudaron desde una barca. Llegó una ambulancia. No llevaba identificación alguna y me tuvieron en observación hasta que recuperé el sentido. Avergonzada, les di la dirección de Hänsel. Cuando se presentó a buscarme parecía otro, el susto le había cambiado la expresión.

—¡Greta! ¡Removí cielo y tierra buscándote! ¡Mi pequeña Gretel! ¡Cómo pude ser tan cruel!

Él imploró mi perdón y yo supliqué su indulgencia, ambos lloramos hasta agotar las reservas. Salimos abrazados y confortados, unidos como nunca..., y con una muesca más en la culata. Estuve una semana sin salir de la cama, girando en mi habitual túnel negro, murciélago desorientado. Me arrancaría de mi mutismo la propuesta de Hänsel: impelido por el jefe de departamento y viendo que su consagración como escritor se retrasaba, se propuso acabar su tesis doctoral.

—Tardaré menos con tu colaboración. Ahora que dispones de más tiempo libre, puedes ir por mí a la biblioteca, es tu medio natural, ¿no? Solo hay que sacar algunas referencias. Y te vendrá bien salir de ese agujero.

Me entusiasmó la posibilidad de ser útil y me entregué en cuerpo y alma a la faena. Mis aportaciones enriquecieron su trabajo, que fue creciendo y tomando forma rápidamente.

—¡El director me ha felicitado! Vaticina *cum laude* y todo gracias a ti.

Lo obtuvo, y esta vez sí me citó en la lectura pública, llenándome de orgullo y satisfacción.

Entre nosotros las cosas mejoraron. Después de aquel prolongado período de encierro y abstinencia, decidimos hacer una fiesta. Hänsel invitó a los Magníficos y cada uno apareció con una ristra de personajes inclasificables. Nuestra casa se llenó de escritores en ciernes, novelistas consagrados, editores en busca del Santo Grial, poetas narcisistas, algún verso libre y varios proveedores de las sustancias requeridas para la ocasión. No dejamos ningún cabo suelto. Los invitados acabaron durmiendo en la bañera, vomitando en el sofá, haciendo rayas encima de la foto de graduación de Hänsel y follando sobre la mesa de la cocina.

Fue una gran fiesta.

Acabado el curso, volvimos a estar en danza, comiendo, bebiendo, discurseando y fumando. Aunque seguía manteniendo mi característico flequillo, me había dejado crecer una melena leonina. Ya no llevaba muñequeras de clavos ni medias agujereadas, sino ropa ceñida que me marcaba las curvas como a él le gustaba, faldas cortas y prietas y vestidos escotados por donde su mano entraba a capricho. The Glory Hole apenas era un agujero de gloria en la memoria, un vago recuerdo nostálgico. Atrás habían quedado los años de los kilos de más, aunque todavía faltaban bastantes hasta convertirme en el esqueleto que Lisbeth se encontró en la clínica. Seguíamos siendo una pareja asimétrica pero el magnetismo era indiscutible. Nos atraíamos, sí, y nos repelíamos con la misma facilidad. Como andábamos siempre intoxicados, las broncas empezaron a ser diarias. Tras una resaca espantosa y una taquicardia espeluznante, decidí proponerle algún cambio en nuestras vidas:

—Estoy dejando de encontrarle sentido a arrastrarnos a diario de fiesta en fiesta para ver siempre las mismas caras, repetir las mismas chorradas, reír los mismos chistes y acabar en este estado. Siempre mantienes que los autores debemos experimentar. Pide un año sabático y vayámonos a Nueva York. Contamos con la paga de mi madre y puedo trabajar de *free lance* traduciendo en cualquier parte, ahora tengo experiencia y contactos. Hospedémonos en el hotel Chelsea, como Patti y Mapplethorpe. O en un albergue, da igual. Escribamos juntos: la mítica pareja de escritores sin un céntimo dando de comer a las ardillas de Central Park las migas de sus bolsillos. —Era uno de los sueños compartidos con Markus nunca confesado a Hänsel.

—Jamás te vi tan entusiasta. ¿Crees que funcionaría? —Me miró sorprendido un rato, calibrando el reto. Luego me besó en los labios—. ¡Al carajo! Tengo treinta y ocho años, ¿qué puede pasar? NY es el mejor sitio para ser creativo.

Hacía tiempo que no hablaba con mi madre por teléfono y la llamé para comunicárselo.

—¿Mamá? Estás muy callada. ¿Qué opinas de mi decisión?

—¡Una locura! ¡Como el resto! Abandonar la carrera y cruzar el charco con ese hombre, mayor que tú, un desconocido... —Después de gritar, lloró y rogó al otro lado del hilo—. Ven a vernos, por lo menos, para despedirte.

—El avión sale mañana —mentí.

—¡Mañana!

—Quería saber si podrías ingresarme algo más, el viaje es caro y hasta que encuentre trabajo necesitaré dinero...

—Eres una egoísta, solo piensas en ti —rezongó despechada—. No te preocupes, te lo enviaré, aunque ya veo por qué me quieres.

Siempre igual.

—¡Greta! —intervino Paul arrebatándole el auricular—. ¡No puedes hacerle esto a tu madre! Si vas a Estados Unidos sin pasar por Zermatt, no vuelvas jamás a poner los pies en esta casa.

—Querido tío. —Odiaba que le llamara así—. No contaba con volver a pisarla por propia decisión, puedes dormir tranquilo. —Y colgué sin piedad.

La noticia cayó como una bomba en la tertulia y nos organizaron varias despedidas. Estábamos ilusionados como niños y, con esa infantil inconsciencia, antes de tener los visados en regla fundimos en farras el dinero extra enviado por mi madre.

—Y ahora ¿qué hacemos? —pregunté al ver los números rojos en mi cuenta corriente.

—Nueva York queda muy lejos, esa idea fue una tontería, como tantas otras tuyas. Por suerte, no cancelamos el contrato de alquiler del piso. Hay que pensar algo, por tu culpa ahora tengo concedida la licencia por un año y no pienso desaprovecharla ni renunciar a ella.

—Podemos encerrarnos en casa sin salir, desaparecer durante este año como si hubiéramos ido a América y dedicarnos a escribir. Una obra a dos manos o sendas obras, da igual. Viviremos de mis traducciones y la pensión de mi madre.

—Es una ocurrencia estúpida, Greta..., aunque si lo piensas bien...

Terminó aceptando mi propuesta y yo arrepintiéndome de habérsela hecho. Escribir a su lado era un tormento, su culo inquieto no aguantaba media hora sentado y se negaba a ver que, colocado, era incapaz de hilar dos frases seguidas. En cambio, yo podía pasarme horas escribiendo y era fácil que se me olvidara hasta comer. Eso sucedía cuando estaba sola, pues Hänsel siempre andaba incordiando con sus requerimientos. Pese al fracaso de su último libro, estaba empeñado en escribir más relatos sobre sexo. Me negué a sus peticiones, estaba enganchada con mi novela y todavía le guardaba cierto rencor por su despiadada crítica. De hecho, había decidido no mostrarle una coma, lo había negociado con Ingrid y ella sería mi primera lectora. Molesto por verse apartado, se apuntó a un grupo sadomasoquista que se reunía en una capilla abandonada para practicar *bondage* dentro de los ataúdes de piedra. Tras unas pocas reuniones dijo que sin mí no encontraba placer y me propuso practicar el intercambio de parejas. O una cama redonda. El caso era que yo estuviera presente, sin mí no era nadie, me veía en todas, me necesitaba…

—¡No consigo acabar por tu culpa! Escribe sobre otra cosa, ese tema está agotado. Además, esa obsesión tuya no tiene que ver con la literatura, los autores de novela negra no llevan cadáveres en el maletero ni se cargan al mafioso del barrio. Deberías replanteártelo. Tú mismo decías que las fantasías pertenecían a la imaginación y estimulaban la pasión, pero lo tuyo son parafilias, tú tienes un desorden mental de aúpa. ¡Estás chiflado, Hänsel!

—No soy un demente, no vuelvas a decir eso. —Reapareció el estrabismo amenazador en su mirada y me eché a temblar—. Que yo sepa, pequeña putita, tú has vestido uno por uno esos trajes y probado cada juguete.

Se dirigió al armario y empezó a vaciar su contenido. Gran parte se los había regalado yo. No pude evitar las lágrimas. Entre telas, plumas, correas y gomas, un hermoso dildo rosa empezó a vibrar al chocar contra el suelo. Me resultó tan fuera de lugar, tan cómico, que no pude evitar la risa histérica. Su respuesta en forma de empujón me lanzó contra la pared. Aquel día tuve un atisbo de lucidez: vi claramente en qué nos habíamos convertido, adónde habíamos llegado.

Y tuve miedo.

Debo explicarlo porque, temiendo una agresión más seria, le arrojé lo primero que encontré a mano, una botella de cerveza —afortunadamente vacía— que explotó contra el suelo después de rebotar en su cabeza. La sien empezó a hinchársele y la sangre cautiva inundó el blanco de sus ojos. Cuando lo vi encaminarse hacia mi escritorio, tambaleándose y con aquella sucia sonrisa retorcida, lancé un alarido adivinando sus intenciones y lo adelanté de un salto. Rescaté mi manuscrito de sus garras —como estaba atontado por el golpe, opuso escasa resistencia— y me tiré escalera abajo en busca del primer taxi que pasara.

En casa de Ingrid fui recibida como una hermana.

—Tenéis que ir a una terapia. O separaros. Seguir así es una locura, la vuestra es una relación enfermiza y puede acabar muy mal. —Ingrid lloraba cuando acabé de contárselo y eso que fabriqué para ella una versión edulcorada del combate—. Quédate cuanto quieras, vivo sola y la casa es grande. La asistenta viene a diario y se encarga de todo. Si tienes alguna preferencia culinaria, no dudes en decírselo, trabajó como ayudante de un cocinero con dos estrellas Michelin.

—¿Tienes una asistenta que es una cocinera experimentada? ¿Cómo cayó aquí? ¿No tendría más oportunidades en un restaurante? —pregunté asombrada.

—Le compensa cobrar el salario de siete horas por trabajar cinco y en ese tiempo se ocupa también de clasificar mi correo y llevarme la agenda. Bonifico la confianza, es lo más importante.

Me alojé en casa de Ingrid sin renunciar a Hänsel, le quería dolorosamente. Rehusamos acudir a profesionales y emprendimos la cura por nuestra cuenta. Todas las tardes nos encerrábamos en mi habitación y hablábamos, desnudábamos nuestros pensamientos —y a menudo los cuerpos— en un intento de restaurar la relación. Nos prometimos limpiar nuestros organismos y yo lo cumplí a rajatabla, no ingerí sustancia alguna, más que algún porro con Ingrid a altas horas para ir a la cama, de esos que no cuentan. Hänsel también, o eso aseguraba. Decidió no escribir más sobre erotismo, le habían encargado un capítulo sobre la literatura victoriana para una obra colectiva y estaba enfrascado en ese proyecto.

Yo logré reunir más de trescientas páginas que me parecieron dignas. Había soportado la presión de Hänsel, implorando a diario mi vuelta, y la de mi anfitriona, contándome una y otra vez su mala suerte con los hombres y tanteándome por si conmigo la tenía mejor; había controlado la ansiedad de querer meterme algo, el deseo de abandonar, de rendirme, los malos momentos cuando piensas «esta mierda no va a interesarle a nadie». Y había superado el reto. Haber concluido mi primera obra, aún sin publicarla, me pareció algo tan o más emocionante que la maternidad, una opción fuera de mis planes. Como habíamos acordado, se la entregué a Ingrid y empecé a hacer la maleta con las pocas cosas acumuladas en mi estancia. Lo verdaderamente importante estaba depositado en sus manos.

—He cumplido mi promesa de acabarla y ahora tengo que rehacer mi vida. Regreso a casa con Hänsel.

—Sabes que puedes permanecer aquí el tiempo que desees…

—Lo hemos hablado mucho, nos queremos y vamos a intentar salvar los muebles. ¿La leerás con cariño?

—Te haré mis aportaciones y, solo si el resultado es digno, la enviaré a mi editorial. Yo me ocupo de todo, no te preocupes. ¡Solo espero que no me arrebates el *top ten*!

Vertimos más de una lágrima al despedirnos. Congeniábamos bien, la convivencia había sido fácil y habían pasado casi cinco meses. Me encontré el piso de Hänsel limpio y brillante, con flores en los jarrones y ni un papel fuera de su sitio. La nevera estaba llena, la ropa ordenada y el baño olía a azucenas. Hänsel estaba atento, cariñoso. Hicimos el amor despacio, saboreando el crepúsculo que oscurecía la ventana. Ya sentados en la sala, me confesó que había solicitado a Ingrid los servicios de su asistenta para darle a nuestro nido la apariencia de un hogar.

—Debiste gastarte un pastizal para poner en orden esta leonera —le dije conteniendo la risa.

—Así fue —contestó muy serio—. Tú vales eso y mucho más. Me alegra tenerte de vuelta, Greta, mi pequeña Gretel. Me vendría bien que me ayudaras, ahora que no tienes nada que hacer…

—¡Vaya! Precisamente eso quería, no hacer nada.

—Compréndelo, tú alcanzaste la meta, yo tuve que cambiar de liebre a la mitad de la carrera. Este encargo se me está retrasando, ya sabes cómo soy, me complico mucho dándole vueltas a los temas. Además, a mí no se me da tan bien como a ti andar por las bibliotecas, nunca encuentro lo que busco a la primera, me despisto, me entretengo con cualquier cosa y empleo el doble de horas que tú para no conseguir ni la mitad de resultados. El resto de autores ya han entregado su parte, solo falto yo. Están metiéndome prisa, amenazan con no pagarme…

—De acuerdo, de acuerdo.

—¡Bien! ¡Sabía que no me fallarías! Y para celebrarlo, ¿qué tengo aquí? —preguntó cantarín.

—¿No habrás..., no habrás pillado coca?

—Un gramo nada más. Para darnos una alegría y reírnos como en los viejos tiempos. ¿Te acuerdas, Greta?

Lo miré embelesada. ¡Cómo no me iba a acordar!

—Bueno, pero uno solo, no volvamos a las andadas, ¿vale? —dije con tan poco convencimiento que hasta a mí me sonó falso. El recuerdo del polvo blanco me erizó la piel—. Sería una pena no aprovechar la moqueta ahora que está tan limpia... —dije extrayendo del armario un conjunto granate de plexiglás que incluía gorra y fusta, para mayor gloria de un reencuentro memorable. No sería el único que utilizamos aquella noche, aún me estremezco recordándola.

Reincidimos en el hábito, convencidos de que podríamos abandonarlo a voluntad.

Isla de Ometepe, 1991

Mi muy querida y amada Julia, hermana en Cristo:

Cada vez se hace más difícil ejercer mi labor pastoral, pese a que, por fin, la Contra se ha desmantelado. No ha sido gratis y sus miembros, incluso los más sanguinarios, se han «reinsertado» en los Cuerpos y Fuerzas de Seguridad. Eso supone a todos los efectos un premio y la consolidación institucional de sus malas artes, que no van a olvidar por vestir un uniforme oficial, y tampoco van a dejar de considerar enemigo al pueblo, verdadero sufridor de sus arbitrariedades. Estas buenas gentes han visto cómo sus ilusiones se han ido al traste y los políticos han vuelto a las enseñanzas de la dictadura: todos roban. Con esos modelos, te puedes imaginar por dónde se han ido los valores solidarios. Voy a darte dos detalles.

Uno: se formó una junta para las fiestas patronales en una comunidad vecina y los siete mil córdobas recaudados ¡se los prestó el presidente a sí mismo para reparar su coche particular!

Dos: fundamos una cooperativa de ahorro y préstamo, y para que el dinero estuviera controlado, se nombró a un presidente y dos asesores que debían firmar cada autorización de movimiento de los fondos. Pero el presidente les pidió a los otros dos que firmasen en blanco varios documentos para no tener que andar buscándolos en cada caso y entonces se autoprestó el capital íntegro de la cooperativa para invertirlo en su hacienda.

En uno y otro caso, dan largas y largas para devolver lo robado, y con la excusa de que van a reponerlo, aunque pasen los años y no lo hagan, no puedes tampoco llamarles ladrones ni denunciarlos. ¿Sabes dónde fallamos? En no dárselo a las mujeres, como hubiera hecho Gaspar.

La pillería empieza a ser un mal endémico y cuando me enfado, siempre sale alguno que dice muy suavecito: «Ustedes nos enseñaron», y a callar, que los españoles hicimos de las nuestras. Por ejemplo, introducirlos en el uso y abuso del alcohol, que ni sus organismos estaban acostumbrados ni este calor permite digerirlo. Todo en su justa medida es recomendable, por aquello de conocer las maravillas de Dios, o, como siempre decías, Julia: «Entre Pepín y Pepón está Pepe». Si el vino es la sangre de Cristo, el guaro es la del demonio. Es un aguardiente de caña de azúcar que destilan clandestinamente, igual de dañino y fuerte que el orujo o más. Lo toman hasta caer muertos, aquí la borrachera es un estado habitual. Hay mucho de huida de la mísera existencia, de evitación, en este abuso del alcohol. Y no solo los pobres la padecen, los ricos también beben, pues la insatisfacción no conoce escalas sociales. Aunque sociológicamente los campesinos de Ometepe y los pescadores de Cimavilla sean distintos, el guaro y el vino les sirven de igual anestesia.

Como viene siendo costumbre, te dejo un poema del padre Gaspar, a quien Dios tenga en su gloria, muy pertinente en este contexto.

Contaba un hombre en la calle
las penas del corazón.
El hombre estaba borracho.
Yo no.
Nos explicó que sufría
por una traición de amor.
El hombre amaba a alguien.
Yo no.
El hombre estaba borracho
y contaba su dolor.
El borracho era sincero.
Yo no.

Aun si mis cartas no te llegaran, por ti ruego todos los días, predilecta de Dios, pues en tu vida se demuestra que donde abundó el pecado, sobreabundó la gracia. Que el Señor te bendiga y te guarde.

Siempre tuyo,

Guillermo

Amores perros

Había estado leyendo las cartas de Guillermo hasta que el sueño me fundió en el sofá. Curiosamente no había soñado con Markus, sino con Hänsel. Hänsel y Gretel. Al despertarme con el cuello dolorido, la última carta se hizo un hueco en mi mente entre parafernalias y drogas.

—Evitación. Listo, el padre Guillermo.

Llevaba demasiado tiempo huyendo, escondiéndome detrás de una botella o una jeringuilla. Tardé en ducharme, no deseaba desprenderme del olor de Markus. Su aparición había sido tan súbita y durado tan poco que, de no ser por el aroma de su piel en la mía, lo habría tomado por un sueño. Lamenté que el jabón arrastrara hasta el desagüe el recuerdo de su tacto. Desayuné tardíamente un café bien cargado y atravesé la ciudad sin prestar atención ni a los semáforos ni a los peatones. Me preguntaba si la felicidad había llamado a mi puerta y la había dejado irse.

—Llegas tarde —me recibió la Chata enfadada.

—No dormí bien.

—¡Ya lo veo! Tienes una cara fatal. ¿Te diste a la bebida?

—Encontré a un amigo del instituto... —titubeé—. Mi primer novio.

—Los primeros amores nunca se olvidan. Pasasteis la noche juntos, deduzco por esa sonrisa bobalicona.

—¡Qué lista eres, Julia!

—Como tardabas, las jodidas monjas ya no contaban contigo, pero yo te conozco mejor que ellas, sabía que vendrías. No soportan que sea yo la protagonista de algo, menudas envidiosas. ¿Trajiste el milhojas?

—¡Sí, señora! Evitaremos las migas o me van a registrar a partir de ahora.

Lo encontró gracioso.

—¿Y la quina?

—Tardé en encontrarla, tuve que preguntar dónde la vendían. Pero, Julia, esto tiene alcohol…

—¡Qué va a tener, mujer! Este vino de misa levanta a los muertos.

Mi mala conciencia me hizo poner una silla contra la puerta mientras ella se zampaba la merendola bebiendo el negro jarabe en un vaso de plástico.

—Para otra vez me lo traes de cristal. ¿Dónde habíamos quedado?

Había engullido en dos minutos un pastel con diez veces más de nata que de hojaldre, recubierto de un abundante polvillo blanco que me recordó otro. No pude evitar sonreír al verle la nariz manchada con él. Le refresqué la memoria mientras encendía la grabadora:

—Eras madre soltera trabajadora e ibas para los veinticinco años. ¿Tenías más amigas que la Tiesa?

—La pandilla de Cimavilla, sí, lo malo es que en cuanto se casaban no las volvías a ver. Un tiempo nos juntamos la Tiesa y yo con unas trillizas de armas tomar, Lola, Manola y Helena, esta última también madre soltera. Íbamos en grupo a robar fruta por las afueras de Xixón: castañas, higos, manzanas… Vendíamos en el vecindario la mitad del producto del hurto y con el dinero comprábamos leche para los nenes. También ofrecíamos por las casas, para las cocinas, astillas de madera que nosotras mismas partíamos, carbón recogido en El Musel del caído en el traslado a los barcos y hasta arena de la playa para fregar los suelos y las chapas.

—¿Arena? ¿Se vendía? —Me resultaba sorprendente existiendo varias playas.

—Sí, pero no tal cual. Había que tratarla y dejarla secar antes, cobrábamos la lata grande a perrona. A veces íbamos contratadas a recoger manzanas desde las ocho de la mañana hasta las siete de la tarde, parando una hora para comer. Un camión nos recogía a la puerta de la Pescadería y cobrábamos veinte duros, la comida y un saco de manzanas. No paraba, pero ganancia poca, como puedes ver. Con veinticinco años cumplidos y todos a mi cargo, fue la salvación conseguir trabajo en casa de un reputado abogado de Somió. Tenían muy alto nivel de vida: una ama de llaves, una cocinera, dos doncellas, costurera y planchadora, dos caseros y un chófer. A mí me correspondía realizar la colada diaria. Entonces no había lavadora y lavaba la ropa de toda la familia, un total de nueve personas, a mano en el lavadero. Y al acabar, todavía ayudaba a la cocinera a preparar la comida del día siguiente. Estaba interna y dormía en una habitación sin ventana pegada a la cocina. Aunque lo habitual era trabajar solo durante el invierno, aquel año lo trabajé entero. Además de la remuneración, me dejaban llevar las prendas en desuso, como eran tantos siempre había alguna gastada o pequeña. Los sábados por la tarde iba a Cimavilla cargada de comida y ropa para toda la familia. Tuve oportunidad de quedarme allí fija, pero me despidieron.

—¡Vaya! ¿Qué sucedió?

—Me enamoré de uno de los hijos de la familia, de Falín. ¡Pese a llamarse así, *teníala* bien grande! —Se echó a reír y no pude por menos que imitarla—. La mujer del abogado se dio cuenta del trajín que nos traíamos en el cuarto de lavar y me puso de patitas en la calle sin compensación alguna. Él decía que me quería, pero en cuanto le tiraron de las orejas, adiós muy buenas y si te vi no me acuerdo. Los hombres son todos iguales, no piensan más que en eso.

—¡Vaya con Julia!

Me costaba imaginarla tan libre y sin prejuicios. ¿O inconsciente? Aunque, ¡quién era yo para juzgarla!

Enseguida me sacó de mi asombro con una caja antigua de Cola Cao llena de fotografías. Cogió una y señaló con el índice amarillento de tabaco un joven apoyado en una fuente con un cisne por surtidor.

—¿A que era guapo? —Le dio la vuelta y me enseñó la dedicatoria—: «A Julia, con amor» —recitó de memoria—. ¡Menos mal que la llevaba encima y su madre no me la pilló! Antes de dejarme ir, revolvió la habitación entera, eso me ofendió, no pensaba robarles la cubertería de plata. Me pareció tan mal que aquella misma noche ya me lie con otro.

—¡Eras una rompecorazones! —exclamé volviéndome a

reír—. Desde luego, no te duraba mucho la pena por ninguno. ¿Y este de dónde era? ¿Ya lo conocías de antes, como a Álvaro?

—¡No, *fía*! Este lo conocí esa misma noche y era vasco, Imanol se llamaba. Iba yo por el Muelle lamentando mi mala cabeza, toda cabreada con Falín y su madre, pensando cómo decirle a la mía que me habían echado, cuando un silbido de admiración me detuvo delante de un bonitero recién atracado. Los marineros estaban cenando en cubierta y olía a marmitako rico rico. Le pedí un poco al que me había silbado, él me preguntó cuántos éramos en casa y me dio una pota llena hasta arriba para todos. «Con una condición: tienes que venir a devolverla», me dijo. Era guapo y rubio como la cerveza, que diría Concha Piquer. ¡Nunca vi unos ojos más azules! Nos atrajimos nada más vernos, así que le contesté muy ufana: «¿Y por qué no vienes a buscarla tú?». Así lo hizo y esa misma noche en la cueva del Raposu mantuvimos la primera cita. ¡Sabía cómo dejar a gusto a una mujer! Y estaba muy bien dotado...

—Por como lo dices, no debía ser intelectualmente. —Le guiñé un ojo y ella me lo confirmó muy picarona.

—Los vascos venían cada quince días y terminamos gustándonos de verdad y ya pensábamos casarnos. A él no le importaba que yo tuviera un hijo, estaba dispuesto a darle el apellido. Un día lo llevé a casa para presentárselo a mi madre con los consabidos pasteles en la mano y, cuando nos vio la intención, me soltó muy fresca: «Ay no, hija, no. Con un vasco no te vas. ¿Quién iba a cuidar de nosotros? ¡Bilbao queda muy lejos!». Lo mismo me pasó con otros dos, uno de Santander y otro de Vigo. Mi madre siempre encontraba excusas pero yo a los del barrio los conocía de siempre y aspiraba a algo mejor. Si tenías un poco, querías casar con uno que tuviera un poco más, no un poco menos, esto siempre fue así.

—Y a este paso, ¿te casaste o no? —pregunté mientras le metía las sábanas y le alisaba el embozo.

—Sí, para mi desgracia. A Benjamín lo conocí en la playa. Yo estaba con Genara debajo de una sombrilla viendo jugar a Andresín con Eloína. —¡Cielos! ¡Mi refinada madre, amiga de aquel bruto!—. Y se me plantó delante. «Me das sombra», le dije. «El sol te daría si me miraras», contestó. Y lo miré. Tenía buena planta, tupé con gomina, bigote fino y un pico de oro.

Rumboso como ninguno, me cortejó unos meses por todo lo alto y en 1953, con veintisiete años, me casé con él enamorada como una pava. Ofició la boda el padre Guillermo, recién estrenado como párroco de Cimavilla.

—¡Vaya! Reapareció tu amigo…

—Sí, justo por esos días y convertido ya en cura. Había estado un tiempo en Cuba y lo primero que hizo al llegar fue visitar a nuestra familia. Mis padres lo adoraban y se alegraron mucho de verlo. Benjamín estaba ese día en la cocina, se lo presenté y allí mismo le pedí que nos casara. En cuanto mi futuro marido se enteró de que éramos amigos de la infancia, ya le cayó mal. «Todos los curas son unos cabrones, ¿va a ser ese distinto?» Benjamín hacía gala de anticlerical por los chigres y su irreverencia formaba parte de su encanto; a mí me gustaban los hombres muy machos, atrevidos, con un punto gamberro. ¿Sería imbécil?

—No, Julia, yo también me he equivocado alguna vez, las personas engañan.

—¡Pues este cabrón me engañó de lo lindo! El día de la boda yo lucía un traje de chaqueta color marfil, hecho por Zulima, y él uno prestado de raya diplomática con sombrero de fieltro. Con un clavel en la solapa y su pelo engominado, me pareció el más apuesto del mundo en el altar. Nos casamos por la mañana, bien temprano, ante la Virgen de la Soledad por empeño mío. Hasta allí desfiló el vecindario de La Corrada, ellas y ellos engalanados y bien limpios después de haber tenido en las casas los fogones a todo meter calentando agua y hacer turnos ante el caldero de zinc para bañarse.

—¿Hubo convite después de la ceremonia? —No imaginaba con aquellas estrecheces en qué podía consistir, casi no me atrevía a preguntarlo.

—¡Pues claro! Mi madre nos ofreció un suculento desayuno: chocolate y bollería, tartas, bandejas de rosquillas y almendrados, bizcochos espolvoreados, bollos de nata calientes, miel, chorizo y salchichón en rajas, aceitunas. Y de beber, botellas de anís, jerez y coñac, agua de la Fontica y leche recién catada. Como no cabíamos, la gente iba entrando y saliendo, dándome besos y deseándonos suerte. Yo, tan emocionada estaba que no me fijé en Benjamín hasta que mi madre me dijo en un aparte: «Hija, ¿qué le pasa a tu marido? Ya estaba enfurruñado en la capilla y ahora no para de beber ahí apartado». Le propuse abandonar la fiesta e irnos a tomar el tren con destino a Oviedo, donde, en el colmo del derroche, teníamos una noche reservada en una pensión de la calle Uría.

»Nos despedimos a la carrera mientras empezaban los cánticos y durante el trayecto ya empezó a despotricar: «Tú dirás cuanto quieras, ese cura no te mira de una forma normal, te desnuda con la mirada. Y a ti debería darte vergüenza ponerle esos ojos de ternera degollada». La cantinela duró hasta la capital, allí nos metimos en la primera sidrería y salimos tan *jumaos* y reñidos que la noche de bodas fue un fiasco. Luna de miel, luna de hiel. Desde entonces, procuré que no coincidieran los dos, porque cuando Benjamín se obcecaba con alguien era temible.

—¿A este si lo aceptó tu madre? —Tan escogida que parecía, poco ojo había tenido.

—¡La compró vilmente! Nunca venía a casa sin una bandeja de pasteles y una botella de coñac. Declaró ser minero y cierto es que dinero nunca le faltó en el bolsillo mientras fuimos novios.

—¿No era verdad?

—Mi marido era originario de Ciaño, una barriada en plena cuenca minera del Nalón, pero en realidad, trabajaba en un chamizo de mala muerte. Pese a mis protestas por abandonar Cimavilla y a mi familia, nos trasladamos con el niño a vivir de alquiler en aquel pueblo. A cambio de la habitación, debía hacerle la limpieza y la comida a la dueña de la casa. Él era muy celoso y a mí, al principio, eso me gustaba cuando salíamos por los bares: «¡Qué guapa estás, cómo te miran todos!». Luego ya era: «Deja de mirar a ese, ¿lo estás provocando?», «¿Tú qué miras?», «¿Qué te dijo aquel?», «¿También conoces a ese?», «¿De qué te ríes?» Y en cuanto me descuidaba, acababa a hostias con alguno.

»Una vez fui a buscarlo a la salida del trabajo y cuando llegamos a casa se mostró muy violento: según él, me había visto riéndole las tonterías al capataz. A la mañana siguiente le partió la cara y lo enchironaron una semana, además de despedirlo sin liquidación. Se empeñó en que era culpa mía. ¡A buena parte! ¡Yo soy *playa* hasta la médula y *morronguera*! ¡Eso le gustaba de mí, mi salero, decía! ¿Pensaba que iba a callarme por casarme con él? ¿A agachar las orejas como las mujeres de los mineros, que recibían palizas y no decían nada? ¡No! Yo estaba acostumbrada a ganarme el sustento y no podía echarme grandezas a la cara. Daba el palique con quien me daba la gana. Y si me empujaba, yo lo empujaba a él, y si rompía un plato, yo dos, y él tres..., y yo paraba porque no ganábamos para escándalos ni para vajillas.

¿Quién hablaba? ¿Era Julia o Greta? Me sentí vergonzosamente identificada con ella.

—¿Ese fue el padre de Olaya? —No pude evitar estremecerme al pensarlo.

—¡Qué pesada eres! Todo a su debido tiempo, acabo de presentarlo. Yo pretendía darle un hermano o una hermana a Andresín, estaba demasiado consentido y le hubiera venido bien, pero Benjamín se negaba a tener más hijos hasta no encontrar un trabajo estable, decía que con uno nos sobraba. Yo lo empujaba a que entrara en una fábrica, «y para eso hay más oportunidades en Xixón», le repetía como la gota malaya. Echaba de menos a Segis y a Nievines, a las Tiesas, ¡hasta a Segisfredo con sus desplantes! Además, estaba harta de la casera, era una metomentodo. Pero él se negaba a abandonar Ciaño.

—¿Y volvisteis? ¿Lo convenciste?

—¡Calla, *ho*! Compró un carro y un burro y se dedicó unos meses a repartir carbón. Una noche se jugó el carro y lo perdió, luego el burro, y a primera hora de la mañana tuve que echar de nuestra vivienda a escobazos a un borrachuzo que aseguraba haberme «ganado» en la misma apuesta. La bronca fue monumental. Después entró a trabajar en un *llagar,* pero trasegaba más sidra de la que cambiaba de barrica. Lo echaron por robar dinero de la caja y se pegó con el dueño. Este le doblaba en tamaño y como lo tumbó rápido, en venganza Benjamín rompió con un palo varias hileras de botellas. El lagarero quiso matarlo y, si no interviene la Guardia Civil, lo consigue. Me lo trajeron a casa con la frente convertida en un gigante chichón y la nariz rota. ¡El susto fue tremendo! Era un camorrista y un pendenciero, de lengua larga y mano suelta, no solo conmigo, aunque de poco consuelo me sirvió descubrirlo. No me importaba porque yo se las devolvía, pero el día que le dio un bofetón a Andresín agarré el petate y marché para Cimavilla sola con el crío.

—¿Y qué opinaron tus padres?

—¡Ellos encantados! Y yo, feliz, retomé la venta ambulante de pescado. Seis meses más tarde mi marido se presentó en La Corrada con la maleta. Yo no quise dejarlo entrar y se puso de rodillas a la ventana, pidiéndome perdón con una tonada. Entre que me hizo gracia y la presión de mi madre, terminé aceptándolo. Gracias a la gestión de mi hermano Andrés, entró a trabajar en los astilleros, donde apenas duró once meses. En otra borrachera le rompió la cara y varias costillas a un compañero. A la salida de la cárcel vino a explicarme que había sido culpa del otro. No lo creí del todo, pero me compadecí de él y volvimos a juntarnos.

—¿Otra vez?

—Era mi marido y antes el divorcio no se contemplaba, cargabas con lo que te tocaba. A veces salía bien y otras mal. Benjamín era de lo peor. Cada vez que la armaba muy gorda, recapitulaba y tiraba manso una temporada. Se convertía en otra persona: alegre, extrovertido, cariñoso... Y yo, como tonta, me lo creía. En esta ocasión me juró que trabajaría en la construcción, y sí, estuvo unos años currando en varias empresas, aguantaba poco en la misma.

—¿Cuánto ganaba? Por lo menos mejoraría vuestra situación...

—En el andamio podías conseguir unas cuatrocientas pesetas diarias, mientras que vendiendo pescado mañana y tarde, pasabas de quinientas. El problema es que nunca vi un duro suyo, yo me hacía cargo de todos los gastos.

—Perdona, no lo tengo claro aunque me hablaste de ello varias veces: ¿cómo funcionaba la Rula? ¿Comprabas las sardinas a crédito o las pagabas por adelantado?

—A ver si te lo explico sencillo y me entiendes, *fía*. —Cada vez que soltaba aquella muletilla me estremecía al traducirla por «hija», convencida de que me había calado y lo decía adrede—. Los marineros iban con sus productos a la subasta. Les ponían un precio y la subasta se hacía a la baja, reduciendo el precio hasta que alguna pescadera compraba. Ellos no cobraban hasta que se vendía el producto y entre medias recibían un recibo en el que constaba el nombre de la compradora y la cantidad. El lunes por la mañana era el día de pago para los pescaderos y las sardineras a la Rula. Si no pagabas, no podías seguir comprando, aunque dejábamos a deber a menudo y nos lo permitían. El dinero recaudado se depositaba en el caldero de zinc que Esperanza la Diablica usaba para fregar la Rula, y ella era la encargada de llevarlo encima de la cabeza para ingresar en el banco.

—¿Nunca la atracaron? ¿No llevaba medidas de seguridad?

—La seguridad se basaba en la confianza, qué te crees.

—Por entonces, ¿quiénes dependían de ti? —Varias veces había asegurado que era el sustento de la familia y tampoco aquello me había quedado claro después de las muertes de sus hermanos.

—Los que vivíamos en la casa: mi madre inválida, mi abuelo, que gastaba más que aportaba, y Andresín: la bala que Joaquín no me disparó me la clavó en forma de hijo.

—¿A tu padre no lo cuentas? ¿Ya había muerto?

—No, pero sacaba para él. Mi padre siguió con la lancha hasta los ochenta y dos años y murió al poco de jubilarse. Duró mucho, así y todo, siempre le gustó demasiado el alpiste.

—¿La comida para pájaros? —inquirí mosqueada.

—¡El vino! —aclaró con regocijo—. Se lo ganaba, la verdad sea dicha entera. Conocía todos los rincones de la bahía. Salía por la tarde remando desde el Muelle y regresaba a la mañana siguiente con el bote lleno del mejor marisco, en sacas puestas a remojo para conservarlo vivo. El marisco se vendía mucho más caro que el pescado, pero las marisqueras se lo pagaban igual o más barato todavía a los marineros. Eran muy explotadoras y, si no me crees, mira cómo acabaron la mayor parte de ellas, en la ruina o el alcoholismo.

—¿Qué tiene que ver? —pregunté estupefacta.

—La justicia divina: «A Dios no le queda nada debajo de la manga, y si la haces la pagas». Eso nos decía siempre mi madre cuando mi padre llegaba a casa renegando de tratar con ellas. Las culpaba de sus borracheras, aunque seguramente habría bebido más todavía si le hubieran pagado mejor. A última hora le pagaban el kilo a setenta y cinco céntimos y lo vendían ¡a cuatrocientas cincuenta pesetas! Recuerdo un día que regresó con el bote lleno, demasiado tarde para llevarlo a rular, y me pidió que lo preparara. ¡Aquella noche todos los críos de La Corrada cenaron marisco! Otras veces mi padre me mandaba a vender los crustáceos a los chigres, obtenía mejor precio con la venta directa.

—¿Nunca tuvo un accidente? —Volví a colocarle los almohadones. Gesticulaba tanto mientras hablaba que deshacía la cama. Era un verdadero torbellino.

—¿Nunca, dices? En cinco ocasiones volcó tras un temporal, lo dimos por muerto y sobrevivió nadando como pudo hasta tierra firme.

—¡Con una pierna inútil! —Caí en cuenta de la dificultad añadida.

—Como lo oyes. Fueron años de peregrinación obligada a la capilla de la Providencia a poner un exvoto por su milagrosa salvación. Los últimos años trabajó como botero, trasbordando el pescado a mano en su bote de remos desde los barcos grandes fondeados fuera del puerto a la Rula. Cobraba en especie: le daban una merluza que luego malvendía. Cuando trasladaron el puerto pesquero al lado del comercial, la Rula se fue también para El Musel y él siguió pescando por su cuenta al trasmallo: salmonetes, tiñosos... Fue el último marinero de bajura en jubilarse.

«El último pescador», anoté en la libreta. El último mohicano.

—¿Y afectó a la venta ambulante ese traslado?

—¡Claro! Al irse la Rula, las del carro abandonamos la profesión, hubiéramos necesitado furgoneta para desplazarnos.

—Tuvo que ser traumático para Cimavilla... ¿Por qué se produjo?

—La culpa la tuvieron los mayoristas de pescado. Durante el invierno traían del Mediterráneo parrochas en cajas pequeñas, de doce kilos, ideal para portarlas encima de la cabeza, y eso duplicó el número de pescaderas por las calles. El problema aumentó cuando trajeron camiones con pescado también por el verano, tirando los precios de los que lo desembarcaban en Xixón, que cambiaron la ruta. Hubo otra razón más para la desaparición del oficio, la apertura de una pescadería en cada esquina en los años noventa. Dieron licencias como churros para acabar con la pesca ambulante.

—Todo ello supuso el fin de la actividad pesquera en Cimavilla, ahora lo entiendo.

—Lo cierto es que ya tenían pensado darle otros usos al barrio —remachó con disgusto.

—¿La Pescadería Municipal cerró también?

—Sí, claro, después de estar en funcionamiento sesenta años. Se abrió al poco de nacer yo. Había más de cien puestos, cada uno con su especialidad, pero nunca se le hizo mantenimiento: primero aparecieron las goteras y nadie se preocupó de arreglar el tejado; después rompieron los cristales, se colocaron cartones y plásticos en las ventanas..., y así se fue yendo al carajo.

—¿Tú nunca tuviste puesto en la Pescadería en tantos años?

—Los puestos eran nominales. A mediados de los años cincuenta me ofreció una que se iba a jubilar el suyo por tres mil pesetas. Fuimos al Ayuntamiento, la vendedora aseguró que era familiar y el funcionario correspondiente aceptó el cambio de titularidad. Y una langosta bajo manga.

—¿No era familia tuya? ¿Era una transacción ilegal, entonces?

Me miró condescendiente y siguió hablando sin responderme.

—Como estaba acostumbrada a vender en la calle, no me encontraba cómoda allí dentro y, si al mediodía había vendido poco, me iba a pregonar la mercancía fuera.

—¿Cómo se llevaban tu padre y tu marido?

—Si se encontraban en el bar, Benjamín pagaba las rondas, mi padre no pedía más a un yerno. Conmigo siempre había sido estricto y a mi marido lo adoraba, cuando debiera haber sido al revés. A Benjamín los de fuera lo consideraban buena persona, incluso espléndido; tenía un algo que, pese a ser tan mal bicho, le caía bien a la gente. ¡Con menudo embaucador me casé!

A menudo yo le llamaba eso a Hänsel.

El teléfono sonó en mi bolsillo y me sorprendió ver el número de la residencia de curas. Reconocí de inmediato la voz del director y, por su gravedad, intuí la noticia.

—Lamento comunicarle el fallecimiento del padre Guillermo. —Miré de reojo a Julia pensando cómo decírselo—. Mañana tendrá lugar el funeral a las cinco en la iglesia del Sagrado Corazón, se lo indico por si desean acompañarnos.

Su muerte me conmovió como si lo conociera. Le di las gracias asegurando que iríamos. No hicieron falta explicaciones, Julia lo adivinó solo con verme la cara. Supuse que se echaría a llorar o juraría a gritos, sin embargo nada de eso sucedió. Se santiguó y, con un suspiro, dejó escapar:

—Espero que Dios lo acoja como merece. —De pronto pareció encogerse dentro de la cama.

—Si el Cielo existe, estará con Gaspar, los dos viejos amigos departiendo ante una botella de vino —añadí influenciada por la lectura de las cartas, deseando creer en un lugar para ellos—. Debería existir una memoria universal que embotellara lo bueno, excluyendo la barbarie del planeta.

—Sería bonito… —asintió sonriendo muy triste.

—¿Quieres asistir al entierro? —Era probable que no lo soportara.

—¡Por supuesto! —Se mostró ofendida por mi pregunta—. No lo dudes ni un momento. ¡Y espero que me lleves tú!

—¿Estarás en condiciones?

—Llevo dos días encerrada en esta maldita habitación, estaré perfectamente.

No daba esa impresión pero tampoco pensaba discutírselo.

—¿Te paso a buscar para ir al funeral o quedamos por la mañana para seguir hablando?

—No tengo mucho más que contar, quizá convenga dejarlo aquí… —Se mostró repentinamente desanimada, perdida la ilusión.

—¡Falta precisamente el objeto del estudio! —advertí alarmada—. ¡La emigración! No hemos hablado de tu estancia en Suiza.

—¿Lo anterior no ha servido para nada?

—¡Claro que sí! Es una biografía apasionante, una historia de vida cotidiana imprescindible, pero precisamos el nexo con las otras: Suiza.

—Mañana lo abordaremos antes del funeral, ven pronto.

Tengo que ordenar mis recuerdos, fueron los peores años si consideras los anteriores buenos...

De camino al apartamento la cabeza me rotaba como una hormigonera. La insólita aparición de Markus, la muerte de Guillermo, los amores perros de Julia... Aquella mujer analfabeta me había despedido ese día con una sentencia: «La calle no te da un diploma, pero te gradúa en sabiduría».

¿Y quién te instruye sobre los estragos del amor? ¿Yo había sido fruto del amor o del odio? El final estaba cerca, lo presentía, e iba a necesitar de toda mi sabiduría, académica y callejera, para resolver al día siguiente mi futuro. Si al final resultaba ser hija de la Chata, esto es, si fuera Olaya, ¿qué haría? ¿Me identificaría ante Julia? ¿Se sentiría engañada o entendería mi papel? Y si, con seguridad, Olaya había fallecido, volvía a la casilla de salida. ¿Quién era yo? ¿Greta Meier? ¿Greta Fernández? ¿Qué harían una u otra? ¿Quedarse en Cimavilla? Regresar a Zermatt, no, eso seguro. Y a Londres tampoco, era tierra quemada. ¿Berlín y una segunda oportunidad con Markus?

Si no hubiera sido por la llamada, habríamos terminado «la entrevista» y estaría en condiciones de ordenar mis pensamientos. Ya estaba llegando al Abierto cuando vi a Alicia dirigirse a mi encuentro.

—Supuse que vendrías a esta hora. Hay un señor mayor esperándote hace rato.

—¿Andrés? —Abrí los ojos espantada.

—No. —Sonrió divertida—. Es extranjero.

—¿Markus? ¿El músico de ayer? —Mi corazón hizo sonar las campanas. ¿Habría abandonado la banda y vuelto a buscarme?

—¡Qué va! Este podía ser su padre.

Entré con curiosidad y un vago resquemor. Lo reconocería desnudo o con uniforme de bombero; de espaldas y sacado de contexto, dudé.

—¿Hänsel? —Se me arrugó el corazón.

Se dio la vuelta. ¿Cuánto hacía que no lo veía? ¿Un año y medio o un siglo? Era su sombra, vestido como el joven que ya no era, con su característica coleta y el pelo blanco y sucio en franco retroceso. Las arrugas en las comisuras de los labios, las patas de gallo y la piel macilenta le conferían un aspecto consumido, decrépito. El fular lucía un azul tan desgastado como el de sus ojos, hundidos en oscuras bolsas. Ya no eran chispeantes, lascivos, osados; sino acuosos, sin brillo, empañados tras unas gafas —¿las usaba antes?— de montura dorada. Del bolsillo deformado de la gabardina asomaba una manoseada libreta idéntica a las mías. Una de tantas pequeñas cosas compartidas. La imagen osciló en mi interior de lo entrañable a lo patético y el péndulo se detuvo. Saltó a abrazarme y percibí su olor intenso, familiar. Me estremecí y enterré mi cabeza en su pecho. Estaba soñando, sin duda.

—Greta, mi Gretel, mi pequeña…

—¿Qué haces aquí? —Necesité sentarme para no caer desmayada. Demasiadas coincidencias, demasiados frentes abiertos.

—Fui a buscarte a Zermatt, encontré la casa cerrada a cal y canto, me costó trabajo dar con Úrsula. Al principio se mostró reticente, te llamó varias veces sin localizarte. Ya le dije yo que tu teléfono estaba apagado.

Mierda.

Culpa mía.

No la había llamado para darle mi nuevo número de teléfono tras tirar el viejo móvil a la cuneta de la autopista francesa. Y era más culpable aún por no haberla prevenido contra Hänsel antes de separarnos. ¿Pensaba librarme de él, de veras, solo con decírselo por carta y por teléfono?

Hay errores que se pagan muy caros.

—¿Ella te dijo que estaba aquí?

—No quería decirme adónde te habías ido, tuve que convencerla de que me necesitabas. Por cierto, me envía un recado para ti: la venta de Matterhorn Paradise está consumada, ponte en contacto con la abogada de tu madre.

—¡Se me había olvidado! —Me di una palmada en la frente.

Tras darle a Úrsula las instrucciones, me desentendí calculando que iba a ser un largo proceso, y su resolución me sorprendió tanto como la presencia de Hänsel en Cimavilla. Matterhorn Paradise mantenía su atractivo, lógico que hubiera sido un traspaso rápido. Sentí que me arrancaban de cuajo las entrañas. Como una tonta, añoré cuanto había maldecido.

Hänsel continuaba hablando, ajeno al torbellino de emociones desencadenado por la noticia.

—... una cantidad indecente, no me precisó. —Cambió el tono para ponerse muy serio—: Greta, no sé qué tonterías estás haciendo por estas tierras, pero déjalo ya. Tu madre siempre fue Eloína, estás haciendo caso de una alucinación en el lecho de muerte, seguramente expresó así su arrepentimiento a última hora. Sería más un «no merezco ser tu madre» que «no soy tu madre».

—¿Eso te dijo Úrsula? Tú no estabas presente y ella tampoco...

—No lo vio claro hasta que se lo expliqué. Dado tu historial, tus ataques vesánicos y tu capacidad imaginativa, en una situación límite, como ver morir a tu madre, puedes creer cualquier cosa dicha por su boca. Dar crédito a sus palabras dictadas por la morfina revela una evidente ofuscación por tu parte.

Era una posibilidad. Que yo estuviera loca y todo mi montaje a partir de su confesión y la confesión misma fueran mentira. No sería la primera vez que, creyendo vivir una situación real, estaba enfrascada en una visión. Sin embargo, habían sido episodios esporádicos y en Gijón llevaba casi dos meses... Me temblaron las piernas entre sudores fríos y tuve que apoyarme. Pedí una botella de agua y Alicia me miró preocupada. Si Hänsel estaba en lo cierto... Genara, Julia..., ¿quiénes eran? ¿Qué hacía inmiscuyéndome en sus vidas? Guillermo, a quien mañana íbamos a enterrar...

Hänsel me abrazó al detectar mi debilidad. Me apoyé en su hombro desarmada. El agujero empezó a expandirse y sus negros tentáculos a apoderarse de mí como lianas. Deseé drogarme hasta perder el sentido, ponerme ciega como si fuera el último día, un pinchazo y fin a la locura. Parar el mundo, dejar de girar. Entre esas tinieblas, pensé: «Lo ha conseguido de nuevo».

—Tus facultades mentales están trastornadas, yo cuidaré de ti. ¡Estaba tan preocupado! —hablaba sin pausa mientras me mecía entre sus brazos como a una niña—. ¿Dónde vives? Yo he alquilado una habitación en el hotel Asturias, en la plaza Mayor.

Le había jurado a Eloína ante su lecho de muerte que no volvería con ese hombre, no podía presentarme con él ante sus cenizas, ¿cómo explicárselo a mi «madre»? Y si Hänsel me veía hablar con el angelote, confirmaría mi locura. Tenía más ganas de estar con la urna que con él. Me aparté de su pecho y lo miré. ¿Qué hacía Hänsel en aquel mundo extinto de pescaderas, marisqueras y misioneros? ¿Por qué no aceptaba el final de nuestra relación? ¿Qué buscaba en Cimavilla? ¿A mí o mi dinero? Noté un rechazo sin precedentes. El bar permanecía vacío. Alicia frotaba el mostrador sin perdernos de vista. La señalé con el dedo y dije bien alto:

—Vivo con ella.

Detuvo su fregoteo, nos miró alternativamente y asintió con fuerza.

—Hoy hago sardinas para cenar, no vengas tarde —añadió muy seria.

—Ella sabe que tú... —Hänsel se puso el dedo en la sien.

—Y tú qué sabes, ¿eh? ¿Cómo estás tan seguro de lo que dices?

—Greta, te conozco hace..., ¿cuánto?

La medida del tiempo, a cierta edad, parece a cargo del Conejo Blanco de *Alicia en el País de las Maravillas.* Corres, das vueltas, llegas tarde, un minuto se sucede a otro, los días iguales se funden, abres puertas, la gente sale y entra, tú vas y vienes sin descanso ni dirección, y de repente...

—Cerca de treinta años.

—Exacto. Eras casi una niña cuando iniciamos la aventura, el Magnífico y su alumna aventajada, destacabas entre todas por tu energía poderosa. A mi lado alcanzaste las más altas cumbres literarias, permanecí a tu lado en al anonimato mientras alcanzabas la fama, te protegí, te apoyé, sacrifiqué mi carrera por ti...

—Hänsel, no te expulsaron de la universidad por mi culpa, es una interpretación rastrera. —La rebelión comenzó a invadirme ante sus reproches.

—Recuperemos la convivencia sana, productiva, retomemos el espíritu de Santorini —continuó con su locuacidad habitual, seguro ya de tenerme enganchada—. Soy una persona distinta, hazme caso. Yo también he cambiado, me he desenganchado, estoy escribiendo de nuevo... Te quiero, Gretel, no puedo vivir sin ti. Londres te espera.

¡Me sonaban tan viejas las nuevas promesas! Sus eternas súplicas. Un cansancio mortal me dominó. Los excesos de la noche anterior me pasaron factura y un cosquilleo me reconfortó al pensar en Markus. ¡Qué perra, Eloína, reteniendo sus cartas! Aquel sí hubiera sido el hombre de mi vida, no este.

Hänsel seguía insistiendo:

—Tú me amas, lo sabes, no puedes engañarte. Hemos pasado lo mejor y lo peor juntos, volvamos a empezar. Démonos una nueva oportunidad. Lo merecemos.

¿Lo merecíamos? Sacudí la cabeza imaginando a Julia: «Si me pinchan, no sangro». La Chata. Me toqué la nariz —¿su nariz?— y Hänsel malinterpretó mi gesto:

—Si quieres pillamos un gramo, tu compañera de piso sabe dónde, le pregunté antes. —Me guiñó un ojo.

Sufrí un *déjà vu*. Por un momento le había creído, debía estar afectada por la falta de sueño. Agradecí su desliz. Era capaz de predecir el desenlace: una raya, a la cama y vuelta al ruedo.

—El Gran Embaucador ataca de nuevo, sigues siendo el mismo de siempre.

—No, cielo mío, era broma. —Cambió de tercio—: Lo dije para probarte, cariño, estoy tan limpio como tú. Ven conmigo, reconstruyamos nuestra casita de chocolate, la bruja ya no está, seremos una pareja de viejos amigos, envejeceremos juntos...

Era una alternativa: lo malo conocido. Con Hänsel sobraban las explicaciones, los secretos, éramos transparentes el uno para el otro, en lo bueno y en lo malo. A lo largo de los años nos habíamos separado varias veces pensando que sería la definitiva... y otras tantas nos habíamos juntado. ¿Por qué iba a ser distinta esta ocasión? Me miraba con cara de perrito apenado, ladeando la cabeza, a sabiendas de que cedería, siempre lo había hecho.

—Vuelve al hogar, Greta...

El hogar que había dejado a mis espaldas, nuestro hogar deshabitado con el sótano poblado de tristezas olía a ruina, a humedad, a polilla y a vieja arpillera. Sacudí la tétrica imagen.

Estaba harta de sus súplicas, de sus lamentos, de sus enredos... Apenas lo reconocía y, sin embargo, había sido un dios, mi compañero del alma, el capitán de mi barco.

—No estoy en condiciones de tomar una decisión ahora. Necesito tiempo —hablé en alto conmigo misma.

—¿Cuánto? —me apremió Hänsel.

—Un día o dos, por lo menos. Acabaré lo que he venido a hacer, no voy a dejar flecos colgando a mi alrededor. Después pensaré en tu propuesta.

—¿Mañana nos veremos? —preguntó con voz zalamera.

—Mañana tengo mucho que hacer. La ciudad es muy bonita, paséala.

Lo acompañé hasta el hotel para cerciorarme de que se hospedaba en él y se empeñó en que subiera a la habitación. Conocía al dedillo sus armas, su estrategia, sus recursos... Por eso cuando me besó, salí corriendo. Me había costado mucho embotellarlo; si la piel terciaba entre nosotros, no habría un mañana para mí.

—Hola, mamá. —Acaricié sus alas—. No te creerás a quién me he encontrado... ¿Percibo tus malas vibraciones? «Los viejos pecados tienen largas sombras», decías siempre. ¡Y tanto! Demasiadas coincidencias... ¿Esto de hacer aparecer a los dos por Cimavilla es cosa tuya?

Retomé la lectura de las cartas de Guillermo a Julia, intentando olvidarme de Hänsel y de Markus. Leí tres o cuatro antes de encontrar una que me llamara la atención.

—No puedo beber vino, carezco de chimenea y mi viejo amigo es mi peor pesadilla. Mi problema, madre, es que solo me quedan tus cenizas para charlar... ¡Cómo entiendo la desolación del misionero!

Isla de Ometepe, 1998

Estimada Julia, hermana en Cristo:

Nos gobiernan ladrones y patanes y menos mal que estas cartas viajan en valija bien sellada, que si no ya habría dado con mis huesos en el pozo hace años por escribirte estas palabras.

La revolución fue un teatro, nos creímos la representación y, en lugar de cambiar las condiciones de vida de los pobres, no hizo más que marcar nuevas diferencias, aumentar las distancias. Son otros los ricos, pero los menesterosos, siempre los mismos, siguen siendo multitud. A Gaspar lo veneramos, cada año el 11 de diciembre se celebra una misa en el lugar de su muerte. Y aunque sus prédicas fueron cercenadas con el resto de flores de la revolución, el fruto de su obra se manifiesta en los cientos de peregrinos que se desplazan hasta Cárdenas para honrarlo.

Sigo echando de menos en los campesinos su capacidad de iniciativa, de entusiasmo, de amor por lo propio. No veo otra cosa donde poner los ojos que espino, cardo y abrojo. La muerte tiene su calendario, que no es el nuestro y no siempre deviene por orden cronológico. ¡Aquí los llama Dios tan jóvenes! Y la mayoría hallarán en el Cielo un lugar mejor que la Tierra, pues en el perdón de los pecados se manifiesta el amor de Dios. El mundo avanza no por los tirones de los hombres conocidos, sino por el continuo jalar de los héroes anónimos y silenciados.

Doy gracias por ser viejo y saber que, hasta en un estercolero, la gallina encuentra granos para producir carne blanca. Carne tierna y nutritiva que agrada al paladar y mantiene la vida de la persona a la que los años roban los dientes tanto como ennoblecen su rostro con las cicatrices del combate diario.

Mi último triunfo ha sido organizar unas fiestas que han hecho época. Recordando las romerías de ahí, tu paisano reunió a las fuerzas vivas y les dijo que Dios era alegre y divertirse era lo propio. Así que nada de dedicar el dinero recaudado a peleas de gallos, que aquí enseguida encuentran pretexto para montar negocio, sino a una merienda campestre colectiva y un baile nocturno a la luz de las estrellas. Temí arruinar a la parroquia, pues adelantamos el pago de las charangas y los kioscos, pero al final conseguimos que se autofinanciara y ya están deseando repetir el próximo enero.

Hay horas en que, como el labriego tras dura jornada, necesito reposar, entonces pienso que Él nunca duerme y eso me da fuerza para seguir en pie. Con todo, mis fuerzas son cada vez más exiguas. Espero no morir sin volver a pisar esas tierras montañosas, bañarme en el Cantábrico y reencontrarme con mis indomables feligreses *playos,* en especial contigo, querida Julia, bien lo sabes. Aunque si el Señor decide lo contrario, a sus órdenes me encontrará. En palabras del Subcomandante Marcos:

Aquí estoy para vivir mientras el alma me suene,
aquí estoy para morir cuando la hora me llegue,
en los amores del pueblo para ahora y para siempre.
Varios tragos es la vida, un solo trago la muerte.

Como decía el Rey Sabio: «Dame viejo vino para beber, vieja leña para quemar y un viejo amigo para charlar». Mi problema es que ya solo me quedas tú al otro lado del charco y no me respondes…

Me senté para escribir
sin saber qué te diría
y nada te pude decir
pues todito lo sabías.

Ruego a diario al Señor, fuente de toda fortaleza, te haga

capaz de afrontar con valentía los obstáculos y nos mantenga unidos en su Reino de Justicia y Amor. Que la bendición de Dios te colme.

Siempre ocuparás un lugar privilegiado en mi corazón, querida amiga. Un gran abrazo a ti y a los tuyos,

Guillermo

La casita de chocolate

Ingrid cumplió su promesa y su editora accedió a leer mi novela. Propuso varias correcciones, no muchas, pues había ya sufrido una exhaustiva revisión por mi Magnífica amiga, y gracias a un golpe de fortuna y a una cuidada campaña mediática, *Die Spanierin* fue un *best-seller* simultáneo en varios países europeos. Donde más, en el país helvético. Y además, tuvo una excelente crítica. Ni en mis fantasías más ególatras hubiera imaginado semejantes alabanzas.

Llegué a creérmelo.

Mi novela contaba la historia de la emigración y la exclusión, la de la pobreza e invisibilidad en el país helvético, donde se refugia la riqueza de medio mundo. La blanca Suiza se levanta sobre mucho dinero negro, evadido, y esa hipocresía se traslada a su sociedad. Su aparente neutralidad es falsa, sirve a las grandes fortunas. Es la patria de los apátridas. Y de las tradiciones. Y en ninguna de ellas cabe una mujer pobre y extranjera. Al principio me inspiré en Eloína y su lucha por integrarse, pero ella lo consiguió pronto y se consideraba tan suiza como cualquiera, así que terminé utilizando como acicate mi propia experiencia en el internado.

Necesitaba exorcizar a aquellas brujas.

—¡Greta! ¡Greta Meier! ¿Nos recuerdas, verdad?

Sofía y Carlota.

Estaba firmando ejemplares tras la presentación en Ginebra y mis antiguas condiscípulas pusieron los suyos sobre la mesa. Ya había reparado en ellas durante el acto, convencida de que al final no se acercarían. Pero les pudo más la vanidad de demostrar que me conocían que el rencor acumulado. A mí aún me pesaba más lo segundo. Sin embargo, me reí de falsete y hasta acepté hacerme una fotografía con ellas.

—¡Te encontramos muy cambiada!

—Vosotras, por el contrario, estáis igual que siempre...

Yo había adelgazado ferozmente en relación a aquella época cuya memoria no me importaría borrar. Ellas se mantenían en su peso ideal y aunque su vestimenta era informal, el importe de cada prenda equivalía a mis derechos anuales de *Die Spanierin*. Menos mal que ninguna teníamos ganas de ahondar en recuerdos escabrosos, ni era el lugar. En la dedicatoria les puse a ambas sendas: «Gracias por la inspiración». Espero que hayan rabiado con su lectura.

Por mis feroces críticas vertidas sobre la idiosincrasia suiza, algún cantón propuso declararme persona non grata y eso me proporcionó publicidad gratis y aumentaron las ventas. La editorial me ofreció una gira promocional. Estuve casi un año rodando por distintos países europeos. Conocí las mieles del éxito: ferias del libro, grandes centros comerciales, pequeñas librerías, cafés, colas para firmar...; me codeé con ilustres veteranos, con escritores noveles que querían consejo, con editores que me tentaban y con lectores que me pedían una foto. Afortunadamente, no tenía problema con los idiomas. Recordaba a Úrsula y su insistencia: plato, *plat, dish, gericht, piato.*

Hänsel había vuelto a la rutina universitaria y Marcel se ocupaba de que no nos faltara de nada. Aterricé sin paracaídas en el universo demoledor de las resacas: noches largas, mañanas infecundas y mente pastosa. Estaba fuera de casa unos días y luego regresaba. Cuando me quedaba en Londres lo celebrábamos a todo tren. Me encontraba en fase expansiva, crecida, feliz. A los tabloides les caí en gracia, las entrevistas se sucedían y, de la noche a la mañana, pasé de ser una completa desconocida a que me señalaran por la calle. Era raro que fuéramos a un bar y alguien no se dirigiera a mí. Me paraba a hablar con cualquiera y a menudo terminaba invitando a quien me había abordado a tomar algo mientras seguíamos la conversación. Como autora novel, me parecía que era una forma de agradecerle que me hubiera escogido entre toda la abrumadora oferta, y también me proporcionaba información sobre aquellos aspectos más valorados o peor recibidos de mi obra. Para Hänsel, era pura vanidad y un derroche.

Se convirtió en nuestro caballo de batalla.

—Tienes un ego que no te cabe dentro. Si te dedicas a invitar a cuantos digan que te han leído, ya verás cómo aumenta el número, pero no de lectores, de gorrones.

—¡Eres injusto! ¿No voy a poder charlar con mis lectores?

—¿Crees que esa tía a la que acabas de obsequiar con una raya te leyó? ¿En serio? Estoy seguro de que fuisteis al baño a meteros mano, está claro lo que quiere esa de ti. ¿No lo ves?

—Hänsel, es una chica estupenda, amable y encantadora. ¡Y le gusta cómo escribo!

—Vete a vivir con ella, entonces. Eres una furcia...

—Y tú un tarado insoportable, frustrado y amargado, al que le poseen los celos y lleno de traumas que no tengo por qué pagar.

Cada vez me apetecía más hacer la maleta. Una mañana emprendí viaje a España sin dormir nada la noche anterior por una monumental trifulca, y Hänsel, queriendo hacerse perdonar, me introdujo una papelina en el bolsillo. Me la metí en el aeropuerto y todo cambió. El cansancio y la furia dieron paso a un sentimiento benéfico y de nuevo volví a ser una mujer segura de sí misma. Pero en el avión el muermo fue creciendo y empezó el agobio: no podía permitirme un bajón, teníamos una recepción en la Generalitat de Catalunya. Y no llevaba nada encima, me lo había esnifado por si me registraban en el acceso a las puertas de embarque. Notaba los músculos en tensión, el cuerpo me exigía más combustible para ponerse a punto y no focalizar la atención en la reciente gresca nocturna, de la cual me quedaban como pruebas un moratón en el muslo y un deseo creciente de matar a Hänsel.

«Un tirito solo y como nueva», me autoconvencí. Mentí a mi editora en Barcelona diciéndole que me iba a descansar en la habitación antes del acto y salí corriendo a buscar un camello Rambla abajo. Compré un gramo y el placer empezó mucho antes de esnifarla, ya la transacción me hizo subir la adrenalina. Aquella noche triunfé, puedo jurarlo. Estaba pletórica, practicando mi olvidada lengua materna. Hasta conté chistes y, aunque no les entendía a mis anfitriones muchas palabras, deducía su significado por el contexto o por la raíz, y acabé hablando en catalán. Mi editora me miraba asombrada, sorprendida por aquella desconocida que había suplantado la identidad de su autora. Si sospechó cuál podía ser el origen de tanta efervescencia, nada me dijo. Al día siguiente viajamos a Madrid y enseguida constaté que el material comprado era insuficiente, así que repetí la operación en Malasaña. En los siguientes desplazamientos se convirtió en una costumbre; siempre encontré dónde y solo una vez, en Florencia, me dieron el palo. La dosis fue creciendo: hubo un momento en que solo me sentía divina e invencible cuando me había metido, por lo menos, un par de rayas. El alcohol podía sustituir sus efectos, pero la cocaína era más rápida, más lúcida, más brillante. Como yo, cuando ella llevaba las riendas.

Hänsel, por su parte, la había convertido en su compañera durante mis ausencias, era ella quien llenaba mis huecos y a ella encomendaba su inspiración. Si juntos malo, separados peor: ya estábamos enganchados de nuevo. Cuando empecé a salir con Hänsel, tomaba coca para alternar: «De otra forma no aguantas el ritmo en Londres». Habíamos pasado temporadas de secano, de más o menos consumo, pero últimamente, gracias a Marcel, siempre teníamos en casa. Al principio la consumíamos de forma ocasional, asociada al sexo y a la fiesta, después para animar las salidas y el fin de semana. Luego para divertirnos también entre semana y al final sencillamente para poder levantarnos y enfrentar otro día. Hasta que fue ella quien marcó el ritmo y nosotros danzábamos a su merced como marionetas. Marcel era nuestro camello y no era infrecuente que nuestras pieles blanca y negra se mezclasen en pago de los estupefacientes. El propio Hänsel propiciaba estos intercambios, a los que asistía como *voyeur* y se apuntaba al final para correrse dentro de mí. Una de sus fantasías habían sido los tríos y yo me había negado. Ya no. No me importaba, siempre que estuviera lo suficientemente colocada y con Marcel no había problema. Además me gustaba, con sus rastas y esa boca devoradora, esos labios sin fin. Yo también le gustaba a él y empezó a dejarme una bolsita aparte, a escondidas de Hänsel.

La editorial me propuso publicar otra novela con la condición de tenerla en los escaparates para las siguientes Navidades.

Era noviembre, tenía menos de un año. Me obsesioné de tal forma con los plazos que tardé en darme cuenta del estado de Hänsel. Pasaba días sin levantarse de la cama más que para ir al servicio, de donde salía extenuado tras pasar horas dentro. Tenía un aspecto macilento, violáceas las ojeras y una tos como el silbido de arranque de un tren de madera. La neumonía confirmó la obstrucción de los túneles, casi tres meses estuvo en el hospital; descolgarse de su adicción fue tan duro o más. Cada vez que me rogó que le pasara material, me negué. Lo visitaba a diario con prisas, no podía perder el tiempo, escribía compulsivamente, poseída por mi nueva trama. Mientras él estuvo ingresado, yo apenas comía: me mantuve a base de fruta, Coca-cola y marihuana, prescindiendo de la cocaína. Si la tomaba, repetía la misma genialidad en varias páginas o me quedaba colgada de las musarañas en busca de una idea. Cuando las piernas me hormigueaban de estar tanto tiempo sentada, salía al balcón y jugaba a adivinar qué estaría cocinando la señora de enfrente o qué leería el jubilado del tercero; o me echaba encima de la cama y cerraba los ojos y todo giraba como un caleidoscopio. Adelgacé diez kilos, sobre otros tantos que había perdido antes, y aquella suiza gordita se convirtió en una londinense escuchimizada. Cuando iba a visitar a Hänsel, lo animaba:

—Tengo que finalizar este encargo. Cuando acabe, con el dinero que me den, nos iremos a algún sitio a limpiar. Tendremos más dinero, siempre quise conocer Grecia, alquilaremos una casa en una isla…

La segunda novela, ambientada en la época victoriana, recreaba el mundo de la bohemia y trataba sobre las relaciones de un grupo de hombres y mujeres intelectuales con la nobleza. Una mezcla de admiración y desdén por ambas partes, aliñada con láudano y opio, las drogas sociales del momento consumidas igualmente por plebeyos y clases altas. Documentarme al respecto no hizo sino confirmar lo que sospechaba: el mundo gira y gira… para retornar al mismo punto. Abominamos de costumbres y valores que siglos antes otras cabezas rechazaron con idéntico resultado: ninguno. Mis divinas compañeras, las «hijas de», seguirían por generaciones en el pódium mientras nadie cortara sus lindas cabezas, pero yo y los míos, sin divisa ni blasón, acabaríamos, como nuestros predecesores, dependiendo del vino, el guaro o la coca para vestir de colores la realidad.

After Night funcionó aún mejor que la primera y el dinero entró de golpe en nuestra casa. La vorágine de ruedas de prensa, presentaciones, tertulias y conferencias que envolvió *Die Spanierin*, se convirtió en un circo con mi segunda novela. Es incontable el número de cenas, recepciones, inauguraciones, presentaciones, estrenos, certámenes, ferias y veladas literarias a las que asistí como invitada. Adorada por la fauna nocturna londinense, no reconocía ni el suelo que pisaba y Hänsel empezó a ponerse terriblemente molesto con sus celos. No tardé en darme cuenta de que no soportaba mis éxitos, se sentía eclipsado y me lo estaba haciendo pagar. Las broncas se sucedían, una vez superados los límites admisibles de sustancias ingeridas.

—Invita a quien quieras, vete adonde quieras, haz lo que te dé la gana.

—Hänsel, ¿no lo entiendes? Yo solo quiero estar contigo.

—¡Mentira! Me abandonas para ponerte a hablar con el primero que llega y no soporto esa sonrisa estúpida de diva con que los obsequias. ¡Ridículo!

Así estábamos.

Esa gira me llevo aún más lejos que la anterior, concretamente a la Feria del Libro de Guadalajara, México, la más grande e importante del mundo literario en castellano. Emprendí el viaje sin atreverme a llevar droga alguna por el riesgo de terminar en una cárcel americana y sin saber si podría sobrevivir una semana entera dándole solo al tequila. La editora nos pagaba el billete a varios autores; la idea inicial era viajar con Ingrid, pero su salud empeoraba por momentos y canceló la asistencia. Estuve a punto de suspender también el viaje, pero la fortuna, el azar o Dios —si existiera o existiese— habían planificado que compartiera ese largo vuelo transoceánico con un hombre excepcional, inabarcable en todos los sentidos.

Sir Bartholomew era el primer sir que conocía, nombrado por la reina de Inglaterra y con todo el aspecto de caballero inglés, a falta de bombín y nunca sin bastón: alto y delgado, cabello plateado y abundante peinado hacia atrás, barba pulcra y gafas doradas. Conjugaba su modestia con una distinción refinada y con un agudo sentido del humor. Nos habíamos conocido en la feria de Frankfurt durante la presentación de *Die Spanierin.* Cuando me dijeron su nombre casi me desmayo: era uno de los autores británicos contemporáneos más respetados. La química se estableció en el acto; al primer contacto entre nuestros ojos, verdes los de ambos, saltaron chispas. Cuando me besó la mano, su bigote se electrizó en correspondencia con el vello de mi brazo. En nada se asemejaba a mis amigos de los últimos tiempos, más cercanos al lumpen cuantos más peldaños descendíamos en el Reino de las Drogas. En Alemania solo nos habían presentado; cuando vi que nos habían correspondido asientos contiguos en el vuelo a México, me emocioné como una tonta.

Me reconoció en el acto y nuestros dedos emitieron electricidad al rozarse para abrocharnos los respectivos cinturones. En sus labios cada palabra adquiría un doble sentido y él solo estaba pendiente de los míos. Bajamos del avión ardientes, contenidos: él estaba casado con una bióloga marina mundialmente reconocida a la que amaba y yo quería a Hänsel. Sin embargo, estábamos en el otro extremo del mundo, allí donde la vida y la muerte tienen significados diferentes, atrapados bajo el volcán por un fuego intenso: aquella misma noche me colé en su habitación. Y nos convertimos en tea, antorcha, gasolina, aceite, cerilla y brasa. Fue una semana, solo una semana, intensa también en el aspecto intelectual, pero sobre todo porque con él aprendí a embotellar la vida.

Bart era parsimonioso hasta en el sexo. A su lado me sentía pequeña; curiosa esta atracción por los hombres altos. ¡Cómo besaba mi *gentleman*! Sus labios suaves, de seda como sus pañuelos, me recorrieron palmo a palmo, poro a poro, haciendo bailar cada pelo al ritmo de su aliento. Y las alas de mariposa fueron hormigas y mi cueva húmeda bastión a conquistar. Anticipé el clímax cuando aún no había empezado y las descargas orgásmicas se sucedieron sin control. Gemía, lloraba, gritaba estremecida, y él seguía imperturbable, conquistando cada centímetro con su ejército de besos diminutos, avanzando hacia mis pechos festoneados por pezones enhiestos, ávidos de su boca; cuando por fin me penetró, estaba rendida, exhausta, con los sentidos extraviados.

Acostumbrada al salvajismo de Hänsel, la dulzura y generosidad de Bart me sorprendieron. Hänsel era un obseso sexual que disfrazaba sus perversiones de fantasía y últimamente hacíamos la guerra, no el amor; frente a él, mi caballero inglés era pura contención y deleite. Me había pedido discreción: asistíamos a los actos convocados por separado y, cuando nos tropezábamos, cualquiera podía asistir al saludo de dos desconocidos. Procurábamos sentarnos juntos en las comidas y después nos retirábamos para encontrarnos de nuevo piel contra piel. Así transcurrió aquella semana mágica.

El último día, desnudos sobre la cama, me dijo sin ambages:

—No volveremos a vernos.

—¿Y eso? ¿No te gusto?

—Demasiado, Greta, ese es el problema.

—¿Entonces? —pregunté con la voz temblona. Yo había hecho planes con él.

—Tengo sesenta y tres años, tú la mitad más o menos. Me has devuelto el placer de la juventud, pero no deja de ser un espejismo. Nunca abandoné a mi familia y no voy a hacerlo ahora. No te voy a engañar, hubo otras antes y mi condición siempre ha sido la misma.

—¡No te estoy pidiendo que renuncies a tu mujer!

—Lo contrario sería traicionaros a las dos…

—¿Y no será, más bien, cobardía?

—Sabiduría, templanza, conocimiento…, llámalo mejor así y algún día me darás la razón. Eres una joven escritora de gran valía, yo un viejo rubricando el epílogo de mis días.

—¡No digas eso! Aún eres joven…

—Déjame acabar, no tengas tanta prisa. —Desplegó su cálida sonrisa y me besó los párpados—. No te mereces una relación clandestina con un hombre casado, y menos un escritor, este es un mundillo de cotillas; pese a su presunta liberalidad, no hay nada más maledicente que este gremio.

—¿Por qué clandestina?

—Porque yo no voy a modificar mis condiciones, he construido el espacio alrededor a mi medida y estoy a gusto en él, mi situación es cómoda y gozosa, no pido más.

Permanecí en silencio mientras sus dedos escribían el adiós sobre mi piel. En realidad, seguro que fuera de aquella habitación pocas cosas nos unían, y yo tenía a Hänsel esperándome. Apenas me había acordado de él aquellos días, no hubo lugar a los remordimientos, por ahí andaría, con alguna nueva idea loca urdida entre vapores de ginebra. De todas formas, no podíamos terminar así, era demasiado bello para arrancarlo de raíz sin dejarlo florecer. Echaba de menos esnifar algo que me aclarara las ideas. Enterré las yemas de mis dedos en su barba aterciopelada.

—¿Y si me niego? ¿Y si me hubiera enamorado perdidamente de ti? ¿Y si se lo contara a tu mujer?

Levantó mi barbilla con un dedo y me dijo con serenidad:

—Nos veneramos lo suficiente para respetarnos y demasiado para hacernos daño. ¿Sabes? Todos tenemos instintos primarios, buenos y malos. ¿Nunca has deseado matar a alguien o terminar con tu propia vida? —Asentí—. Sin embargo ni lo has intentado. —Obvié decirle que sí—. Has contado hasta cien, te has dado un baño en agua fría o has salido corriendo.

—El amor no es un delito…

—No, es una fiera herida y ciega. Acabaríamos destrozados a zarpazos y es una pena haber desperdiciado tantos besos. Nada sería más vulgar que citarnos a escondidas en sórdidos hoteles, engañar a nuestras parejas… Acabaríamos odiándonos o rehuyéndonos. ¿Para qué llegar a eso pudiendo evitarlo?

—Lo tuyo se llama cobardía, insisto. No niegas la química, pero evitas la física, el roce de los cuerpos.

—La combustión, en nuestro caso. —Sonrió y se produjo, los dos nos sentimos arder—. Te diré cómo haremos para transformarla en energía vital.

—Estás buscando una salida honrosa, dilo claramente. Es mentira que me amas. ¿Por qué me dejarías tirada, si no? ¿Intentas que me humille? ¿Pretendes que me arrastre ante ti? ¿Que te suplique? ¿Que borre esta semana como si no hubiera sucedido?

Me encontré utilizando las manidas palabras de Hänsel y sentí vergüenza.

—Hay dos razones para dejar a una persona: una, que no la ames; otra, que la desees y sepas que nunca va a ser tuya. Esta segunda es la más difícil, la atracción juega en contra de la decisión, cerebro versus corazón y entrañas. Y esa gravitación nunca desaparece, se mantiene aunque no haya contacto. Así que te propongo condensar estos días, filtrar su esencia, registrar esta pasión con los cinco sentidos e inmortalizarla. Y, endulzada con el almíbar del cariño, conservarla en el anaquel de la memoria donde guardamos los buenos momentos, para destapar el tarro cuando sintamos una insoportable necesidad del otro. Al abrirlo, dondequiera que me halle, tus ojos de gata brindarán con los míos, tu sonrisa calentará el frío de mis huesos y tu piel de arena ocupará mi memoria. Siempre estarás ahí, dentro de mí. Y viceversa. Te ofrezco un mundo de fantasía a la medida, inexpugnable, inagotable, eterno…

—¿Me estás hablando de la lámpara de Aladino? ¿Estás diciendo que atraparás mi espíritu en un recipiente y me harás revivir a voluntad? —Lo escuchaba perpleja, me estaba planteando un ejercicio imaginativo titánico.

—Exactamente. Si continuamos viéndonos en Londres, no tardaríamos en encontrarnos los defectos. He notado que te gusta el alcohol y, seguramente, cosas más fuertes; yo soy como un ermitaño, un whisky tras la cena de los viernes y poco más. Me molesta el desorden, tengo mis manías y tú tendrás las tuyas. Tienes fama de ser la reina de las fiestas y yo no soporto los excesos. Tú eres volcánica, yo pacífico. ¿Quieres más diferencias? Agotado el sexo, frustración y decepción serían nuestros caballos de carreras. No tenemos por qué estropear esta relación. Yo te propongo embotellarla, para mantenerla como algo maravilloso.

Se me disparó la imaginación, aún sin comprender bien el alcance de sus metáforas. Bart tenía razón: nuestro idilio no duraría un envite en Londres. Si aquella perspectiva tántrica funcionara, me libraría de complicaciones y de cargas.

—¿Por qué no? —le dije tras pensarlo. Me besó aliviado—. Pero a cambio tienes que enseñarme el arte del embotellado…

—Aprenderás pronto, no lo dudes. Eres una mujer inteligente, además de una verdadera señora. —Era la primera vez que me lo llamaban y no me disgustó—. Empezaremos ahora mismo.

Tras recibir sus lecciones, retomamos las caricias hasta que el alba me devolvió a mi habitación para recoger la maleta. Nunca le agradeceré bastante sus enseñanzas, con el tiempo me convertiría en una experta del arte de embotellar emociones. ¡Hasta conseguí llenar una con lo bueno del internado! Y tengo otra con la etiqueta de «Paul», he de reconocerlo. Conservo intacta la pasión vivida con Bart, tan intensa como breve, tan cálida, tan tierna y alejada del desenfreno, de la locura de mi relación con Hänsel. Todavía hoy su recuerdo me hace temblar de goce. Lo mantengo envasado, indemne, incorrupto, amable y amoroso. Sir Bartholomew tenía razón: un mal final estropea cualquier novela. La nuestra siempre ha permanecido abierta, alejada de finales previsibles. Nos encontramos varias veces después y bastaba con que me besara la punta de los dedos con su sonrisa reverente para inyectarme chorros de placer en vena. Nuestra historia nunca terminó, sencillamente mutó de breve a eterna. De tanto soñar, a veces me pregunto si esta frágil burbuja no habrá sido también un sueño.

Cuando llegué al aeropuerto, Hänsel estaba esperándome para comunicarme que habían detenido a Marcel cargado hasta las orejas por dentro y por fuera. Estaba como atontado, hablaba a ráfagas y tardé en entender que mientras yo había estado fuera Marcel se había instalado en nuestra casa, donde guardaba el alijo y recibía a su clientela. A cambio, claro, de mantener encaladas las fosas nasales de Hänsel.

—Lo pillaron en un pub, en casa ya no hay nada.

—¿Seguro? ¿Te lo metiste todo?

—Te juro que está limpia, pero si alguien canta…

—Con ese pinganillo en la nariz, te delatas solo, tranquilo.

Mostraba síntomas evidentes del resfriado de coca: estornudos, moqueo, enrojecimiento nasal y la espuma asomando por las comisuras de su boca. Los identifiqué uno por uno barruntando lo peor.

—Ya no estoy en la universidad —farfulló mirando al suelo.

—¡¿Qué?! Te he entendido mal… —Aquello superaba las más nefastas expectativas.

—No no. Hubo un aviso de bomba y registraron los departamentos con perros policía. Fue una puta coincidencia. Había llevado el paquete de Marcel para sacarlo de casa, no fueran a registrarla…

—¿Escondiste la droga en la facultad?

—No importa, mejor así. Es el momento de escribir la obra que nos saque de la miseria.

—Yo no estoy en la miseria, Hänsel.

Sabía que su nivel de ahorro era cero y no tenía, ni cuando ganaba dinero, para tanto como gastaba. Por eso había metido a Marcel en casa. Tentada estuve de darme la vuelta, echarme en los brazos de mi caballero y mandarlo todo a la mierda. Me detuvo haberle dado mi palabra de señora y me espantaba revelarle la inmundicia que me rodeaba. Ante Bart gozaba de un prestigio, de una reputación, y le había retratado a mi compañero como un reconocido y prestigioso doctor en Literatura, no como el colgado que era. Apenas a unos pasos, Bart fue recibido con un cariñoso beso por su mujer y sentí una aguda punzada de envidia. Hizo ademán de acercarse a nosotros y lo rechacé con la mirada. No quería presentarle a Hänsel, hasta a mí me daba vergüenza verlo tan desaliñado y lleno de tics, con aquel lamparón en la gabardina, él, que siempre había sido un figurín. Mi sir entendió que debía retirarse con discreción y cuando volví a mirar ya no estaban.

No aguantaba el tirón de los nervios y, al llegar al Soho, lo primero que hice fue salir a buscar material fungible. Nos metimos una raya, luego otra, un porro, luego otro. Estaba conmocionada. El caos del piso me resultó deprimente y no lograba embotellar a mi aristocrático amante, por el contrario, se me aparecía en todos los rincones. Me apetecía salir huyendo en busca del cálido refugio de sus brazos y abandonar aquel desastre. Sin embargo, no era lo estipulado y me desacreditaría ante alguien cuya opinión me importaba mucho. Despierta por el *jet lag,* acabé a morro la botella de tequila que le llevé de regalo a Hänsel, desnuda sobre el sofá mientras él roncaba desmayado a mis pies tras un lamentable gatillazo. Desperté con una resaca espantosa y un clavo en la cabeza para amarrarme a la taza del váter entre monumentales arcadas. Tras vomitarlo casi todo, tomé una determinación:

—Hänsel, esto no puede seguir así, estamos destruyéndonos. Marchémonos de Londres una temporada a desintoxicarnos.

—¿A Nueva York otra vez? ¡Menuda fijación! —dijo entre esputos con voz ronca.

—¿Siempre tienes que ser tan despectivo? Pensaba en Grecia, la cuna del arte, de la filosofía. Allí la vida es barata, la libra es un moneda fuerte frente al dracma, si no gastamos en mierdas tendremos de sobra con mis mensualidades. Detenido Marcel, los Magníficos estamos en peligro. Toca darse a la fuga si no queremos acabar también en chirona. Tú el primero, por cómplice.

Le pudo el miedo y aceptó. Conseguí unos billetes de avión a buen precio hasta París y no deshice ni las maletas, deseosa de huir de aquella ciudad donde todo me recordaba a Bartholomew. El viaje en tren cruzando media Europa fue penoso. Lo había considerado romántico, además de económico. Si dependíamos exclusivamente de mis ingresos, convenía empezar ya a mirar por ellos, el público es muy voluble y se dura poco tiempo en el altar de los grandes. Llevaba una Moleskine para empezar otra novela, pero no contaba con el mono de Hänsel, un orangután al lado de mi bonobo. Me costó evitar que se tirara en marcha a esnifar la cal de los postes. Tuvimos problemas en algunas fronteras por falta de visado y a Hänsel lo amenazaron dos veces con llevarlo detenido. Yo expliqué en varias lenguas que éramos una pareja de famosos escritores en busca de inspiración. Mostrarles la foto de la contracubierta de mi último libro ayudaba, el problema era aguantar después a mi compañero. Comparado con la admiración de sir Bartholomew, mis éxitos despertaban en él la soberbia, la prepotencia, una superioridad exacerbada.

—Tienes una vena exhibicionista enfermiza, Greta —me martirizaba.

—Tu problema es la envidia, no soportas que alguien triunfe y no seas tú. Yo no tengo la culpa de tu mediocridad y no pienso aguantar que descargues tu inquina en mí ni que me utilices como un *punching ball.*

En aquel viaje interminable nos dimos el gustazo de cantarnos las verdades, estimulados por el vodka mortífero —lo más barato— que comprábamos al paso en las estaciones. Hubiéramos llenado nuestro depósito con gasolina de no mediar aquel destilado, era imposible dejarlo todo de golpe. Bajo los efectos del alcohol, mi compañero empezó a arrepentirse de la aventura.

—Nunca te debí hacer caso, siempre estuviste trastornada.

Debí darme cuenta cuando te lanzaste al río. Y ahora pretendes arrastrarme contigo a esta locura absurda. ¿Cómo no me di cuenta antes de emprender el viaje? Yo me bajo en la próxima parada y regreso a Londres.

—Hänsel, mi paciencia se está agotando. ¡Tenemos que desengancharnos de la coca! ¡Somos drogodependientes! ¿No lo entiendes? ¿Nunca oíste esa palabra?

—¡¡Yo no soy un colgado!! ¡No estoy enganchado, no soy un cocainómano, como tú dices! Eso lo serás tú. Yo controlo. Perfectamente, además. Y ahora me apetece una raya más que esta mierda de bebida. Podría metérmela y no pasaría nada. ¡Eres tú la enajenada!

—¿No te ves? ¡Y no des voces! Es la cuarta vez que viene el revisor, ya nos amenazó con echarnos del tren, los viajeros de este vagón han cambiado de sitio y no dejamos dormir al resto. Escúchame: esto podíamos hacerlo en una clínica pero somos Magníficos y nos vamos a sanear solitos. Será interesante conocer otros lugares, disfrutaremos de buen clima, sol, baños, vida sana… ¿De verdad no te apetece? Una temporada, no es para siempre.

—¿Tan mal estamos, Greta?¿Y podremos hacerlo?

Lo arrullé entre mis brazos, convencida por los dos.

—Lo lograremos, cariño, ya lo verás.

Permanecimos unos días en la bulliciosa Atenas, disfrutando de sus coloridos barrios y sus tertulias bajo la parra. ¡Con razón es la cuna de la filosofía! El calor nos resultó insoportable, comparado con Suiza o Gran Bretaña, pero la luz y aquel cielo tan azul lo compensaba. Pronto descubrimos que quedarnos allí era una locura, intentábamos desintoxicarnos y en eso nada se diferenciaba de Londres: había de todo y en abundancia para quien lo pudiera pagar. No habíamos llegado tan lejos para repetir errores y volcamos en ese objetivo todo nuestro empeño.

Tras visitar algunas islas, decidimos trasladarnos a Santorini atraídos por el paisaje y por su origen vinculado a la leyenda de la Atlántida. Todavía no se había convertido en un santuario turístico masificado y los más espabilados se arreglaban modernizando las instalaciones agrarias que su familia conservaba. Nos quedamos entre Emporio y Perissa, cerca de la singular playa de arena volcánica donde veíamos amanecer. La casa era poco más que una cuadra adaptada, con la cocina y el baño exteriores. Subíamos a Oia o Fira a ver el ocaso en un ciclomotor incluido en el alquiler y bajábamos en burro a la gran laguna navegable que ocupaba la antigua caldera del volcán. La finca conservaba algunas vides y pusimos empeño en mantenerlas. Las uvas se las vendíamos a un productor local, que nos daba a cambio el vino ya envasado. Nunca otro caldo nos supo mejor que aquel. A medida que el viento y los baños de mar nos fueron curtiendo, nuestras pieles adquirieron un tono dorado, y el pelo de Hänsel se volvió casi albino. Hacíamos el amor casi a diario, no necesitábamos juguetes, nos bastaba la energía telúrica transmitida por un paisaje azul, blanco, verde y negro.

Intenté atrapar en un lienzo esos colores. En Grecia nació mi vocación de pintora. Recibí clases de un pintor polaco que imitaba a El Bosco, aunque eso no le impedía vender acuarelas de la isla a buen precio a los turistas. Hänsel también abandonó la escritura por otros motivos: libre de dependencias, quiso aprender a trabajar el cuero. Fue nuestra época alternativa, en pleno éxtasis hasta nos planteamos concebir un retoño, proyecto nunca llevado a cabo, conscientes de la exigencia que requería y de nuestra escasa predisposición al sacrificio.

El cartero trajo un día una carta a mi nombre. En los sucesivos matasellos pude rastrear, antes de abrirla, su largo periplo de Suiza a Londres, desde donde Ingrid, encargada de nuestra correspondencia, la había expedido hasta Santorini. Era muy raro que mi madre me escribiera. Eloína me comunicaba el fallecimiento de Paul y me rogaba que fuera a Zermatt para el funeral, estaba destrozada y habían surgido problemas con la familia de él. Su muerte no me conmovió, habían transcurrido dos meses desde el entierro y no le encontré sentido a ir hasta Suiza. No calculé el sufrimiento de Eloína, la imaginé incluso descansada, y me tranquilizaba la seguridad de que Úrsula habría permanecido a su lado. Le contesté con un pésame de compromiso y la promesa de pasar por Zermatt de vuelta a Londres.

¿Se puede ser más egoísta?

La isla ofrecía un atractivo especial para los hippies y así conocimos a Rose y Mike. Eran animistas, vegetarianos, practicaban el yoga... Los cuatro habíamos vivido en Londres y congeniamos enseguida. Al poco de conocernos, Hänsel les propuso practicar el intercambio de parejas y aunque en principio se negaron, terminaríamos cruzando la raya muchas noches. A la mañana siguiente cada mochuelo retornaba a su olivo y nunca se produjeron enfrentamientos ni reproches. Frente a nosotros, ellos eran pura espiritualidad. Andaban levitando, o esa impresión producía la ligereza de sus movimientos, y en la cama los dos eran igualmente etéreos. Al amanecer, cara al sol naciente, practicaban sus técnicas de relajación y concentración. En principio subestimamos sus efectos y nos unimos a ellos por curiosidad, pero el yoga, el ayuno y la meditación contribuyeron decisivamente a nuestra recuperación. Estas enseñanzas me sirvieron también para perfeccionar el «arte del embotellado», incluso llegué a elaborar y compartir con nuestros amigos un manual de instrucciones muy aplaudido, sin aclararle a Hänsel el papel de experto jugado por Bart.

El arte del embotellado emocional

(Nociones y técnicas compiladas por Greta Meier)

¿Nunca ha sentido una conmoción afectiva tan intensa que le duelen hasta los cabellos? ¡Cuántas veces vemos perturbado el curso de los días por la irrupción de una persona especial, un momento mágico, un flechazo inopinado, un lugar paradisíaco! Algo único, original, irrepetible… y sin vocación ni solución de continuidad. Pensar qué hubiera podido ser nos obsesiona, su final nos duele, intentar olvidarlo lo hace aún más presente.

¡¡Ni olvido ni dolor!!

Le ofrecemos aquí la oportunidad de conservar sus emociones en estado puro y revivirlas plenamente a voluntad.

Conservamos lo pequeño para hacerlo grande y lo bueno para hacerlo mejor.

Material embotellable: Imágenes, recuerdos, sentimientos, deseos…, todo tipo de material efímero arrastrado por el caudal de las emociones y generalmente depositado en aluvión a los márgenes del raciocinio.

Botellas: El recipiente está fabricado con el material indestructible e inquebrantable de los sueños. Fácilmente almacenables en la alacena de la memoria, garantizamos su conservación de por vida y la preservación inalterada del contenido.

Procedimiento de embotellado: Intente percibir sensaciones (anclajes) con los cinco sentidos mientras se produce el contacto con el momento / persona a embotellar. Si no es posible de forma consciente en el acto, puede realizar el proceso a posteriori. Reviva los recuerdos hasta que le duelan las uñas y los dientes, intentando recuperar los sentimientos que le produjeron y afiance estos igualmente.

Taponado: Proceda por igual con todos y cada uno de los anclajes elegidos. Cuando haya llenado la botella, deje reposar el contenido. Comprobará que la obsesión desaparece o se mitiga. ¡¡Enhorabuena!! ¡¡Ya tiene puesto el tapón!!

Descorchado: La apertura puede realizarse a demanda, tantas veces como se considere oportuno o el deseo resulte incontenible. Bien trabajado, permite alcanzar óptimos resultados incluso sin modificar la actividad rutinaria. Ciérrese cuidadosamente al acabar la sesión, en grandes dosis genera adicción inquebrantable, con el consiguiente perjuicio de la estabilidad emocional diaria necesaria para enfrentarse a la realidad en la que usted ha abierto una brecha*.

*¡Precaución! Unido al uso de sustancias psicotrópicas puede provocar alucinaciones.

La imaginación no tiene límites, la fantasía es libre, los pensamientos felices producen sensaciones corporales placenteras. Acostúmbrese a cosechar las maravillas que le sucedan, por pocas que sean, y olvídese de un trabajo aburrido, de la rutina, de las amistades pesadas y los compromisos. ¡Para siempre!

¡¡Explore sus propias posibilidades!!

Y

Embotellé la belleza y la armonía de la isla, el blanco cegador de las casas colgantes percibido bajo la sombra de una parra con una copa de vino blanco y frío en la mano, el verde de las aguas sulfurosas y humeantes donde chapoteábamos como niños, el brillo dorado del sol al atardecer y la magia del techo estrellado que cada noche contemplábamos. Nos embotellamos los unos a los otros para conservar aquella amistad creativa, complaciente. Casi cuatro años, eternos y fugaces, transcurrieron llenos de bondades y de paz. Hänsel y yo descubrimos allí un modo de convivencia posible, cada uno dedicado a sus labores y reunidos para el solaz. Apenas discutíamos, estábamos demasiado atareados, cansados, felices. Una vida plácida, sin comodidades, sin frenesí, sin desenfreno: el paraíso.

Nunca debimos abandonar Santorini.

—¿Y si nos quedamos a vivir en esta isla? —le pregunté una noche ante el fuego.

—De eso quería hablarte, empiezo a aburrirme y a echar de menos la ciudad. Como experiencia estuvo bien pero, entiéndelo Greta, soy urbanita, nací en el asfalto.

—¿No lo dirás en serio? Yo prefiero quedarme, me encanta la isla, sus habitantes, la paz que se respira… Esto no lo encontraremos en Londres. Además, ya he vendido algún cuadro, me estoy planteando cambiar de bando artístico.

—¡Chorradas, Greta! Lo que tienes que hacer es empezar otra novela, ¿cuánto tiempo llevas dándole largas a la editorial?

—Podría ser mejor pintora que escritora…

—¡Estás perdiendo el norte, querida! Desde luego, yo no pienso enterrarme en esta isla. Sinceramente, no me veo fabricando llaveros de cuero el resto de mis días.

Intentó que la universidad lo readmitiese, algo imposible con semejante manchón en su expediente. A la tercera negativa empezó a mandar currículos a sus contactos y, cuando ya desesperaba, recibió la invitación de un recién creado Instituto Sexológico para formar parte de su equipo docente. Fue la primera y última discusión seria que tuvimos en la isla.

—Greta, ¿qué vas a hacer aquí sola? Vine porque tú me lo

pediste, en correspondencia deberíamos emprender juntos el camino de vuelta. Ya estamos limpios, no hay peligro de recaída, el pretexto que nos trajo a Grecia ya no existe. Además, esto comienza a ponerse insoportable de turistas, parece un Zermatt mediterráneo, tú misma lo dices. ¿Cuánto hace que no pisas una biblioteca? Constantemente echas de menos un buen libro.

Volviendo contra mí mis propios argumentos, logró convencerme. El Gran Embaucador seguía siendo un especialista en anular mi voluntad. Endeble, he de reconocer. Acabé empacando mis pertenencias y vendiendo al polaco mi legado artístico por un precio irrisorio. Tan solo llevé conmigo un óleo de la caldera volcánica, con sus aguas verdes ferruginosas alrededor del cono central, donde tanto nos gustaba bañarnos desnudos.

Él tomó un avión directo desde Atenas a Londres; yo volé a Suiza para pasar por Zermatt, como había prometido. La primera que me vio llegar, por supuesto, fue la vecina, Lissette, que entró corriendo a la tienda a avisar a Eloína. El recibimiento fue gélido y subí a acomodarme en la buhardilla sintiéndome una extraña en mi propia casa. No habían tocado mi habitación y entrar en ella supuso retroceder vertiginosamente en el túnel del tiempo. No había abierto la maleta cuando mi madre subió a verme bastante alterada.

—Cómo pudiste dejarme sola…

No esperaba sus reproches tan pronto, en frío.

—Me remitieron la carta meses más tarde, estaba en Grecia y ya no llegaba al funeral.

—Ha pasado casi dos años desde entonces.

—¿Tanto?

—No te rías de mí. —Me pegó una bofetada airada y salió corriendo entre sollozos.

Me quedé anonadada. No había sido consciente del tiempo transcurrido. El cachete me hizo reaccionar y la seguí escaleras abajo:

—¡Mamá! ¡Mamá! Lo siento mucho, no pensaba… —La abracé por detrás.

—Solo piensas en el dinero, ¿verdad? Entra al mes en tu cuenta y el resto no existe. Yo, que me mato trabajando para ganarlo, no existo; Paul, que murió sin conocer el cariño de su hija, tampoco. Solo tú. Tú, la divina Greta, la famosa Greta. Tu corazón está yerto.

—Cada vez que venía había pelea y veo que seguimos igual. Recogeré mis cosas y me iré.

Eloína respiró y aflojó la tensión de los hombros.

—Es tu casa, hija. Y me alegra tenerte aquí de nuevo. Dame tiempo para ordenar mis pensamientos, ¡me sentí tan abandonada en el entierro de Paul!

—Yo creí…, yo pensé…

—¿Qué pensaste, Greta? Nuestra boda fue tan mal acogida en su familia como por ti, sus hijos nunca quisieron aceptarme y los padres de Paul organizaron un funeral en Vevey sin invitarme. Aun así, asistí y me coloqué en primera fila. Soporté desplantes, malas caras y un largo juicio por la herencia, aún sin resolver, sin más apoyo y compañía que Úrsula.

—¡Mamá! ¡Si me lo hubieras dicho…!

—¿Habría cambiado algo?

—Lo habría abandonado todo y acudido a tu lado. —La abracé con más fuerza.

Las dos sabíamos distinguir una mentira piadosa, llevábamos años entrenando. Y sobre esa construimos un castillo de naipes aquellos días. Para hacerme perdonar, reordené el almacén e incluso colaboré detrás del mostrador. Úrsula se desvivía conmigo, feliz de vernos juntas. Sin embargo, la brecha era muy profunda y, pese a restañar la superficie, seguía abierta.

—No me gusta ese hombre, Greta. ¿Y no tiene otra cosa sobre la que escribir que no sea el sexo?

La había puesto en antecedentes de mi relación.

—Mamá, es un tema como otro cualquiera y no es sexo, son fantasías, es un concepto superior, mental. —«Si yo te contara», pensaba para mí.

—¿No era tu profesor? ¿Por qué abandonó la universidad?

—Estaba encasillándose…

—Déjalo, te contradices siempre que hablas de él. ¿No pensáis casaros? Va siendo hora, ¿no crees? Lleváis un montón de años juntos, ¿no tienes la intención de darme un nieto? Se te va a pasar la edad…

—Desde un punto de vista intelectual, siempre estuve

en contra del matrimonio y de la reproducción de la especie, mamá. —Si esperaba pasmarla, iba dada.

—¡Eso es una necedad, Greta! Después de perder cuatro años en esa isla, ¿qué vas a hacer? ¿No deberías sentar la cabeza un rato? ¿Dedicarte a algo productivo?

¿Cuántas veces habíamos mantenido las mismas conversaciones sin ningún resultado? Cientos. Cada una se enrocaba en sus posiciones y no entregaba ni un peón a la oponente. No obstante, ambas mostramos buenas intenciones: ella preparaba mis postres favoritos y yo le recogía ramilletes de flores en mis paseos. Nuestro cariño se expresaba mejor sin intervención de las palabras, punzantes como alfileres. Duró poco mi estancia y nos separamos con un abrazo agridulce: aunque no había salido al gusto de ninguna, el reencuentro se había producido.

El contrato de Hänsel no era tan dorado como aparentaba: unas pocas horas semanales, bien pagadas, eso sí. Por mi parte, llevaba ideas frescas y comencé a escribir tras hablar con la editorial. Alquilamos un ático ruinoso en Covent Garden y, mientras nos instalábamos y Hänsel preparaba sus clases, todo fue sobre ruedas.

—Este fin de semana pillamos farlopa, ¿contamos con vosotros?

—¿Vais a rechazarme un tirito de bienvenida?

A la tercera fue la vencida. ¡Cómo íbamos a negarnos! Y luego compramos para invitar, en justa correspondencia. Al cabo, la noche londinense nos recibió como si nunca hubiéramos estado fuera y no tardamos en retomar el vicio.

Nos prometimos no guardar alijo en casa y empezamos a salir todos los fines de semana. La coca le daba un impulso emocionante a la vida y, con ella a mano, siempre ocurría algo interesante. Después de tan prolongado período de sequía, fue como descubrirla de nuevo. El problema es que los fines de semana empezaban el jueves y terminaban el lunes con una espantosa resaca, dejando hábiles apenas dos días y medio a la semana. No advertíamos el peligro, estábamos pletóricos, seguros tras nuestro paso por la isla, y nos sentíamos fuertes apoyados uno en otro. «Tú que no puedes, llévame a cuestas», hubiera sentenciado Eloína.

—Gretel, querida, ¿desempolvamos el trastero? Debo practicar mis enseñanzas...

Levanté la vista de los folios por primera vez en varias horas. Aunque mermado, todavía conservaba mi poder de concentración en la escritura, al contrario que Hänsel, cada vez más inquieto. La docencia en el Instituto de Sexología había despertado sus viejas obsesiones. Llevaba puesto el corpiño de plexiglás y su miembro erecto asomaba entre las puntillas. Se había colocado un antifaz y esgrimía el plumero en la mano. En la primera fase de nuestra relación, solo verlo así ya me hubiera excitado, le habría ofrecido mis muñecas para atarlas, mi cuerpo para su deleite y mi boca para tragar su semen. Sin embargo, el romance con Bart y la estancia en la isla habían mudado mi concepto de erotismo, recuperando la piel desnuda para el juego amoroso solo con la envoltura del agua, del aire, del sol. No más disfraces, habíamos dicho. Creía que la magia del volcán había cambiado a mi compañero también.

En lugar de erótica, la imagen me resultó patética.

—Hänsel, esto lo habíamos hablado en Santorini, ¿recuerdas? Lo embotellamos, incluso, como algo perteneciente al pasado.

—Greta, eso del arte del embotellado es una gilipollez de las tuyas. No puedo estar hablando horas sobre fantasías sexuales sin excitarme, entiéndelo.

—¿Y tú no entiendes que necesito tranquilidad para escribir? Se me agotan los plazos de la editorial y no puedo concentrarme si paseas así por casa.

—De acuerdo —dijo quitándose el disfraz con furia—. Tú ganas. Ahora, no esperes que practique la monogamia con una momia ni que me convierta en un asceta hasta que la señora termine su novela.

No necesitó más excusas.

El salón se convirtió en un desfile de jovencitas, seguramente no tantas como él quisiera ni a mí me parecieron, pero sí las suficientes para desencadenar el incendio destructor de los celos y provocar dramáticas escenas entre nosotros. Yo, sentada delante de la máquina de escribir, con la mente dispersa y la papelera rebosante de borradores, las miraba pasar con fingida indiferencia tras saludarlas y evitar la tentación de estrangularlas. Cuando ya era incapaz de articular dos folios con sentido, sentir los aullidos, gemidos y jadeos de Hänsel y sus conquistas me llevaba al límite de la desesperación. Salía dando un portazo y, a la vuelta, la noria empezaba a girar.

—¿Ya se ha ido esa puta? Cada día las buscas más jóvenes, acabarás juzgado por pederastia.

—¡Tú me tiras en brazos de otras!

—¡Eres un cerdo! ¡Un fornicador salvaje y libertino! ¡Te exijo respeto!

—Ya se ha ido, no grites.

—¡No le grito a ella! ¡Te grito a ti! ¡Lo que no soporto es que me trates así! ¡Me importan una mierda, esta y las otras!

—Y a mí también, ninguna vale la mitad que tú.

—¿Por qué me haces esto, entonces? —Le golpeé en el pecho con los puños.

—Son solo sexo, lo que tú no me quieres dar. Mi pareja, mi compañera eres tú, pero estás ausente.

—¿Ausente? ¡Estoy intentando concentrarme! —Lloraba de pura rabia y desesperación.

—Greta Greta… La visita a la bruja te ha trastornado, vuelve a nuestra casita de chocolate, tengo dulces y caramelos para ti. —Me abrazó acariciándome la cabeza, hablando bajito para que me calmara—. Estás así de nerviosa porque te empeñas en no meterte nada para escribir y no estás acostumbrada. No es malo que consumas una rayita de vez en cuando, ayuda a la concentración. Puedes dosificarla, una raya antes y otra después.

La coca entró en casa de nuevo.

Su consumo convirtió los días malos en buenos y los buenos en mejores. El malestar, ya fuera fruto de la ansiedad o una jaqueca, desaparecía tras esnifarla. Un gramo pedía otro. Y otro más. La recaída tras el mundo feliz de Santorini fue salvaje. Las drogas crearon un muro que nos fue separando de los demás a base de mentiras, engaños y destrucción. Hänsel empezó a faltar a las clases y lo despidieron; lo único bueno es que el golpe le afectó también a la libido y nuestro redil dejó de estar lleno de ovejas. De vez en cuando desaparecía una noche y volvía agotado, macilento, oliendo a alcohol barato y sexo fuerte; no me importaba si me dejaba tranquila, yo quería terminar mi novela.

Necesitados como estábamos cada vez de más suministros, alterné unos meses la escritura con la traducción de películas porno para ciegos. Visionaba la cinta y pormenorizaba lo acontecido con todo lujo de detalles; la empresa de doblaje consideró suficientemente insinuante y seductora mi voz ronca y no me faltarían encargos. Es complicado describir escenas sin diálogo con el gancho suficiente para que los invidentes se masturben con tu voz, pero yo disponía de recursos de sobra. A Hänsel le divertían mis onomatopeyas del coito y llegué a mantener una libreta solo para sinónimos de vulva, pene, penetración... Fue lo más divertido de esa época. Seguramente las cintas anden rodando todavía por alguna gasolinera con mi nombre en los créditos.

Pronto el período Santorini se convirtió en una leyenda, envuelto en la bruma londinense. Antes de que pasaran dos años nuestra vida giraba de nuevo en torno a la cocaína. Teníamos que conseguir dinero para comprarla, salir a buscarla, conseguir somníferos... Resultaba agotador y, sin embargo, nos llenaba tanto que considerábamos normal aquella obsesión. Solo nos dedicábamos a procurarnos placer químico. Cuando llamaban de la editorial decía que estaba escribiendo y pedía un adelanto; si era mi madre, me inventaba un gasto médico. A veces me avergonzaba seguir recibiendo su dinero, pero incluso con sus aportaciones mi cuenta bancaria finalizaba en números rojos todos los meses. Así que achantaba y ponía la mano, o más bien la nariz.

Mi tercera novela fue una mierda. Un bodrio infame e inconexo, un cúmulo de historias tórridas y humillantes como mi propia vida. No sé ni cómo la publicaron, quizá porque ya me había fundido el adelanto y estaban obligados a recuperar parte del dinero. Decidieron invertir en presentaciones para animar las alicaídas ventas, sin embargo la turné fue limitada por mi escasa disponibilidad. Empezó a ser imprevisible mi presencia en los actos convocados, me quedaba dormida tras una noche de juerga, me confundía de autobús y llegaba tarde o, directamente, se me olvidaba el evento.

Llegamos a compartir más de cinco gramos de cocaína diarios. Ya no había día ni noche, el sueño solo se producía por puro agotamiento o con un cargamento de Valium. Las encías nos escocían y sangraban a menudo. Aparentábamos estar mascando chicle y los dientes perdieron brillo y esmalte de tanto chirriar y friccionarse, mordiendo los labios, la lengua y el interior de las mejillas. En ocasiones, los ojos, los dientes o los sentidos cobraban animación, se independizaban del resto del cuerpo y una percepción ultrasensorial me inundaba. Si habían cortado la coca con laxante no salíamos del retrete, si había sido con estricnina sentíamos la cal viva galopar por nuestras venas. Para evitar los sangrados machacábamos el polvo blanco a conciencia; cuanto más fino, menos irrita los vasos sanguíneos. El problema de la coca mal cortada es que hay que tener unas fosas nasales muy sólidas; es frecuente que mane sangre de la nariz, a veces chorrea como un surtidor y su sabor se mezcla con el de la sustancia, formando una bilis intragable. Otras veces sientes la napia solidificada, como si fuera de yeso. Al aspirar las rayas, echábamos hacia atrás la cabeza para deteriorar el tabique lo menos posible, envidiando a los que ya lo tenían artificial. La vida se convirtió en un tren de alta velocidad sobre blancos raíles. Disminuyeron trágicamente nuestras capacidades creativas y el bucle de la frustración y la cólera, ese infierno donde recaíamos recurrentemente, se aposentó entre nosotros.

El grupo de los Magníficos se había disuelto tras la entrada de Marcel en prisión y nuestra temporada en Santorini. Magda había vuelto a Argentina, Smith trabajaba en una universidad americana y solo manteníamos contacto con Ingrid, cada vez menos debido a sus problemas de salud, atormentada por una dolorosa artritis que le impedía escribir y hacía imposible la vida a su alrededor.

Cuando Marcel salió de la cárcel vino directo a nuestra casa. Le abrí la puerta sin reconocerlo. El pelo le crecía blanco pegado al cráneo y, si las rastas eran un recuerdo, otra seña de su identidad se había ido con ellas: su dentadura, antaño perfecta, mostraba los agujeros negros de las caries y le faltaban un par de piezas. De una pelea en el patio, me contaría. Una cicatriz en la mejilla y el brillo acerado de sus pupilas completaban su transformación. Había aprendido demasiado dentro de aquellos muros y con él llegó la heroína a nuestra adictiva existencia. Primero la fumamos. Quemábamos el papel de plata y luego la inhalábamos. Sin temor, solo la aguja nos retraía.

El golpe mejoraba con mucho el de la coca.

Fue fácil engancharse.

Y lógico querer más.

—¿Qué tienes ahí? —preguntó Hänsel.

—Una jeringuilla —contestó Marcel mientras quemaba la cuchara para desleír con limón la sustancia.

—Yo lo pruebo.

—¡Dijimos que nunca nos pincharíamos! —protesté.

—Una vez para probarlo y nada más, no temas.

Las agujas me daban miedo desde niña, era la única razón para no estar tatuada o llevar *piercings*. En Londres estuve a punto de claudicar, me sentía extraña en el medio punk sin esos aditamentos, pero justo allí descubrí que había señas de identidad igualmente apabullantes de quita y pon. ¿Y ahora? Me resistí lo justo. Si él estaba decidido, yo no iba a ser menos. No puedo echarle la culpa a Hänsel de todas mis adicciones, preferí siempre evadirme que pisar el suelo, volar a caminar. Lisbeth lo denominaba escapismo y aludía a mi propia responsabilidad. Guillermo la llamaba evitación. No la niego. Podía haber dicho: «Hasta aquí hemos llegado».

En cambio, pisé a fondo.

Autopista al infierno.

El primer viaje fue gozoso, incomparable; no hay orgasmo tántrico ni viaje astral que lo iguale. Flotas, planeas, nada importa, la angustia se esfuma. La luz te invade y te convierte en una brillante estrella. Sientes cómo te alejas, sales del cuerpo como en un sueño y penetras en el mundo del placer físico, de las sensaciones a tumba abierta. Al principio, el bajón no es tan brutal, te parece que podrías seguir viviendo solo con el recuerdo. Sin embargo, enseguida estás pensando en repetir y no importa el cómo o el dónde, solo cuándo, y es YA. Te inyectas con una sonrisa en la cara anticipando el subidón, no miras si la dosis es excesiva, todas te parecen escasas, y eres capaz de robársela a tu propio compañero. Tu camello espera, no te busca: sabe que volverás y que, en pocas semanas o meses, harás cuanto sea por conseguirla, pero ya no tendrás dinero para pagar. Y negarás que te prostituyes y al final ya ni lo negarás porque no gastas cartuchos en palabras y sencillamente dejarás que babeen tu cuerpo por una papelina sin reparar quién jadea dentro de ti, quién te empuja contra la cabecera.

Solo deseas que acabe para volar de nuevo.

Pero los viajes son cada vez más breves.

Cuando me ingresaron con una sobredosis, Hänsel llamó a Eloína y le pidió dinero para decirle dónde estaba. A eso había llegado, tan bajo habíamos caído. Mi madre viajó a Londres y, en contra de las indicaciones de los doctores y de la voluntad de Hänsel, metió la camilla en un avión y me depositó en una clínica suiza, instalándose en la misma habitación.

Desengancharte de la heroína no mata, el problema es que desearías que lo hiciera. El cuerpo, ese cabrón rencoroso, se convierte en tu peor enemigo. Falto de combustible empieza a torturarte: la nariz hace aguas como los ojos, ves borroso alrededor, te duelen los músculos, las articulaciones se bloquean, la piel se pone de gallina y los pelos de punta, como los nervios. Un frío paralizante se apodera de ti, te convierte en bloque de hielo y de repente tiritas, te estremeces empapada en sudor frío, te tiras al suelo temblando, das cabezazos contra la pared, ruedas y crees que vas a partir en pedazos los dientes de tanto castañetearlos. Los calambres vienen después, y las arcadas, secas, porque no te queda ni la hiel por echar. Respiras tragos cortos por la nariz y expeles largos suspiros y gemidos, mientras el suelo se desplaza arriba y abajo como un barco azotado por el oleaje y adoptas la posición fetal enterrando la cabeza entre las rodillas, porque todo te duele tantísimo y si por lo menos pudieras entrar en calor y quisieras dormir para siempre en ese instante, pero se muere tan mal…

La cabeza tampoco se estaba quieta, los pensamientos no me soltaban, no me aliviaban, ni consolaban, ni me dejaban dormir. Pensar era sentir la mordedura rabiosa de un perro en las entrañas.

Y un martirio aguantar a Eloína.

—Hänsel no te quiere, no te merece. No significas nada para él, te está matando. ¡Una hija heroinómana! Ahora me explico tus ausencias. ¡Estúpida de mí, creyendo que había motivos literarios!

—Es mentira, mamá, no es malo. Yo lo amo, los dos nos metimos en esto.

—No lo amas, el psiquiatra insiste en que los confundes a los dos en tu cabeza, echas en falta la droga, no a Hänsel.

Sus palabras resonaban en mi cráneo, estallaban como bengalas, empujándome más y más abajo todavía, hasta una profundidad donde la vida no importaba nada si no era con él, si no era con ella. Hänsel y la droga eran una sola cosa, eso me decían, pero es muy difícil superar dos adicciones a la vez. Sin volverse loca. Me escribía con Hänsel a escondidas de mi madre y en alguna ocasión conseguimos hablar por teléfono. Me decía que se había desenganchado, que estaba limpio, me necesitaba, no era nadie sin mí, se vestía al revés…

Le creía y le pedí que me esperara.

Seis meses permanecí internada en aquella lujosa clínica antes de regresar con mi madre a Matterhorn Paradise. A regañadientes, pues el continuo control de Eloína me hacía sentir culpable.

—Hemos gastado una barbaridad en ese centro y ya sabes la advertencia: es recomendable no volver a los mismos ambientes para evitar la recaída.

Londres sería peligroso, pero Zermatt me cayó encima como una losa.

La cotilla Lissette lo había pregonado a los cuatro vientos y, al ver las caras de conmiseración cuando me preguntaban por «la salud», como una enfermedad se apoderó de mí la vergüenza: la que no había sentido por estar tirada en una calle sin sentido, por acostarme con personas desconocidas, por robar, por admitir en mi cama a las amantes de Hänsel o por cambiar sexo por droga. Un temblor súbito me invadía al recordar los últimos años y ese arrepentimiento me sorprendía, porque antes de la terapia no sentía nada, no era más que un corcho flotando a la deriva. Pese a haber mejorado mucho, el espejo me devolvía un aspecto lamentable. La cara se me había afilado tanto que la nariz cobraba espacio propio, destacando como un mascarón de proa. Me habían afeitado la cabeza —tenía piojos— y el pelo todavía no me cubría el cráneo del todo. Mi carne empezaba a colgar y Eloína me contemplaba con horror, incapaz de callarse aun sabiendo que sus reproches aumentaban mi hundimiento y me bastaba una mirada, un gesto suyo contenido de desesperación o pena a mis espaldas, para que sintiera tentaciones de cortarme las venas, de procurarme una dosis letal de somníferos.

El almacén había perdido su encanto, no eran más que objetos apilados prestos a romperse entre mis temblorosas manos. Cuanto más brillante y florido estaba Zermatt, más semejaba ante mis ojos un decorado de cartón piedra. Lo peor de todo fue descubrirme incapaz de escribir, perdida la fe en mí misma y mi talento. Sentía verdadero *horror vacui* ante un folio en blanco y el miedo a olvidar los significados de las palabras se apoderó de mí.

Ante unos polvos blancos, jamás experimenté temor.

Esa fue mi desdicha.

Asfixiada por aquella atmósfera, terminé dando la espantada y regresando a Londres. Era mentira que Hänsel se hubiera rehabilitado, como me juraba por teléfono; al contrario, la falta de dinero le había conducido a una politoxicomanía explosiva. Al cabo de unas semanas ya estábamos como en los peores tiempos. El día en que apareció el casero reclamando más de un año de impago del alquiler llamé a mi madre, que se negó a darme más dinero si no regresaba a Zermatt y abandonaba a Hänsel.

La insulté, le deseé la muerte, lo peor.

Cuando volví a verla, ya estaba terminal.

Aquella brutal conversación, pese a todo, resultaría determinante, pues al colgarle el teléfono, con el miligramo de lucidez que conservaba, tomé la determinación de abandonar a Hänsel antes de naufragar. Fue al comunicárselo cuando estalló la guerra. Me acusó de dejarlo siempre en la estacada, de ser fría y calculadora, de huir cuando había problemas. Lo culpé de haber hundido mi carrera con sus adicciones, de mentirme cuando me juraba «nunca más». Nos insultamos con los calificativos más crueles, sabíamos bien cómo hacernos el mayor daño posible. No sé quién dio la primera bofetada, el primer empujón. Yo entré en una onda destructiva, dispuesta a poner fin a aquella ponzoñosa relación. Cuando agarré la plancha para tirársela, me lo impidió clavándome la hoja de un cuchillo en el brazo. No pude impedir otros dos cortes antes de lanzársela, ya sin fuerza. Lo alcancé en la rodilla, que se quebró con un seco chasquido. Cayó al suelo con un aullido, se agarró la pierna con las dos manos y soltó el cuchillo. Yo lo recogí con furia asesina y me senté a horcajadas sobre su vientre con la intención de clavárselo en la cabeza, en el cuello, en el corazón. Me detuvo la mano de un agente. A dos centímetros de su yugular. Enfrascada en la pelea, ni siquiera me había enterado de que la Policía había derribado la puerta.

Él podía estar muerto.

Y yo en la cárcel.

Mi ingreso en la clínica de rehabilitación de Bath fue publicitado en los tabloides, ávidos de noticias sensacionalistas. Nunca confirmé si fue la editorial quien dio la voz de alarma, sospecho que sí, pues les vino de perlas el circo mediático que se montó. Olvidada por los lectores, el morbo me hizo resucitar. Como autora, claro. Como persona seguía átona, desvaída en un sueño roto.

Sin imaginar lo sucedido.

Lisbeth me lo comunicaría, ya avanzado el tratamiento, cuando estuvo convencida de que su impacto no hundiría mi línea de flotación y deseosa de conseguir un efecto de choque.

—Hoy es un día muy especial, Greta. Desde que iniciaste este programa has estado alejada del mundanal ruido. ¿No te interesa saber qué acontecimientos siguieron a tu ingreso en esta institución?

—Si la pregunta va sobre política, paso.

—No. Es sobre ti. Tengo dos noticias que darte, una buena y una mala. ¿Cuál quieres recibir antes?

—La mala. —No lo pensé dos veces.

Con su parsimonia habitual, abrió una carpeta y empezó a extender sobre la mesa recortes de periódico. Cuando comprendí su alcance, creí desmayarme. En aquellas fiestas donde yo me veía tan divertida y fantástica, las imágenes publicadas me devolvían una penosa imagen con la mandíbula desencajada y los ojos fuera de las órbitas. «Magníficas bacanales», titulaba *The Sun*. «Con el triste final de sus dos últimos miembros, los Magníficos se convierten en leyenda y exponente de una generación arrasada por las drogas», apostillaba el redactor del *Daily News* sobre una foto mía saliendo del apartamento, ensangrentada y esposada, mientras introducían la camilla con Hänsel en una ambulancia.

Me fijé en las fechas.

—Son de hace cuatro meses...

—Sí, la tormenta se ha apaciguado. Ya sabes cómo funciona esto: se ceban en una víctima hasta que la sustituyen por otra.

—¿Mi madre se ha enterado? —La incertidumbre me atenazó la voz.

—Nadie ha llamado preguntando por ti, no creo que esta basura llegara a Suiza.

—¡Los demandaré!

—Sería reavivar la hoguera. El escándalo está muerto, déjalo así.

—¿Esa es la buena noticia? —pregunté irónica.

—No. La polémica sirvió para que reeditaran tus dos primeros libros y las ventas subieran como la espuma. Te ha llegado un talón de cinco cifras a cuenta de tus derechos y tienes otro pendiente. ¡Eres rica, Greta!

Me encontré dando zancadas por la sala de puro nervio con el cheque en la mano. Mi madre seguía realizando su ingreso regularmente y tenía cuatro mensualidades acumuladas, así que la cantidad disponible era escandalosa comparada con la miseria de los últimos tiempos.

—¿Y ahora qué hago? Solo sé fundir el dinero, nunca tuve tanto junto...

—Invertiste mucho en dañarte, emplea otro tanto por lo menos en recuperarte. Te han incluido en un programa de mínimos pero esta clínica dispone de los mejores profesionales, si puedes pagarlos. Yo estoy intentando limpiarte por dentro; las manchas y cicatrices de la piel son competencia de la dermatóloga. Y si te decides a mejorar tu aspecto externo, te recomendaré también a la nutricionista.

—¿Para adelgazar más todavía?

—Al contrario, para que recuperes carne y, sobre todo, músculo. Tal como luces de escuálida, pasarías desapercibida en un campo de concentración. Aparentas más edad de la que tienes y es una pena, cualquier arreglo estético cambiará tu visión ante el espejo y eso mejorará tu autoestima.

—¿Sugieres que me opere la nariz? —pregunté sarcástica.

—Forma parte de tu ser y a mí me gusta, te otorga personalidad, no la tocaría. Nada que conlleve cirugía, láser como mucho. Tu cuerpo no soportaría una operación por mínima que fuera.

—Por muchos servicios que contrate, no fundiré tanta pasta…

Aquel dinero era una bomba de relojería. Si salía de allí y me enganchaba de nuevo, todo aquel esfuerzo no habría servido para nada. Me salvó mi terapeuta, siempre tan lista.

—En principio, no lo toques: ese capital constituye un colchón de tranquilidad ante los imprevistos.

—Si no sé qué hacer con él, lo dilapidaré, me conozco… —confesé inquieta.

—Lo principal es que no vuelvas a Londres, allí sí que no te duraría un asalto. Viajar siempre te ha gustado y es inherente al ser humano, puedes empezar a elegir destinos. Otra opción es comprarte una casa en algún lugar paradisíaco y empezar de nuevo, siempre me cuentas lo feliz que fuiste en Santorini, busca otra más cerca como las Baleares o las Canarias. O puedes ahorrarlo, a la espera de darle un destino más satisfactorio.

—Lo pensaré…

Isla de Ometepe, 2002

Estimada Julia, hermana en Cristo:

No sé si esta será la última carta que recibes. Mi estado de salud se ve agravado por una caída que me ha limitado la movilidad. Menos mal que son muchos los años entregados a los demás y tengo mi recompensa en las atenciones solícitas de las buenas personas que me rodean.

Estuve en San Juan del Sur el año pasado. Es una lástima ver este pueblo de origen pesquero despojado de sus atributos y volcado al turismo y al vicio. El recuerdo de Gaspar sobrevive en la Asociación de Mujeres Bahía, que adoptó su nombre, y su ejemplo ha permitido sacar adelante proyectos comunitarios en las aldeas más apartadas. Lilliam Reyes, nuestra gran amiga, mantiene viva su llama. Ella y sus hijos están haciendo una gran labor social, aunque ven escatimadas las subvenciones por ser mujeres y son apartadas del poder por la misma razón. Sufren en sus carnes la maldad de la ignorancia consentida, siendo como son los pilares de la familia y la sociedad. ¡Bien lo entendió Gaspar! En mi humildad, espero haber contribuido a mejorar este pequeño mundo y solo lamento ver cómo se perderá tanto trabajo por falta, de implicación, de humanidad. El Reino de la Justicia por el que Gaspar murió sigue siendo un sueño inalcanzable para los campesinos. Y aún queda más lejos para ellas, para todas vosotras, Julia.

Las ayudas entran en este país desde lugares tan lejanos como Japón, y nunca llegan a quienes van destinadas. Pasó en el 72 con el terremoto y entonces estaba Somoza, ahora son otros y sucede lo mismo. Nicaragua sigue estando en manos de unas cuantas familias que se reparten la riqueza sin rendir cuentas ni repartir entre sus habitantes. Y en todas las comunidades, con la cooperación internacional han venido otros credos y confesiones, que se han instalado, levantado sus lugares de culto y minado el protagonismo de la Iglesia católica. No creerías la cantidad de sectas —porque en su mayoría son eso— que compiten por atraerse a los indígenas. ¿El resultado? La disgregación y la pérdida de fe. Donde ellos tenían sus propias creencias paganas, que el cristianismo no logró borrar, basta este barullo de doctrinas para alejarlos de cualquier dogma y hacerles recuperar sus conductas relajadas.

Doy gracias al Señor, que en su inmenso amor ha perdonado mis pecados y me dio la oportunidad de vivir este credo que se pega a los huesos aún después de calcinados y esparcidos por la cuneta.

Cuando te vea por primera vez,
¡Dios mío!,
¿qué te sabré decir?
Calladamente
hundiré mi rostro en tu regazo
y te contaré mis anhelos,
mis pecados,
los afanes que ocuparon cada día,
aunque Tú ya los conoces.
Lloraré como cuando era niño,
tu mirada curará mis llagas
y después,
dulcemente,
para dormirme en el sueño eterno,
me contarás un cuento que comienza:
Érase un hombrecillo de la tierra
y un Dios que le quería…

No es Gaspar su autor, es este humilde siervo que, cumplida ya su tarea, avanza inexorablemente al encuentro con el Hacedor, y esperando encontrar a su lado a mi viejo amigo, releo sus *Cantos de amor y guerra.*

Ahora sí hago mías sus palabras para ti:

Te recortaste de luz
en la noche de mi casa
y te apreté contra mí
como aprieta el mar la playa.
No sentí nada en la piel,
te sentí toda en el alma.

Te tengo presente en mis oraciones y bendigo al Dios del Amor que te puso en mi camino, rogándole te colme con sus bienes y nos mantenga unidos en la Tierra así como en el Cielo. Te llevo en mi corazón y solo pido al Todopoderoso que me permita volver a verte antes de acogerme en su seno. Siempre tuyo, mi querida amiga Julia,

Guillermo

En tierra extraña

La duda sembrada por Hänsel sobre mi cordura me asaltó de nuevo mientras le leía al angelote la carta de Guillermo.

—¿Y si lleva razón, mamá? ¿Estaré realmente loca?

Desperté angustiada varias veces esa noche, una de ellas convencida de ser la protagonista de un fenómeno paranormal: creía estar viva y había muerto de aquella sobredosis. Como en las películas, sería un fantasma y de Lisbeth en adelante, lo que yo creía mi vida se limitaba a un sueño, pura paranoia. No me quedó más remedio que levantarme a comprobar mi reflejo en el espejo.

Madrugué para evitar encontrarme con Hänsel por el barrio, aún perpleja por su reaparición y sin tener claro si iba a regresar con él o no.

—Ya lo pensaré mañana —dije en voz alta, homenajeando a Scarlett O´Hara, mientras me encaminaba hacia la residencia.

El funeral por el misionero estaba convocado a las cinco de la tarde. En su última carta ya mencionaba su precaria salud, y aún tardó catorce años en encontrarse con su querido Dios. ¡Qué persona tan excepcional! Y qué extraña era su relación con Julia. Esperaba con impaciencia ese poco más que le quedaba por contarme, según ella; lo fundamental para mí, en todo caso.

La habitación olía a humo pese a la ventana abierta.

—¿Tan temprano fumando?

Había confesado dos puritos al día, tras la comida y la cena, pero la cajetilla estaba medio vacía.

—Hoy va a ser un día duro —dijo derrotada por la tristeza—. Los muertos vinieron a visitarme esta noche, acumulo demasiadas ausencias. La desaparición de Guillermo me duele más que ninguna, y eso que ya no lo contaba entre los vivos…

—Te veo cansada, ¿prefieres no salir?

—Sácame de aquí, todavía estoy viva. Hoy quiero pasear por la playa hasta el Rinconín. Luego podemos quedar a comer por esa parte, hace años que no la piso.

Y hacia allá fuimos, maniobrando con la silla de ruedas sobre aceras imposibles hasta alcanzar el amplio paseo del Muro de San Lorenzo. Al cruzar el puente sobre el río Piles, me hizo detener el paso.

—¡Mira! Desde aquí arrojamos el feto…

Me asomé con curiosidad. En el exiguo cauce y con la marea baja no había rastro de peces.

—Antes llevaba más agua y era más profundo. Recuerdo que a un guaje bien grande lo arrastró la corriente y su cuerpo apareció en la playa devorado por los *muiles.* Cuando lo expusieron en la Piedrona, apenas quedaban los huesos.

Me estremecí. Tampoco le debió costar mucho desprenderse de mí. Siempre que lo hiciera por propia voluntad, claro. Contemplé su rala coronilla mientras empujaba la silla, intentando analizar qué sentimientos me producía. Piedad. Pena. Admiración. De momento, nada del amor que sentí por Eloína. De todas formas, aun faltando la guinda, el pastel estaba hecho: demasiadas casualidades para no haber sido Julia mi madre. ¿Debía decírselo en algún momento?

«Soy tu hija.»

Miró hacia atrás y me azoré, creyendo haber hablado en voz alta.

—¿Qué andas rumiando?

—Hoy es el último día de nuestra entrevista, eso pensaba…

—¿Y no volveré a verte?

Frenó en seco y choqué contra una rueda, machacándome la espinilla.

—¡Ay! No sé adónde me llevarán mis pasos, de momento tendré que depurar el material acumulado en este viaje. Son cientos de fotografías, horas de grabación y una libreta casi llena de notas.

—¡Espero que no desaparezcas! Me olvidarás, seguro. —Se revolvió desasosegada.

—Me resultará difícil, tú y Cimavilla habéis calado muy hondo en esta suiza apátrida.

Hacía un día hermoso. Entre agudos chillidos, las gaviotas nos sobrevolaban cruzando de un lado a otro el cielo despejado gracias el gélido viento del nordeste habitual en la costa. Nos sentamos a la vera de *La madre del emigrante* y la tapé con una manta que había cogido por indicación de las monjas. Puse una piedra encima de mi libreta de notas para que no volara. Cuando encendí la grabadora, noté las manos sudorosas: el momento tan anhelado estaba a punto de llegar. O era entonces, o no sabría nunca quiénes fueron mis padres. Titubeé antes de ir al grano y decidí mantener la ficción hasta el final. Fotografié desde varios ángulos a aquella mujer de bronce herida por el viento, con su brazo extendido hacia un horizonte ingrato.

—Cuenta a nuestros futuros lectores, Julia, a quién está dedicada esta estatua.

—A los emigrantes —contestó rápida—. En Asturias siempre hubo muchos, antes y ahora. Yo misma lo fui en Alemania, Suiza y Francia; por suerte, no me tocó cruzar el charco. Después de jubilada, venía hasta aquí caminando y me acordaba de Guillermo. Pensaba: «Igual está al otro lado de la mar mirando hacia aquí». Tú eres una ciudadana del mundo, has estado viajando desde niña; yo salí del país por primera vez con más de treinta años.

—¿Por qué te fuiste? —lamenté tan ingenua pregunta nada más hacerla.

—Por necesidad, chiquilla, ¡no te joroba! ¿Conoces a alguien que haya emigrado por gusto? En 1960 España empezó a abrir las fronteras. Después de tantos años de aislamiento, los extranjeros empezaron a venir y a dejar sus divisas. Esto era muy barato para los de fuera y subieron los precios, pero no los salarios. La vida se encareció de repente y los españolitos de a pie, para poder subsistir, nos fuimos al extranjero a realizar los trabajos que los europeos despreciaban.

—Las fronteras se abrieron en las dos direcciones, entonces —observé.

—Exacto. Además, con el turismo, empezaron a entrar artículos de lujo, tener posesiones se convirtió en una obsesión y los pobres también queríamos comprar la lavadora, el utilitario o el televisor. ¡Ya ves qué cosa más ridícula! Te das cuenta con la edad de lo poco que se necesita para mantenerse y de lo mucho que nos complicamos la vida con exigencias superfluas.

—Más o menos como ahora…

—Igual. Aunque ahora emigran más preparados, la situación es la misma. Estamos volviendo al tiempo de la guerra, pregunta por Cimavilla: los contratan por media jornada, los aseguran por dos horas y trabajan diez. ¡Cómo no van a marchar! ¿Recuerdas a Kunta Kinte, el negro esclavo de la serie televisiva *Raíces*?

—Me suena el libro de Alex Haley.

—¡Da igual quién sea! Nosotros estamos escribiendo el capítulo siguiente, la esclavitud continúa, tenlo muy presente. —Levantó un dedo amenazante.

—Tienes razón, Julia, no te alteres. Continuemos. Se abrieron las fronteras Y entonces fuiste a Suiza.

—¡Ay, *fía,* no! Primero me fui a Alemania, con treinta y cuatro años y trescientas pesetas, prestadas por mi madre y devueltas religiosamente con el primer sueldo. Andresín quedó a su cargo.

—¿Fuiste por tu cuenta?

Soltó una carcajada.

—¡Eso era imposible! Al principio las salidas estaban muy controladas. A las mujeres casadas nos exigían el permiso de los maridos y debíamos pasar un reconocimiento muy estricto; además de certificar que no padecías ninguna enfermedad contagiosa, no aceptaban problemas dentales, ni uso de gafas. Yo me fui con la primera remesa de emigrantes desde Xixón, con Seguridad Social, transporte pagado y alojamiento concertado. Fue Guillermo quien me avisó, él también tenía que firmar documentos para autorizarnos el viaje.

—¿Tenía que darte permiso el cura además del marido? ¡Tremendo! ¿Y seguías hablándote con él?

—¡Faltaría más! Por mucho que Benjamín despotricara contra Guillermo, yo no iba a perder su amistad. ¡Fue mi paño de lágrimas durante años! Siguió visitando a mis padres, eso sí, procuraba hacerlo cuando no estuviera mi marido cerca. Di tú que Benjamín paraba poco en casa. Yo iba a la sacristía cuando no había misa si tenía algo que contarle o que pedirle, llevé un disgusto enorme cuando lo destinaron tan lejos... —Afloraron lágrimas antiguas.

—¡Lo siento, Julia! Cuéntame cómo fue el proceso migratorio, anda.

—No me quiero dejar ir... —Se sonó tan estruendosamente que asustó a una gaviota—. Para gestionar los contratos abrieron una Oficina de Emigración ante la cual se formaron unas colas enormes. A partir de las ofertas de trabajo, elegían a las personas más idóneas. Solo en Cimavilla se montó una consulta con tres médicos para atender a todas las que deseábamos obtener el ansiado certificado. Fue una selección muy exigente, la Tiesa quedó en casa porque de aquella andaba con anemia.

—¿Y Eloína?

—Era demasiado joven. Al final, de la villa fuimos cuarenta y cinco mujeres, solteras y casadas, sin ninguna especialización. Yo llevaba para comer durante el viaje una tortilla de patatas y la devoré antes de arrancar el tren. La mayoría de los ocupantes del vagón estaban igual, menos mal que uno de El Bierzo sacó un jamón y dimos buena cuenta de él durante el trayecto.

—¿Vagón? ¿Viajaste en tren hasta Alemania?

—Hasta la frontera, después continuamos en autobús. En Irún nos juntamos más de siete mil personas procedentes del norte peninsular, imagina las que seríamos en total de toda España. Allí nos distribuyeron por destinos a Alemania, Holanda y Francia, poniéndonos un cordón y una etiqueta en el brazo con la dirección de la empresa de destino. A nosotras nos enviaban a una fábrica de té, pero cuando llegamos a Colonia era de noche y no había nadie esperándonos. Fue un desbarajuste, estábamos agotadas del viaje y alguna empezó a llorar. Hacía un frío y una bruma tremendas y nos tuvimos que poner las pocas prendas de abrigo que llevábamos unas encima de otras. Además, como nuestro guía hablaba solo alemán, no nos enterábamos de nada. Al final se solucionó el malentendido y nos llevaron a un hotel a pasar la noche.

—¿Solo ibais mujeres?

—En Alemania preferían que las mujeres fuéramos de avanzada para que nos adaptáramos al trabajo y al país, y al año siguiente podías pedir el reagrupamiento familiar y llevar al marido y los hijos. Durante ese período se supone que buscarías una vivienda de alquiler y estarías instalada para recibirlos.

—¿Os tuvieron alojadas en un hotel todo el tiempo?

—¡Qué va! Vivíamos de pensión en domicilios particulares. Yo estuve en la zona de Frankfurt, a unos diez minutos en tren de la fábrica de té donde trabajaba. Me alojé en casa de un matrimonio mayor, ya jubilados los dos, que hablaban español porque solían pasar un mes al año en Mallorca. Me adoptaron como una hija. Yo les llevaba la colada a una lavandería solo por el placer de enterrar la cara en la ropa limpia para olerla cuando la recogía planchada. Tenían una huerta donde plantaban lo básico y también los ayudaba. Echaba una mano en todo y me cogieron cariño rápido.

—¿Te remuneraban la colaboración?

—No, pero como recompensa me dejaban todas las noches en la mesita un pastel con las frutas de la temporada y un tazón de leche. Y cuando llegó el invierno, como me vieron con aquellas ropas ajadas, me compraron unas botas y un abrigo de piel conjuntados. ¡Estaba tan elegante que ni mi madre me reconoció cuando me vio!

—¿Qué sueldo tenías en la fábrica?

—Cobrábamos por quincenas y al final de mes recibíamos la tirita, que era un ajuste de las horas sueltas que no habíamos cobrado en las pagas quincenales. Mis caseros cobraban de la empresa por mi alojamiento y esta me lo descontaba del sueldo. La comida la realizábamos en el autoservicio en la fábrica, por un marco diario. Al cambio, el salario mensual se quedaba en unas diez mil pesetas, o sea que ganaba casi lo mismo que mi hermano Andrés en un año en el astillero. Una parte la ahorraba y casi la mitad se la enviaba a mi madre a Cimavilla, para que atendiera al guaje y le diera algo a mi marido.

—¿Y eso? ¿No se lo enviabas a él?

—¿Para que se lo gastara en vino? Ni hablar. Aunque le quería mucho, ya empezaba a conocerlo demasiado.

—¿Qué hacías exactamente en la fábrica? —Tenía ganas de llegar al meollo suizo y a la par me picaba la curiosidad.

—El primer día me metieron en la cadena de producción,

a moler las hojas de té y ensacar el polvo en las bolsitas. La fábrica tenía unos sistemas muy avanzados: escaleras mecánicas, tarjeta personalizada para fichar... El trato de la dirección también era exquisito: los primeros en llegar a la fábrica eran los directivos y saludaban a todas las empleadas. A las dos semanas me ofrecieron trabajar con una máquina especial que duplicaba la producción a base de manejarla a la vez con las manos y los pies. Acepté el reto y pasé casi a doblar el sueldo.

—¿Llegaste a realizar la reagrupación familiar?

—¡Qué más hubiera querido! Vivía feliz allí, pero al año recibí una carta de Benjamín en la que me amenazaba con meter a otra mujer en casa si no regresaba. Y abandoné Alemania muy a mi pesar. Todavía estaba enamorada de él y, además, había dejado a Andresín en España. El muy cabrón, como no era suyo, estaba empeñado en quedarse con todo el dinero que yo enviaba, menos mal que la receptora era Nieves y ponía orden. Mi primera decisión fue alquilar una buhardilla en la propia plaza de La Corrada, frente a la casa de mi madre. Entre pintar, poner madera en el suelo y las cortinas, casi no me quedó para comprar un carro de segunda mano.

—¡Así que volviste a vender pescado por las calles! ¿Y cómo te recibió tu marido?

—Al principio bien, estaba encantado y encantador. Pero pronto se torció. Primero no había querido tener hijos y ahora se empeñaba en tenerlos. Y no había forma de quedar embarazada. Manteníamos relaciones casi todos los días, según él por complacerme, a ti te confieso que una de cada tres veces forzándome. Si llegaba borracho, se me tiraba encima y venga, dale, aunque maldita gana tuviera yo. Y si lo apartaba, ya estaba armada. Por lo general, me abría de piernas esperando que acabara rápido. Yo ya había dado pruebas de mi fertilidad, el problema era suyo, estaba claro. En los bares le llamaban Pichafloja y, como no quería reconocerlo, me echaba en cara que yo era una puta y que anteponía mi hijo a él, para justificar las palizas que me daba.

—¡Julia! ¿Tan celoso era?

—Ya no era solo por celos, que también, en realidad buscaba dinero para mantener sus vicios. Un día, con la cara como un pan, fui a pedir ayuda a Guillermo y él mismo intentó convencerle para que cambiara de actitud. ¡Y eso que llevaban tiempo sin dirigirse la palabra! Benjamín le cogió tal tirria que si me veía acercarme por la iglesia, ya estaba armada: «¿Ahora eres una beata? Yo sé a lo que vas, conozco a los de su calaña, y sé bien qué quiere, a mí no me engaña». Mi marido lo insultaba por la calle y él, como si oyera llover. Guillermo era muy paciente. ¡Él sí que sabía querer noble y desinteresadamente! Al final consiguió que me dejara emigrar, esta vez a Suiza.

—A la fábrica de Nestlé con Genara y Eloína, las Tiesas —apunté emocionada.

¡¡Por fin había llegado el ansiado episodio!!

Respiré hondo.

—Precisamente. En la primera remesa no las habían seleccionado, en esta sí y allí nos fuimos las tres. Solía acudir a Genara cuando las cosas con Benjamín se torcían; si él me andaba buscando por el barrio para pelear, me quedaba a dormir en su casa y ella no le abría la puerta por más que porfiara. Benjamín no se llevaba con la Tiesa, mi amiga lo tenía amenazado: «Como toques un pelo más a Julia te parto un remo en la cabeza». Después de casarme estuvimos tirantes una temporada porque ella criticaba mucho a Benjamín. Terminé dándole la razón, no al primer bofetón, pero sí al tercero. Y volvimos a ser inseparables. Eloína era un poco presumida pero, por lo demás, buena chica también. Así que marché como unas castañuelas en compañía de las dos. El problema…

—¿Qué pasó? ¿Qué problema hubo?

—Yo portaba paquete, aunque no lo sabía.

—¿Paquete?

Se quedó callada un rato largo mientras yo seguía *in albis.*

—Estaba claro que Benjamín era estéril. Nunca lo llegamos a mirar, me pegaba en cuanto se lo insinuaba. Así que, cuando llegué a Suiza y noté la primera falta, supe que estaba embarazada… y no podía ser de él. Fue una suerte que estuviera en el extranjero, si no me mata.

—¿Se trata de la hija que mencionaste el primer día, Olaya? —Tragué saliva.

—Sí…, murió al poco de nacer.

—¡Vaya! ¡Cuánto lo siento! ¿Cómo sucedió?

Esta vez no se me escaparía por la tangente.

—Exactamente no lo sé —confesó para mi asombro—. Yo estaba recién parida cuando me llamó mi madre. La Tiesa cogió el teléfono y, cuando vino a darme el recado, ya supe por su cara de qué se trataba: «Benjamín está ingresado en el hospital, recibió una puñalada en el tórax en una pelea. Dice Nieves que regreses de inmediato, alguien tiene que hacerse cargo de él». Volví dejando la criatura a cargo de Genara, mi marido nos hubiera matado a las dos si llego con la niña en brazos. Mi sorpresa fue mayúscula: no habían pasado tres semanas desde mi vuelta cuando se presentó Genara en Cimavilla ¡sola!

—¿Sin Olaya?

—Me explicó que había muerto y venía sin el cadáver ni un papel que lo demostrara. ¿Tú lo considerarías normal? ¿Podrías creerla? Le entregué a mi hija y no la vi nunca más.

Desde luego, planteado así resultaba muy sospechoso, aunque confirmaba mi presentimiento. Me tranquilizó que mi padre no fuera el canalla de Benjamín, aunque viendo el acierto de la Chata al elegir los hombres quizá la sorpresa final lo hiciera bueno.

—Tendría dificultades para repatriar el cuerpo, no siendo su madre.

Percibí que Julia estaba luchando consigo misma para explicármelo.

—En realidad, la niña no estaba registrada ni bautizada, había parido con ayuda de Genara en nuestra casa de Suiza y pensaba arreglar todo el papeleo justo cuando recibí la llamada de mi madre. Genara se ofreció a cuidarla, ella sabía que no podía llevármela a Cimavilla: «De momento, la niña se queda conmigo, según veas cómo se plantea el panorama con Benjamín, tomas una decisión. Llegada la hora, puedo volver con ella y decir que es mía, yo no tengo ataduras de ningún tipo». Dejé a mi Olaya confiando plenamente en ella. Y me falló. Ahí se acabó nuestra amistad. Yo hubiera deseado un nicho donde llorarla y llevarle flores. —Una lágrima tembló en su pestaña—. ¡Era tan guapa! —Me la describió con tanto detalle que yo también me emocioné. Tendría tu edad si hubiera vivido y esa nariz… ¿Eres judía? La tienen también aguileña, como nosotras.

Negué con una carcajada de falsete.

Al grano.

Necesitaba saberlo.

—Y el padre de Olaya, ¿quién fue?

—Por respeto a los muertos, no te lo pienso decir.

Gran chasco.

Pues no pensaba quedarme a medias. Por todas las señas, yo era aquella niña. Cómo fui a parar a manos de Eloína era aún un misterio y, si no mentía, Julia no tenía la menor idea. En cuanto a mi padre, tendría suerte si llegaba a ver una foto suya. La desesperación me invadió. ¡A ver si tantas horas de conversación no iban a servirme de nada!

Seguí con mis preguntas disimulando la decepción:

—¿Qué fue de tu marido? ¿Llegó a saberlo? ¿Os reconciliasteis cuando salió del hospital?

—Benjamín era un indeseable y yo una pazguata. Después de obligarme a abandonar la Nestlé, a los tres meses de salir del hospital, me dijo: «Tú vuelve al pescado, la emigración es cosa de hombres». Y se marchó a Bélgica con otro vecino a trabajar en la construcción. Yo volví a vender sardinas por las mañanas y a servir en casas por las tardes para poder subsistir.

—¿No te enviaba dinero?

—En tres años no recibí más noticia que las postales de Navidad. ¡Y era consciente de que yo no sabía leer! No mandó un franco y, además, me enteré de que estuvo viviendo ese tiempo con una belga. —Torció la boca—. Estando él fuera sucedió uno de los naufragios de mi padre y, para conseguirle un nuevo bote, fundí todos mis ahorros sin que él respondiera a mi llamada enviando alguna aportación a la causa. ¡Menos mal que nos echaron un cable los vecinos realizando una colecta popular! En cuestión de solidaridad, Cimavilla era un paraíso.

Cimavilla Paradise.

La Cimavilla equiparable a una Arcadia feliz no se sostenía sobre aquel sustrato de miseria, violencia y mortandad, al igual que en Zermatt las mentiras y ocultaciones carcomían el edificio de Matterhorn Paradise. Santorini, lo más cercano al edén, también había sido un lance efímero. La pregunta ya no era si se podían recuperar, ¿existieron alguna vez los paraísos perdidos? La miré con ternura, reconociéndome en ella. Las dos éramos mujeres errantes, estrellas con luz propia atraídas por los agujeros negros. Supernovas consumidas fatalmente en el vacío.

—Pero el paraíso se fue al carajo a causa de la inseguridad, ya te conté cómo los yonquis tomaron Cimavilla… Las drogas son muy malas. —Me miró cejijunta—. ¿Tú te drogaste alguna vez?

—Cuando era joven, algún porro… —mentí apartando infaustos recuerdos.

—Te lo da la cara —dijo perspicaz—. Me alegro de que lo hayas dejado, no traen más que problemas, te dije cómo el barrio se degradó con la heroína, ¿no?

—Sí, pero sigue sigue. ¿Y Benjamín? ¿Volvió de Bélgica?

—Sí, el muy cabrón una Nochebuena se presentó en la puerta con la maleta, un gran ramo de flores y un surtido de galletas, rogándome a voces delante de toda la plaza: «Admíteme mujer, mira cómo he cambiado». «¿Ya te echó la flamenca de casa, cabrón?», le gritaba yo. «No hay otra mujer como tú, Chata, ni en Bélgica ni en Finlandia, anda, ábreme la puerta, que llueve y me estoy embarrando.» Venía vestido con un traje nuevo, zapatos brillantes y pelo recién recortado, oliendo a colonia como un dandi. Se veía sereno, despejado, guapo incluso, y mi madre empezó con su cantinela habitual: «Es tu marido, dale una oportunidad, no lo vas dejar plantado en la calle, qué dirán los vecinos». Me aseguró que traía contrato de albañil para una obra y decidí ponerlo a prueba si a cambio me entregaba la nómina. Estuvimos tres años juntos sin que mediaran malos tratos, aunque yo todavía estaba escamada con él. Cornuda y apaleada me hizo, mientras que yo pagué amargamente mi único desliz. Nadie me quitará de la cabeza que si no hubiera abandonado a Olaya, la nena habría sobrevivido.

—Entiendo que te la armó de nuevo…

—Un día me informó de que se marchaba a Toledo con la excusa de llevar a su madre a conocer a sus consuegros, tenía una hermana casada en Mascaraque. Y sin decirme nada, retiró cien mil pesetas de la cartilla de ahorros. Al darme cuenta, saqué el dinero sobrante, anulé la cuenta y abrí otra a nombre mío y de mi madre. Cuando Benjamín regresó de su viaje y se enteró, la bronca fue monumental: «¡¡Hija de puta, te mato, seguro que lo quieres para gastarlo con otro!!». Me empujó contra la cama, me dio puñetazos en la cara e intentó asfixiarme con la almohada. Logré zafarme de milagro, pero me clavé la esquina de la mesita de noche en la cabeza y empecé a sangrar. Entonces me puso contra la pared y, sin dejar de darme puñetazos, intentó tirarme por la ventana. Yo me revolvía, le daba patadas, gritaba pidiendo socorro... La Policía, alertada por los vecinos, me salvó de una muerte fija, pero me había metido una paliza de tal calibre antes de que aparecieran que me rompió tres dientes, un brazo y un tímpano, me dejó sorda para siempre de este oído. —Señaló el derecho.

—No soy nadie para criticarte, Julia. No sé cómo aguantaste...

—Tirando *p'alante* sin mirar atrás. Él continuó trabajando, sin entregarme nada de su sueldo en revancha. Tomé entonces la decisión de abrir un chigre en Cimavilla. De día estaba lleno de marineros y pescaderas y cuando llegaba la noche los sustituían los parranderos y puteros, para los que servía bocadillos hasta altas horas. Corrían los años setenta y en Cimavilla se juntaban el día y la noche, no puedes imaginar el ambiente. Eran los tiempos de El Farol, El Montecillo, los tablaos... Había para todos los gustos: prostitutas y también sarasas. El más conocido de estos era Rambal, el hijo de Concha la Guapa, así llamada por ser más fea que el diablo. No lo disimulaba y mira que de aquella los maricas acababan con sus huesos en la cárcel día sí día también. Ganaba mucho dinero, pero todo se lo comían los hombres cuando se enamoraba. Lo asesinaron en su cama unos chaperos yonquis, unos meses después de morir Franco, y para borrar las huellas prendieron fuego a la vivienda.

—¡Qué historia más triste!

—Sí, fue una de las grandes tragedias del barrio, no se aclaró hasta hace bien poco y dio lugar a todo tipo de elucubraciones, ya sabes: si estaba implicado un político de Avilés, el hijo de un señorito de Somió...

—La homosexualidad estaba perseguida, ¿no?

—A ver si me entiendes: lo que en Bajovilla estaba prohibido, en Cimavilla estaba permitido. Si recibían órdenes de arriba, efectuaban una redada y enseguida los soltaban. Y había mucho policía secreta, pero todo el mundo se conocía. Tampoco les interesaba tirar de la manta, los garitos tenían clientes de todas las clases sociales, no era la primera vez que cerraban uno pillando a un concejal dentro.

—¿Tuviste algún problema en el chigre?

—No con la Policía. —Frunció el morro—. Con los clientes morosos y con los peleones, sobre todo. Si se iniciaba una disputa más me valía separarlos o echarlos fuera, si no me destrozaban la mercancía. Era un local muy pequeño y tenía de todo: bar, tienda, carbonería, daba de comer… Al mediodía iba a los almacenes de fruta y compraba las piezas picadas, eran las únicas que mi clientela podía pagar. También les vendía empanada casera y tartas hechas por mi madre. En mi local podías comprar cualquier producto y a la vez estar tomando un vino. Los marineros que vivían solos llevaban allí las sardinas, se las asaba en la cocina mientras echaban la partida y luego cenaban juntos, bebiendo y cantando. Al mediodía me llenaban el bar para jugar a las cartas y tomar una botella de sidra, que nunca era una sola. Yo siempre tenía mi copita de anís detrás de la barra y mi cigarrillo echando humo en el cenicero. Bebíamos todos, hombres y mujeres, niños y mayores.

—¿Para olvidar? —Recordé la carta de Guillermo y la comparación entre el guaro y el vino como anestésicos para los pobres.

—Más bien para calentar el estómago a falta de otros manjares. Y por costumbre, no conocíamos otra vida: de la calle al bar, del bar a la calle. El problema era el fiado: podías tener el bar lleno y la caja vacía. Al final tuve que cerrar por acumulación de deudas, en Cimavilla nadie tenía un duro y yo aplazaba los pagos, te puedes imaginar. Además, Benjamín, en cuanto me descuidaba, marchaba con botellas de coñac y cartones de tabaco. Como se ofreciera a atender él el mostrador, para ocuparme yo de la cocina, ya podía estar al tanto, que vaciaba el dinero del cajón. No contento con eso, no paraba de provocar escándalos y broncas con los parroquianos. A sus ojos, el cliente nunca llevaba razón, y muchos dejaron de parar, los mejores. «Hace mucho que no vas por el chigre, Mariano.» «No es por ti, Chata, lo sabes.» El día que le prohibí definitivamente volver a pisarlo estábamos los dos solos después de cerrar al público y, del cabreo, cogió una lata de benzol y empezó a derramarla por encima de las mesas para prenderles fuego. Conseguí arrancarle el chisquero de las manos, pero se revolvió con sus argumentos de siempre: «Puta, eres una mala puta, me quieres echar del bar porque te acuestas con todos y no quieres que lo vea. Soy tu marido y esto es tan tuyo como mío, no me puedes echar así como así». Así como así no lo eché, no, salí yo corriendo. Intentó clavarme un cuchillo jamonero en la garganta, menos mal que, como estaba bastante borracho, le di un empujón y conseguí escaparme pidiendo auxilio. Los vecinos lo detuvieron y calmaron, hasta que llegó la Policía y les pedí que se lo llevasen. «¡Hasta aquí llegamos! ¡No vuelvas a esta casa!», le grité mientras lo esposaban.

—¡Qué barbaridad, Julia! ¿Y qué hizo él? ¿Dejó de molestarte?

—Antes no existían órdenes de protección ni alejamiento. Volví a vender sardinas por la calle, pero la situación era insostenible. En cuanto se emborrachaba, me perseguía por todo el barrio tachándome de loca, acosándome y, si me descuidaba, me volcaba el carro estropeándome la mercancía. Yo lo insultaba nada más verlo de lejos, hasta le tiraba piedras para ahuyentarlo, pero pasé miedo, mucho miedo. Me sentía acorralada, atrapada, pisoteada, humillada... Estaba desesperada, bebía como un cosaco y, con aquellas resacas tan espantosas, la mitad de los días no me ponía en pie. Los acreedores me reclamaban las deudas acumuladas del chigre y empecé a esconderme también de ellos. No le encontraba sentido a la vida y, en un momento dado, no soporté más. Cerré bien las ventanas, abrí las espitas de gas a tope y metí la cabeza en el horno para poner punto final. O eso, o pegarle un tiro a Benjamín, algo difícil sin un arma. Salvé porque Andrés entró en casa, casualmente, y, al percatarse del olor, abrió las ventanas. Cuando reaccioné, me di cuenta de la equivocación. Si no tenía una pistola para matarlo, mejor poner tierra por medio antes de que él acabara conmigo. Me decidí a emigrar a Francia, a la zona de Toulouse, donde había muchos españoles. Las condiciones de emigración ya se habían relajado, lo importante era que las divisas entraran, así que monté en un autobús y crucé la frontera sin que nadie me detuviera. En esta ocasión, ni el viaje era organizado, ni llevaba permiso, seguro o contrato.

—¡Fuiste una inmigrante sin papeles!

—Sí, pero tuve más suerte que estos pobres de ahora. No sé cómo ningún español puede protestar porque venga gente de fuera a buscar trabajo. ¿Qué hicimos nosotros tantos años? ¡Siento vergüenza ajena!

—Bueno, Julia, no te indignes. Tienes toda la razón, como siempre, pero cuéntame, ¿conseguiste trabajo?

—A la semana ya había firmado en un hotel, todo legal. Entraba a las seis de la mañana y trabajaba durante dieciséis horas: daba los desayunos, recogía los comedores y hacía las habitaciones. Con el sueldo pagué mi estancia, envié dinero a España y pude ahorrar otra vez. Al final, estuve trabajando en Francia tres años, entre otras cosas porque la dueña del hotel me trató muy bien. Era una asturiana de Cangas del Narcea e hicimos mucha amistad. Acabé teniendo en el banco otro medio millón de pesetas, pero tampoco pude quedarme, tuve que regresar a atender a mi madre, ya desahuciada y dependiente de la morfina. En su lecho de muerte le prometí cuidar de mi padre e intenté rehacer mi vida aquí. Segisfredo ya llevaba años criando malvas.

—¿Y tu hijo, Andrés?

—Mi hijo vivió siempre de mí, nunca dio un palo al agua. Chapuza por aquí, chollo por allá, trapicheo por en medio. Nunca fue inteligente; ahora, listo para evitar dar golpe no lo hay más. ¡Y qué no vas a hacer por un hijo! Estuvo viviendo con mis padres tantos años que era casi más hijo de ellos que mío. Nunca se llevó bien con Benjamín, mi marido le tuvo manía desde el primer día, aunque luego, ya de mayores, si se encontraban en un bar agotaban hasta el agua de los floreros. Los unía yo, la tonta que mantenía a ambos.

—¿Retomaste la venta ambulante de pescado?

—Esta vez ya no. Con el dinero ahorrado abrí un bar en Pumarín, Casa la Chata, donde trabajaba yo sola haciendo de cocinera, camarera, fregona… Para equiparlo a mi gusto terminé comprometida en créditos por casi un millón de pesetas, pero no me importaba trabajar duro para reembolsarlos. Aquel bar, por primera vez, era algo solo mío, no como el chigre a medias con Benjamín. Ofrecía desayunos desde las cinco de la mañana para los currantes, daba menú del día y abría un par de noches a la semana para que los chigreros de la zona jugaran a las cartas en el bar apostando, algo ilegal entonces. Esas noches podía hacer quince mil pesetas de caja, el juego era la actividad más rentable del bar, y eso que era a puerta cerrada. Además de consumir durante la partida, los que ganaban dejaban buena propina. Andrés me ayudaba recogiendo las mesas, tampoco podía encargarle mucho porque siempre fue un desastre, si ponía el lavavajillas rompía algo fijo. Todo me iba viento en popa, fíjate que hasta me pude comprar el armario de tres puertas con espejo. Fui la admiración del barrio: era tan grande y las escaleras tan pequeñas que lo desmontaron para subirlo. ¡Y tenía hasta ropa para llenarlo!

—¡Bueno! ¡Me alegro de que por fin te empezara a ir bien!

—Sí..., hasta que, al olor del dinero, reapareció Benjamín. Tenía tan mala fama que ya nadie le daba trabajo, andaba sucio, mal vestido y le habían echado de la pensión por no pagarla.

—¿Y qué hiciste? —No podía creer lo que me iba a decir.

—Me dio pena y lo readmití de nuevo, con el acuerdo de que colaborara en el bar. ¡Buena la hice! Echó una mano, sí, pero a la caja y a la botella. Empezó a faltarme la recaudación y, lo peor, joyas en casa. A veces se emborrachaba y estaba ausente unos días, sin decirme nada ni al ir ni al volver. Harta ya, una tarde decidí seguirlo. Él no sospechaba nada, no miró atrás ni una vez. Venga a caminar, venga a caminar, llegamos al Natahoyo y lo veo entrar en una casa. Ni corta ni perezosa, espero un rato y llamo al timbre. Como tardaban en abrirme, aporreé la puerta hasta que un putón teñido de rubio se asomó medio vestida por la ventana y, al oír mis voces, salió Benjamín detrás de ella.

—¡Pillaste a tu marido con otra!

—¿Con otra? ¡Llevaba más de veinte años manteniendo a aquella prostituta! ¡Desde que vivía en Ciaño! ¡Antes de conocernos! ¡Con mi dinero!

—¡Lo echarías de casa definitivamente!

—Así se lo dije, pero fue peor el remedio que la enfermedad. Aprovechando que yo estaba en el bar, entró en la buhardilla y con el gancho de la cocina la emprendió contra el armario a golpes. ¡Me dolieron más que si me los hubiera dado a mí! Una vez convertido mi mueble soñado en una montaña de astillas, cristales y ropa, intentó prenderle fuego con queroseno y, al impedírselo los vecinos alertados por el estruendo, salió escaleras abajo como un poseso. Yo llegaba en taxi en ese momento, me habían avisado por teléfono al bar. Lo vi bajar la cuesta rabioso como un perro, perdida la razón, con la lata de combustible en la mano y tuve claro lo que iba a hacer. Ya lo había intentado con el chigre y no lo había conseguido.

—¿Quería quemarte el bar nuevo? ¿Te refieres a eso? —pregunté horrorizada.

—Sí, *fía*, sí. Llamé a la Policía para no ir sola y cuando llegamos ya estaba dentro rociando las mesas. Se revolvió como un animal herido, algo tremendo. Enloquecido por la ira, lanzó una silla contra la ventana, arrojó la cafetera al suelo dejándola inservible, me destrozó los expositores, las botellas.... Para colmo, yo no tenía un seguro que me cubriera los desperfectos. Tras este fracaso volví a la venta ambulante para mantenerme y, como ya no estaba para limpiar casas, lo complementaba echando horas en la cocina por las sidrerías. Después de muerto mi padre, quedé de alquiler en el bajo que ellos ocupaban. ¡Y todavía tuvo la cara Benjamín de venir a morir a casa cuando lo desahuciaron por cirrosis!

—¿Y lo admitiste? —pregunté estupefacta.

—¡Qué iba a hacer! Andaba tirado por la calle, no iba a dejarlo morir como un perro. Con mi hombre conocí la *fame*, el engaño, la traición, el odio y unos cuernos que, si se ponen en curva, son más grandes que un arcoíris. Sufrí a su lado todo lo peor que le puede pasar a una mujer. Solo cuando murió pude dormir tranquila. Fíjate cómo sería que después del entierro invité a los de La Corrada a unas sidras y unas tortillas y la gente acudió tan contenta como el día de la boda. ¡Y nos dieron las tantas cagándonos en el muerto!

Escuchándola, mis propios dilemas revivían. ¿Qué iba a hacer yo? ¿Cuántas veces había retomado mi convivencia con Hänsel? ¿Solo podría dormir tranquila cuando él muriera? Mi vida sentimental había sido un calco de la de aquella mujer, mi presunta madre. Sin embargo, tuve el descaro de comentarle:

—Me parece increíble, ¡menudo aguante tuviste!

—Era otra época, las mujeres nos hacíamos viejas cuidando enfermos, no te dejaban otra salida, por eso me ofende tanto acabar mis días tutelada en esta residencia ¡y con las monjas! ¡Después de tirar por todos! ¡Ay, si mi Olaya viviera!

—¿No tienes más familia?

—A Andresín ya lo conoces, no es capaz de hacerse cargo ni de sí mismo.

—¿Y tus hermanas y hermanos?

—Andrés no llegó a casarse, era del estilo de Benjamín, ganaba justo en los astilleros para mantener los vicios. Murió a causa de un accidente laboral, menos mal, si llega a quedar baldado, ¡apuesta quién lo hubiera cuidado! Y mi hermana Covadonga está viva pero como si no estuviera. Dejamos de hablarnos cuando se casó con un notario y no fuimos invitados al enlace. Vino con una bandeja de pasteles a casa y nos lo comunicó después de celebrada la boda, según ella había sido una sencilla ceremonia en la intimidad. No la creí, por supuesto, luego me enteraría de que habían celebrado un banquete con la familia del novio en el selecto Club de Regatas. Con razón no dijo nada antes, si lo sé, les tiro *potarros* por la verja. ¡Una vergüenza!

»Mientras Bego y yo vendimos pescado desde muy niñas, ella nunca quiso. Era la más fina de las tres, siempre fruncía la nariz, así le quedó tan arrugada, porque en Cimavilla todo olía a saín. Después de servir en casa del doctor Nespral, se empeñó en entrar en una academia y mi madre se lo consintió. ¡En vez de aportar sacaba del pote! Por ese motivo empezaron las riñas entre nosotras. Si me veía con la caja a cuestas, cambiaba de acera haciéndose la despistada, o como que no me conocía. Yo enfilaba entonces detrás de ella con el carro gritando: «¡Haaai sardinas, la sardinera!». Un día en los Jardines de la Reina, tanto me calentaron sus desplantes que le tiré una al abrigo. Acababa de estrenarlo y nunca me lo perdonó.

—¿Ni después de mayores os habéis reconciliado? —recordé la conversación con Alicia en el Abierto.

—No sé si está viva o muerta, no volvimos jamás a hablarnos: alguien que se avergüenza de los de su sangre no es de ley. La hija de Genara, Eloína, era igual que ella de estirada. Sustituyó a mi hermana en casa del doctor Nespral y se la llevó luego Covadonga de sirvienta a su domicilio, antes de emigrar a Suiza. Genara nunca me reveló dónde quedaba porque me conocía. Ahora me ves calmada... —¡Calmada!, sonreí imaginando cómo sería antes—. Pero estas manos soltaron buenas tortas y hasta tumbé a alguno de un puñetazo bien dado.

—¿Qué... qué más recuerdas de Eloína? —pregunté con el corazón latiendo fuerte.

—Era una estúpida cargada de ínfulas. Se lio con un suizo e hizo como Covadonga: renegó de sus orígenes. ¡No vino jamás a Cimavilla ni para ver a Genara! Mira, no pasé pena por mi amiga, lo de Olaya fue injustificable, pero ella lo dio todo por Eloína y que luego la tratara así, como un despojo... Ella y mi hermana eran iguales —concluyó con desprecio.

Mi cerebro se puso a funcionar a toda máquina. Eloína nunca regresó a Cimavilla, sin embargo sabía que Genara estaba viva, *ergo* con alguien se comunicaba... ¿Podría tratarse de Covadonga? Encendí el móvil. Las cuatro de la tarde. La hora del funeral se aproximaba. Habíamos comido en una terraza con bellas vistas al mar y Julia estaba fumándose un purito, congestionada tras haber transgredido con creces las prescripciones facultativas. Hacía rato que estaba callada, pensativa, tras un café durante el cual elogiamos las cualidades del difunto padre Guillermo. Seguramente estaba recordándolo, aunque, bajo los efectos del rioja, se le caían los párpados. Sentí remordimiento y temor por si le daba otro arrechucho. Las dos éramos conscientes de haber quemado ya el último cartucho, aquella era nuestra despedida. No tenía sentido continuar, salvo que le confesara la verdad: estaba convencida de ser Olaya. ¿Y a partir de ahí? Ni una prueba, solo intuiciones. Desmoronaría el castillo de naipes de su pasado, daría al traste con sus últimos años de paz. ¿Para qué? ¿Iba a hacerme cargo de ella? No, la dejaría en la residencia y añadiría una nueva traición a su amplio espectro. Por obtener el nombre de un padre muerto no merecía la pena. ¿Y Hänsel? ¿Qué iba a hacer con él? Tarde o temprano tendría que darle una respuesta...

Embebida en estos pensamientos, tuve que llamar a un taxi adaptado para llegar a tiempo. Ya cuando entré en la iglesia me fijé en ella; Julia no, porque solo tenía ojos para la caja colocada frente al altar. Era una mujer elegante de atildado pelo blanco, vestida entera de negro, arrodillada en el último banco con una mantilla cubriéndole la cara. Empujé la silla de ruedas por el pasillo izquierdo y maniobré hasta dejarla en primera fila, retirándome detrás de la columna más próxima. Lo hacía por estar detrás de ella, por si se emocionaba en exceso y debía auxiliarla, y también porque era un rito extraño y no quería ofender con mi desconocimiento.

De pronto, mientras el oficiante echaba un sermón sobre la falta de caridad cristiana en el mundo materialista moderno, algo rozó levemente mi mano depositando entre mis dedos un papel. Al girarme sorprendida, la mujer enlutada puso un dedo sobre los labios rogándome silencio, sin levantarse el velo, y se esfumó entre las sombras dejando un tenue perfume a lilas. Miré discretamente el papel, una dirección escrita con letra puntiaguda y nada más, ni un nombre, nada.

Finalizado el acto, en el mismo taxi que nos llevó a la residencia de Julia —prometí pasar a despedirme con calma al día siguiente—, me dirigí a la dirección indicada. Reconocí la zona de Gijón donde los *playos* iban de romería cien años atrás: Somió. Los angostos caminos se hallaban flanqueados por altos muros de piedra, tras los que se ocultaban extensas fincas. El taxista me dejó frente a una con un palacete rodeado de jardines: «Villa Covadonga». Permanecí un rato delante sin saber qué hacer, hasta que la verja se abrió accionada desde dentro y la elegante mujer me recibió sonriente, ya sin mantilla y con un sencillo vestido.

—Greta, supongo.

Quedé petrificada.

—¿Cómo sabe mi nombre?

—Te esperaba desde que te presentaste en la residencia buscando a mi hermana Julia, las monjas me mantienen informada. —Me dedicó una dulce y cómplice sonrisa que me desarmó—. Pasa, pasa y siéntate, tengo muchas cosas que contarte.

—¡Covadonga! Yo pensé que no se hablaba con Julia…

—Trátame de tú, por favor. Es cierto que no mantenemos comunicación alguna, pero eso no quiere decir que me haya desentendido de ella. Contribuir a que disfrute unas mejores condiciones es una forma de compensar sus desvelos por mis padres, verdaderamente fui una desalmada al abandonarlos. Solo la comprendí cuando tuve que cuidar a mi marido de una larga enfermedad, para mí fue agotador, y ya ves, ella se hizo cargo del abuelo, de nuestra madre, de nuestro padre, del inútil de su hijo y del borracho de Benjamín. Mi hermana siempre fue tan trabajadora y buena persona como sinsustancia. —Me miró con aquella sonrisa demoledora—. Igualita a ti.

—Será porque es mi madre… —Órdago a la grande.

—¡Ya lo has adivinado! ¡Y yo soy tu tía! —Palmoteó alegre.

La miré con hastío, cansada de aquel juego.

—¿Tú lo sabes todo, verdad?

—Sí, yo trataba mucho con Eloína.

—Cuéntame lo sucedido, por favor.

Ocupé una cómoda mecedora, expectante, dispuesta a descubrir por fin mi origen.

Madre e hija van a misa…

No empezamos inmediatamente, Covadonga era una buena anfitriona. Entró en casa y salió con una bandeja de refrescos y unos pastelillos variados «comprados para la ocasión». ¿Tan segura estaba de que acudiría a esa cita a ciegas? Cuando hubo servido la mesa con vasos, platos y servilletas de hilo, se recostó enfrente de mí en un sofá de paja con cojines floreados. No dejó de sonreír un momento y me planteé si se estaría divirtiendo con aquel vodevil. En aquel caserón austero se masticaba la soledad y comprendí que era su primera visita en mucho tiempo. Se disculpó por el asalto en la iglesia. Ató los dos perros que rondaban a nuestro alrededor y les puso agua y comida. Me ofreció una manta por si tenía frío. Se arrebujó ella en otra y, solo entonces, fue desvelando los secretos de unas mujeres que formaban parte ineludible de mi historia.

—Genara alimentó los sueños de su hija con la ilusión propia de cualquier madre conocedora de que existen mundos mejores y todos están dentro de este. Pero si los alcanzas, lo difícil es mantenerse en ellos. Siendo joven, tuvo una intensa relación con un señorito de Somió, que el primer domingo la sacó a bailar, al quinto la sacó del baile y a los dos meses la consideraba «la mujer de su vida». La misma historia de Julia, moneda corriente entonces por estos lares. Durante aquel breve tiempo, la moza rozó la felicidad con los dedos: el doncel le compró un bolso nuevo, unas medias y unos zapatos, la invitó a comer en los mejores restaurantes y se dedicó a pasearla en su coche, uno de los pocos que había en la villa. Seguramente en él fuera concebida Eloína, pues pronto comenzaron a frecuentar los descampados. Alentada por sus promesas de amor, corrió la voz por el barrio de que iban en serio, para pasmo y admiración de sus amigas, la Chata sobre todo. Ya estaba mirando vestidos de novia cuando notó la primera falta. El cántaro se rompió cuando él le pidió abortar y ella se negó. Sin darle una oportunidad, la abandonó, convirtiéndola en el hazmerreír de las vecinas: «Los hombres como ese te preñan, pero no se casan contigo. Mírate, Genara, ¡compuesta y sin novio! No conoces las cuatro letras y hueles a sardina por más colonia que eches. ¿De verdad creíste que lo ibas a llevar al altar?». El día que su frustrado pretendiente se casó con la hija del dueño de Almacenes Simeón, Genara tuvo el valor de esperar a la comitiva a la salida de la iglesia para grabarla en su memoria y nunca olvidar la lección aprendida.

»Pretendía que su hija no repitiera los mismos errores, por eso intentó desvincularla de la mar, la fuente de vida en Cimavilla, y la mandó a las monjas con la intención de hacer de ella una señorita distinguida, capaz de competir con las que lo eran de nacimiento. «Ni sardinera ni marisquera, tú mereces algo mejor», le repetía. Y se mataba descargando cajas para sacar cuatro perras, apañándose en las temporadas de mala mar con el caldo de un hueso recocido. Cuando tocaba comer ese aguachirle, dormir era lo peor: el rugido de las tripas se lo impedía. A pesar de todo, Eloína jamás mendigó ni robó, su madre se lo tenía estrictamente prohibido: «Los peldaños, al principio se bajan de uno en uno y al final rodando».

Levanté una mano para interrumpirla:

—¡Eso mismo me repetía Eloína! ¡Yo creía que era debido a haberme caído de pequeña por la escalera! Y era un dicho de Genara...

—Estuvieron muy unidas, es lógico que se expresara de igual forma.

Sacudí la cabeza, anonadada, admirando retrospectivamente la habilidad de Eloína para obviar cualquier referencia anterior. ¡Cuántas veces habría reprimido «como mi madre decía...»! Jamás la mencionó. ¿Qué clase de persona puede extirpar de tal forma su pasado?

Covadonga permanecía en respetuoso silencio ante el vendaval de mis pensamientos y le indiqué que prosiguiera antes de ser arrastrada por él.

—El invierno en que Genara enfermó de pulmonía, salvaron el primer mes de no morir de inanición gracias a la caridad vecinal. Cuando la necesidad se impuso, Eloína abandonó la escuela para entrar al servicio del doctor Nespral, médico y prócer de Cimavilla apiadado de las dos mujeres. Con diez años ella ya sabía leer, escribir y las cuatro reglas. La aportación de unas perrillas extra permitió que no les faltara un plato al día que llevarse a la boca. Aunque Genara volvió al tajo cuando se recuperó, Eloína no retomó los estudios; al verla tan dispuesta y espabilada, Nespral decidió enseñarle modales y algunas palabras en francés para que pudiera aspirar a un mejor destino.

»A medida que fue creciendo, Genara empezó a cuidarla como a un búcaro chino. Escogía para ella los mejores bocados y siempre reservaba un huevo, escasísimo manjar, para una vez al mes hacerle una mascarilla para el pelo. Cuando la muchacha llegaba agotada de fregar suelos, era su madre quien le daba friegas de aceite en las rodillas para evitar que se cuartearan con el roce. En el ritual de los domingos, le limaba las uñas y le marcaba los rizos con tenacillas como a una muñeca de loza, pellizcándole las mejillas a falta de colorete. Ahorraba dinero para que estrenara en Ramos y le dejaba los zapatos y el bolso que conservaba envueltos en el fondo del armario. Como las medias eran un lujo inalcanzable, le coloreaba las piernas con yodo y con pelo de caballo dibujaba una raya simulando la costura trasera. Sus dientes blancos se debían al doctor, que le regalaba botes de bicarbonato, orgulloso de su doncella ejemplar.

»Nespral, con el que yo había trabajado antes, me pidió que la contratara, él apenas podía mantenerla con un salario digno, condicionado por la miseria de sus clientes. Acepté su propuesta por hacerle un favor y nunca me arrepentí. Eloína jamás me rompió una pieza de la vajilla, era muy cuidadosa. Además, el traje de doncella negro, con cofia y mandil blancos, la convertía en un figurín. Yo estaba recién casada y mi marido siempre fue harto generoso, así que todos los meses heredaba alguna prenda. ¡Había que verla subir luego la cuesta de la Colegiata! Imitaba a las actrices con sus andares, barbilla elevada, frente alta, mirar distraído. No le importaba que se rieran considerándola una estirada: «¡Tiesa! ¡Mira dónde pisas!». Ella se veía como un cisne en un corral, una *rara avis* desplazada de su hábitat. Se consideraba distinta del resto de los habitantes de La Corrada porque ellos no se avergonzaban de rebuscar despojos en la basura y ella sí; ellos comían pescado a todas horas y la Tiesa odiaba hasta su olor, sobre todo ese pútrido aroma que infestaba el barrio.

—¿La estás disculpando? ¿Estás justificándola? —inquirí patidifusa.

—Tú también huiste del nido y Zermatt era todo lo contrario. La insatisfacción no responde a un patrón tipo —dijo con dulzura, sin intención de herirme.

—Es cierto. Y es una causa legítima aspirar a más. ¿Cuál era su sueño?

—Eloína quería ser como yo y mis vecinas, en cuyas casas también limpiaba por horas, con sus abrigos de paño, sus perlas y cardados de peluquería, su excesivo maquillaje y los efluvios de Myrurgia. Sentarse en una mesa de mantel blanco, con servilletas bordadas y comer con cubiertos de plata y copas de cristal tallado, luciendo las uñas pintadas. En ocasiones le dejaba llevarse a casa los restos de comida en un cuenco de barro y su madre los racionaba para varios días. Cuando se veía en la cocina devorando ansiosa las migajas sobrantes con sus manos escocidas por la sosa y la lejía, la invadía un resquemor: si aquella iba a ser su vida, prefería morir de golpe que a plazos.

»Su reino no era de ese mundo, sino de aquel otro en cuyas casas faenaba. Le pertenecía por derecho, aunque no formara parte de él. Había nacido para ser fina y elegante como su padre, no para vestir harapos remendados. Su madre le tenía prohibido acercarse a aquel hombre moreno con sombrero y bigote que paseaba altivo por la calle Corrida con otra mujer y unos hijos vestidos de marinero al cuidado de una nodriza. Si iban juntas y lo veían venir de lejos, la obligaba a cambiar de acera o a meterse por una bocacalle, o bajaban la cabeza y aceleraban el paso si se lo cruzaban sin poder evitarlo. Eloína miraba humillada a aquella familia, deseando formar parte de ella, y culpaba a su madre por no haber sabido retenerlo, por no estar a su altura, por haberla condenado a la miseria. A veces le clavaba fijamente la vista llamándolo en silencio, esperando que él la reconociera, se arrepintiera y la llevara consigo a aquel chalé con estanque en el jardín, palmeras y perro guardián que atisbaba a través de la verja todas las mañanas al venir a mi casa a trabajar. Algún día tendría ella uno igual, pero nunca lo alcanzaría limpiando casas.

»A las chicas pobres las salvaban los príncipes azules, no había otra salida, todos los sábados íbamos al cine y así nos lo mostraban las películas, los seriales de la radio y las fotonovelas. El suyo se parecería a Cary Grant, sería un hombre guapo, limpio, bueno y rico, y ella tendría sirvientas con las que sería benévola y a las que donaría su ropa vieja y las sobras de sus banquetes. Lo único malo de aquel sueño es que era el mismo de la mayoría de las jóvenes de su barrio como antes lo fuera de sus madres…, y no conocía a ninguna que lo hubiera hecho realidad. Ni de lejos. Los pobres se casaban con otros pobres y los ricos entre sí, la realidad era obstinada. La ambición de Eloína también. Y tomaba mi caso como ejemplo, aunque fuera uno entre un millar. Corsino, mi difunto marido, era un santo, pero su familia nunca me habría admitido como nuera si hubiera sospechado mi procedencia sardinera. Por eso me presenté como huérfana. Fue cruel por mi parte, lo reconozco. Yo era como Eloína, anhelaba esto. —Señaló a su alrededor—. Y si algo deseaba, era no volver a aquella chabola.

—¿Nunca te arrepentiste?

—Muchas veces —reconoció contrita—. En aquel momento esa decisión tuvo un gran coste emocional, pero la posibilidad de una nueva vida lo compensaba, seguramente tu madre experimentó algo parecido. Lo peor vino después. Tras el fallecimiento de Corsino, a quien Dios tenga en su gloria, su familia se fue distanciando y perdimos el trato. Mis amigas fueron muriendo poco a poco y hace años que mis únicos contactos se reducen a los vecinos más longevos. Este es un hogar enorme y la soledad lo convierte en desmesurado. Me he rodeado de alarmas y aun así paso miedo de noche: podría morirme y nadie me echaría en falta. ¡Me hubiera gustado tanto tener hijos!

—¿Y no sentiste la llamada de la sangre?

—¡No te digo que le pago la residencia a Julia! —Por primera vez, pareció ofenderse.

—También Eloína me pasaba una pensión. Seguramente sean pruebas de amor, no lo discuto, pero un tanto frías y extrañas, ¿no te parece? Supongo que las dos teníais sentimientos. ¿Cómo pudisteis renunciar a ellos? Mi psicóloga dice que enterrar las emociones antes de agotarlas supone convertirlas en zombis, en muertos vivientes que te persiguen despierta transformando tus días en una prolongada pesadilla. ¿Mereció la pena pagar ese precio tan alto, Covadonga? Eloína murió entre remordimientos, tal vez deberías dar un paso y acercarte a tu hermana... ¿No crees que ya purgaste, ya purgasteis las dos cualquier delito cometido?

—¿Y qué diría Julia?

Le ofrecí el silencio por respuesta. Un gorrión revoloteó hasta posarse en la mesa. Lo observamos distraídas.

—¿Por qué estabas tan unida a mi madre? ¿Para compensar el distanciamiento con tu familia o porque erais iguales de carácter?

Sonrió afable y se sirvió un vaso de agua.

—Siempre me esforcé por ayudarla y ella me consideraba como su hermana mayor. Cuando Julia se fue a Alemania, Eloína quedó muy disgustada por no haber conseguido plaza en aquel viaje, así que, cuando convocaron para ir a Suiza, se apuntó la primera. Ansiosa de abandonar Gijón y ante la perspectiva de quedar en tierra de nuevo, me pidió ayuda. Corsino tenía sus influencias y consiguió que fueran las dos, madre e hija. Genara era reacia a moverse del barrio donde había nacido, pero Eloína logró convencerla. Yo lamenté prescindir de sus servicios, incluso le ofrecí que se quedara interna con un buen sueldo, pero no podía anular su voluntad y la chiquilla merecía una oportunidad. A esas alturas éramos casi amigas, al fin y al cabo compartíamos origen, aunque una de las condiciones que le había impuesto para trabajar en mi casa era conservar el secreto de mi nacimiento. Y ella lo entendió a la primera, mi marido jamás sospechó qué nos unía más allá de la relación señora-criada.

—Era excelente fingiendo, ya veo que tuvo una buena maestra...

—No le guardes rencor, caminó sola al borde del alambre desde que abandonó Cimavilla. ¿Crees que le resultó fácil hacerse un hueco en ese país? Era consciente de que jugaba con las cartas marcadas y un mal paso habría cambiado su destino. Y el tuyo.

—¿Cuál es el mío?

—Has venido a buscarlo, lo encontrarás, date tiempo.

—¡Qué remedio! —Suspiré.

—Un autobús cargado de mujeres partió de Gijón con rumbo ignoto. «Más allá de Francia», me decía. Corsino se lo ubicó en un globo terráqueo, pero Eloína solo veía una mancha diminuta en el centro de Europa con unos bultitos que resultaron ser la cordillera alpina. Imposible imaginar que en aquellos picos acabaría plantando su nido, fundando vuestro hogar. Nada más llegar a Vevey, donde estaba la fábrica de Nestlé que las había reclamado, tomó clases de francés pensando en un ascenso. Al contrario que sus compatriotas, que no veían la hora de volver y todo lo criticaban, Eloína contempló instalarse en Suiza desde el primer momento.

»Paul nunca habría reparado en ella si la empresa no le hubiera enviado a realizar un curso en Ginebra. La embrionaria multinacional quería aplicar las más modernas técnicas de marketing y encargó a un publicista norteamericano una conferencia a la que asistieron todos los directivos y personal cualificado. Tras la charla, el taller práctico consistía en la realización de un anuncio piloto por factoría local. Cada fábrica dispondría de los medios técnicos necesarios para su ejecución y entre los resultantes se seleccionaría la publicidad oficial de la compañía para la campaña del año siguiente. En Vevey, Paul lo realizó con la propia gente de la empresa, considerando que así se transmitían valores de compromiso, calidad, seriedad y confianza. Las empleadas, en su mayoría mujeres, se pondrían todas a la puerta de la fábrica con sus batas y una se dirigiría a la cámara alabando el espíritu de la empresa. Para darle más realismo y obtener mayor impacto, él mismo buscó a la trabajadora que pudiera representar el papel principal.

»Eloína llevaba apenas dos semanas en plantilla y aunque Paul no se había fijado en ella, ella sí había fichado a aquel hombre grandote y rubicundo, de cara colorada y amable que se paseaba por la nave observando el funcionamiento de la cadena de embalaje. «Y a las operarias», decían las veteranas guiñando un ojo, mientras alimentaban la leyenda con rumores. Paul manifestaba debilidad por las españolas, de tal forma que su esposa le prohibió acercarse a ellas a raíz de un lío anterior. Cuando se empezó a correr la voz de que buscaba a una protagonista para el anuncio, Eloína creyó que los astros se alineaban a su favor.

»A Paul la selección le estaba resultando frustrante: la mayoría no sabía una palabra de francés, aquella tenía la piel curtida, esta arrugada, la boca de muchas era una constelación de agujeros negros, otras lo dejaban atrás en mostacho o tenían las piernas zambas. Llegado su turno, Eloína se presentó ante él convencida de tener buenas cartas para ganar la baza si sabía jugarlas. Contuvo los nervios, sonrió al entrar, mostrando una dentadura completa y alineada en un óvalo enmarcado por unos rizos castaños estratégicamente asomados bajo el gorrito. Durante la entrevista tuvo un exquisito comportamiento, sin mostrarse amedrentada ni tomarse excesivas confianzas, sonriendo y guardando corteses silencios. Cuando recitó con fluidez el texto en un correcto francés, Paul supo que había encontrado a la candidata perfecta. Ella, por su parte, agradeció a su madre tantas horas de dedicación y se prometió a sí misma exprimir el resultado.

»Las horas que duraron los ensayos y el rodaje del anuncio se libró de ensobrar tabletas, cobrando como si lo hubiera realizado. Las comadres envidiaban su fortuna y no se libró de maledicencias, que le resbalaron sin hacer mella. El día que se hizo público el anuncio seleccionado, Paul la llamó a su despacho: «No han elegido el nuestro, la compañía optó por unos dibujos animados, están muy en boga ahora con el auge de la televisión. Fuimos merecedores de un accésit, no obstante. ¡Y todo gracias a usted, Eloína! Si me lo permite, en compensación y como premio, me gustaría invitarla el sábado a venir conmigo a Nendaz, celebran un festival de trompas alpinas, habrá degustación de productos típicos, concursos, desfiles de ganado…». Eloína no pudo ocultar su alborozo: «Nunca estuve en una fiesta suiza… ¡Me encantaría!».

»Los fines de semana salían todas juntas o se juntaban con otros emigrantes españoles. Eloína ocultó su cita al resto de mujeres y le pidió a su madre que tapara su ausencia como fuera. El éxito de su plan exigía el máximo sigilo, evitar el escándalo a toda costa. Empeñó la mensualidad en comprarse un ceñido vestido en floreada tela de crepé de última moda. Por primera vez, Paul la vio sin bata, se fijó en el arco de su cuello sobre los hombros y otras curvaturas insinuadas con el corte y creyó perder la razón. Ella prodigó risas cantarinas, sonrisas desmayadas y perfumados roces; comió con moderación y lo escuchó hablar como si fuera el mismísimo Profeta; rio sus chistes, hasta los que no tenían gracia o no entendía; se dejó invitar a las atracciones con el entusiasmo de una niña y cuando, al finalizar, le dijo con las mejillas sonrosadas y el pelo revuelto, brillantes los ojos como un espejo: «Este ha sido el mejor día de mi vida», él se fundió como la *raclette* entre sus labios. Cuando él holló su jardín secreto, comprobó sorprendido y emocionado que era virgen. Ella le ocultó que estaba en el período de máxima fertilidad. Ninguno de los dos tomó precauciones. La crisálida fue tejiendo el capullo y de la metamorfosis saldría una mariposa de carne y hueso. Su seguro de vida.

»Paul tenía un apartamento cerca de la fábrica y empezaron a citarse en él. Entraban y salían por separado, y pese a que no había dejado ni el cepillo de dientes, en apenas tres meses Eloína construyó entre aquellas cuatro paredes un segundo hogar, cómodo y sin presión, donde él se abandonaba en sus brazos, relajado del estrés. Para ello se había ayudado de los manuales de la Sección Femenina, donde Pilar Primo de Rivera aleccionaba a las jóvenes españolas sobre cómo ser buenas esposas y devotas cristianas. Mientras ella le quitaba los zapatos, Paul se sentía el rey, al contrario que en su casa, donde se acobardaba ante su poderosa mujer.

»Paul recibió el embarazo con sorpresa: «¿Estás segura de que quieres tenerlo?». Eloína echó el órdago: «No quiero ser una molestia para ti, pero mi religión me impide abortar. Volveré a España para no comprometerte». «¿Renuncias al trabajo en la fábrica para irte a España? Si vas embarazada y sin marido, arruinarás tu reputación..., pero yo no puedo casarme contigo, eres consciente de que ya estoy casado.» Eloína suspiró apesadumbrada. «Por eso, Paul, por eso. Eres lo mejor que me ha sucedido en mi corta existencia, pero lo nuestro es imposible...» Era el diálogo de una película y tuvo miedo que sonara excesivamente melodramático. «Recogeré mis cosas y me iré en un par de días», anunció.

»La propuesta de terminar su relación conmocionó a Paul, que además se sentía responsable por haberla desvirgado. En España había una dictadura ultracatólica, la condenarían al ostracismo y si no tenía de qué vivir... Ella le había contado cómo los burdeles de Cimavilla se alimentaban de madres solteras, la visión de aquel cuerpo recién estrenado en otras manos a cambio de dinero lo horrorizó a la par que lo excitó de nuevo. Decidió mantenerla a su lado. «Te quedarás aquí, no pienso prescindir de ti como un trapo viejo. Dejarás de trabajar y, para evitar habladurías, alquilaremos un piso en las afueras. Tendrás que abandonar a tu madre y a tus compañeras de piso.»

»A Eloína se le hizo difícil aceptar sin dar saltos de alegría. Suponía el fin de las idas y venidas a escondidas, de las incertidumbres. Obtuvo el apoyo de su madre en una difícil conversación, pues Genara no confiaba en la apuesta de su cabezota hija. De momento, solo había conseguido quedarse preñada de un casado y ella sabía mucho de promesas incumplidas. Sin embargo, accedió a mantener el secreto ante las otras mujeres. Genara lo aguantó todo sin pestañear. «Echó un novio suizo y se fue a vivir con él», de ahí no la sacabas. ¡Imposible revelarles que la niña de sus ojos había quedado preñada del director de planta, veinte años mayor, casado y con dos hijos!

»Eloína, siempre avergonzada de su origen, se sintió feliz al alejarse de ellas. Las emigrantes formaban una controladora piña donde ningún piñón se escapaba y no volvió a visitarlas para ocultar su embarazo. Al no presentarles al novio, entre las comadres se dispararon las suposiciones, las chanzas, la curiosidad malsana y el cachondeo a su costa. En total, Eloína no estuvo trabajando ni cuatro meses en Vevey.

»La pareja se compenetraba bien y aunque era desigual en tamaño, Eloína le llegaba a él al pecho, ambos disfrutaban con el sexo, así que no salían de la cama en el escaso tiempo que estaban juntos. Cuando Paul le regaló un televisor, Eloína, que nunca había visto uno, se enganchó a la pequeña pantalla. La mantenía siempre encendida con el pretexto de mejorar el idioma, daba igual la cadena o el programa, y, a medida que su barriga fue creciendo, se instaló en el sofá. Paul la visitaba una o dos veces a la semana en breves escapadas, y Eloína se acostumbró a vivir sola, encantada en aquella casa, la primera «suya». Todas las Navidades Paul viajaba una semana con sus hijos a la nieve y luego pasaba las fiestas en casa de sus suegros, en un chalé cerca de Gstaad. El nacimiento estaba previsto para finales de febrero, así que solo le preocupaba dejarla sola en fechas tan entrañables. La idea de que Genara se fuera a pasar esos días con ella fue del propio Paul y las dos mujeres acogieron su oferta con alegría.

»Y aquí es donde entra en juego la Chata Cimavilla. Mi hermana estaba casada con un bruto, un energúmeno que la apaleaba a la menor ocasión. Y Julia nunca fue manca para defenderse, justo lo contrario, pero él no solo era mucho más fuerte y violento, el alcohol lo convertía en un animal; además era un ladrón y un mujeriego. Seguramente no te contó que intenté disuadirla de esa boda, ¿verdad? Enterada del enlace por mi madre, a la que nunca dejé de pasar dinero a escondidas pese a los infundios de mi hermana, convoqué a esta un día en los Jardines de la Reina para alertarla de cuanto había averiguado sobre su futuro marido. Coincide que mi difunto Corsino atendía un despacho de la Cuenca dos días por semana y por casualidad me enteré de que Benjamín pegaba incluso a su madre; las novias anteriores lo habían abandonado por lo mismo, a una la mandó incluso al hospital. Julia era muy necia, ya se le había metido ese hombre en la cabeza y no me creyó, culpándome de querer hacerla más desgraciada aún después de haber cargado sobre sus hombros el peso familiar. Tanto se enfadó conmigo que me tiró una sardina sobre el abrigo nuevo, acusándome a gritos de pretender impedir su felicidad.

—Ella ofrece otra versión…

—¿No conoces el refrán?: «Unas cuentas echa el tabernero y otras el borracho».

Sonreí porque Eloína lo utilizaba a menudo y también se lo había oído a la Chata.

—No tardó en ser consciente de su equivocación, si te sirve de consuelo.

—¡Pobre Julia! Nos tuvo a todos en contra, a Genara tampoco le gustaba y Guillermo, advertido por mí, también intentó disuadirla sin éxito. Guillermo, párroco de Cimavilla entonces, fue quien ofició su boda y no se cortó de incidir en el sermón sobre el buen trato y el respeto que el marido debía a la mujer. Al cabrón de mi cuñado, con perdón, la advertencia le entró por un oído y le salió por el otro: aquella misma noche le dio a mi hermana la primera bofetada en Oviedo, en plena noche de bodas. Conozco hasta los más mínimos detalles por Eloína, ella era mi correa transmisora, pues entre la Chata y la Tiesa no había secretos y, nada más llegar a casa, Genara se lo contaba todo a su hija. Guillermo medió varias veces en el matrimonio, pues aunque Julia no era de misa y confesión, se desahogaba con él. Nunca entendí cómo mi hermana aguantó tantos años al cafre de su esposo. En la mayoría de los casos se mantiene el acuerdo si media algún hijo, que siempre atan más, en el suyo ni eso. Yo creo que no lo abandonó por misericordia, de buena dio en tonta. Mi hermana fue siempre excesivamente generosa con los demás, lo heredó de Nievines. ¡Mejor le habría ido si hubiera mirado más por ella!

Lo entendí como una forma de justificarse y no hice comentario alguno. En cierta forma, tenía razón. La bondad desinteresada no suele obtener recompensa en este mundo.

—Cuéntame cómo se fraguó el viaje a Suiza y qué pasó allí. ¿De quién era «el paquete» de Julia? ¿Quién fue mi padre?

—¿Quieres tomar algo más? —preguntó solícita, intentando diferir la respuesta.

—¡No! —contesté desabrida y rectifiqué al ver su cara—: Lo siento, solo quiero saber quién soy, de dónde procedo. He recorrido más de mil kilómetros sin obtener más que evasivas, no sé si puedes entenderlo... Hasta ahora solo me has confirmado lo que ya sabía.

Se inclinó hacia delante buscando mis ojos. Con la boca seca, hice un inútil intento de tragar saliva. Covadonga suspiró hondo.

El momento de la verdad había llegado.

—Julia intentó volver a emigrar, pero Benjamín le negaba el permiso. Una tarde fue a ver al padre Guillermo con el rostro tumefacto y una muñeca vendada a cuenta de la última discusión. El párroco cogió el impreso y se fue al bar a buscar a mi cuñado. Dicen los que lo vieron que entró de frente y, sin pedirle explicación, lo tumbó de un puñetazo; conociendo a los dos, seguramente más por la mona que llevaba el caído que por las artes pugilísticas del sacerdote. Y debió acojonarlo, con perdón, porque firmó la solicitud desde el suelo, mientras mentaba a la anónima madre del cura. Julia se emocionó tanto cuando tuvo el papel en su mano que estuvo llorando una hora entera de pura gratitud. Según Genara, tuvieron que planchar el documento de tan arrugado que estaba por besuquearlo. Cuando fue a darle las gracias a la sacristía, llevaba varias copas de anís encima, no sé si eso justifica lo sucedido.

»Si un hombre trató bien a Julia, ese fue Guillermo, no cabe duda. Seguramente mi hermana lleve razón y se gustaban desde siempre, pero él no desperdició la suerte que suponía ordenarse sacerdote para un huérfano pobre y listo. Su experiencia vital lo transformó en un cura comprometido, amigo de los pobres y obsesionado por proporcionarles educación, convencido de que la cultura era el faro hacia donde el pueblo debía dirigirse si quería cambiar su destino, no al chigre. Los más viejos recuerdan todavía su paso por la parroquia de Cimavilla. Siempre estaba mediando entre los vecinos, haciéndoles favores en mangas de camisa o empujando un carro si hacía falta. Lo adoraban. Y mi hermana, más que ninguno.

»En palabras de Julia a Genara, fue abrirle la puerta y tirársele al cuello, no pudo evitarlo. Ya tenía el permiso, iba a pasar un tiempo sin verlo…, ¡qué carajo! Deseaba hacerlo desde los cinco años, cuando lo veía pasar con el hisopo en los entierros, y el alcohol le dio el último empujón. Lo besó en los labios y él, aunque primero la apartó pudibundo, no era de piedra y terminó correspondiéndola. En cuanto mi hermana notó el bulto bajo la sotana, lejos de escandalizarse o considerar que habían llegado demasiado lejos, se frotó contra él, cegada por la pasión contenida y por la evidente borrachera. Aquella noche hicieron el amor, sellando su destino para siempre. Y el tuyo.

—¿Qué estás diciendo? ¿El cura? ¿Julia y Guillermo? ¿El padre Guillermo es mi padre? ¡No puede ser!

Covadonga asintió.

Yo no daba crédito.

Ni por lo más remoto me lo hubiera imaginado: aquellas

cartas procedentes del otro extremo del planeta, las que cada noche leía ante las cenizas de Eloína, habían sido escritas por el hombre que me engendró.

—¡Guillermo! —Le daba vueltas incapaz de asimilarlo—. ¿No se planteó colgar los hábitos tras ese encuentro?

—Su compromiso se lo impidió. Julia era una mujer casada; en conciencia él debió apartarla y no lo hizo, debió sentirse doblemente pecador. Aunque ella marchaba a Suiza, regresaría, y permanecer en Cimavilla multiplicaba las posibilidades de sucumbir a la tentación. Había comprobado la debilidad de su carne y el remordimiento lo hizo huir; además, se sentía incapaz de seguir mirando a sus fieles de la misma manera. Solicitó una misión lo más alejada posible. La orden lo destinó a Nicaragua y allí permaneció, hasta que lo hicieron regresar por su precario estado de salud.

»En todos esos años solo vino una vez, estando mi hermana en Francia. Fui a verlo y estuvimos hablando largo rato. Lo encontré cambiado, como si un fuego interior se hubiera apoderado de él. Hablaba del lago y de la isla de Ometepe con entusiasmo, y me chocó verlo pronunciarse políticamente. En España era tema tabú, en sus años de párroco no le había oído identificarse jamás con una ideología concreta y, sin embargo, me sorprendió con sus alegatos en contra de las dictaduras, concretamente de la somocista. Estaba muy concienciado con las condiciones de vida de los campesinos. «Todos analfabetos, ni casa, ni comida, ni nada. Cimavilla es un paraíso a su lado. Mi sitio está allí», me aseguró más que convencido.

—¿Guillermo nunca supo del embarazo de Julia? ¿Nadie le comunicó la paternidad? ¿Nunca se enteró de que había tenido una hija? —Las preguntas se me agolpaban.

—Si Genara hubiera vuelto contigo en brazos, tarde o temprano Julia se lo habría dicho; pero al darte por muerta, se lo ocultó para evitarle un disgusto innecesario. Fue de las pocas cosas sensatas que hizo. Te pareces mucho a mi hermana de joven, ¿eres consciente? Eloína decía que demasiado, le recordabas continuamente su mala acción.

—En las dos visitas que le hice a Guillermo me llamaba Julia…

—Es lógico que te confundiera. —Me miró con ternura—.

La consecuencia de aquella noche es que la Chata marchó embarazada de ti a Suiza, sin aclarar quién era el padre y sin que a ninguna le extrañara. Solo Genara sabía la verdad. Te parió como ella hacía las cosas, sin sentir, y, apenas se había recuperado, le llegó el recado de nuestra madre sobre la hospitalización de Benjamín. Volver a casa con un bebé suponía una serie de complicaciones: por un lado, llevaban tiempo sin mantener relaciones, ya sospechaba que Benjamín era estéril y no pensaba darle argumentos a ese cabrón para que la matara, y por otro, no deseaba inculpar a Guillermo. Con el tiempo algo se les hubiera ocurrido, podía haberla adoptado Genara o incluso separarse Julia…, existían varias alternativas. Y así habría sucedido si el parto de Eloína no se hubiera complicado.

»Genara te llevó al apartamento de su hija en Vevey, Paul ya se había marchado y nunca llegó a verte. Y Eloína se puso de parto dos meses casi antes de lo previsto. Genara, viendo asustada cómo su hija se desangraba y sin conocer el idioma, llamó a una comadrona gallega carente de licencia para ejercer que se ganaba el sustento con los deslices de las españolas. La niña salió morada, cuando la expulsó seguramente llevaba muerta unos días. La comadrona salió huyendo sin cobrar una peseta y negando haber estado allí jamás. Así se encontraron las dos con una sietemesina muerta y una niña viva, de apenas una semana. Eloína estaba en estado de *shock*, convencida de que, sin el bebé, Paul la dejaría y todos sus esfuerzos habrían sido en vano. Genara no lo dudó. Fue una situación dramática salvada por un capricho del destino y por su sangre fría. Te arrimó a la teta de su hija y empezaste a mamar desesperadamente. Envolvió el feto en un hatillo, lo metió en una bolsa y salió por la puerta; nunca me llegó a confesar dónde se había deshecho de él.

—¿Y cómo justificó su desaparición ante la Chata? —pregunté aún conmocionada.

—Ese fue el motivo de su ruptura. Tuvo el valor de contarle una trola insostenible, a mi juicio. Le dijo que la niña había cogido unas fiebres repentinas y había muerto en el hospital. Como no había tenido oportunidad de registrarla y carecía de identidad, empezaron a acosarla: quién era, de dónde la había sacado, etcétera. Y cuando vio que llamaban a la Policía, se dio a la fuga antes de ser detenida. Regresó a Cimavilla sin un papel que lo justificara, sin nada, solo su palabra.

—Inverosímil —proclamé convencida.

—Lo mismo pensé yo.

—¿Y Julia tragó?

—Genara sabía que la tenía pillada, le dejaba pocas opciones a mi hermana. Denunciarla suponía revelar lo sucedido. ¿Iba a regresar a Vevey a pedir el expediente en el hospital? ¡Menudo lío, reclamarlo! ¿Con qué derechos? ¿Por qué no fiarse de Genara, al fin y al cabo? En el fondo, tu inexistencia la beneficiaba. Guillermo, además, se había convertido en misionero y abandonado la parroquia de Cimavilla, así que si tenía pretensiones de reclamarle la paternidad tampoco habría sido posible.

—Entonces, ¿cuál fue el motivo del enfado?

—Jamás la creyó. Se conocían demasiado. Julia se dio cuenta desde el principio de que había gato encerrado, la acusó de vender a la chiquilla, de matarla, de haberla envenenado…, pero la Tiesa se encastilló en su versión. Ante mí, Genara se justificaba diciendo que tú en Cimavilla hubieras sido una desgraciada, Benjamín nunca te hubiera reconocido y Julia solo te podía ofrecer un carro de sardinas, una ruina comparada con la oportunidad de criarte en Suiza y apellidarte Meier.

—¿Y Paul no se dio cuenta? ¡Debía ser enorme para pasar por sietemesina!

—Como él era corpulento, la explicación fue sencilla: «Salió a ti». De hecho, justificó las irreparables secuelas del aborto, que le impidieron concebir más veces, por tu tamaño y el hecho de que el parto fuera prematuro. Además, Paul no te vio hasta finales de enero, se cuidaron mucho de avisarlo antes de tener bien atados todos los detalles. Madre e hija lo convirtieron en su secreto y yo participé de él cuando ya la Tiesa y la Chata no se hablaban. Eloína nunca dejó de escribirme ni Genara de visitarme, por ellas supe de tu vida, los disgustos y alegrías que les dabas. Comparábamos a Benjamín con Hänsel, otro desgraciado hasta donde alcanzo, y achacábamos tus éxitos literarios al gen paterno, aunque seguramente se lo debas a Paul y a Eloína. Él sufrió mucho, siempre te consideró su hija y se culpabilizaba por habértelo escondido tanto tiempo. Y ella se dejó la piel por convertirte en alguien de valía. Cuando volaste del nido, estableció entre vosotras el cordón umbilical del dinero intentando pagar su deuda, al fin y al cabo, fuiste robada a tu verdadera madre.

—¡Ahora me lo explico! Pero sigo sin comprender cómo pudo ocultarlo tantos años…

—Al morir Paul estuvo tentada de confesarte la verdad, pero estabas muy lejos, no solo físicamente, y le daba miedo cómo podrías recibir la noticia. Siempre estuvo temerosa de tus imprevisibles respuestas y tus tendencias suicidas. Tampoco te hubiera ido mejor con Julia, la pobre ha llevado una existencia arrastrada, el bruto de Benjamín trató siempre a Andrés como a un bastardo y era anterior al matrimonio. ¡Imagina cómo se hubiera portado contigo! Eloína siempre preguntaba por Julia y el periplo de mi hermana la afianzaba en su decisión. En los dos casos procedías de una relación ilícita, la diferencia eran las posibilidades para tu desarrollo. Y acertó: te convertiste en una mujer de mundo, una famosa escritora, eso debes agradecérselo a Eloína. Si después arruinaste tu vida, fue por propia elección.

—¿Volvieron a reunirse madre e hija? Úrsula desconocía la existencia de Genara, por consiguiente no fue en Zermatt…

—Genara se encontró con Eloína en Francia varias veces, ya muerto Paul. En alguna ocasión yo la acompañé en el viaje y nos veíamos las tres a medio camino. Eloína se había negado a pisar España nunca más, nada se le había perdido en este país. Yo la entendía perfectamente.

—¡Qué barbaridad! Ya me podía haber pegado algo de su férrea voluntad, me vendría bien ahora tener las cosas tan claras como ella… No sé qué hacer.

Me hallaba inmersa en un mar de dudas. Dondequiera que mirara, surgía un nuevo interrogante.

—Tuya es la decisión. Has llegado hasta aquí buscando la verdad y la has encontrado. Puedes regresar por donde has venido y nada cambiará. O puedes ir a ver a Julia y desvelarle el misterio de tu desaparición.

—Si se lo digo, ¿vendrás conmigo?

—¿Cómo? —Se tensó como un alambre.

—Es una ocasión de oro para corregir errores, todas los cometimos. Es ridículo estar manteniendo a tu hermana en esa residencia con esta casa tan grande para ti sola. Ella odia estar ingresada y, antes lo dijiste, se hizo cargo del resto de miembros de tu familia, sería la mejor forma de compensárselo.

—Como la película de Bette Davis *¿Qué fue de Baby Jane?*, ¡acabaríamos igual!

—¿Y quién sería Blanche?

Se quedó pensativa y esta vez fue ella quien no contestó.

Touché.

La noche se había cernido sobre nosotras entre gorjeos de pájaros y, tras la algarabía, nos envolvió el silencio. Covadonga encendió una lamparilla exterior. En la penumbra, mis músculos comenzaron a relajarse. Noté cómo me dolían las mandíbulas de tanto apretarlas. Recliné la cabeza en el respaldo y cerré los párpados. Estaba demasiado agotada para pensar. Sobre mi cabeza se amontonaban las cajas de sardinas, el hambre de varias generaciones, el instinto de supervivencia de unas mujeres en lucha contra un destino marcado desde su nacimiento. En comparación, yo había disfrutado de una existencia regalada, dilapidando un capital trabajosamente conseguido. Una vida inútil, al lado de ellas. ¿Hubiera sido otra de no haberme cambiado en la cuna? ¿Quién se habría hecho cargo de mí si me hubiera criado en Cimavilla? Llevaba medio siglo dando bandazos, errante y errada, desnortada. Necesitaba parar, tal vez retomar la escritura, ese bálsamo purificador. Gijón era un lugar como cualquier otro, acaso lo conocía mejor ahora que al propio Zermatt tras las conversaciones con Julia.

Mi madre.

Aunque lo sospechaba, una vez confirmado se me hacía difícil reconocerla como tal. Las cenizas en su urna todavía mantenían presente a Eloína. Covadonga tenía razón: para bien o para mal, era fruto suyo aunque no lo fuera de su vientre. Guillermo era otra sorpresa. ¡Mi padre, un cura! A esas alturas, me consideraba heredera de su intelecto, si el amor por los libros y las bibliotecas fuera genéticamente transmisible. Me negaba a creer que nuestros gustos hubieran coincidido en distintas fracciones del espacio y del tiempo por puro azar. Su sensibilidad me conmovía, emigró para lavar su conciencia y encontró terreno abonado para su vocación de servicio al prójimo. Había comulgado con la pobreza, con el dolor ajeno, con una revolución frustrada. Sin saberlo, me había identificado con su causa cuando era joven; sin conocernos, había inspirado mis poemas. Ahora yacía bajo tierra, dejándome nuevamente huérfana. Para completar el cuadro, Markus había reaparecido y esperaba una llamada. Hänsel, en el hotel, esperaba una respuesta. Dos hombres y un destino a la deriva: el mío.

Y yo, ¿qué deseaba?

Un golpe de timón. Un cambio de rumbo.

Lo vi claro.

Me incorporé dándole un buen susto a Covadonga. Se trataba de una pregunta crucial:

—¿Conoces a alguien que maneje una barca?

Isla de Ometepe, 2016

Querida tía Covadonga:

El afán de un pescador con atarraya,
el vaivén de una mujer que está lavando,
la constancia de las olas en la playa,
la alegría que los niños van jugando,
los zanates que pasean por la orilla,
es la vida que renace cada día.
Son escenas que amanecen en el lago.

Siguiendo la línea marcada por mi padre en sus cartas, reproduzco este poema de Gaspar, pues contesta mejor que mis palabras a tus preguntas sobre la isla. ¿En una palabra, dices? Paradisíaca. La más de todas las islas conocidas, y he visitado muchas. Camino entre palmeras, bordeando helechos y plantaciones, por la vereda donde pasean los ancianos y las madres llevan a sus bebés en brazos. Saludo a la humanidad en sus rostros resecos, en las manos infantiles que me devuelven el gesto, en la risa tímida de las colegialas vestidas de azul y blanco con su carpeta.

He recuperado la esencia de Santorini y practico la meditación en el agua varias veces al día, hace mucho calor para una suiza en estas tierras, menos mal que la brisa, huracanada a veces, mitiga sus efectos. He alquilado una casa al borde del lago, Villa Chagüite. Está frente al parque de La Amistad y me emocioné cuando me contaron que este nombre se lo puso Guillermo pintado sobre una tabla de madera, en recuerdo de la suya con Gaspar. Aquí la gente se mete al agua vestida por razones de pudor; yo procuro no coincidir con ellos para no ofenderlos, pero me baño desnuda. Este cuerpo descarnado ya no me avergüenza y, aunque al salir me visto rápido y con recato, me consideran «la chela loca».

Me alegra que al fin Julia esté contigo y hayáis hecho las paces. Seguramente estarás leyéndole esta carta en voz alta, dale un fuerte abrazo y dile que el espíritu de Guillermo sigue vivo por estos lares tanto en las personas como en las obras, pues no solo lo recuerdan sus feligreses con cariño, su labor empieza a producir resultados en los pueblos donde trabajaba. Había un hombrecillo de la tierra que dedicó su vida a los más necesitados, mientras yo, sangre de su sangre, crecía rodeada de riqueza artificial y sin más necesidad que la del capricho. Cuando establezco una correspondencia entre lo fundido para evadirme y lo necesario para vivir me da vergüenza, pues cuatro gramos de coca en Londres equivalen al salario mínimo en este país. Con lo tirado en una noche festiva, habría gallopinto para media isla durante un mes. Yo no tengo fe como él, pero sí dinero. Y prefiero invertirlo en plantar café en la falda del volcán que en fundirme una montaña de droga sobre bandeja de plata. Por muy poca pasta podremos instalar un sistema de riego comunitario, la prolongada sequía está causando estragos, lleva tres años sin llover en invierno. Disfruté de la existencia sin conciencia de ser una privilegiada y solo aquí me he dado cuenta de la dimensión relativa de los bienes materiales y el inútil vacío de los discursos solidarios si no son llevados a la práctica.

Un vecino me provee cada día de peces recién pescados en el lago Cocibolca y he comprado una moto de segunda mano para desplazarme, aunque ya estoy mirando un todoterreno, que me permitiría conducir con más seguridad: salvando la carretera principal, la isla solo cuenta con caminos de tierra intransitables y son harto frecuentes los choques de motos con caballos. Los animales andan sueltos, Julia, hablabas de aquellos otros famélicos que buscaban por las rendijas de las casas el musgo para comer, no creo que tuvieran nada que envidiar a estos, puro costillar y quijada. Tengo cubiertas mis necesidades con lo mínimo y aún me sobra, comparado con el resto de isleños. Ellos son ricos en calma, viven al día y aguantan estoicamente los envites de la escasez. Seguramente no sean tan imperturbables y felices como aparentan, percibo corrientes subterráneas desasosegantes, pero son hospitalarios y acogedores, me siento acompañada y segura. De hecho, apenas he recurrido un par de veces a Lisbeth.

Mi cuerpo ya no reclama caricias, se ha acomodado a su nueva situación y si algún día reaparece el sexo en mi horizonte no interferirá en esta paz mansa, en esta serenidad largamente anhelada. Recuerdo la pasión como un trapecio sin red, una jaula de tigres de Bengala, y me alegro de este otoño anaranjado, este perfecto balance de alma y cuerpo. A veces una música me pone melancólica y destapa viejos estremecimientos; recorro entonces los parques y avenidas, las viejas estaciones de mi imaginación. Ahora entiendo a mi viejo sir Bartholomew y su renuncia a ese amor capaz de convertir los sueños en prisión. ¡Cuántos años dando vueltas para encontrarme! Tan cerca me tenía y tan distante.

Querías saber en tu anterior correo qué había hecho con las cenizas de Eloína. Aquel marino que me recomendaste, Xuan, me llevó en el *Muga* a tirarlas frente a L´Atalaya. Seguro que ella hubiera preferido Zermatt, pero consideré justo devolverla a sus orígenes: es el mínimo castigo por el lío en que nos metió a todas con su ambición. Por cierto, la urna está irreconocible, el ángel alado se ha convertido en un icono *kitsch* tras el mostrador del Abierto, os adjunto una foto.

Julia, querida madre, me alegro de tu formidable entereza. Recibiste mi aparición con la naturalidad de quien ya ha visto a Dios y al diablo, y mi desaparición como solo lo puede hacer alguien que haya padecido una relación igual de desgraciada. ¿Heredaría de ti mi mal ojo para los hombres, esa atracción visceral por los canallas? ¡Es una broma, no te alteres! Que enseguida invocas la rondalla de santos…

Me dijo Alicia que Hänsel ya se había marchado, tras unos días deambulando por el barrio. En su afán de aprovechar el viaje, desplegó con ella sus dotes de seductor, sin lograr engañarla ni sacarle un céntimo. ¡A buena parte! Se negaba a asimilar que su Gretel hubiera desaparecido sin dejar rastro, sin comunicárselo ni decirle adiós. ¡Sin él! Creía que estaba escondiéndome, estrenando un nuevo juego. Alicia hasta le enseñó el piso para demostrarle que no había ni rastro de mi presencia. ¡Imposible que la hubiera, claro! Ella misma se encargó de recoger mis cosas y guardarlas en su trastero. Emprendí el viaje ligera de equipaje, casi desnuda, como la hija de la mar. De tu mar, Julia.

En el aeropuerto, al sacar la tarjeta de embarque, la azafata del mostrador tampoco se creyó que cruzara el charco solo con una bolsa. De hecho, me ordenaron desvestirme y me registraron minuciosamente, pasando mi ordenador por el escáner hasta tres veces. Alicia ya tiene billete para venir a visitarme con su pareja. ¡A ver si os animáis vosotras! De cualquier forma, celebraremos juntas las próximas Navidades, estoy en trámites de comprarle el apartamento a su tía para tener un nido cuando regrese a España. Y seguramente me acerque a Berlín, no quisiera perder el contacto con Markus, una vez recuperado.

Me preguntas, Julia, si he retomado la escritura y la respuesta es ¡sí!, además con deleite e inspiración. Quizá la semilla de Guillermo floreció en ti con este único fin. Cuando terminé de transcribir las grabaciones efectuadas en Gijón, el gusanillo se apoderó otra vez de mí. Anduve recopilando hechos y anécdotas sobre mi padre y sobre Gaspar, el Comandante Martín, imprescindible en su trayectoria. Me he propuesto destilar de su memoria la gesta de las personas desposeídas, decantar el vinagre y la miel de sus días, de los tuyos, rescatar vuestras voces y ofrecerlas embotelladas en papel y tinta.

Para garantizar una correcta conservación del contenido cierra el envase después de su utilización.

Y si quieres beber de las fuentes,
enfoca tu lector de código QR…

… o acude directamente al manantial,
donde podrás deleitarte
con su voz original:
www.pilarsanchezvicente.es/libros/mujereserrantes/

Nota de la autora

En mi primera novela, *Comadres*, ya aparecen las pescaderas de Cimavilla, no en vano mi tía abuela Genara estuvo al frente de un puesto en la plaza del Pescado y sus anécdotas poblaron el limbo de mi infancia. Por eso, cuando Rubén Vega García me planteó el reto de escribir sobre ellas, las luces del pasado titilaron de nuevo. Su ofrecimiento partía del Archivo de Fuentes Orales para la Historia Social de Asturias de la Universidad de Oviedo, donde se hallan recogidas las entrevistas realizadas a Fredesvinda Sánchez González, *la Tarabica*, vieja amiga de mi tía abuela, y Consuelo García Álvarez, *Chelo la Mulata*. Acepté sin dudarlo.

Disponer de más de diez horas de grabación me supuso un problema serio. El material se prestaba a realizar una obra costumbrista, pero para eso ya están *El calvario de piedra*, de Joaquín Alonso Bonet, *Corazón de playu*, de Manuel Valdés, o el ínclito Pachín de Melás. Tampoco se trataba de transcribir literalmente sus memorias ni de realizar un ensayo antropológico a partir de ellas. La solución consistió en publicar extractos temáticos de las grabaciones a través de mi página web para ofrecer al público las fuentes originales y, libre de ataduras, crear una nueva sardinera. Así nació la Chata Cimavilla, personaje de ficción con evidentes anclajes en la realidad pues habría sido «vecina y amiga» de la Tarabica y la Mulata. Será Greta la encargada de «traducir» del *playu* al castellano.

Greta representa la síntesis del cosmopolita fin de siglo y es la antítesis de Julia, pese al paralelismo de sus relaciones sentimentales. Nadie está libre de la picadura de un amor venenoso. Ellas tuvieron suerte, otras no vivieron para contarlo.

En el archivo familiar disponía de una autobiografía de mi padre coincidente en el tiempo, que me permitió añadir nuevos ingredientes a la narración. La colección de cartas de un misionero amigo suyo, el padre Herrera, me sugirió la creación del entrañable padre Guillermo Expósito.

Convertir a Hänsel en experto en fantasías sexuales fue un capricho, dado que soy, modestamente, especialista en la materia.

El «arte del embotellado emocional» es de cosecha propia. Como en mis novelas anteriores, los escenarios, desde Suiza a Nicaragua, han sido embotellados in situ para ofrecerlos frescos y jugosos. Viajé a este último país con Mercedes García Ruíz y sería durante la estancia en la Isla de Ometepe cuando los flujos de esta historia se ordenaron, como suaves olas mecidas por el viento.

Sobre el Movimiento 2 de Junio hay amplia bibliografía en Internet. La relación del sandinismo con Alemania y la visita de Ernesto Cardenal a ese país están documentadas en el tomo III de sus memorias, *La revolución perdida.*

Siguiendo la huella de Gaspar García Laviana conocimos a Lilliam Reyes y a su familia, volcadas en el empoderamiento femenino a través de la Asociación de Mujeres Bahía que lleva el nombre de este misionero. Su hijo Francisco Javier, ahijado de Gaspar, nos facilitó la visita a Cárdenas, donde fue asesinado el cura guerrillero, el Che asturiano. Cuando, tras dos años sin caer una gota del cielo se puso a *orbayar* en aquel paraje, la magia del momento me envolvió y sobre su tumba prometí que me haría eco de su voz. La publicación de este libro coincide con el cuarenta aniversario de aquella matanza. La familia Reyes me proporcionó, además, sus últimas grabaciones, de un valor incalculable. En Managua, gracias a los esfuerzos de Camilo Velásques Mejía y tras una ardua persecución por librerías y centros culturales, pudimos localizar un ejemplar de la única obra publicada de Gaspar: *Poemas de amor y guerra.* Todas las poesías que reproduzco en las cartas de esta novela, excepto la del «hombrecillo», que es del padre Herrera, pertenecen a este autor que utiliza las palabras como puños.

Las aportaciones de Cristina Menéndez Vega me permitieron comprender mejor esa fusión de marxismo y cristianismo, plasmada en la Iglesia de los pobres y conocida como Teología de la Liberación, y con su ayuda inestimable pulí el lenguaje preconciliar de las cartas originales.

Carlos Mejía Godoy y los Palacagüina nos proporcionaron una noche inolvidable, tras una prolongada conversación plagada de anécdotas sobre Gaspar.

Mis agradecimientos a Marcelino Loredo, Alfonso Toribio, Kike Culebra, Luis Miguel Piñera, Eduardo Núñez, Saturnino Noval y al grupo de Friquillingüismu de Facebook por su respuesta inmediata y sagaz en cuestiones puntuales.

Y gracias infinitas al núcleo duro de mis novelas y de mi vida, Ángel, Héctor, Arantxa y Xuan, por sus opiniones, correcciones, puntualizaciones y apoyo. Como siempre.

Este libro utiliza el tipo Aldus, que toma su nombre
del vanguardista impresor del Renacimiento
italiano, Aldus Manutius. Hermann Zapf
diseñó el tipo Aldus para la imprenta
Stempel en 1954, como una réplica
más ligera y elegante del
popular tipo
Palatino

Mujeres errantes
se acabó de imprimir
un día de primavera de 2018,
en los talleres gráficos de Egedsa
Roís de Corella 12-16, nave 1
Sabadell (Barcelona)

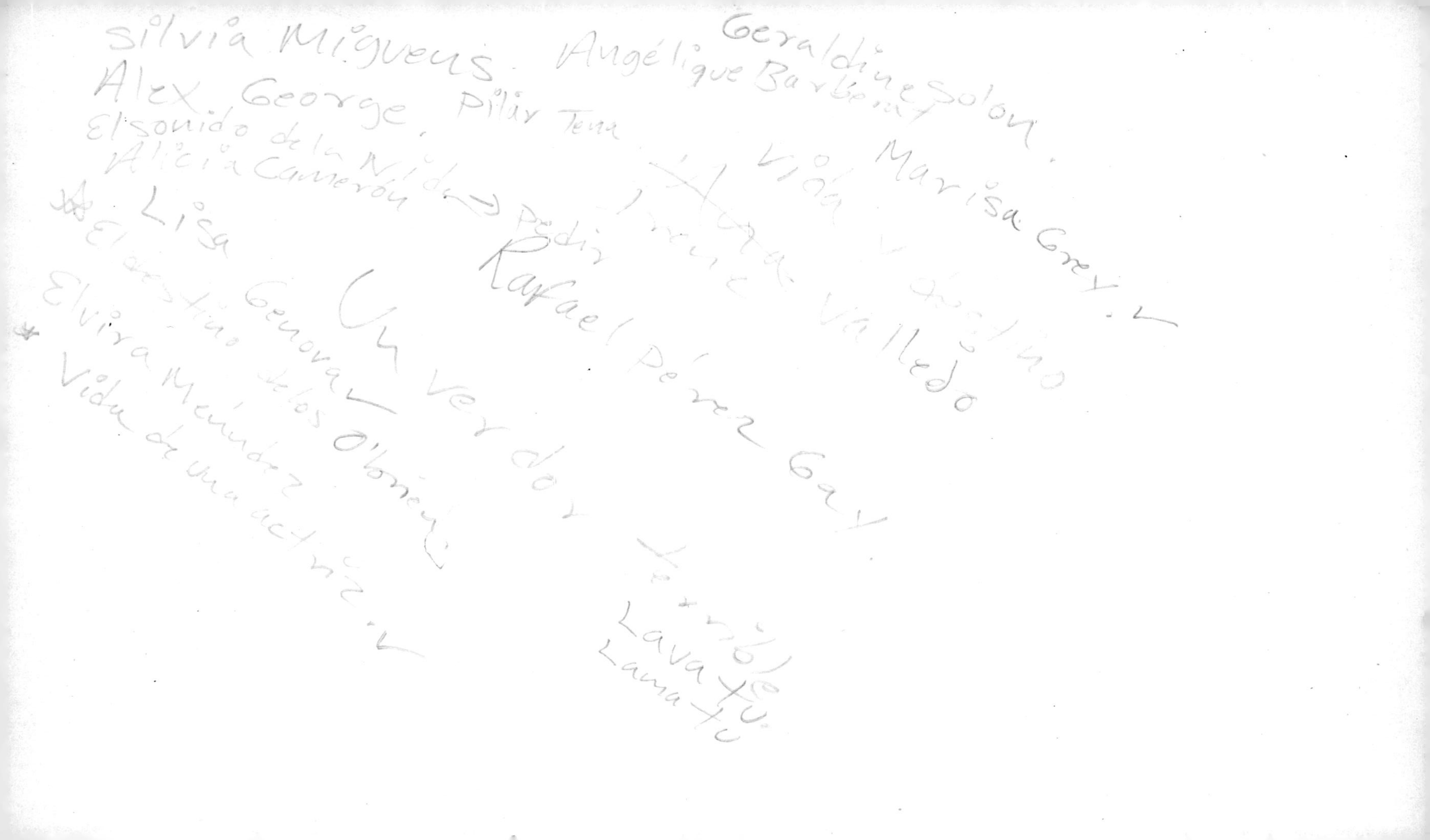
Silvia Miguens. Angélique Barbery. Geraldine Solon.
Alex George. Pilar Tena
El sonido de la Nieve
Alicia Cameron → Pedir
Lisa
Elvira Menéndez
Vida de una actriz.
Un verdor terrible
Rafael Pérez Gay.
Marisa Grey.
Vida
Irene Vallejo